JAN-ERIK FJELL

SCHATTENWALD

GOLDMANN

Jan-Erik Fjell

SCHATTEN-WALD

Thriller

Aus dem Norwegischen
von Andreas Brunstermann

GOLDMANN

Die norwegische Originalausgabe erschien 2021 unter dem Titel »Ringmannen«
bei Strawberry Publishing, Bonnier Norsk Forlag, Oslo.

FSC www.fsc.org
MIX
Papier | Fördert gute Waldnutzung
FSC® C014496

Penguin Random House Verlagsgruppe FSC® N001967

1. Auflage
Deutsche Erstveröffentlichung November 2024

Umschlaggestaltung: UNO Werbeagentur, München
Umschlagmotive: Baac3nes/getty images; jeffbergen/getty images;
Susan O'Connor/trevillion images
Redaktion: Julie Hübner
KS · Herstellung: ik
Satz: Uhl + Massopust, Aalen
Druck und Bindung: GGP Media GmbH, Pößneck
Printed in Germany
ISBN: 978-3-442-20667-4

www.goldmann-verlag.de

Für meine Lektorin Anne-Kristin Strøm.
Für alles, das du tust und bist.

TEIL I

REBEKKA

KAPITEL 1

Dienstag, 19. November

Nora waren viele Gedanken durch den Kopf geschossen, als sie aufwachte. Gedanken an das heiße Wasser, in dem sie gelegen hatte. An die verzweifelten Schreie ihres Vaters, als er ihren nackten Körper aus dem rot gefärbten Badewasser zog. An die Rettungssanitäter, die beruhigend mit ihr sprachen, während sie von den Bodenfliesen aufgehoben und auf die Trage gelegt wurde. An das junge Paar aus der Nachbarschaft, das zusah, wie sie in den Rettungswagen geschoben wurde, ehe der mit kreischender Sirene davonfuhr. Doch das Erste, woran sie gedacht hatte, als sie aufwachte, war genau das: Sie war aufgewacht.

Nora lag in Embryonalstellung mit dem Gesicht zur Wand, die Augen halb geöffnet. Die Unterarme waren vom Handgelenk bis zum Ellbogen bandagiert. Sie ballte die Fäuste, erwartete, das pulsierende Klopfen in den Armen zu spüren, aber es war nicht da. Sie konnte nicht das Geringste spüren.

Aus einem der Zimmer nebenan hörte sie einen lauten Schrei, auf den schnelle, schwere Schritte folgten, das Hämmern an eine Tür. Dann noch einmal. Ein weiterer Schrei, etwas leiser jetzt. Er klang eher nach Verzweiflung als nach Schmerz. Nora drehte sich auf die andere Seite und streckte das eine Bein aus. Sie hatten ihr eines dieser Krankenhaushemden angezogen.

»Wie fühlen Sie sich?«, erklang die Stimme eines Mannes.

Nora zuckte zusammen. Sie war nicht allein, jetzt spürte sie auch seine Anwesenheit. Ruhig blieb sie liegen und starrte an die Wand.

»Wissen Sie, wo Sie sind?«, fuhr er fort.

»Ja«, erwiderte Nora und setzte sich auf. Ihr Hals war wie zugeschnürt, Zunge und Mundhöhle so staubtrocken, als ob ein Schwamm darin läge und alles aufgesogen hätte. »Ich bin im Krankenhaus.«

Der Mann saß in einem tiefen Sessel neben der Tür und hatte den Kopf in den Nacken gelegt. Nora sah geschlossene Augen. Sofern der Bart nicht täuschte, schien er Mitte fünfzig zu sein.

Sie griff nach einem Becher Wasser auf dem Nachttisch, und während sie den Fremden ansah, goss sie die Hälfte der Flüssigkeit in sich hinein. Sie zog die Decke zurecht, sodass nur ihre Beine bedeckt waren. Der Mann an der Tür hob ein Augenlid und sah zu ihr herüber, ehe er das Auge wieder schloss.

»Wie geht es Ihnen?«, fragte er.

Sie sah zum Fenster. Die Vorhänge waren fast zugezogen, doch ein kleiner Spalt verriet, dass der Regen, der früher am Tag eingesetzt hatte, in Schnee übergegangen war.

»Ich möchte allein sein.«

»Sie sind hier in der psychiatrischen Notaufnahme und werden entsprechend überwacht, was bedeutet, dass die ganze Zeit jemand bei Ihnen sein muss.«

»Wo ist mein Handy?«

»Das weiß ich nicht.«

Nora ließ sich wieder in die Kissen fallen, legte sich auf die Seite und starrte an die Wand. Ein leichter Pulsschlag machte sich in ihren Armen bemerkbar. Bestimmt hatten sie ihr eimerweise Schmerzpillen und lokale Betäubungsmittel gegeben, die gerade ihre Wirkung verloren. Oder hatte sie eine Narkose bekommen? War sie deshalb so benebelt?

»Ich will mein verdammtes Handy haben«, sagte sie zur Wand. »Ich habe ein Recht darauf.«

»Ich werde mich darum kümmern, aber davon abgesehen wäre es gut, wenn Sie erst mit Ihrer Ärztin reden, ehe Sie sich wieder über Handy oder soziale Medien erreichbar machen.«

Vielleicht arbeitete er gar nicht hier, sondern war eingewiesen so wie sie? Vielleicht hatte er sich in ihr Zimmer geschlichen, während diejenigen, die tatsächlich hier arbeiteten, mit anderen beschäftigt waren? Wie die Person, die vorhin geschrien hatte? Und *Sie werden entsprechend überwacht*? Das hatte sie nie zuvor gehört. Niemand hatte von Überwachung gesprochen, als sie sich das letzte Mal geritzt hatte. Doch dieses Mal hatte sie tiefer geschnitten. Tief genug, hatte sie geglaubt. Jedenfalls hatte sie es gehofft. Und psychiatrische Notaufnahme?

Landete man dort nicht, wenn man völlig durchgedreht war? Wenn man in einem Einkaufszentrum mit einem Messer Amok lief und wahllos auf andere einstach? Doch, das hatte sie gelesen. Dann wurde man hier untergebracht, bis der Prozess begann, und man von sich sagen konnte, dass man zum Zeitpunkt der Tat verrückt gewesen war. Dann konnte man die Strafe an einem Ort wie diesem absitzen, bis ein Arzt sagte, es bestehe keine Gefahr mehr, dass man abermals mit einem Messer Amok lief – oder sonst irgendetwas Verrücktes tat –, und man freigelassen wurde.

Hinter sich hörte sie ein schweres Seufzen. Als ob der Typ es schon völlig leid wäre, dort zu sitzen und auf sie aufzupassen. Nora schob die Decke zur Seite und setzte sich auf die Bettkante. Sie senkte die Fußsohlen auf den kühlen Boden.

»Wieso werde ich überwacht?«, fragte sie nach einer Weile.

»Das dürfen Sie mich nicht fragen«, sagte er zur Zimmerdecke. »Ich vermute allerdings, Sie werden deshalb überwacht, weil die Ärztin fürchtet, dass Sie erneut versuchen könnten, sich selbst zu verletzen. In den Unterlagen habe ich gesehen, dass Sie vor sieben

Monaten schon einmal hier waren. Also nicht hier, aber in der Jugendpsychiatrie.«

»Sie denken wohl, dass ich es beim zweiten Versuch hätte hinkriegen sollen, oder?«

»Nein, ich bin froh, dass dem nicht so ist.«

»Das würde Sie doch einen Scheißdreck kümmern, solange sie nicht dafür bezahlt würden, sich Sorgen zu machen. Oder jedenfalls so zu tun als ob.«

»Etwas früh, mit siebzehn einfach Schluss zu machen, finden Sie nicht?«

»Nein.«

»So schlimm ist es also?« Er versuchte, ein Gähnen zu unterdrücken. »Das Leben?«

Sie antwortete bloß mit einem kurzen Nicken, wollte ihm nicht mehr von sich offenbaren. Vielleicht war er ja Arzt und das Ganze hier ein Teil irgendeiner Behandlung.

Er richtete sich im Sessel auf, klopfte ungeduldig mit den Fingern auf die Armlehnen, schob die Hand in die Tasche und zog ein Handy heraus. Der Bildschirm erhellte sein Gesicht. Die Augen wirkten resigniert und erschöpft.

»Wie lange arbeiten Sie hier eigentlich schon?«

»Lange genug«, erwiderte er, ohne aufzublicken.

»Und das heißt?«

»Zwei Monate.«

Sie konnte sehen, dass seine Lippen ein *Scheiße* in Richtung Bildschirm formten.

»Dann sollten Sie eigentlich wissen, dass Sie als Mitarbeiter Ihr Handy während der Arbeitszeit nicht benutzen dürfen. Wenn Sie jetzt mal nach meinem sehen könnten, verrate ich auch nichts.«

Langsam hob er das Kinn und zog eine Augenbraue hoch. Zum ersten Mal sah er sie richtig an, betrachtete die bandagierten Unterarme, die Oberarme, die aussahen, als hätte sich ein Dreijähriger mit rotem Filzstift über sie hergemacht. Verschieden große Narben zogen sich von den Ellbogen bis zu den Schultern hinauf. Der Mann schien etwas sagen zu wollen, stopfte stattdessen aber nur sein Handy in die Tasche. Dann folgte erneutes ungeduldiges Fingerklopfen.

Nora ging ins Bad, drehte den Wasserhahn auf und hielt die Hände unter den schwachen Strahl. Sie rieb sich das Gesicht, während sie in einen Spiegel blickte, der dort gar nicht hing.

»Sind Sie Arzt?«, fragte sie, während das Wasser lief.

»Nein.«

»Was sind Sie dann?«

»Sozialarbeiter.«

»Aber Sie sind hier, um mich zu beobachten?«

»Ich bin hier, um dafür zu sorgen, dass es Ihnen gut geht.«

Nora drehte das Wasser ab, ging zurück und ließ sich auf der Bettkante nieder. Von da aus rutschte sie weiter in die Bettmitte, rollte die Decke zusammen und stopfte sie zwischen Rücken und Wand. Dann legte sie sich das Kopfkissen auf den Schoß und ließ die bandagierten Arme darauf ruhen.

»Bin ich zwangseingewiesen?«

»Ich weiß nicht mehr, als dass Sie hier entsprechend überwacht werden sollen, jedenfalls bis morgen.«

»Dann bin ich also zwangseingewiesen?«

»Tja ... Sind Sie dann wohl. Aber klären Sie das mit der Ärztin. Ich schätze, sie ist gegen Mitternacht hier.«

»Und wie spät ist es jetzt?«

»Paar Minuten nach elf.«

»Ist hier so verdammt viel zu tun, dass sie erst in einer Stunde kommen kann?«

»Jepp.«

Er gähnte, versuchte erst gar nicht mehr, es zu verbergen. Er schob die Hand in die Tasche, als ob er sein Handy wieder hervorholen wollte, besann sich dann aber, und die Hand kam leer wieder zum Vorschein.

»Machen Sie ruhig«, sagte Nora. »Ich werde Sie nicht verpfeifen.«

Er ließ es in der Tasche.

»Wollen Sie mich nichts fragen?«, erkundigte sie sich nach einer Weile.

Seine Lippen bewegten sich. Er befeuchtete sie und musterte Nora. Sein Blick war intensiv, als ob er durch sie hindurch und direkt in das Chaos in ihrem Inneren sähe.

»Hatte ich eigentlich nicht vor. Was soll ich Sie denn fragen? Warum Sie sich ritzen?«

Sie zuckte leicht mit den Schultern. »Wär doch nicht so abwegig? Wird mich die Ärztin doch vermutlich auch fragen.«

»Ich kenne die Antwort.«

»Ach, ja?«

»Ich schätze mal, als Sie anfingen sich zu ritzen, hatten Sie nicht den Wunsch zu sterben. Sie machen das nämlich schon lange, stimmt's? Seit Sie ein kleines Mädchen waren? Angefangen mit so kleinen Papierschnitten?«

Er blickte auf ihre vernarbten Oberarme. »Es geht darum, den psychischen Schmerz auf etwas zu verlagern, das körperlich wehtut, damit der Fokus von den inneren Schmerzen umgelenkt wird. Aber …« Er beugte sich vor und stützte die Ellbogen auf den Knien ab. »Und es ist nicht so, dass ich es nicht verstünde, wenn man im Inneren so schreckliche Schmerzen verspürt, aber wenn es nur darum geht, den Schmerz zu *verlagern* … Wäre es da nicht einfacher, sich die Zehen an der Türschwelle zu stoßen? Das ist mir nämlich gestern passiert, und es tut immer noch weh. Ich wollte am liebsten sterben, genau wie Sie.«

Nora fing an zu lachen. Sein buschiger Bart formte sich zu einem Lächeln. Dann sagte er: »Ich habe Sie eben gefragt, ob das Leben *so* schlimm sei, und Sie haben genickt. Jetzt lachen Sie. Es wird schon alles gut werden, Mona.«

»Nora.«

»Wie?«

»Ich heiße Nora. Nicht Mona.«

Er schob die Finger in die Tasche, zog ein Blatt Papier hervor und las, was darauf stand, ehe er es wieder in die Tasche steckte.

»Sie haben bestimmt recht«, sagte er und schloss halbwegs die Augen. »No-ra.«

Er war jedenfalls kein Arzt. Dessen war sie sich sicher.

Jemand klopfte an die Tür und öffnete sie gleichzeitig. Eine Frau kam ins Zimmer. In der Hand trug sie einen Teller mit zwei Knäckebrotscheiben.

»Roomservice«, sagte der Sozialarbeiter und blickte auf den Teller. »Schwitziger Gouda auf müdem Knäckebrot? Also ehrlich, Jeanette, was Langweiligeres hast du wohl nicht finden können?«

»In der Schleuse wartet Besuch auf dich«, entgegnete die Frau und überhörte die Kritik an ihrem Brotbelag. »Ich vertrete dich hier so lange.«

»Besuch für *mich*?«

Der Sozialarbeiter sah sie erstaunt an.

»Ja«, sagte Jeanette und stellte den Teller auf den Nachttisch. »Er hat jedenfalls nach Anton Brekke gefragt.«

KAPITEL 2

Volda, 1999, Tag 38

Er musste Rebekka sehen. *Sofort.* Nicht erst in ein paar Stunden. Sie brauchten auch gar nicht miteinander zu reden. Ihm war es nur wichtig, sie zu sehen. Aus der Entfernung. Ohne selbst gesehen zu werden. Nur so, um sie betrachten zu können. Er wollte sie nur reden sehen und musste nicht verstehen, was gesagt wurde. Sie lachen sehen, ohne zu wissen warum. Oder noch besser: Er wollte nur zusehen, wie sie ihren eigenen Gedanken nachhing und in sich hineinlächelte, wie sie es früher schon ein paarmal getan hatte.

Wollte darüber lächeln, dass sie die Seine war.

Er ging ins Stadtzentrum hinunter und näherte sich der Kreuzung, an der Gemeindehaus, Ärztezentrum und Kino lagen. Er dachte an den bevorstehenden Abend, und daran, was Rebekka am Telefon gesagt hatte, als sie ihn gestern anrief. Oder eher: was sie *nicht* gesagt hatte. Sie hatte nämlich nur gefragt, ob sie am Abend zu ihm kommen könne, weil sie mit ihm über etwas Wichtiges reden müsse. Vielleicht hatte sich deshalb dieser Drang gemeldet, sie zu sehen. Weil da irgendetwas war. Etwas, das ihn irritierte. Er hatte es auch ihrer Stimme angemerkt, denn sie klang zögernd, unsicher, vielleicht sogar etwas niedergeschlagen.

Das wäre dann Rendezvous Nummer zwölf. Oder *date*, wie Rebekka es nannte. Sie hatte so herrlich gelacht, als er nach ihrem ersten gemeinsamen Kinobesuch gesagt hatte, dass er sich auf das nächste Rendezvous freue. »Niemand sagt heute mehr Rendezvous«, hatte sie gesagt, »es heißt *date.*« Eigentlich fand er nicht, dass es darüber etwas zu lachen gab. Ein Date konnte alles Mögliche bedeuten, sogar so etwas Unspektakuläres wie eine Verabredung zum Kaffee. Das war es aber nicht. Es war eine Begegnung zwischen zwei Menschen, die dabei waren, sich ineinander zu verlieben.

Für gewöhnlich hielten sie sich in seinem Zimmer auf, das er oben beim Krankenhaus gemietet hatte, es sei denn, sie waren draußen und gingen spazieren. Niemals waren sie bei ihr zu Hause. Sie hatte schon beim ersten Rendezvous erklärt, weswegen das nicht möglich war. Trine, die sowohl ihre Mitbewohnerin als auch ihre Cousine war, hielt sich oft zu Hause auf. Ein Privatleben konnte man dort also schlichtweg vergessen. Außerdem war sie ein Plappermaul, das ihrer Mutter jedes Detail zutrug, die wiederum alles ihrem Mann weitererzählte – Rebekkas Onkel. Von dort aus war es nur ein kurzer Weg zu Rebekkas Vater, und die Tatsache, dass sie sich mit einem Kerl traf, der kein gläubiger Christ war, würde den Boden unter dem elterlichen Haus in Südnorwegen erzittern lassen. Da spielte es auch keine Rolle, dass sie volljährig war. Denn Herr und Frau Vehler würden nicht nur einen Finger mit im Spiel haben wollen, wenn es um den Auserkorenen ihrer Tochter ging, sondern am liebsten alle vier Hände.

Was war bloß so wichtig? Warum hatte sie es nicht am Telefon gesagt? Hoffentlich war es nichts, was ihn wütend machen würde. Denn diese Seite hatte sie an ihm bisher noch nicht kennengelernt.

KAPITEL 3

Dienstag, 19. November

»Du siehst grauenhaft aus«, sagte Magnus Torp.

Er hatte sich Anton gegenüber an einen Tisch in der Eingangshalle des Krankenhauses gesetzt. Cafeteria und Kiosk waren bereits dunkel, sie würden erst am nächsten Morgen wieder öffnen. Abgesehen von einem frischgebackenen Elternpaar, das etwas abseits saß und einander die Hände streichelte, während beide verträumt auf den kleinen Körper in dem Plastikkorb auf Rädern starrten, waren Magnus und Anton allein.

Es war vier Monate her, dass Magnus Anton zufällig im Zentrum von Fredrikstad getroffen hatte. Zu diesem Zeitpunkt hatten Antons Haare noch vage an eine Frisur erinnert, und der Bart hatte einigermaßen gepflegt gewirkt. Jetzt erinnerte Anton eher an jemanden, der den Verfall bewusst willkommen hieß. Er blickte von der Tischplatte auf und sah Magnus an. Seine Augen waren rot und geschwollen, als ob er seit zwei Tagen nicht geschlafen hätte.

»Mein Vater sagt das auch.« Er fuhr sich mit der Hand durch den Bart. »Ich sollte ihn vielleicht ein wenig stutzen lassen.«

»Gefällt's dir hier nicht?«

»Ist völlig in Ordnung. Ich arbeite im Großen und Ganzen nachts, plus ein paar Extraschichten tagsüber, falls Bedarf ist.«

»Als ich dich das letzte Mal traf, hast du in einem Kindergarten gearbeitet. Da hast du wesentlich besser ausgesehen als jetzt. Und hast du nicht immer damit angegeben, wie gut du mit Kindern umgehen könntest? Aber vielleicht ist es nicht mehr ganz so einfach, wenn man es acht Stunden hintereinander mit einer Armada von Kindern zu tun hat?«

»Du bist auf der richtigen Spur.«

»Wieso hast du da gekündigt?«

»Ola.«

»Wer ist das?«

»Ein fünf Jahre alter Rotzjunge. Und mit Rotzjunge meine ich genau das. Permanenter Blubber in einem der Nasenlöcher, wann immer er ausgeatmet hat, und dann hat er sich am liebsten an mir abgewischt. Das gefiel ihm am besten. Ich konnte mit 'nem Papiertaschentuch kommen, aber stattdessen hat er sich meinen Ärmel geschnappt und sich damit die Nase geputzt. Fünf Jahre alt und schon ein Psychopath. Er wird in ein paar Jahren vermutlich an Armen und Beinen hier reingezerrt.« Anton deutete mit dem Kopf auf die psychiatrische Notaufnahme. »Typisches Montagskind. Stell dir mal vor, du kriegst so eins!«

Magnus grinste.

»Damals hast du gesagt, dass es dir gefällt.«

»Für eine Weile ist es gut gegangen. Der Umgang mit den Kindern hat in der Regel Spaß gemacht, und die Kollegen waren im Großen und Ganzen nett. Aber dann kam Ola in meine Gruppe. Als ob er es geahnt hätte, dass ich neu im Geschäft war. Hat ständig die Grenzen ausgetestet. Es ist total eskaliert. Ein bisschen Rotz vertrage ich ja schon. Oder ein Stück Apfel in der Fresse. Dasselbe gilt für schmutzige Nägel, die mir in die Haut gepresst werden. Aber als er anfing zu beißen, wurde es mir zu viel. Meine Kollegen waren ja Pädagogen, und du weißt, wie solche Leute sein können. Mit Kindern darf nicht mehr diskutiert werden. Allein die Stimme zu erheben, ist jetzt in etwa das Gleiche, wie ihnen den nackten Hintern zu versohlen. Und ehe ich ihn im Sandkasten verbuddelt hätte, habe ich dann gekündigt.«

»Hättest du nicht versuchen können, mit ihm zu reden?«

»Ich verhandele nicht mit Terroristen.«

Magnus lachte und lehnte sich zurück. Er warf einen Blick auf das verliebte frischgebackene Elternpaar, ehe er Anton wieder ansah.

»Ich sollte mal zurück zur Arbeit.«

»Warte mal einen Moment«, bat Magnus. »Nimm dir fünf Minuten Zeit.«

»Hab ich gerade getan.«

Anton stand auf, und Magnus sah ihn kritisch an.

»Im Ernst, Anton. Setz dich. Ich bin nicht hergekommen, um mir von Ola berichten zu lassen.«

»Weswegen bist du dann gekommen?«

»Kannst du dich bitte hinsetzen?«

Anton atmete seufzend aus und ließ sich wieder auf den Stuhl sinken. Die beiden Elternteile erhoben sich gleichzeitig vom Sofa, beugten sich über den Plastikkorb mit dem Neugeborenen, murmelten mit Babystimme etwas Unverständliches und zogen von dannen.

»Weshalb bist du so gestresst?«, fragte Magnus.

»Gestresst? Ich bin bei der Arbeit. Und die zu verlieren, kann ich mir nicht leisten. Sag einfach, was du sagen möchtest.«

»Ich …«, setzte Magnus an. »Ich verstehe einfach nicht, wieso die Dinge nicht so sein können wie früher.«

»Sind die Dinge nicht wie früher?«

»Jetzt komm schon, Anton. Du gehst nicht ans Telefon, beantwortest keine SMS, und wenn ich bei dir anklingele, hast du nicht mal Bock, die Tür zu öffnen.«

»Tagsüber schlafe ich oft, weil ich meist nachts arbeite.«

»Anton. Ich hab dich durchs Fenster gesehen. Sobald mein Finger auf dem Klingelknopf landet, drehst du die Lautstärke am Fernseher runter. Ich weiß, dass du zu Hause gewesen bist, als ich da war. Jedenfalls zweimal. Und ich habe den Verdacht, dass du das auch an deinem Geburtstag warst. Das Licht war nämlich an. Also *nein,* die Dinge sind nicht wie früher. Ich hab dich jetzt seit vier – *vier* – Monaten nicht gesehen, und wenn nicht ein alter Kollege von der Streifenpolizei in Fredrikstad gesagt hätte, dass er dich gestern Abend im Zusammenhang mit einer Einweisung in der psychiatrischen Notaufnahme gesehen hätte, dann hätte ich nicht mal gewusst, dass du hier arbeitest. Wir kennen uns seit zehn Jahren, dann passiert dieser Scheiß – der übrigens nicht mein Fehler war –, und du pfeifst einfach drauf? Wischst meinen Namen einfach von der Tafel? Ich habe den Mund gehalten. Ich habe nicht ein einziges Wort gesagt, obwohl das alles so verrückt war – und ist –, wie nur irgendwas verrückt sein kann. Und es steht in absolutem Widerspruch zu *allem,* woran ich glaube.«

»Dafür habe ich mich bei dir bedankt.«

»Und warum können wir dann das Ganze nicht einfach vergessen? Das ist es, was ich nicht kapiere.«

»Okay …« Anton starrte in die leere Eingangshalle.

»Da du es etwas knapp hältst, kommt hier die Kurzversion: Du hast deine eigene Fernsehsendung bekommen und ich 'nen Tritt in den Arsch. Zufrieden?«

»Du hast keinen Tritt in den Arsch bekommen. Du hast gekündigt.«

»Was glaubst du wohl, wäre passiert, wenn ich nicht gekündigt hätte?«

Magnus gab keine Antwort.

»Genau«, sagte Anton. »Ich hatte keine Wahl.«

Die Türen am Haupteingang glitten auf. Zwei Wachleute kamen herein, spähten in die Cafeteria und marschierten in verschiedene Richtungen davon, nachdem sie sich vergewissert hatten, dass weder Anton noch Magnus eine Gefahr darstellten.

»Außerdem habe ich überhaupt keine eigene Sendung bekommen. Ich glaube, ich soll jetzt insgesamt siebenundzwanzig Minuten dabei sein, verteilt auf acht Episoden. Jedenfalls war das die letzte Information, die ich bekommen habe.«

»Torp?«

»Ja?«

»Schön, dass wir uns mal wieder gesehen haben.«

»Das meinst du jetzt nicht ernst.«

»Doch, das meine ich. Das hier ist nicht dein Problem. Es ist meins, und so und nicht anders muss es für mich jetzt eine Weile sein.«

»Es sind vierzehn Monate vergangen. Wie viel Zeit wirst du denn noch brauchen?«

»Ich rufe an, wenn's so weit ist.« Und damit wollte Anton aufstehen.

»Kannst du bitte noch einen Augenblick warten?«

Anton blieb sitzen.

»Kann ich nicht morgen vorbeikommen? Ich bringe was zu essen mit, dann können wir …«

»Ich arbeite bis zehn«, unterbrach Anton.

»Ich dachte, du arbeitest meist nachts?«

»Eigentlich habe ich ab morgen früh frei, aber ich übernehme noch eine Schicht extra.«

»Und übermorgen?«

»Da bin ich nicht zu Hause.«

»Hörst du dir eigentlich selbst zu?«, rief Magnus. »Leck mich-*Da-bin-ich-nicht-zu Hause*-am Arsch.«

»Dann komm eben vorbei.«

»Fein! Dann mach ich das.«

»Aber ich bin dann nicht zu Hause. Morgen nach der Arbeit fahre ich mit dem Zug nach Göteborg.«

Anton zog sein Handy hervor. Drei Frauen unterhielten sich und lachten, als sie an den beiden vorbeigingen. Eine von ihnen warf einen Blick auf den einzigen besetzten Tisch in der Eingangshalle, ehe das Trio nach draußen in den fallenden Schnee trat.

»Göteborg?«

»Eine relativ große Stadt in Schweden, zwei Stunden südlich der norwegischen Grenze. Kennt man am ehesten wegen seines Freizeitparks Liseberg.«

»Ach, du bist so witzig. Hysterisch witzig, geradezu. Ich bin kurz davor, mich totzulachen. Du willst also ins Casino Cosmopol, ja? Bist du deswegen seit Monaten im totalen Lockdown? Weil du nur noch Poker spielst?«

Anstatt Magnus anzusehen, starrte Anton auf sein Handy.

»Machst du das jetzt auch gerade?«

»Gibt abends und nachts nicht viel mehr zu tun, wenn die Verrückten schlafen.«

»Jetzt hast du aber gerade Besuch von mir.«

Anton zog die Augenbrauen hoch und sah Magnus kurz an, ehe sein Blick sich wieder auf das Display richtete.

»Zwei Asse. Anscheinend hast du mir etwas Glück gebracht.«

Magnus seufzte und schüttelte den Kopf.

»Hat gereicht«, sagte Anton nach einer Weile. »1200 Kronen. Direkt ins Körbchen. Sehr schön. Aber jetzt muss ich wirklich mal zurück auf meine Station.«

»Eins noch.«

»Was denn?«, fragte Anton in Richtung Display.

»Cecilie Olin.«

»Der Name kommt mir irgendwie bekannt vor …«, erwiderte Anton leicht entrückt.

»Deine vermisste Kollegin, die seit Sonntagabend sämtliche Onlineausgaben ziert.«

»Aah.« Anton tippte auf dem Handy herum. »Na, was man so Kollegin nennt. Wir arbeiten im selben Gebäude – genau wie fünftausend andere auch.«

»Wir sind seit heute involviert.«

»Wir?«, sagte Anton und runzelte die Stirn, während er langsam den Kopf hob und Magnus ansah.

»Dann eben die *Kripo*. Skulstad hat mir den Fall übertragen.«

»Schön.« Anton zwang sich zu einem Lächeln. »Dann hast du im letzten Jahr alles richtig gemacht. Ich bin stolz auf dich – und das meine ich ganz ernst – aber Mord und ein unbekannter Täter … das ist immer eine Herausforderung. Viel Glück.«

»Du glaubst, dass sie tot ist?«

»Klar ist sie tot. Die Kripo würde bei einem reinen Vermisstenfall ja nach … wie lange … achtundvierzig Stunden? … nicht hinzugezogen werden.«

»Im Polizeidistrikt Øst wurde ein Ermittlerteam zusammengestellt, mit einem gewissen Lars Weberg als Leiter.«

»Nie gehört. Weißt du, was ich sonst noch glaube?«

»Nein.«

»Dass sie heute Abend gefunden wurde. Du bist hier nämlich ein kleines bisschen zu spät, um nur zu sehen, wie es mir so geht. Wenn du bloß deswegen neugierig wärst, würdest du draußen auf dem Parkplatz in deinem Sportwagen sitzen und darauf warten, dass ich mit meiner Arbeit anfange.«

»Es ist ja völlig in Ordnung, dass du die fünfzig überschritten hast, aber sag bitte nicht *Sportwagen*.«

»Ich dachte, das wäre ein Sportwagen?«

»Das ist ein Porsche.«

»Torp?«

»Ja?«

»Fahr schön vorsichtig nach Hause mit deinem Sportwagen.« Anton stand auf und spähte hinaus. Der Boden war von einer feinen Schneeschicht bedeckt. »Könnte nämlich glatt sein.«

Magnus blickte umher, um sich zu vergewissern, dass außer ihnen niemand in der Nähe war, und sagte: »Du hast recht. Es ist nicht länger ein Vermisstenfall. Sie wurde heute Abend von einem Spaziergänger und seinem Hund in Skjeberg im Wald gefunden.«

Anton seufzte, während er auf sein Handy blickte.

»Bauer-zwei. Neun-vier. Dame-sechs. Das sind die letzten drei Blätter, die ich bekommen habe, Torp. Vergiss, was ich gesagt habe von wegen Glück bringen.«

»Das letzte Lebenszeichen hat sie in der Nacht auf Sonntag um 02:58 Uhr von sich gegeben, da rief sie ihren Mann an und sagte, sie sei in der Kurve hinter der Borge Schule. Zu Fuß auf dem Heimweg nach Skjærviken. Von dort bis zum Fundort sind es über zwanzig Kilometer. Sie war vollständig angezogen, als man sie fand, aber was zwischen ihrem Verschwinden und dem Auffinden der Leiche passiert ist, darüber wissen wir nichts. Hoffentlich bekomme ich morgen ein paar Antworten von der Rechtsmedizin. Ich habe einen frühen Termin mit dem Dänen, bevor der Ehemann vernommen werden soll.«

Anton legte das Handy weg und sah Magnus an.

»Warum erzählst du mir das alles?«

»Ich weiß nicht genau. Die Pressekonferenz findet«, Magnus sah auf die Uhr, »in circa fünfzehn Stunden statt. Ich dachte, du würdest das lieber von mir hören, als es irgendwo im Internet zu lesen, falls du dich für den Fall interessierst.«

Anton setzte sich in Bewegung und sagte: »Das tue ich nicht.«

*

Anton nahm im Schwesternzimmer auf einem Stuhl Platz und sah zu dem Wachmann hinüber, der an der Ecke der L-förmigen Station saß. Er dachte daran, was Torp gesagt hatte. Warum die Dinge nicht mehr wie früher sein konnten. Er erinnerte sich, wie Magnus ihn in der Eingangshalle angesehen hatte. Es war der gleiche Blick, den er unzählige Male selbst aufgesetzt hatte, wenn er auf einen Drogenabhängigen traf, der nach jahrelanger Abstinenz rückfällig geworden war. Zu Beginn seiner Karriere, als er in Oslo Streife gefahren war, hatte er die Rückfälligen immer gefragt, wie es sein konnte, dass sie sich wieder auf diesen Weg begaben, obwohl sie doch wussten, was sie dort erwartete. Und nicht zuletzt: Obwohl sie doch wussten, welche Langzeitfolter damit auf ihre Familie wartete. Niemand hatte ihm eine befriedigende Antwort geben können. Nicht ein einziges Mal. Bloß ein schlappes Schulterzucken und der Blick aus zwei Augen, der – wenn sie nicht schon ins Jenseits sahen – manchmal einen Hauch von Scham oder Reue erkennen ließ. Seine Ex-Frau hatte mehrmals gesagt, dass das Glücksspiel *sein* Heroin sei. Tatsächlich war das eines der letzten Dinge gewesen, die sie ihm ins Gesicht gebrüllt hatte, als sie noch unter einem Dach lebten.

Didrik Ryde sagte etwas vom Sofa her. Er lag in der Waagerechten und sah fern, die Augen halb geschlossen. Trotz der Tatsache, dass er fachlich nicht sonderlich fähig war, mochte Anton ihn. Das Wenige, was er im Laufe der zwei Monate, die sie zusammenarbeiteten, aus ihm herausbekommen hatte, war, dass er seine Freizeit überwiegend mit Primus-Kocher und Schlafsack im Wald verbrachte. Didrik Ryde passte gut zur psychiatrischen Notaufnahme; er gehörte zu der Sorte Mensch, die das Leben als unkompliziert betrachtete; im scharfen Gegensatz zu denen, die sich sonst noch auf dieser Station aufhielten.

»Hm?«, fragte Anton.

»Ich sagte: Wer war denn der affektierte Typ, der vorhin nach dir gefragt hat?«

»Ein alter Kollege.«

»Uuh.« Didrik Ryde setzte ein dümmliches Grinsen auf. »Wo hattet ihr euer Büro? Paris oder Mailand?«

»Wovon redest du?«

»Ich wusste gar nicht, dass du Model gewesen bist.«

Er lachte kurz. Anton sah ihn verständnislos an.

»Der Anzug hat nicht gerade billig ausgesehen«, fuhr Didrik Ryde fort. »Und eine Panerai am Handgelenk, wie ich gesehen habe. Feiner Pinkel. Tja, reicher Schutzmann hätte man werden sollen.«

Der Alarm ging los. Anton beugte sich vor und blickte auf den Computerbildschirm. Es blinkte in dem Kästchen für Zimmer F007.

»Das ist Halvorsen«, sagte Anton. »Siehst du mal nach, wie sehr es wieder mit ihm durchgeht?«

»Kannst du das nicht machen?«

»Nee«, sagte Anton und trat auf die Tür zu. »Ich muss zurück zu meinem Teenager.«

KAPITEL 4

Mittwoch, 20. November

Der Dienstag war gerade in den Mittwoch übergegangen, als Magnus seine Wohnung in der Agentgate aufschloss. Er schaltete die Deckenlampe ein, legte die Laptoptasche aufs Sofa und ging in die Küche. Er hatte Hunger, doch nachdem er auf die Uhr gesehen hatte, ließ er den Gedanken, sich etwas zu essen zu machen, wieder fallen. Seine positiven Gewohnheiten im Hinblick auf Ernährung und Sport hatten sich eine Woche nach seinem Beginn bei der Kripo vor zwei Jahren in Luft aufgelöst. Gemüse und Vollkornreis mit Geflügel, Schwein, Rind oder Fisch waren durch schnell hinuntergeschlungene Kohlenhydrate in der Kantine in Bryn oder im Imbiss irgendeiner Tankstelle zwischen den einzelnen Einsätzen ersetzt worden. Dafür hatten sich die sechs Muskelpartien, die seinen Bauch seit der Teenagerzeit geschmückt hatten, in vier verwandelt. Wenn es in diesem Tempo weiterginge, würde er innerhalb von weiteren zwei Jahren den familientypischen Puddingbauch bekommen.

Magnus mischte einen Proteinshake zusammen und setzte sich zum Trinken auf die Fensterbank. Pulverschnee rieselte vom schwarzen Himmel herab. Zwei Gestalten traten aus dem bereits verdunkelten Restaurant »Heim« und trennten sich. Plötzlich fiel Magnus ein, dass er versprochen hatte, seine Mutter anzurufen. Sie hatte sich bei ihm gemeldet, als er gerade an Cecilie Olins flachem Grab in Skjeberg gestanden hatte. Er sah abermals auf die Uhr und beschloss, morgen früh auf dem Weg zur Arbeit zurückzurufen.

Er nahm sein flüssiges Abendessen mit zum Sofa, legte sich den Laptop auf den Schoß, loggte sich ins System ein und rief den Fall auf.

Cecilie Olin war am Sonntagvormittag um halb elf als vermisst gemeldet worden. Das zuständige Polizeirevier hatte die vom Ehemann erstattete Vermisstenmeldung aufgenommen, mehr war im Laufe des Tages nicht passiert. Abgesehen von der Anfertigung einer kleinen Notiz, die besagte, dass Cecilie Olin nicht vorbestraft war, keine psychiatrische Vorgeschichte hatte und auch nicht im Fahndungsregister der Polizei aufgeführt war. Am Montagnachmittag und -abend war eine Suche in Skjærviken und dem umliegenden Wald durchgeführt worden. Das war das Standardverfahren. Dass eine erwachsene und noch dazu betrunkene Person ein paar Stunden fortblieb, verwandelte sich erst dann in eine offizielle Untersuchung, wenn andere Faktoren ins Bild kamen. Da spielte es keine Rolle, ob der verzweifelte Ehemann, der glaubte, dass seiner Frau etwas zugestoßen war, in der Polizeiwache saß und weinte. Die Erklärung war einfach: Im betrunkenen Zustand machten die Menschen immer wieder irgendwelche dummen Sachen.

Magnus überflog die Vermisstenmeldung und klickte dann eine Audiodatei an. Er drehte die Lautstärke hoch und klickte auf *Play*.

»Vernehmung von Adele Ferking«, begann eine dunkle, bassartige Stimme. »Es ist Dienstag, der neunzehnte November. Die Uhrzeit ist 14:38. Anwesend sind Kommissar Lars Weberg sowie Adele Ferking. Frau Ferking wurde über ihre Rechte im Zusammenhang mit der Zeugenbefragung aufgeklärt.« Ein schwaches Geräusch war zu hören, als ob das Mikrofon an eine andere Stelle versetzt würde. »Können Sie kurz über Ihre Beziehung zu Cecilie Olin berichten?«

Adele Ferking erwiderte etwas, doch Magnus konnte nicht verstehen, was. Offenbar war es Lars Weberg genauso gegangen, denn er bat sie, lauter zu sprechen und das Gesagte zu wiederholen. Adele Ferking räusperte sich und sagte: »Wir sind Freundinnen. Und wir arbeiten zusammen auf der Kinderstation im Krankenhaus Kalnes.«

»Wie lange kennen Sie einander?«

»Wir haben zusammen studiert, also … zwölf oder dreizehn Jahre.«

»Sie sind also eng befreundet?«

»Ja.«

»So eng, dass man – sofern man diesen Ausdruck im Erwachsenenalter verwenden darf – von Busenfreundinnen sprechen kann?«

»Kann man so sagen, ja.«

Magnus registrierte die Anspannung in ihrer Stimme. Die gleiche, die wohl die meisten verspürten, wenn sie einem Polizisten in einem Vernehmungsraum gegenübersaßen.

»Cecilies Ehemann, Fredrik Olin, hat erklärt, dass Sie und seine Frau am Montag einen gemeinsamen Abend bei den Olins zu Hause verbringen wollten. Ist das so richtig? … Die Zeugin nickt. Waren das nur Sie beide?«

»Wir hatten eigentlich einen gemütlichen Abend mit dem einen oder anderen Glas Wein geplant, dann aber habe ich vorgeschlagen, dass wir eine Tour in die Stadt machen könnten. Cecilie wollte eigentlich nicht, kam aber mit, weil sie darauf hoffte, dass ihre Single-Freundin mal einen Fisch an Land ziehen würde, also sind wir dann gegen elf aufgebrochen, kurz nachdem Fredrik nach Hause gekommen war.«

»Die Single-Freundin, das sind Sie?«

»Ja.«

»Und was ist dann passiert?«

Während er zuhörte, nahm Magnus einen großen Schluck von seinem Proteinshake und ließ den Kopf gegen die Rückenlehne sinken.

»Wir sind ins Savoy gefahren.«

»Haben Sie viel getrunken?«

»Wir hatten uns schon fast zwei Flaschen Wein geteilt, ehe wir losgefahren sind, und … Ich weiß nicht mehr, wie viel dann in der Stadt noch dazukam, aber wir waren schon ziemlich blau, alle beide.«

Magnus knöpfte sich das Hemd auf und streifte es ab. Er spähte auf sein Fourpack und beschloss, am nächsten Tag Sport zu machen, auch wenn es mitten in der Nacht sein sollte. Er warf das Hemd über den Tisch hinweg in Richtung Schlafzimmer.

»Und dann sind Sie bis zur Sperrstunde im Savoy geblieben?«

»Cecilie ist kurz vor zwei gefahren.«

»Sie hat Sie allein zurückgelassen?«

»Nein, da war einer, den ich von früher kannte, der hat sich dann zu uns gesetzt.«

»Und sie wollte nach Hause?«

Magnus trank den Rest seines Proteindrinks in einem langen Zug aus und ging in die Küche.

»Das ist ja das Seltsame. Eine Stunde nachdem Cecilie gegangen war, rief sie mich an und sagte, sie sei auf dem Weg nach Hause zu Fuß. Dass sie jemand mitgenommen, aber an der Borge Schule aus dem Wagen geworfen habe, weil ihr übel geworden sei. Ich habe sie gefragt, wo sie in der Zwischenzeit war, aber damit wollte sie nicht so recht rausrücken. Und da habe ich sie gefragt, ob sie *ihn* getroffen hätte.«

Magnus spülte die Flasche aus, stellte sie in die Spülmaschine und ging zurück zum Sofa.

»Wen meinen Sie mit *ihn*?«

»Bjørn. Das Arschloch, an das sie die zweite Hälfte ihrer zwanziger Jahre verschwendet hat.«

»Bjørn, und weiter?«

»Farsund. Na jedenfalls, da sagte sie bloß *Adele.* Als wollte sie mich warnen, das Thema überhaupt anzuschneiden.«

»Als Cecilie Sie anrief, da hat sie nicht mehr in dem Wagen gesessen, der sie erst mitgenommen hatte?«

»Richtig. Sie wollte zu Fuß nach Hause gehen. Das sind ja nur anderthalb Kilometer oder so.«

»Okay. Wieso haben Sie sie gefragt, ob sie *ihn* getroffen hätte?«

»Weil er vor zwei Wochen aus dem Gefängnis entlassen wurde, und weil er sie angerufen hat, während wir bei ihr zu Hause in Skjærviken waren. Ich habe gefragt, ob er sie schon häufiger angerufen hätte, und da sagte sie Nein, allerdings hatte ich das Gefühl, dass das so nicht stimmte.«

Magnus hielt die Aufnahme an, holte Notizblock und Kugelschreiber aus der Jacke im Flur und kehrte zum Sofa zurück. Er blätterte zu einer leeren Seite vor und notierte *Bjørn Farsund.* Dann ließ er die Tonaufnahme weiterlaufen.

»Cecilie war ihm gegenüber ganz abweisend und kurz angebunden«, fügte Adele Ferking hinzu, »aber dieser Typ lässt einfach nicht locker. Er weigert sich geradezu, sie in Ruhe zu lassen.«

»Wissen Sie, weswegen er gesessen hat?«

»Ja …« Es dauerte etwa zwei Sekunden, ehe sie fortfuhr. »Er hat sie geschlagen. Beim letzten Mal hat sie sich ins Badezimmer eingeschlossen und mich angerufen. Ich konnte im Hintergrund hören, wie Bjørn gegen die Tür trat und hämmerte. Cecilie schrie und schrie …« Adele Ferkings Stimme wurde schwächer. »Ich … Ich habe mich sofort ins Auto gesetzt und bin zu ihr gefahren, während ich gleichzeitig den Notruf gewählt habe. Die Polizei und ich kamen gleichzeitig an. Da hatte er die Badezimmertür schon zu Kleinholz gemacht. Kein Witz: Da waren nur noch ein paar Streben übrig. Cecilie lag bewusstlos in einer Blutlache auf dem Fußboden. Ich war sicher, dass sie tot war.«

»Und deswegen wurde er verurteilt?«

»Ja, aber nicht, weil Cecilie ihn angezeigt hat, das wollte sie nämlich nicht. Das hat Ihre Behörde ja dann gemacht. Der eine Polizist meinte, in solchen Fällen häuslicher Gewalt würde automatisch eine Anzeige erfolgen.«

»Das ist richtig«, sagte Lars Weberg. »War denn nach dieser Episode Schluss zwischen den beiden?«

»Ja, aber sie hat sich geweigert, gegen ihn auszusagen. Kaum auszudenken, nachdem sie fast hätte dran glauben müssen. Das sagt ja einiges darüber, wie sehr er sie unter Kontrolle hatte. Glücklicherweise wurde er verurteilt und hat achtzehn Monate gesessen. Hätten achtzehn Jahre sein sollen, wenn Sie mich fragen. An dem Freitag, als er im Gefängnis Halden seine Haft antreten sollte, sind wir nach Oslo gefahren, Cecilie, ich und zwei andere Freundinnen. Und da, in der Warteschlange vor der Kneipe, hat sie Fredrik kennengelernt. Seitdem sind die beiden unzertrennlich.«

»Es war also Liebe auf den ersten Blick?«

»Da können Sie drauf wetten. Aber Bjørn hat immer wieder aus dem Gefängnis angerufen, hat gesagt, dass er sie liebt, dass es für immer und ewig nur sie beide gäbe. Deshalb hat sie dann Fredrik auch so schnell geheiratet. Cecilie wollte Bjørn klar und deutlich vermitteln, dass sie weitergegangen war. Ich glaube, Fredrik und Cecilie haben sich kaum eine Woche gedatet, da waren sie schon ein Paar. Vier Monate später waren sie verlobt, und im Sommer danach haben sie geheiratet.«

»Die Beziehung zwischen den beiden läuft gut?«

»Zwischen Fredrik und Cecilie? Meine Güte, ja. Er mag vielleicht etwas langweilig sein, aber es gibt nichts, was er nicht für sie täte. Außerdem glaube ich, Cecilie hat eingesehen, dass *etwas langweilig* genau das ist, was sie braucht. Sie hat immer eine Schwäche für die bösen Jungs gehabt. Im ersten Jahr an der Uni hat sie sich doch tatsächlich in einen Drogenabhängigen verliebt. Nicht so einer mit Spritzen, aber einer, der sich massenweise Pulver und Pillen reingestopft hat. Es war ziemlich turbulent, aber Cecilie wollte nicht aufgeben. Sie hat allen Ernstes geglaubt, dass sie ihn retten könnte.«

»Und ist es gut gegangen?«

»Nicht wirklich. Nach etwa einem Jahr hat sie kapiert, dass sie für ihn niemals so wichtig sein würde wie der Rausch. Als wir dann im Praktikum waren, hat sie sich in einen der Krankenträger verknallt. Das war durchaus verständlich, den hätte ich auch nicht abgewiesen, wenn Cecilie mir nicht zuvorgekommen wäre.« Adele Ferking kicherte. Als hätte sie für einen Augenblick vergessen, weswegen sie im Vernehmungsraum saß. Dann fuhr sie voller Ernst fort: »Brad war sowohl sexy als auch lustig, hat aber ständig Medikamente geklaut, die er dann weiterverkauft hat.«

»Brad?«

»Er hieß eigentlich Rino Bjarne Solberg, aber er sah aus wie eine jüngere Ausgabe von Brad Pitt. Alle haben ihn Brad genannt.«

»Das hat er bestimmt vorgezogen«, sagte Lars Weberg und kicherte.

Magnus lachte ebenfalls.

»Tja … das hat er. Er wurde natürlich angezeigt und entlassen, als herauskam, was er da trieb. Jede andere wäre in die entgegengesetzte Richtung geflüchtet, aber nein, nicht Cecilie. Sie war davon überzeugt, dass sie ihn wieder auf die richtige Bahn bringen könnte.«

»Aber es erwies sich als schwierig, ihn retten zu wollen?«

»Schlichtweg unmöglich. Glücklicherweise hat er sie fallen lassen und ist nach Dänemark gezogen. Danach war sie eine Weile Single. Dann kam Bjørn. Gepflegt. Ordentlich. Verflucht gut aussehend. Lustig. Nicht arm.« Schnell fügte Adele Ferking hinzu: »Also nicht, dass das jetzt was mit der Sache zu tun hätte, aber sie haben immer irgendwelche tollen Sachen zusammen gemacht. Es gab keinen Erdenwinkel, den sie in den gemeinsamen Jahren nicht besucht haben. An jedem Wochenende, das sie beide freihatten, war was los. Er hat sie mit teuren Geschenken überhäuft. Auch wenn Cecilie nicht so ein Typ Frau ist, so … Na ja, war jedenfalls kein Wunder, dass sie sich erst mal bezaubern ließ.«

»Ganz und gar nicht«, entgegnete Lars Weberg. »Es dauert immer ein bisschen, bis solche Typen ihr wirkliches Gesicht zeigen.«

»Ja, er war sozusagen das totale Gegenteil von denen, die ihr zuvor begegnet waren. Auch wir anderen waren davon überzeugt, bis sich dann zeigte, dass er ein richtiger Teufel war und schlimmer als die beiden anderen zusammen. Die waren ja einfach nur Loser, aber Bjørn war böse.«

»Was macht Bjørn Farsund beruflich?«

»Er ist Arzt.«

»Die beiden haben sich im Krankenhaus kennengelernt?«

»Ja, er hat in der Notaufnahme gearbeitet.«

»In Ordnung«, sagte Lars Weberg langsam, als ob er dabei etwas aufschrieb. »Ich gehe davon aus, dass er jetzt nicht mehr dort arbeitet.«

»Das kann ich Ihnen versprechen. Den Job hat er verloren. Und wissen Sie was? Das freut mich tatsächlich mehr, als dass er sitzen musste. Er kann niemals zurück in die Notaufnahme in Kalnes. Auch auf keine andere Station bei denen.«

»Aber seine Approbation hat er nicht verloren?«

»Nein, aber er hat sein Gesicht verloren, und das bedeutet ihm weitaus mehr. Da gibt's keinen Arzt und keine Krankenschwester, die nicht wissen, was er getan hat, und dessen ist er sich absolut bewusst. Und so was verbreitet sich auch von einem Krankenhaus zum nächsten. Nicht mehr viel Prinz übrig unter der glänzenden Rüstung.«

»Für Cecilie verwandelte sich die Zeit zwischen den Schichten im Krankenhaus also von einem Leben in Saus und Braus in ein eher normales Dasein?«

»Ja. Ich mache ja immer meine Scherze mit ihr und sage, dass sie an jenem Abend zweimal erwacht ist. Erstens aus der Bewusstlosigkeit, und zweitens aus dem Nebel, in dem sie seit ihrer Jugendzeit gewandelt ist. Schließlich hat sie dann begriffen, dass es Ruhe und Sicherheit sind, nach denen man streben sollte. Und beides fand sie bei Fredrik.«

»Und, Adele, Sie haben niemals irgendwelche Probleme zwischen den beiden erlebt?«

»Nein, nie. Oder ja, mein Gott, ich habe natürlich schon mal mitbekommen, dass sie sich über bestimmte Dinge nicht einigen konnten, aber sie hat nie erzählt, dass sie sich gestritten hätten oder so etwas. In der Zeit mit Bjørn hatte man ihr immer ansehen können, wenn der Haussegen schief hing.«

»Inwiefern?«

»Sonnenbrille nach Sonnenuntergang, Rollkragenpullover, im Sommer Blusen mit langen Ärmeln. Solche Sachen. Wir anderen Freundinnen haben es ja erst viel später kapiert, aber da war's auch offenkundig.«

»Was denkt denn Fredrik über Bjørn Farsund? Das kann doch nicht sehr angenehm sein, zu wissen, dass er irgendwo herumschleicht, ob jetzt am Telefon oder im Garten?«

»Soweit ich weiß, hat Bjørn sie nie zu Hause aufgesucht. Ich hoffe auch nicht, dass das geschieht, denn Fredrik weiß nicht mal, dass Bjørn existiert. Cecilie hat sich so sehr geschämt, dass sie ihm nichts davon erzählen wollte.«

»Sie schämt sich?«

»Ja, weil sie sich nicht früher von ihm getrennt hat. Dass sie sich fast fünf Jahre hat wie Dreck behandeln lassen. An dem Tag, als Bjørn seine Strafe antrat, hat Cecilie gleichsam ein neues Kapitel aufgeschlagen. *Jetzt fängt mein Leben an,* hat sie damals gesagt, *jetzt kann ich wieder leben.*«

*

Vom Bett aus spähte Nora durch den Schlitz zwischen den Vorhängen. Auf den Schnee, der im Hintergrund schweigend vom Himmel fiel. Auf den Wald, den sie nicht sehen konnte, der aber da war, wie sie wusste.

Ein Geräusch hatte sie geweckt. Erst glaubte sie, es wäre wieder dieser Mann gewesen. Der, der ihr erzählt hatte, dass er sich den Zeh gestoßen hatte. Aber als sie sich umdrehte und in den dunklen Raum sah, merkte sie, dass in dem Sessel an der Tür niemand saß. Nora setzte sich auf und erhob sich dann vom Bett. Sie schlich zur Tür hinüber und lauschte. Auch draußen war alles still.

Was bedeutet, dass die ganze Zeit jemand bei Ihnen sein muss.

Sie blickte auf den leeren Sessel. Den Wächtersessel. Den Beweis dafür, dass die Mädchen in der Klasse recht hatten: Sie war verrückt. Aber jetzt war niemand bei ihr. Draußen war auch niemand. Nicht einmal ferne, undeutliche Stimmen waren zu hören.

Geräuschlos ergriff sie die Türklinke.

Sie zuckte zusammen, als sie hörte, wie eine Tür geöffnet wurde. Aber nicht die Klinke, die sie in der Hand hielt, wurde heruntergedrückt. Es war die Badezimmertür hinter ihr, die aufging. Ein gelber Lichtstreifen ergoss sich über sie und den Boden.

»Wo wollen Sie denn hin?«

Es war nicht der mit dem Bart und dem gestoßenen Zeh. Diese Stimme war schärfer und spitzer. Nora ließ die Klinke los und drehte sich um. Ein Mann stand in der offenen Tür zum Badezimmer.

»Legen Sie sich wieder hin«, sagte er und trat einen Schritt vor. »Es ist mitten in der Nacht.«

»Wie spät ist es?«

»Halb vier.« Er setzte eine Art dümmliches Kneipengrinsen auf. Als ob er irgendwo an einer Theke stünde und die Aufmerksamkeit einer Frau zu erhaschen versuchte. Sein Arm deutete auf das Bett. Sie schleppte sich hinüber und legte sich hin, beobachtete, wie er die Tür fast ganz schloss, ehe er sich in den Sessel sinken ließ. Der schmale Lichtstreifen aus dem Badezimmer lag als schwacher Schimmer über seinem halben Gesicht. Er starrte sie an.

»Was glotzen Sie so?«

»Ich glotze nicht«, erwiderte er. »Versuchen Sie jetzt ein bisschen zu schlafen.«

»Wie spät ist es?«

»Immer noch halb vier.«

»Wie heißen Sie?«

»Didrik.«

»Wo ist der andere?«

»Wer?«

»Der Lustige mit dem Bart.«

»Das ist Anton. Er ist gerade mit einem anderen Patienten beschäftigt.«

Da war es wieder, dieses schmierige Kneipengrinsen. Ziemlich schräg. Als ob er versuchen wollte, ein Foto von sich für irgendeine Dating-App aufzunehmen. Nora drehte sich auf die andere Seite, wandte sich von ihm ab.

»Ich kann auch lustig sein«, sagte der Typ hinter ihr.

Die Zimmerluft berührte den Streifen nackter Haut an Rücken und Hintern, der von dem Patientenhemd nicht völlig bedeckt wurde. Nora konnte den Blick des Typen spüren und warf sich die Decke über.

KAPITEL 5

Mittwoch, 20. November

Polizeistudentin Melissa Harm überlegte einen Moment lang, ob sie vielleicht einem Mörder gegenüberstand. Nicht, weil der Mann vor ihr mit Blut beschmiert war oder so wirkte, als hätte er gerade jemanden getötet, sondern weil sie sich an eine Vorlesung an der Polizeihochschule vor einem Jahr erinnerte, wo darüber gesprochen worden war, dass weltweit vierzig Prozent aller ermordeten Frauen häuslicher Gewalt zum Opfer fielen. Vierzig Prozent. Also beinahe die Hälfte. Sie hätte eine Münze werfen können, und die Wahrscheinlichkeit, dass es *Zahl* gewesen wäre, war fast so groß, wie die Chance, dass der Mann ihr gegenüber seine Frau ermordet und die Leiche an einem unbekannten Ort entsorgt hatte. Wie sie wusste, wurden in Norwegen jährlich etwa zweitausend Menschen als vermisst gemeldet. Die meisten tauchten schnell wieder auf. Tatsächlich waren neunzig bis fünfundneunzig Prozent nach einem oder zwei Tagen wieder da, wie einer der Dozenten im Frühjahr erzählt hatte. Denn oft war es bloß ein seniler alter Mann, der auf der Suche nach seinem Elternhaus aus dem Pflegeheim entwischt war. Oder ein Teenager, der aus einer Einrichtung der Jugendfürsorge abgehauen war.

Doch der Mann, der in der Polizeiwache hinter der Glasscheibe stand und Melissa Harm aufgelöst anblickte, war nicht gekommen, weil er in einer Einrichtung arbeitete und einer der Bewohner ausgerückt war. Elias Ness war gekommen, um seine Frau als vermisst zu melden. Er sprach leise, als ob er nicht wollte, dass die anderen, die darauf warteten, an die Reihe zu kommen, etwas hörten. Seine eingesunkenen Augen lagen unter markanten Brauen, er hatte einen glatt rasierten Schädel, war irgendwas zwischen vierzig und fünfundvierzig und somit fünfzehn Jahre zu alt für sie, aber dennoch attraktiv.

»Nur einen Augenblick«, sagte Melissa und nahm den Telefonhörer ab.

Sie blickte auf einen Zettel mit den internen Nummern der verschiedenen Abteilungen in der Polizeistation Moss und suchte nach der Durchwahl für die Fahndungsabteilung. Sie fand die Nummer und bedachte Elias Ness mit einem aufmunternden Lächeln, während die Verbindung hergestellt wurde. Nach anderthalb Klingeltönen meldete sich eine Frauenstimme. Melissa erläuterte kurz, worum es ging, und legte wieder auf.

»So«, sagte Melissa. »Es kommt bald jemand, um mit Ihnen zu reden.« Mit flacher Hand deutete sie auf die Sitzgruppe. »Setzen Sie sich doch so lange.«

»Nein!«, entgegnete er laut und schlug mit der Faust auf den Tresen. »Ich habe keine Zeit zu warten.«

Sechs paar Augen richteten sich gleichzeitig auf sie.

»Okay, hören Sie, wenn nicht innerhalb von fünf Minuten jemand kommt, kümmere ich mich selbst darum.«

Der Mann sagte nichts, doch Melissa glaubte, ein bestätigendes Nicken zu sehen. Kaum hatte er sich umgedreht, kam auch schon die nächste Person aus dem Wartebereich und trat auf sie zu. Es war eine dunkelhäutige, üppige Frau mit Hijab. Sie trug eine Tasche über der Schulter. In der Hand hielt sie eine Geldbörse.

»Hallo«, sagte Melissa. »Wie kann ich Ihnen helfen?«

Die Frau legte die Geldbörse auf den Tresen und schob sie wortlos unter der Glasscheibe hindurch, die die Frauen trennte. Melissa nahm die Geldbörse und öffnete sie. Als Erstes sah sie den Mopedführerschein eines gewissen Roger Zachariassen, darauf das Foto eines männlichen Teenagers, der nach ihrer Berechnung sechzehn Jahre und drei Monate alt war und somit unmöglich ein Abkömmling der Frau sein konnte.

»Ness?« Die Stimme der Frau an der Tür zum Treppenhaus war deutlich zu hören. Es war die gleiche, die Melissas Anruf entgegengenommen hatte. Elias Ness erhob sich, ging hinüber zu der Ermittlerin, die, wie Melissa wusste, Kristin hieß und acht oder zehn Jahre älter war als sie selbst. Die beiden begrüßten sich mit Handschlag und entfernten sich.

»Haben Sie die gefunden?«, fragte Melissa. Keine Antwort. »Did you find this?«

»Yes.«

Melissa bedankte sich und versprach, den Besitzer zu kontaktieren. Die Frau bewegte sich auf den Ausgang zu. Im selben Moment, als sie hinausging, kam ein junges Paar herein und nahm in der Wartezone Platz. Melissa legte Roger Zachariassens Geldbörse beiseite und lächelte die Frau Mitte zwanzig, die sich an den Tresen gestellt hatte, entgegenkommend an.

Es war kurz vor acht Uhr am Morgen, und schon herrschte reger Besucherverkehr.

*

Kristin Mayer betrachtete Elias Ness. Er saß vornübergebeugt vor ihrem Schreibtisch. Das Kinn ruhte auf zwei gefalteten Händen. Sein Blick hatte sich in die Tischplatte gebohrt.

»Und dann denkt man natürlich gleich an die Frau unten in Fredrikstad«, sagte er. »Die vermisste Krankenschwester.« Er sah auf. »Seit wann ist sie jetzt verschwunden? Seit vier oder fünf Tagen? Das ist schließlich gerade mal eine halbe Autostunde entfernt.«

Während der Morgenbesprechung hatte Kristin Mayer erfahren, dass die vermisste Cecilie Olin aus Fredrikstad am Abend zuvor gefunden worden war, allerdings hatte sie nicht die Absicht, Elias Ness davon in Kenntnis zu setzen.

»Es ist völlig normal, so zu denken. Man denkt ja immer an das Schlimmste. Also«, sie blickte auf das Formular, das sie am Computerbildschirm ausgefüllt hatte, »als Sie heute Morgen wach geworden sind, da war Lisette verschwunden, und zuletzt gesehen haben Sie sie gestern Abend gegen Viertel vor zehn, als sie einen Spaziergang machen wollte.«

»Ja.«

Elias Ness richtete sich auf und sah mit in die Ferne gerichtetem Blick in den Schneeregen, der vor dem Fenster vom Himmel fiel. Kristin Mayer blickte erneut auf ihren Bildschirm.

»Und dann haben Sie sich hingelegt«, sagte sie. Eine Antwort blieb aus. Sie wiederholte ihre Frage.

»Mhm.«

Es schien so, als hätte er draußen etwas entdeckt. Kristin blickte in dieselbe Richtung, konnte aber nichts anderes sehen als unfreundliche graue Wolken.

»Ist das normal, dass sie abends so spät noch rausgeht?«

»Ja. Sie macht jeden Abend einen Spaziergang.«

»Um die gleiche Zeit?«

»Das kann etwas variieren, aber oft ist es um diese Zeit.« Er wandte endlich den Blick vom Fenster ab und rieb sich mit den Handflächen über das Gesicht. »Aber was passiert denn jetzt? Was machen wir?«

»Wir werden jetzt erst mal das hier erledigen, und danach schicke ich zwei Streifen raus, die Straßen und Wege absuchen sowie Befragungen in der Nachbarschaft durchführen werden. Ist sie immer dieselbe Strecke gegangen?«

»Ja. Aber können Sie das denn nicht zuerst machen? Die Streifen losschicken, und dann machen wir hinterher hier weiter?«

»Wir sind gleich fertig.« Sie überflog die kurze Erklärung, die er abgegeben hatte. Er nahm wieder die Position des Denkers ein, flocht die Finger ineinander und legte die Hände zusammen, beugte sich vor und ließ den Kopf auf den Händen ruhen. »Also, kurz nachdem Lisette gegangen war, haben Sie sich hingelegt und sind schnell eingeschlafen.« Kristin Mayer sprach in Richtung Bildschirm. »Dann sind Sie um zehn nach sechs aufgewacht und haben entdeckt, dass sie nicht im Bett lag, und nach einer Runde durchs Haus wurde Ihnen klar, dass sie seit Verlassen der Wohnung gestern Abend gar nicht mehr zu Hause gewesen ist. Gehen Sie immer so früh ins Bett?«

»Ja, ich hatte Frühschicht.«

»Okay. Und was arbeiten Sie?«

»Ich bin leitender Nachrichtenredakteur bei *Aftenposten*.«

»Sie arbeiten in Oslo?«

»Ja. Ich fahre um zehn vor sieben von zu Hause los. Und deshalb muss ich früh schlafen gehen.«

»Haben Sie versucht, sie anzurufen?«

»Selbstverständlich. Ihr Handy ist ausgeschaltet.«

»Was ist mit Freunden, Kollegen, Familie?«

Er nickte, ohne sie anzusehen.

»Ich habe alle angerufen. Niemand hat was von ihr gehört.«

»Okay.« Kristin Mayer lehnte sich auf ihrem Stuhl zurück. »Wie ist die Beziehung zwischen Ihnen?«

Erneut richtete er sich auf, holte tief Luft und hielt den Atem an. Als ob er versuchte, sich zu beherrschen.

»Jetzt hören Sie zu. Ich habe ihnen erzählt, dass etwas passiert ist. Man verschwindet nicht einfach so ohne Weiteres. Jedenfalls nicht Lisette. Sie ist ständig unterwegs, gibt aber immer Bescheid, wenn sie später nach Hause kommt.« Er nahm einen neuen tiefen Atemzug, schloss kurz die Augen und fuhr dann fort: »Also was muss man machen, um hier ernst genommen zu werden?«

»Ich nehme Sie durchaus ernst – in höchstem Maße. Ich versuche lediglich, mir ein Bild von Lisette und Ihnen und der ganzen Situation zu machen. Vergessen Sie bitte nicht, dass ich nicht mehr weiß als das, was Sie mir eben geschildert haben, aber je mehr die Polizei weiß, desto leichter ist es, zu klären, wo man mit der Suche anfangen soll. Wie lange sind Sie schon verheiratet?«

»Sechs Jahre«, erwiderte er. »Nein, sieben. Jetzt im Sommer waren es sieben.«

Sein Blick driftete wieder zum Fenster ab. Kristin Mayer dachte an einen Artikel, den sie vor einigen Jahren gelesen hatte. Darüber, dass das Glück in einer Paarbeziehung oft nach sieben Jahren nachließ. Ein schwedischer Psychologe hatte auf dem Gebiet geforscht und konnte dokumentieren, dass das berühmte *verflixte siebte Jahr* in der Realität tatsächlich existierte. Neuere Forschungen hatten etwas später ergeben, dass man einander inzwischen sogar schon viel schneller leid wurde. Das verflixte siebte Jahr war zum verflixten fünften Jahr geworden. Kristin fragte sich, wie diese Krise wohl heute genannt wurde. Zwei ihrer Freundinnen hatten vor drei Jahren geheiratet. Beide waren gerade wieder Single geworden.

»Und alles läuft gut?«, fragte sie sanft.

Er nickte. »Wir sind seit … wie viele Jahre sind das jetzt? … seit dreizehn oder vierzehn Jahren zusammen.«

Kristin Mayer erhob sich und sagte: »Ich möchte, dass Sie jetzt nach Hause fahren, damit jemand da ist, falls Lisette auftauchen sollte. Und vermutlich wäre es schlau, wenn Sie jemanden anriefen, der vorbeikommen und Ihnen Gesellschaft leisten könnte.«

*

Der morgendliche Besucheransturm war vorüber. Melissa Harm betrat den Bereitschaftsraum und wechselte ein paar Worte mit zwei Kollegen der Schutzpolizei, die die Füße auf den Tisch gelegt hatten und darauf warteten, von der Zentrale zu einem Einsatz abkommandiert zu werden. Sie nahm eine zuckerfreie Coca-Cola aus dem Kühlschrank und kehrte zurück an den Besuchertresen. Dort ließ sie sich auf den Stuhl fallen, zog das Handy aus der Hosentasche und rief Instagram auf. Dreizehn Kommentare und siebenundfünfzig neue Herzchen für das Foto, das sie geschossen hatte, nachdem sie am Morgen in der Garderobe in ihre Uniform geschlüpft war. Es war kein aufgesetztes Sieh-mich-an-Foto. Nur ein Lächeln im Spiegel und der Text: »Bereit für die Frühschicht«, gefolgt von einem Emoji, das eine Polizistin darstellen sollte. Sie las sich die Kommentare durch, sieben davon beantwortete sie.

Eine Tür wurde geöffnet, und Melissa blickte auf. Der Typ, der seine Frau vermisste, kam aus dem Treppenhaus. Er durchquerte den Raum mit schnellen Schritten und blickte starr zu Boden. Sie wusste in etwa, was die Ermittlerin zu ihm gesagt hatte. Dass er nach Hause fahren sollte; dass seine Frau aller Erfahrung nach wieder auftauchen würde, und das sogar schon bald. Andererseits – und das hatte Kristin Mayer ihm natürlich *nicht* gesagt – konnte es natürlich sein, dass seine Frau zu den Prozent gehörte, auf die das nicht zutraf. Melissa erschauderte bei dem Gedanken, während Mister Kopf-oder-Zahl auf den Hauptausgang zusteuerte.

Die Geldbörse! Der sechzehn Jahre und drei Monate alte Roger Zachariassen!

Melissa legte ihr Handy weg und blickte umher, konnte die Geldbörse aber nicht entdecken. Sie sah auf dem Fußboden nach, nichts, suchte hinter zwei Aktenordnern, die sie eigentlich hätte wegräumen sollen, ehe sie gestern Nachmittag nach Hause gegangen war. Sie stellte sie ins Regal, warf einen erneuten Blick auf den

Boden und hob ein paar lose Blätter auf, die in einer Ecke verstreut lagen. Da, unter einer Anzeige wegen eines gestohlenen Fahrrads, lag sie. Sie öffnete die Geldbörse. Neben dem Mopedführerschein enthielt sie zwei Hundert-Kronen-Scheine, ein Kondom, ein paar Quittungen und einen Geschenkgutschein von *Steen & Strøm* im Einkaufszentrum Mosseporten. Sie zog den Reißverschluss auf. In dem einen Fach lagen ein Hausschlüssel und ein paar Münzen. Melissa suchte die Telefonnummer von Roger Zachariassen heraus, wählte und ließ es klingeln, während sie sich eine Fünf-Kronen-Münze auf den Daumen legte und sie in die Luft schnipste. Sie fing die Münze auf und knallte sie auf den Tresen.

»Hallo?«

»Hallo, mit wem spreche ich, bitte?«, fragte Melissa.

»Ääh … Roger Zachariassen.«

»Hier ist Melissa Harm von der Polizei. Vermissen Sie etwas?«

Sie nahm die Hand weg und blickte auf die Münze.

KAPITEL 6

Mittwoch, 20. November

Magnus bewegte sich mit schnellen Schritten durch den Gang im Keller des Rikshospital, während er an seinem Frühstück knabberte: ein Krabbenbaguette vom Imbiss im Erdgeschoss.

Nachdem er in der Nacht endlich eingeschlafen war, hatte es nicht einmal drei Stunden gedauert, bis ihm das Handy signalisierte, dass es an der Zeit war, wieder aufzustehen. Nicht der Gedanke, dass er die Kripo zum ersten Mal allein repräsentieren würde, hatte ihn wach gehalten, sondern der Gedanke an denjenigen, dem er am Abend zuvor begegnet war. Denn Anton hatte Magnus an seinen eigenen Vater erinnert. Der hatte den gleichen leeren Blick gehabt, wann immer er die ausgetretenen Bahnen verließ und sich zuerst glücklich soff, und dann, wenn das nicht reichte – was immer der Fall war –, in die nächste Phase eintrat, die darin bestand, dass er Magnus' Mutter verfluchte und sich so lange aufregte, bis er umkippte. Wenn er wieder erwachte, kamen die Entschuldigungen und die Versprechen, dass sich das niemals wiederholen würde. Ein paarmal hatte es nur Tage gedauert, einige Male auch Monate. Aber es passierte immer wieder. Immer. Das endgültig letzte Mal war der Vater auf die Mutter losgegangen, während Magnus auf Socken zu den Nachbarn hinübergelaufen war. Wenige Minuten später war die Straße von zuckenden Blaulichtern erhellt worden. Der Vater war nie wieder nach Hause gekommen, nicht einmal, um seine Sachen zu holen. Magnus wusste, dass sein Vater später klare Perioden gehabt hatte – die

Großmutter hatte es erzählt. Das hatte nichts zu bedeuten, denn es war ihm nie gelungen seine Sucht zu überwinden. Und wenn, dann immer nur für kurze und manchmal längere Zwischenphasen. Vielleicht verhielt es sich ja mit Anton ebenso. Denn obwohl Magnus dessen Spielsucht nie als Problem erlebt hatte, musste es offenbar in der Vergangenheit durchaus problematisch gewesen sein. Dass es ihn seine Ehe mit Elisabeth gekostet hatte, war nichts, was Anton zu verbergen suchte. Als sie eines Abends einmal in Magnus' ehemaliger Souterrainwohnung in Lisleby gesessen und sich über seinen Vater unterhalten hatten, hatte Anton gesagt, dass Magnus' Vater durch den Alkohol vermutlich das gleiche Gefühl verspürte wie das, was sich bei ihm selbst durch das Glücksspiel einstellte. Wenn die Karten ausgeteilt wurden oder die Pferde auf der Trabrennbahn in Bjerke davonschossen, hatte das die gleiche Wirkung wie die Flasche an die Lippen zu setzen. Alles drumherum entspannte sich, alle Gedanken kamen zur Ruhe. Die guten und die bösen. Es gab keinerlei Sorgen, solange dieser Zustand anhielt. Einzig das Spiel war von Bedeutung, nichts anderes existierte. Anton brauchte nicht einmal zu gewinnen, er musste nur spielen. Magnus hatte keinen Zweifel daran, was jetzt passiert war. Anton war nicht *geheilt*, wie er das selbst nannte, nur weil er seit zwei oder drei Jahren keine Karten mehr angerührt hatte. Er hatte nur einen langen Aussetzer erlebt. Er würde niemals geheilt werden. Genau wie Magnus' Vater würde Anton stets rückfällig werden.

Magnus blieb vor der Tür stehen, die mit *Poulsens Laboratorium für Pathologie* gekennzeichnet war, und aß sein Baguette zu Ende, ehe er den nach Seife und Desinfektionsmitteln riechenden Raum betrat. Das Radio auf der Arbeitsbank summte leise im Takt mit der Lüftung. Auf dem Stahltisch in der Mitte des Saals lag ein mit einem weißen Laken bedeckter Körper. Die Tür zum Büro am Ende des Raums stand offen, und Magnus konnte hören, wie der Rechtsmediziner gerade dabei war, ein Telefonat zu beenden. Mogens Poulsen lebte genauso lange in Norwegen, wie er am Rechtsmedizinischen Institut praktizierte – seit den Achtzigerjahren – sprach Norwegisch aber immer noch mit einem starken dänischen Akzent. Seine graue Haarpracht erinnerte an einen verwelkten Löwenzahn. Magnus erwiderte den grüßenden Blick des Dänen hinter seiner runden, rahmenlosen Brille.

Der Pathologe legte auf.

»Tut mir leid«, sagte er und kam aus seinem Büro. »Ich fliege heute noch nach Bergen und musste überprüfen, ob die Logistik noch steht. Will sagen: Ich musste mich vergewissern, dass mich meine Tochter nachher zum Flughafen fährt.«

»Bergen?«, fragte Magnus.

»Fortbildung«, erwiderte er, durchquerte den Raum und winkte Magnus hinter sich her. »Ich bin Freitagvormittag wieder da. Ich bin telefonisch erreichbar, also rufen Sie einfach an, falls was sein sollte.«

»Fortbildung? Ich dachte, Sie wüssten alles über Ihr Fach.«

»Ich soll die Fortbildung leiten, jedenfalls einen der Kurse.« Er blieb vor der Arbeitsbank stehen, die an der Wand angebracht war. »Der Tod ist am Sonntagmorgen irgendwann zwischen drei und sieben Uhr früh eingetreten. Wegen der Außentemperatur kann ich das nicht genauer bestimmen. Kein Anzeichen für einen sexuellen Übergriff. Vereinzelte kleine Risse in der Vagina, aber nichts, was nicht auch durch gewöhnlichen Verkehr entstehen kann.« Der Däne deutete auf fünf durchsichtige Plastikbeutel, die nebeneinander auf der Arbeitsbank lagen. »Das sind die Sachen, die sie getragen hat.«

Die Strümpfe waren zerrissen, der dunkelgraue Rock zeigte Flecken von Erde und Sand, und die weiße Bluse war verschmutzt und von Blut verfärbt, das durch den BH gedrungen war. An der dunklen Jacke war der Pelz um die Kapuze ebenfalls von Blut verklebt und verfärbt.

Mogens Poulsen trat an den Stahltisch, fasste nach dem Laken, das die Tote bedeckte, und zog es bis zu den Füßen herunter. Die Haut an Cecilie Olins Hals war gelb und braun verfärbt, mit großen blauroten Feldern dazwischen. Ihr langes dunkles Haar war gewaschen und nach hinten gekämmt worden. Eines ihrer Augen erinnerte an eine geplatzte Pflaume. Rote und gelbbraune Flecken in verschiedenen Größen bedeckten den ganzen Körper, mit Ausnahme des rechten Armes und Beines. Ober- und Unterlippe waren zerfetzt, die Nase war zur Seite hin verschoben. Das linke Schlüsselbein stieß von innen gegen die Haut, wodurch die Schulter schief wirkte, und eine Vertiefung verlief zwischen den Brüsten. Das linke Bein und der linke Unterarm standen in unnatürlichem Winkel ab. Der Däne hatte sich Gummihandschuhe übergestreift und öffnete die Lippen der Toten mit Daumen und Zeigefinger. Mehrere Zähne waren ausgeschlagen. Zwei Finger an der einen Hand sahen gebrochen aus.

»Der Ehering«, sagte Magnus und zeigte auf ihre nackten Finger. »Liegt der in einem der Beutel?«

»Sie hat keine Ringe getragen.«

»Ist das nicht seltsam?«

»Doch, wo Sie es sagen.« Mogens Poulsen beugte sich über den Körper und hob eine der Hände an. Er legte die Spitze seines eigenen Zeigefingers an das hintere Fingerglied von Cecilie Olins Ringfinger. Dort, wo der Ring hätte sitzen sollen, war die Haut ein wenig heller.

»Jedenfalls hat sie bis vor Kurzem einen Ring getragen.«

»Kann die Person, die die Tat verübt hat, ihn genommen haben?«

»Ich bin wirklich froh, dass ich über solche Dinge nicht spekulieren muss«, entgegnete der Däne und verzog leicht den Mundwinkel. »Ich brauche mich nur an medizinische Fakten zu halten. Aber natürlich ist es nicht undenkbar, dass die Person, die hierfür verantwortlich ist, auch den Ring genommen hat.«

Magnus musterte den Körper.

»Sieht aus, als wäre sie überfahren worden.«

»Das habe ich auch gedacht, als sie hergebracht wurde. Dass sie erst angefahren und dann überfahren wurde, ehe der oder die Verantwortliche sich mit der Leiche vom Tatort entfernt hat, aber wenn Sie hier mal schauen ...«

Er justierte die Lichtstärke an der Lampe über dem Stahltisch, während er das Licht seitlich auf den Kopf von Cecilie Olin richtete. An der Schläfe war eine Hautabschürfung. Ein helles Braungelb mit Anzeichen kleiner verästelter Blutgefäße.

»Sehen Sie da irgendwelchen Schorf?«

»Nein«, erwiderte Magnus.

Der Rechtsmediziner bewegte sich einen Schritt weiter und hielt die Handfläche über die Vertiefung an der Brust. Magnus konnte den schwachen Abdruck einer Schuhsohle auf der Haut zwischen den Brüsten sehen. Er sah an dem entstellten Körper hinab. Blutergüsse waren über den flachen Bauch verteilt und erinnerten an die Eisblumen, die er am Morgen von der Frontscheibe gekratzt hatte.

»Die Rippen wurden mit solcher Kraft in die Lunge getreten, dass die Sohle durch die Bluse hindurch einen Abdruck hinterlassen hat. Angesichts eines derart zerstörten Auges ist es im Übrigen schwierig, ja manchmal unmöglich festzustellen, ob eine Verletzung vor oder nach Eintreffen des Todes zugefügt wurde, aber aufgrund der niedrigen Temperaturen, die jetzt draußen herrschen, ist es gerade etwas einfacher. Wenn es ein paar Grad wärmer gewesen wäre, dann hätte der Verwesungsprozess schon eingesetzt und ich hätte auf die Ergebnisse der mikroskopischen Untersuchungen warten müssen.« Der Däne stellte sich hinter das Kopfende. »Wie wir schon gesehen haben, können die Verletzungen an eine Konfrontation zwischen Auto und Fußgänger erinnern. Solche umfassenden Verletzungen sind mir eigentlich nur von Verkehrsunfällen bekannt. Wie Sie selbst sehen, gibt es keine Gewebereaktion bei den Hautabschürfungen an der Schläfe, und ich glaube nicht, dass ihr vor die Brust getreten wurde, sondern dass der Täter auf ihr herumgesprungen ist. Ich konnte nämlich nur einen Sohlenabdruck sehen, und da müsste man schon wie ein Pferd gebaut sein, um solch eine Verletzung mit nur einem Tritt zu verursachen.« Er kam um den Tisch herum und stellte sich mit vor der Brust verschränkten Armen neben Magnus. »Doch die Schläge und Tritte, die dem Körper zugefügt wurden, waren nicht tödlich. Nicht einzeln für sich und auch nicht zusammen. Wenn sie im Laufe von einigen Stunden ärztliche Hilfe bekommen hätte, dann hätte sie die Folgen dieser Gewalttat überleben können – sofern sie da nicht schon tot war.«

»Wie meinen Sie das?«

»Viele der Verletzungen wurden ihr post mortem zugefügt.«

»Und was ist dann die Todesursache?«

Mogens Poulsen legte Cecilie Olin je einen Finger über und unter das Auge und klappte das Augenlid mit der freien Hand so weit wie möglich nach hinten auf. Auf der Innenseite waren Dutzende kleiner punktförmiger Blutungen von ein paar Millimetern Größe zu erkennen.

»Wurde sie erwürgt?«

»Genau. Der Kehlkopf wurde eingedrückt.« Er blickte auf das zerschmetterte Gesicht. »Das kann Ihre große Feuertaufe werden, Torp, denn so etwas bringt nur ein einziger Typus Mörder zustande.« Mogens Poulsen breitete das Laken über die Tote. »Nämlich der Typus, der echt verrückt ist.«

KAPITEL 7

Volda, 1999, Tag 38

Schwanger.

Rebekka musste schwanger sein. Er blieb stehen und lehnte sich mit dem Hintern an die Kante der niedrigen Mauer, die vom Parkplatz in Richtung Ärztezentrum verlief.

Eine Schwangerschaft würde bedeuten, dass Rebekka ihr Pädagogikstudium abbrechen und alles auf Wartemodus stellen müsste. Nicht nur das Studium, sondern das ganze Leben. Einschließlich ihn selbst, denn im schlimmsten Fall müsste sie mit dem Kind zurück nach Mandal ziehen, damit alles funktionierte. Natürlich hatte er gedacht, dass sie eines Tages zusammenwohnen würden, aber doch nicht jetzt. Nicht in Volda, und auf keinen Fall in dem verschissenen Mandal. Es müsste schon eine Stadt von gewisser Größe sein. Kristiansand könnte gehen, doch am allerliebsten Oslo. Vielleicht Trondheim. Zur Not Bergen. *Zur Not.* Er war schon das Dreckswetter leid, das während acht von zehn Tagen an *diesem* Ort herrschte, und in dieser Hinsicht war Bergen keinen Deut besser, aber immerhin eine Stadt von einer gewissen Größe.

Er blickte auf den Parkplatz. Sein Hasenherz beruhigte sich wieder. Sollte sich zeigen, dass Rebekka schwanger war, so musste das nicht zwangsläufig den Anfang vom Ende bedeuten. Im Gegenteil. Dann würde sie für immer die Seine sein. Sie würde ihn auf dem Rasen vor der Hochschule küssen, ohne Angst zu haben, dass jemand sie sah, würde ihn in den Armen halten, während die Cousine am Küchentisch eifersüchtig zu ihnen herüberspähte. Sie würde ihn anflehen, vor ihr auf die Knie zu gehen. Denn er wusste genauso gut wie Rebekka, dass Vater Vehler ihr die Tür weisen und ihr klarmachen würde, dass sie sich nie wieder blicken zu lassen brauchte, wenn sie mit einem dicken Bauch, aber ohne Ring am Finger, auf dem Bauernhof in Mandal auftauchte.

Er war vielleicht nicht derjenige, den ihre Eltern sich vorgestellt hatten. Sie wünschten sich wohl eher jemanden, der sich in der Zukunft um den Bauernhof kümmern könnte, den Rebekka eines Tages erben sollte. Darüber hinaus wünschten sie sich jemanden, der Jesus hoch achtete. Das würde er zwar niemals tun, aber er könnte ja so tun als ob? Er könnte sich eine Bibel kaufen und darin herumblättern, ein paar Stellen auswendig lernen, um sie bei passenden Gelegenheiten zu zitieren. Das würde ihren Vater doch sicher beeindrucken. Er könnte auch in die Bibliothek gehen und ein paar Bücher über das Christentum ausleihen. Lächelnd sah er zu den geparkten Autos hinüber.

Was könnte es also sonst sein, das so *wichtig* war. Das musste doch bedeuten, dass sie ein Kind erwartete.

Er dachte nach. Wollte ihre Cousine vielleicht ausziehen? Aber mitten im Semester aufhören? Nein, das glaubte er nicht. Jedenfalls war es unwahrscheinlich, dass Rebekka deswegen umziehen würde. Dafür ging es ihr viel zu gut. Und sie mochte ihn viel zu sehr. Das hatte sie gesagt. Dass sie dabei war, sich in ihn zu verlieben.

Gesetzt den Fall, dass sie weder schwanger war noch die Missgeburt von Cousine ausziehen wollte, was könnte es dann sein?

Er musste sie sehen, musste wissen, dass alles noch so war wie vor zwei Tagen, als sie sich zum elften Mal getroffen hatten. Dass sich nichts geändert hatte. Er bewegte sich in Richtung Osten.

Ein paar Minuten später kam er zur Hochschule, zog die Kapuze seines Shirts über den Kopf, verlangsamte das Tempo und musterte die kleinen Gruppen aus Studenten, die sich über den frisch gemähten Campusrasen verteilt hatten. Er ließ den Blick diskret umherschweifen und hielt Ausschau nach dem herzförmigen Gesicht mit den langen blonden Locken.

Als er sie entdeckte, wäre er beinahe erstarrt. Sie stand auf der Steinbrücke, die vom Campus zum Parkplatz hinüberführte. Sie lächelte, lachte. Genauso hatte er es sich vorgestellt. Wenn sie bloß nicht so dicht neben einem anderen Kerl gestanden hätte, dass sein Hasenherz gleich wieder einen Haken schlug.

KAPITEL 8

Mittwoch, 20. November

Wie einen autoritären, robusten Mann in den vierzigern mit ausgedünntem Haar und einem Bauch, der sich über den Gürtel wölbte, so hatte Magnus sich Lars Weberg vorgestellt, als er in der Nacht seiner Stimme gelauscht hatte. Der Mann vor ihm, der sich gerade als Lars Weberg vorgestellt hatte, war indes nicht robust, sondern schlank und hatte schmale Schultern. Er wirkte auch nicht sonderlich autoritär, als er am Empfang der Polizeistation Grålum stand und freundlich lächelte. Sein Vollbart war grau gesprenkelt, seine Haare gingen ihm bis zu den Ohren und wirkten weit weniger ergraut. Was sein Alter betraf, hatte Magnus anscheinend nicht ganz falsch geraten: Er sah etwa zwanzig Jahre älter aus als Magnus mit seinen einunddreißig.

Auf dem Weg zum Aufzug informierte Magnus den Kollegen über den Besuch bei Mogens Poulsen. Lars Weberg drückte auf den Knopf für die dritte Etage. »Zur Fahndungsgruppe also«, sagte Magnus. »Wie viele sind wir?«

»Fünf Ermittler – sechs mit dir – und zwei Analystinnen. Alle sind schon an der Arbeit. Die Analystinnen stehen gerade mit Telenor in Kontakt, um eine Übersicht der Aktivitäten an den Sendemasten zu bekommen, die den Fundort abdecken.«

Die Aufzugtüren glitten auf. Magnus folgte Lars Weberg durch den Gang.

»Und dann haben wir zwei Ermittler zusammen mit den Kriminaltechnikern in der Wohnung der Verstorbenen.«

»War dafür eine richterliche Anordnung erforderlich?«

»Nein, der Ehemann verhält sich kooperativ und hat Verständnis dafür, dass wir ihr Zuhause untersuchen müssen. Wir waren Montagvormittag schon mal da, aber jetzt … tja, die Situation ist jetzt eine andere.«

»Anders ausgedrückt, ist er also damit einverstanden, ganz oben auf der Liste zu stehen?«

»Ja – wobei er es natürlich nicht so direkt gesagt hat.«

Lars Weberg blieb vor einer Bürotür stehen.

»Bereit?«

»Der Ehemann sitzt da drin?«

»Ja.«

»Haben wir irgendwas zu dem Wagen, der sie in der Nacht mitgenommen hat?«

»Ein paar Leute sammeln gerade die Aufnahmen von den Überwachungskameras im Zentrum ein. Hoffentlich finden wir welche von Cecilie und sehen, wie sie sich in den Wagen setzt.«

»Gut. Was ist mit den Mautstellen im aktuellen Zeitraum?«

»Man wird registriert, wenn man in die Innenstadt hineinfährt, nicht aber auf dem Weg hinaus.«

Natürlich, dachte Magnus, das wusste er eigentlich.

»Na, denn mal los«, sagte er und legte die Hand auf die Türklinke.

*

Moss Beauty war ein Schönheitssalon, der sich auf das spezialisiert hatte, was die meisten Frauen – und eitle Männer – für ihr Äußeres tun konnten, ohne dass es einen chirurgischen Eingriff erforderte. Ein chemischer Dunst, der Kristin Mayer an Nagellackentferner erinnerte, vermischte sich mit dem eher dominanten Vanillegeruch, der den Räucherstäbchen neben dem Kassenautomaten entströmte. Sie sah sich in den hellen, modernen Geschäftsräumen um. Einige Modemagazine lagen betont zufällig verteilt auf einem niedrigen Tisch zwischen vier Designerstühlen. Frische Blumen standen in großen Vasen, gerahmte Schwarz-Weiß-Fotos hingen an der Wand. Es waren allesamt Nahaufnahmen. Von Wangenknochen, Lippen, Augen mit langen Wimpern und schön getrimmten Brauen und von schlanken eleganten Fingern mit sehr gepflegten Nägeln.

Eine Tür wurde geöffnet, und eine Frau mit braunen Haaren in den dreißigern trat aus einem der Hinterzimmer. Sie war in eine Art schwarze Krankenschwesterntracht gekleidet, die jedoch wesentlich strammer und besser zu sitzen schien als das Original. Um den Hals trug sie einen roten Seidenschal. Kristin Mayer blickte erneut auf die Fotos und konstatierte, dass die Frau vor ihr auf jeden Fall für zwei davon Modell gestanden hatte.

Die Augen und die Lippen.

Sie reichte ihr die Hand und stellte sich vor. Die Frau – Diana – setzte schnell eine ernste Miene auf und sagte: »Elias war hier, als ich zur Arbeit kam.«

»Sie meinen, dass er hier gewartet hat?«

»Ja, er saß draußen im Wagen«, sie deutete auf das zur Straße hinausgehende Fenster, »und hat mich angesprochen, als ich die Tür aufschloss. Er fragte, ob ich etwas von Lisette gehört hätte.«

»Aber das haben Sie nicht?«

Diana schüttelte den Kopf.

»Er meinte, Sie würden draußen auf Jeløy nach ihr suchen.«

»Das haben wir getan.« Kristin Mayer blickte abermals auf die Fotos und erkannte, dass auch die Wangenknochen von Diana waren. »Sie haben also keine Ahnung, wo sie sein könnte?«

»Glauben Sie, dass ihr was passiert ist?«

»Bis jetzt deutet nichts darauf hin, und normalerweise warten wir ein wenig länger ab, bevor wir eine Untersuchung in die Wege leiten, aber so, wie ich den Ehemann verstanden habe, sieht das Lisette gar nicht ähnlich. Sie gibt sonst wohl immer Bescheid.«

Diana nickte stumm. Ihr Blick richtete sich auf Kristin Mayers Schulter und darüber hinweg.

»Ich … äh, ich sollte das eigentlich nicht erzählen, weil ich nämlich versprochen habe, es für mich zu behalten.«

»Was denn?«

»Sie wird scheißsauer auf mich sein, wenn ich Ihnen das sage, aber jetzt muss ich ja wohl? Ich meine, sie kann ja nicht einfach so abhauen. Sie muss doch begreifen, dass Elias sich Sorgen macht?«

»Woran denken Sie denn?«

»Elias habe ich natürlich nichts davon erzählt. Aber als er vorhin hier war und sagte, dass Lisette gestern Abend nicht nach Hause gekommen sei, hatte ich so ein Gefühl, wo sie vielleicht sein kann.«

*

Über eine Dreiviertelstunde lang hatte der vierzigjährige Fredrik Olin mit leiser Stimme detailliert erläutert, womit er sich am Samstag beschäftigt hatte. Dass er am frühen Nachmittag zur Arbeit gefahren und um kurz nach elf wieder nach Hause zurückgekehrt war. Dass er das Taxi ein paar Minuten später einem anderen Fahrer übergeben und sich dann unter die Dusche gestellt hatte, ehe er sich von seiner Frau und Adele Ferking verabschiedet hatte. Dass er danach zwei Pils getrunken und sich dann hingelegt hatte.

»Ich weiß, wie schwierig das ist, Fredrik«, sagte Lars Weberg und betrachtete das Gesicht auf der anderen Seite des Schreibtischs. Ein paar Tage alte Bartstoppeln bedeckten die Wangen unter den resigniert wirkenden, blutunterlaufenen Augen. »Aber wie ich eingangs schon erwähnt habe, ermittelt Magnus Torp seit heute in dem Fall.«

»Das verstehe ich«, sagte Fredrik Olin und blickte auf die volle Kaffeetasse, die schon vor einiger Zeit aufgehört hatte zu dampfen. »Es ist auch nicht so schwer nachzuvollziehen, was Sie denken.«

»Was denken wir denn?«, fragte Lars Weberg so sanft, wie es seine dunkle Stimme zuließ.

»Ich weiß, was die Statistiken sagen. Sie glauben, dass ich es gewesen bin. Aber das stimmt nicht. Ich möchte nur so schnell wie möglich als Verdächtiger ausscheiden, damit Sie Ihre Ressourcen auf andere Dinge konzentrieren können.«

»Nichts veranlasst uns, Sie zu verdächtigen«, sagte Magnus. »Ich finde, Sie sollten nicht zu viele Gedanken und Energie darauf verschwenden, dass wir uns hier unterhalten. Und ganz sicher werden wir auch noch öfter miteinander reden.«

»Außerdem erleben wir Sie als kooperativ«, sagte Lars Weberg.

»Wissen Sie, ob die schon fertig damit sind, unsere Wohnung zu untersuchen?«

»Das kann noch den ganzen Tag dauern.« Lars Weberg streckte ein Bein aus und wechselte die Sitzposition. »Vielleicht sogar bis einschließlich morgen. Wir übernehmen natürlich Ihre Hotelkosten, falls Sie keinen anderen Ort haben, wo Sie übernachten können.«

»Sie haben ausgesagt, dass Sie Taxi fahren«, sagte Magnus. »Sind Sie der Eigentümer des Wagens?«

»Ja.«

»Wie lange fahren Sie schon Taxi?«

»Zuerst waren es fast acht Jahre in Oslo, und … ja, in Fredrikstad dürften es wohl vierzehn Monate sein. Also zusammen etwas über neun Jahre. Während der letzten sechs Monate hatte ich eine eigene Lizenz.«

»Also hier in der Stadt seit gut über einem Jahr. Dann kennen Sie vermutlich alle, die hier als Fahrer herumschleichen?«

»Man kennt sich natürlich vom Sehen, aber ich habe sonst keinen sozialen Kontakt mit jemandem von denen. Nicht mal mit meinen eigenen Fahrern.«

»Haben Sie mehrere?«

»Ich habe einen fest angestellten und einen, der bei Bedarf arbeitet, aber … was hat das mit Cecilie zu tun?«

Magnus warf einen Blick auf die Notizen, die er sich während Fredrik Olins Aussage gemacht hatte.

»Sie haben gesagt, dass Sie um kurz nach elf nach Hause gekommen seien und dass Sie Cecilie angerufen hätten, bevor Sie gegen halb eins schlafen gegangen sind. Und laut Ihrer Aussage hat Cecilie dann gesagt, dass es vermutlich nicht sehr spät würde.«

Fredrik Olin nickte.

»Wäre es nicht einfach für Sie gewesen, ein Taxi für Ihre Frau zu organisieren, falls sie nach Hause kommen wollte? Ich meine, Sie hätten ja nicht mal die Zentrale anrufen müssen, um eines zu bestellen. Sie haben doch sicher die Telefonnummern vieler Kollegen in Ihrem Handy gespeichert.«

»Ich habe ihr das vorgeschlagen, aber da sie nicht wusste, wann sie nach Hause wollte, konnte ich ja nichts mit jemandem vereinbaren. Ich habe auch gesagt, dass es vielleicht schlau wäre, an die Rückfahrt zu denken, ehe die Kneipen alle schließen, weil es dann nämlich immer lange Warteschlangen gibt und somit auch egal ist, von wie vielen Kollegen ich die Nummer habe.«

»Das haben Sie vergessen zu erzählen.«

»Tut mir leid.« Fredrik Olin rieb sich mit den Händen durchs

Gesicht. »Ich habe auch mit meinem Fahrer gesprochen, nachdem Cecilie mich in der Nacht angerufen hatte.«

»Ach, tatsächlich?« Magnus schob sich den Kugelschreiber zwischen die Lippen. »Würden Sie uns bitte noch mal den Handlungsverlauf schildern? Von dem Moment an, als Sie sich gegen halb eins hingelegt haben.«

»Noch mal?« Fredrik Olin sah Lars Weberg an. »Das habe ich doch gerade eben getan.«

»Ich weiß«, sagte Magnus, »aber Sie haben ja sicher gerade viel im Kopf. Nehmen Sie sich Zeit.«

Fredrik Olin streckte die Hand nach einer Kleenex-Packung aus, die auf dem Schreibtisch stand. Ein lautes Prusten ertönte, als er sich heftig schnäuzte und das Tuch dann zusammenfaltete.

»Ich habe auch ...« Er schnäuzte sich abermals und knüllte das Papiertuch zusammen. »Ich habe sie angerufen und gefragt, ob es ihr gut geht. Und sie erzählte, dass sie mit Adele im Savoy sei.«

»Wirkte sie sehr beschwipst?«

»Sie hat nicht gelallt oder so was. Sie war gut gelaunt, aber sie sagte, sie sei müde, und dass es vermutlich nicht spät würde. Da habe ich sie gefragt, ob ich ihr sofort ein Taxi bestellen sollte, aber sie wollte noch etwas bleiben. Wollte Adele nicht allein lassen.«

»Und danach?«

Fredrik Olin presste die Lippen aufeinander, während er schräg nach oben blickte.

»Ich bin eingeschlafen und dann wieder wach geworden, als sie mich anrief.«

»Das war um 02:58 Uhr?«

»Ja. Sie erzählte, dass sie kurz hinter der Borge Grundschule aus einem Wagen geworfen worden sei.«

»Das ist nicht weit von Ihrem Zuhause entfernt, oder?«

»Nein, eine Viertelstunde zu Fuß. Ich habe sie natürlich gefragt, wie um alles in der Welt sie da gelandet sei, und da sagte sie, dass sie angefangen hätte, sich zu übergeben, und dass derjenige, der gefahren sei, nicht gewollt habe, dass sie den Wagen vollkotzte.«

»Sie hat nicht gefragt, ob Sie kommen und sie abholen könnten?«

»Nein, sie wusste ja, dass ich zwei Bier getrunken hatte und mich nicht ans Steuer setze, wenn ich auch nur einen Schluck intus habe.« Fredrik Olin fasste sich ins Gesicht. Sein Atem ging schneller. Es war deutlich, dass er versuchte, die Tränen zu unterdrücken, doch es gelang ihm nicht. Er schniefte und wischte sich mit dem Handrücken die Nase ab. »Ich habe sie ausgeschimpft.«

»Sie haben Sie ausgeschimpft?«, fragte Magnus.

»Ja …«

»Warum haben Sie das getan?«

»Als ich kurz nach Mitternacht mit Cecilie gesprochen hatte, war es mir vorgekommen, als ob die beiden, oder jedenfalls sie, relativ bald nach Hause wollten. Und zweieinhalb Stunden später ist sie so voll, dass sie aus irgendeinem illegalen Schwarztaxi geworfen wird.«

»Hat sie gesagt, dass es ein Schwarztaxi war?«

»Nein, aber davon geh ich aus, weil sie nicht gesagt hat, wie der Fahrer hieß. Hätte sie ihn gekannt, hätte sie mir auch erzählt, wer es war. Und allein, dass sie ein Schwarztaxi genommen hat …« Fredrik Olin schloss die Augen und schüttelte den Kopf. »Ich habe ihr bestimmt hundertmal erklärt, dass so was für Frauen lebensgefährlich ist – insbesondere wenn sie allein sind. Und dann habe ich gesagt, es sei mir unbegreiflich, dass eine erwachsene Frau nicht besser planen könne und dass es völlig verrückt sei, dass sie mit ihren zweiunddreißig Jahren nicht gelernt habe, mit Alkohol umzugehen.«

»Was wurde dann weiter gesagt?«

»Sie hat bloß gelacht. Und dann sagte sie ›Jetzt kommt er zurück‹.«

»Wer? Der Kerl, der sie gefahren hat?«

»So habe ich das jedenfalls verstanden.«

»Wissen Sie, ob er angehalten hat?«

Fredrik Olin schüttelte den Kopf.

»Sie hat dann aufgelegt.«

»Ohne was zu sagen?«

»Nein, sie hat ›Bis bald‹ gesagt und dann ›Vergiss nicht, dass ich dich liebe‹.« Mit den Ellbogen auf den Knien beugte er sich vor und legte das Gesicht in die Hände. »Verdammt!«

»Sie haben gesagt, Sie hätten mit Ihrem Fahrer gesprochen«, sagte Magnus nach einer Weile. »Das ist dann als Nächstes passiert, ja?«

»Ja«, erwiderte Fredrik Olin. »Ich hatte ein schlechtes Gewissen, weil ich sauer geworden war. Ich hoffte, dass Farhad vielleicht irgendwo in der Nähe war, aber er befand sich mit dem voll besetzten Taxi auf einer Fahrt nach Hvaler.« Fredrik Olin richtete sich auf und wischte sich über die Wangen. »Ich hätte fahren können, wissen Sie. Das ist ja keine lange Strecke. Das hätte ich schon noch geschafft. Oder zumindest hätte ich ihr entgegengehen können.«

»Sie sollten diese Gedanken wirklich nicht weiter verfolgen«, sagte Lars Weberg. »Cecilie kann im Laufe von Sekunden oder ein paar Minuten von irgendwem sonst aufgelesen worden sein. Darüber wissen wir noch nichts. Ich will damit sagen, dass es wahrscheinlich keinen Unterschied gemacht hätte, wenn Sie losgefahren wären, um sie abzuholen. Allenfalls den, dass die Suchaktion ein paar Stunden früher gestartet worden wäre. Denn Sie haben sich doch wieder hingelegt, oder?«

»Ja«, erwiderte er mit heiserer Stimme. »Und ich bin gleich wieder eingeschlafen.«

Fredrik Olins Blick schweifte durch den Raum, verweilte auf dem von der Decke hängenden Mikrofon, auf den Archivschränken, auf der leeren Korktafel an der Wand und auf dem Fenster hinter Magnus' Rücken.

»Was ist mit ihr geschehen?«

*

»Ich bin ihm nie zuvor begegnet«, sagte Diana. »Sie hat mir nur irgendwann mal ein Foto gezeigt.«

Kristin Mayer setzte sich der Kollegin von Lisette Ness gegenüber, zog ihren Notizblock hervor und griff nach dem Kugelschreiber.

»Wie heißt er noch mal?«

»Tony Isdahl.«

»Und die beiden hatten also ein Verhältnis?« Kristin Mayer machte sich Notizen und registrierte dabei, dass ihr Gegenüber nickte. »Wissen Sie, wie lange schon?«

»Das ging so seit ein paar Monaten, glaube ich.« Diana wandte betreten den Blick ab. »Und dann hat Lisette es vor vier oder fünf Wochen beendet.«

Kristin Mayer sah auf die zehn Blockbuchstaben hinunter, aus denen der Name des Lovers von Lisette Ness zusammengesetzt war.

»Weiß Elias, dass sie ihm untreu gewesen ist?«

»Nein, sind Sie verrückt?«

»Nach dem Gespräch mit Elias hatte ich den Eindruck, dass die Ehe gut funktioniert hat.«

»Ja, dem Anschein nach haben sie es gut zusammen, und die Dinge laufen wohl so einigermaßen, aber in letzter Zeit hat es sie doch etwas beschäftigt, dass sie keine Kinder haben. Elias schreibt und recherchiert ständig irgendwas. Wenn wir hier um fünf Uhr schließen, ist der Arbeitstag für Lisette sozusagen beendet. Aber eben nicht für ihn. Sie hätte gern etwas mehr vom Leben, als zu jemandem nach Hause zu kommen, der dann nur dauernd vor dem Computer hockt. Außerdem geht sie auf sechsunddreißig zu.«

»Sie sorgt sich wegen der biologischen Uhr?«

»Ja.«

»Aber ihr Mann nicht?«

Diana schüttelte den Kopf und sagte: »Er möchte keine Kinder.«

»Hat sie erzählt, wieso?«

»Er hat Angst.«

»Angst?«

»Sie haben vor fünf Jahren ihren Sohn verloren, er ist ertrunken, und Elias …«

»Wie alt war der Sohn?«, unterbrach Kristin Mayer.

»Sechs.«

»Das wusste ich nicht. Fahren Sie fort.«

»Sie haben natürlich beide schwer darunter gelitten, aber Lisette hat irgendwie … Ich will nicht sagen, dass sie darüber *hinweggekommen* ist, aber jedenfalls ist sie irgendwie weitergekommen. Doch Elias nicht. Zwei Jahre nach dem Unglück hat Lisette geäußert, dass sie vielleicht wieder zu dritt sein sollten, aber Elias hat abgelehnt. Es kam für ihn nicht infrage. Lisette glaubte, dass …« Weiter hinten im Geschäft wurde eine Tür geöffnet, und schnelle Schritte näherten sich. Diana hielt den Zeigefinger vor ihre vollen Lippen. Es war eine Frau in identischer Aufmachung, mit langem gebleichtem Haar. Sie nickte ihnen lächelnd zu, schlüpfte hinter den Empfangstresen und nahm etwas aus einem Schrank, ehe sie den Rückweg antrat.

»Sie spricht nur mit mir über solche Sachen«, sagte Diana leise.

»Verstehe. Lisette glaubte also was?«

»Sie glaubte, dass es ihr gelingen würde, Elias umzustimmen, aber nicht sofort. Und im letzten Jahr wurde mir klar, dass es etwas kriselte. Sie war unglücklich. Das hat sicher was mit … der biologischen Uhr zu tun, wie Sie gesagt haben.«

»Was hat sie sich von der Affäre erhofft? Sie wird das doch wohl kaum getan haben, um schwanger zu werden? Das Risiko, dass der Ehemann etwas davon erfährt, wäre doch viel zu groß, oder? Jetzt weiß ich natürlich nicht, wie dieser Tony Isdahl aussieht, aber …«

»Scharf«, unterbrach Diana. »Mordsscharf, um genau zu sein.«

»Elias ist doch auch ein gut aussehender Mann.«

»Ja, unbedingt, aber …«

Kristin Mayer runzelte die Stirn.

»Aber was?«

Diana sah sie mit ernstem Blick an.

»Keiner der beiden wird je erfahren, dass ich Ihnen das hier erzähle, oder? Nicht Lisette, und schon gar nicht Elias?«

»Da können Sie ganz sicher sein, ich werde es keinem der beiden erzählen.«

Diana beugte sich etwas vor und flüsterte: »Die haben keinen Sex mehr. Darum ging es Lisette ja zu Beginn mit Tony. Bloß Sex.« Diana machte große Augen. »Es war sozusagen unbeschreiblich, was für ein fantastischer Liebhaber dieser Tony angeblich war. Sie meinte, dass er sie nur berühren müsste und es sich anfühlte, als ob er im selben Moment Besitz von ihrem ganzen Wesen ergriff. Ich habe ihr gesagt, was ich davon halte, aber das hat sie nicht sonderlich gekümmert.«

»Es hat Ihnen nicht gefallen?«

»Nein, natürlich nicht.«

»Sie sagten eben, es habe sich *zu Beginn* nur um Sex gehandelt?«

»Ja, aber je länger das andauerte, desto mehr hat sie sich verändert. Wie frisch verliebt ist sie hier herumgegeistert, hing ständig am Telefon. So was ist ja unschwer zu übersehen. Dann hat sie mich eines Morgens zur Seite genommen und gesagt: ›Ich glaube, ich bin verliebt.‹ Da habe ich gesagt, dass sie Elias verlassen müsste, wenn sie solche Gefühle für diesen Typen hätte. Alles andere wäre ein Fehler. Nicht allein gegenüber Elias, sondern auch gegenüber sich selbst. Kurz danach, ich glaube, es waren nur ein oder zwei Tage, da konnte ich ihr ansehen, dass etwas passiert war. Sie war niedergeschlagen. Abwesend. So wie man eben wird, wenn man die ganze Zeit rumläuft und an etwas denkt, das nicht in Ordnung ist. Ich habe sie dann gefragt, ob sie Elias verlassen hätte, aber das hatte sie nicht. Sie hatte das Verhältnis mit Tony beendet.«

»Sie glauben aber nicht, dass sie ein schlechtes Gewissen bekommen und Elias von Tony Isdahl erzählt hat?«

»Ein schlechtes Gewissen hatte sie, das weiß ich. Das hat sie immer noch. Aber dass sie es zu Hause erzählt hat?« Diana schüttelte den Kopf. »Niemals.«

KAPITEL 9

Mittwoch, 20. November

Bis vor einiger Zeit war der Nygaardsplass im Zentrum von Fredrikstad lediglich ein heruntergekommener Ort mit schief aneinandergereihten Pflastersteinen und der einen oder anderen herumliegenden Spritze gewesen. Dann hatte ein relativ junger Stadtentwickler entdeckt, welches Potenzial in dem toten Rechteck entlang der Fußgängerzone steckte, und das getan, was niemand vor ihm gewagt hatte: dem alten, öden Platz mit frischem Kapital und moderner Architektur ein neues Leben einzuhauchen. Restaurants und Feinkostläden waren entstanden. Den Einwohnern der Stadt war plötzlich etwas angeboten worden, von dem sie bis dahin gar nicht gewusst hatten, dass es in ihnen ein Bedürfnis danach gab. In den neuen, hoch emporragenden Ziegelsteingebäuden waren zahlreiche Wohnungen entstanden. Verschwunden waren die mit Graffiti beschmierten Betonwände. Die schiefen Pflastersteine hatte man gegen neue ausgetauscht, welche die engen Straßen zwischen Bars, Restaurants und Fischgeschäft zierten.

Dort stand Kristin Mayer nun und beobachtete die routinierten Bewegungen des Fischhändlers, der, soweit sie es erkennen konnte, gerade einen Lachs ausnahm. Gut möglich, dass seine entspannte Haltung – als ob er sich langweilte und das Ganze auch mit verbundenen Augen tun könnte – und das weiße Hemd sowie die Schürze um seinen Leib dabei halfen, ihn weit oben auf der ästhetischen Skala anzusiedeln, doch Kristin Mayer fand ohnehin, dass Männer, die Essen zubereiten konnten, ziemlich sexy waren. Dicke Adern schlängelten sich über seine nackten Unterarme. Er hatte eine breite und markante Kieferpartie, mandelförmige Augen, und sein kurzes Haar passte zu den dunklen Bartstoppeln.

Irgendwo im hinteren Teil des Lokals schrie ein Kind, was den Fischhändler veranlasste, den Kopf zu heben. Sein Blick fiel direkt auf Kristin Mayer.

»Hallo«, sagte er und wandte sich ihr zu.

Die Stimme klang dunkel, aber freundlich.

»Wissen Sie«, sagte Kristin Mayer, »Fisch habe ich noch nie richtig hinbekommen. Ich ruiniere ihn jedes Mal. Zuletzt am Samstag. Mein Vater war da und hat ein Stück Heilbutt mitgebracht.« Sie hielt Daumen und Zeigefinger ein paar Zentimeter auseinander. »Ein ordentliches Stück. Heilbuttsteak hat er es genannt. ›Brät sich in der Pfanne ganz von selbst‹, meinte er.« Sie schüttelte den Kopf. »Hat es nicht, wissen Sie. Stattdessen hat es sich aufgelöst – ganz von selbst.« Sie lächelte. »Da sollte ich wohl besser bei Ihrem Nachbarn vorbeigehen und mir ein Rindersteak kaufen.«

Er legte den Kopf schräg und sah sie an. Seine Augenlider wirkten plötzlich schwerer, als ob er sich schon den dritten Schnaps gegönnt hätte.

»Den Fisch salzen«, sagte er, »und dann bei hoher Temperatur auf einer Seite in Rapsöl anbraten. Wenn er schön golden geworden ist – *er braucht viel Farbe* – zwei Esslöffel Butter hinzufügen. Nach fünfzehn Sekunden wenden Sie den Fisch, nehmen die Pfanne vom Feuer und lassen ihn ziehen, bis er durch ist.« Er stellte sich dicht an den Tresen. »So braten Sie Fischfilet.«

»Egal ob es Heilbutt oder Lachs ist?«

»Ja. Also …« Er blickte auf die verschiedenen Fischsorten, die unter dem Glastresen auf Eis lagen. »Wollen Sie es noch einmal versuchen?« Er hielt einen halben Heilbutt in die Höhe. »Ist heute Morgen reingekommen.«

»Tja … Ja, in Ordnung.«

»Wie viel brauchen Sie denn?«

»Das wissen Sie sicher besser als ich. Abendessen für eine Person.«

Er ließ ein dezentes Tss-Tss hören.

»Wie?«, fragte sie.

»Dieser Fisch verlangt eigentlich die Gesellschaft von zweien, aber gut. Dann also 200 Gramm?«

Er legte den Fisch vor sich hin, sah Kristin an, während er nach dem Messer griff und schnitt nach Augenmaß ein Stück ab. Dann folgte ein neuer Blick auf Kristin. Er legte das Stück auf die Waage. Das Display zeigte 202 Gramm. Er packte den Fisch in Papier und gab etwas in die Kasse ein. Kristin Mayer hielt ihre VISA-Karte an das Lesegerät, während er das Filet in eine Tüte schob und es auf den Tresen legte.

»Kommen Sie mal wieder vorbei und berichten, wie es gelaufen ist«, sagte er.

»Eigentlich bin ich gar nicht hier, um was zu kaufen«, sagte Kristin und griff nach der Tüte, »fände es aber dumm, es nicht zu versuchen, nachdem Sie mir erklärt haben, wie man ganz einfach das perfekte Resultat erzielt.«

»So einfach ist es, aber …« Der halbwegs desinteressierte, aufgesetzt verführerische Blick war plötzlich hellwach. »Sie sind *nicht* zum Einkaufen gekommen?«

»Nee.«

»Äh … kann ich dann was anderes für Sie tun?«

»Darauf hatte ich gehofft, Tony.« Sie hielt ihre Marke hoch. »Ich bin von der Polizei. Es geht um Lisette Ness.«

*

Die Essenszeit rückte näher, als Anton die Tür zu Noras Zimmer öffnete. Wie ein betender Buddha saß sie mit dem Kissen im Schoß auf der Bettdecke. In der Hand hielt sie ein Handy, ein drahtloser Knopf steckte in jedem Ohr. Sie trug Jogginghosen und ein T-Shirt. Ihr Haar wurde von einem Band gehalten. Sie hatte nicht registriert, dass Anton hereingekommen war, und zuckte zusammen, als er ein paarmal die Deckenlampe aufblitzen ließ.

»Haben Sie Epilepsie?«, fragte er.

»Nein.«

»Schade.« Anton fuhr fort, das Licht ein- und auszuschalten. »Sonst hätten wir eine Schlacht für die Wissenschaft schlagen und herausfinden können, wie lange man mit dem Licht blinken kann, ehe man einen Anfall bekommt.« Er knipste den Schalter noch zweimal ein und aus und ließ das Licht dann brennen. »Ist Ihre Stimmung jetzt besser, nachdem Sie Ihr Handy zurück haben?«

Sie nahm die Ohrhörer heraus und legte sie auf den Nachttisch.

»Sie sind gestern Abend einfach verschwunden«, sagte sie leise. »Ich dachte, Sie würden die ganze Nacht mit mir hier sitzen.«

»Sie waren niemals allein.«

»Aber Sie sind gegangen.«

»Um zwei ist Schichtwechsel. Da haben Sie geschlafen, was mich gleich zu meiner nächsten Frage bringt: Haben Sie gut geschlafen?«

Sie schüttelte den Kopf.

»Nicht?« Anton trat ein paar Schritte ins Zimmer. Die Tür fiel hinter ihm zu. »Als ich gegangen bin, haben Sie jedenfalls tief geschlafen.«

»Ich sollte nicht hier sein.«

»Das sollte ich auch nicht, falls Sie das tröstet.« Anton ließ sich so schwer in den Sessel neben der Tür fallen, dass der ein

Stück verrutschte. »Zusatzschicht, aber ich beklage mich nicht.« Er klopfte mit den Händen abwechselnd auf die Armlehnen. »Sie werden nicht mehr überwacht, wie ich sehe. Das bedeutet, die Ärztin meint, es geht schon in die richtige Richtung.«

»Was soll das schon heißen? Ich stecke hier eh fest.«

»Es hat tatsächlich Vorteile, wenn man nicht mehr überwacht wird, Nora.«

»Die wären?«

»Zum Beispiel, dass Sie heute Abend nicht die Suppe essen müssen, die hier Eintopf genannt wird, sondern mit mir hinunter zum Kiosk kommen und etwas mit Geschmack und Kauwiderstand kaufen können. Falls Sie Lust auf ein wenig Abwechslung haben. Ansonsten esse ich allein.«

»Kann ich das?«

»Wenn Sie versprechen, keinen Fluchtversuch zu unternehmen. Ich hasse es nämlich zu rennen.«

*

»Vermisst?«, fragte Tony Isdahl mit bekümmerter Miene. »Seit wann denn?«

Sie hatten sich an einen der hohen Fenstertische gleich neben dem Eingang gesetzt.

»Seit gestern Abend«, sagte Kristin Mayer. »Vorläufig deutet nichts darauf hin, dass ihr etwas passiert ist, aber da es ihr laut Ehemann gar nicht ähnlich sieht wegzubleiben, ohne Bescheid zu sagen, wollte ich mit Ihnen sprechen, um zu hören, ob Sie vielleicht etwas wissen.«

»Nein«, sagte Tony Isdahl und atmete aus. »Ich habe seit vier oder fünf Wochen nicht mehr mit Lisette gesprochen. Nicht, seitdem ich Schluss gemacht habe.« Er warf einen Blick in das

Lokal und musterte eine relativ junge Mutter, die im hintersten Winkel ihr Baby stillte. »Dann hat sie also zu Hause davon erzählt?«

»Von dem Seitensprung mit Ihnen?«

Tony Isdahl nickte.

»Nein.« Zwei Teenager gingen draußen vorbei und starrten auf ihre Handys. »Soweit ich weiß, hat der Ehemann keine Kenntnis davon. Aber ausgehend von dem, was mir erzählt wurde, hat Lisette das Verhältnis beendet, nicht Sie.«

»Das stimmt nicht.«

»Wie lange hat die Beziehung gehalten?«

»Zwei Monate, glaube ich. In etwa. Es …« Er stöhnte. »Mir wurde klar, dass sie mehr damit verband als ich, und als sie dann die drei verbotenen Wörter sagte, hab ich den Stecker gezogen. Für mich war es da vorbei. Ich hätte es aufrechterhalten können, denn sie hat mir immer auf äußerst angenehme Weise Gesellschaft geleistet, aber ich wollte die Situation für sie nicht noch schwerer und komplizierter machen, indem ich das Ganze in die Länge ziehe. Für mich ging's nie um was anderes als Sex. Sie …« Er senkte kurz den Blick und sah dann wieder auf. »Sie war da wohl etwas bedürftiger.«

»Sie war also auf ein festes Verhältnis aus?«

»Ohne Zweifel. Nicht zu Beginn, da hat sie das jedenfalls deutlich gesagt.«

»Aber nach einer gewissen Zeit war sie dann bereit, ihren Ehemann zu verlassen?«

»Ich bin ziemlich sicher, dass sie es getan hätte, wenn ich den Wunsch geäußert hätte, ein ernst zu nehmendes Verhältnis einzugehen.«

»Aber darauf hatten Sie es nicht sonderlich abgesehen?«

»Nein, überhaupt nicht. Vielleicht hat es auch deshalb zu Beginn so gut funktioniert, weil wir uns einig waren, dass es nur um Sex ging.«

»Aber Sie wussten, dass sie verheiratet war?«

»Sie hat's mir bei unserem dritten Treffen erzählt, aber da wusste ich es eh bereits.«

»Und woher?«

»Als ich ihr zum ersten Mal begegnet bin, das war hier im Laden, da hatte sie einen Ring am Finger.«

»Sie haben sich also hier kennengelernt?«

»Nein, kennengelernt haben wir uns erst später, aber hier sind wir uns die ersten beiden Male begegnet. Sie hatte zuvor angerufen und gefragt, ob wir frische Kammmuscheln hätten, und als sie kam, um die abzuholen, stand zufällig ich am Tresen. Und ... Tja, mit manchen Menschen versteht man sich von Anfang an gut, nicht wahr? Also ich meine die gute alte Chemie, und die gab es. Ich bin über vierzig und habe die letzten sechs Jahre als Junggeselle verbracht, daher ... Na ja, wie soll ich sagen?«

»Sie merken es, wenn eine Frau interessiert ist.«

»Ja. Zwei oder drei Tage später war sie noch mal hier, aber da waren die Kammmuscheln aus. Und da ist mir aufgefallen, dass sie den Ring abgenommen hatte und etwas mehr ... na ja, also ... ich will ja nicht sagen, dass sie total aufgebrezelt war, allerdings doch mehr als beim ersten Mal. Etwas mehr Parfüm. Die Hose war etwas enger, der Ausschnitt etwas größer. Etwas mehr von allem, ja. Es war relativ früh am Tag, noch vor der Lunchtime, und da haben wir uns etwas unterhalten. Dann habe ich zu ihr gesagt, wenn sie mir ihre Nummer gibt, könnte ich sie sofort anrufen, falls wieder frische Kammmuscheln hereinkämen.«

»Wann haben Sie ihr die erste SMS geschickt?«

»Noch am selben Abend. Ich schrieb, ich hätte mit dem Küchenchef vom Quality Hotel gesprochen und dass er eine

Ladung Kammmuscheln hätte, die allerdings den Gästen vorbehalten seien.«

»Nobel.« Kristin Mayer verdrehte die Augen. »Du meine Güte.«

»Also ... es war ja völlig klar, was sie wollte.«

»Ich werfe Ihnen nichts vor. Und dann?«

»Dann habe ich ein Zimmer gebucht.«

»Hatten Sie den Eindruck, dass sie so etwas öfter machte?«

»Ganz und gar nicht. Sie erzählte, dass sie so etwas nie zuvor getan hatte. Jetzt weiß ich natürlich nicht, ob das stimmte, aber mein Eindruck war, dass es der Wahrheit entsprach. Ich weiß noch, dass sie während des Abendessens nervös war. Obwohl nur wenige Gäste da waren, hat es ihr in dem Restaurant nicht behagt. Und als wir aufs Zimmer gingen, hat sie sich zu Beginn erstaunlich unwohl gefühlt. Sie war etwas schüchtern.«

»Haben Sie die Nacht zusammen verbracht?«

»Nicht beim ersten Mal. Da ist sie noch vor Mitternacht nach Hause gefahren. Aber es gab später noch viele Nächte.«

»Wie hat sie das zu Hause erklärt?«

»Mit einem Kurs«, erwiderte Tony Isdahl. »Und zweimal stimmte das auch. Da haben wir uns in Oslo getroffen.«

»Hat sie mal gesagt, warum sie das machte?«

»Verständlicherweise hat sie nicht so viel darüber geredet, aber wie mir klar wurde, hatte es zu Hause im Laufe des letzten Jahres etwas gekriselt. Sie wirkte bedrückt.«

»Woher hatten Sie diesen Eindruck?«

»Lisette wünscht sich eine Familie, während ihr Ehemann die Meinung vertritt, dass sie es ohne Kinder am besten haben.«

»Wieso?«

Tony Isdahl zuckte mit den Schultern.

»Ich habe das Thema nicht weiter verfolgt, weil ich den Kerl gut verstehen konnte. Kinder bedeuten eine große Verantwortung. Viel Mühe, viel Lärm, viel Arbeit. Man lebt dann ja völlig anders.«

»Sie selbst haben keine Kinder, nehme ich an?«

»Nicht dass ich wüsste.« Er versuchte sich an einem schiefen Grinsen. Kristin Mayer sah auf die Uhr.

»Ach, äh … Tony? Wo waren Sie gestern Abend zwischen zehn und elf?«

Die Antwort kam unmittelbar.

»Zu Hause.«

»In Ordnung.« Sie glitt von ihrem Barhocker, nahm die Tüte mit 202 Gramm Heilbutt und hielt sie in die Höhe. »Salzen. Hohe Temperatur. Rapsöl. Braten, bis eine Seite schön golden ist. Zwei Esslöffel Butter dazu. Fisch wenden. Nach fünfzehn Sekunden die Pfanne vom Feuer nehmen. Ziehen lassen. That's it?«

*

Anton und Nora saßen an demselben Tisch, an dem er und Magnus am Abend zuvor gesessen hatten. Es wimmelte von Leuten. Patienten, Besucher, Pflegepersonal, Ärzte. Es war ein gleichmäßiger Strom von Menschen, die den Eingangsbereich passierten, und im Hintergrund war ein anhaltendes Stimmengewirr zu hören.

»Sie rennen also nicht gern?«, fragte Nora und nahm eine Gabel Nudelsalat.

Die Röstzwiebeln knirschten, als Anton sich über die Käseknacker in Brot hermachte. Er kaute und schluckte den Bissen hinunter.

»Nein. Wenn ich den Teufel im Nacken hätte, könnte ich vielleicht ein bisschen Tempo aufnehmen.« Er nahm einen weiteren Bissen und schmatzte. *»Vielleicht.«*

Nora grinste. Anton konnte sehen, dass sie auf sein Ohr starrte. An der Stelle, wo sich einst ein Ohrläppchen befunden hatte, war jetzt nur noch ein Stummel übrig, der an einen kleinen Blumenkohl erinnerte.

»Was ist da passiert?«, fragte sie.

»Betriebsunfall.«

»Einer, der Sie gebissen hat?«

»So was in der Art.« Abermals genehmigte er sich ein Stück Wurst und schluckte. »Sie sehen schon frischer aus. Fühlen Sie sich besser?«

»Ja.«

»Ich habe gehört, dass Ihr Vater heute Vormittag mit Ihrem Handy und etwas Kleidung vorbeigekommen ist. Haben Sie sich über den Besuch gefreut?«

Nora zuckte mit den Schultern und aß weiter, während Anton eine ältere Frau mit graublauen Haaren beobachtete, die sich an einen Infusionsständer klammerte und mit zähen Schritten auf den Ausgang zuging. Sie hielt ein Päckchen Zigaretten in der Hand. Anton drehte den Verschluss einer Flasche Cola ab und trank. Dann rülpste er dezent, machte sich über den Rest der Wurst her, kaute und sagte mit vollem Mund: »Dieser Kiosk sollte verflucht noch mal einen Michelin-Stern bekommen.«

Nora hielt sich die Hand vor den Mund und lachte.

»Sie glauben wohl, ich mache Witze, wie?«, sagte Anton. »Vielleicht sollte ich mal nach dem Küchenchef fragen? Ihn etwas loben?«

»Tun Sie das *nicht.*«

Anton kicherte und überprüfte die Uhrzeit auf seinem Handy. 14:39. Er legte das Telefon auf den Tisch. Nora stocherte in ihrem Nudelsalat herum, sah ihn an und fragte: »Haben Sie Kinder?«

»Einen Sohn.«

»Wie alt ist er?«

»Siebzehn.«

»So wie ich. Haben Sie ein gutes Verhältnis?«

Anton dachte nach. Spontan wollte er mit *Ja* antworten, doch andererseits war es über drei Wochen her, seit er Alexander zuletzt gesehen hatte. Die Zeiten, in denen er jedes zweite Wochenende bei seinem Vater in Fredrikstad verbracht hatte, waren vorbei. Jetzt kam sein Sohn nur noch, wenn er nichts Besseres zu tun hatte. Und ein Siebzehnjähriger, der immer noch frisch verliebt war, hatte im Großen und Ganzen immer etwas Besseres zu tun.

»Er wohnt bei seiner Mutter in Oslo. Ich sehe ihn nicht so oft, wie ich sollte, aber wenn wir erst mal zusammen sind, machen wir es uns gemütlich. Was bedeutet, dass wir eigentlich nicht viel mehr tun als Sie und ich jetzt. Essen und quatschen. Und dann gucken wir uns Filme und Serien an. Aber diese kumpelhafte Beziehung ist eigentlich erst entstanden, als er ins Teenageralter kam.«

»Waren Sie und seine Mutter da schon geschieden?«

»Ja.«

»Hätten Sie dasselbe kumpelhafte Verhältnis, wenn Sie noch unter einem Dach leben würden, oder glauben Sie, es rührt daher, dass Sie einander nicht so oft sehen?«

»Gute Frage.« Anton fuhr sich mit den Fingern durch den Bart an seinem Kinn. »Ich hoffe ja, dass wir es hätten, aber vermutlich wären die Dinge dann etwas anders gelaufen. Wegen meiner Arbeit war ich nicht so oft für ihn da, als er klein war, und wenn ich dann erst mal nach Hause kam, war ich derjenige, der dann manchmal streng mit ihm war. Als seine Mutter und ich uns getrennt haben, war sie plötzlich für neunundneunzig Prozent der Erziehung zuständig, und somit auch für den Teil, der nicht so besonders schön ist. Sie wissen schon«, er setzte ein schiefes Grinsen auf, »wenn man als Erwachsener einschreiten und sagen muss, dass dieses oder jenes nicht in Ordnung ist.«

»Wie zum Beispiel, sich in die Badewanne zu legen und die Pulsadern aufzuschneiden.«

»Ja, das ist etwas, das mit Sicherheit in die *Tu-das-nicht*-Kategorie gehört, aber ich meinte es mehr allgemein. Nachdem ich ausgezogen war, habe ich ihn nicht mehr zurechtgewiesen. Diese Aufgabe hat seine Mutter bekommen, und glücklicherweise hat sie die sehr gut gelöst. Vermutlich weit besser, als ich es je gekonnt hätte.«

»Haben Sie ein Foto?«

Anton nahm sein Handy und rief das Fotoalbum auf. Er scrollte zu einem Bild vor, das Alexander ihm im Sommer geschickt hatte. Es zeigte ihn und seine Freundin und war am Swimmingpool im Garten hinter der majestätischen Villa des Mannes aufgenommen, den Elisabeth Brekke – heute Elisabeth Langgård – geheiratet hatte. Alexander und seine Freundin mit den Füßen im Wasser. Sein Arm lag auf ihrer Schulter. Beide hatten nasse Haare und lächelten in die Kamera. Anton reichte Nora das Handy.

»Shit. Die ist hübsch. Ist das die Freundin?«

»Ja.«

»Die passen gut zusammen.« Nora spähte auf das Foto. »Haben Sie so ausgesehen, als Sie jung waren?«

»Als ich jung war?« Anton zog eine Augenbraue hoch. »Wenn ich mir den Bart abnehme, ist kein Unterschied zwischen uns zu erkennen.«

Nora lachte laut.

»Darf ich weiterscrollen?«

»Nur zu, scrollen Sie.«

Sie wischte mit einem Finger auf dem Handy herum, während sie die Gabel in zwei Nudelspiralen bohrte und sie in das Dressing tauchte.

»Ich wünschte, mein Vater wäre wie Sie.«

»Sie wissen nicht, was Sie sich da wünschen.«

»Tue ich wohl.«

Sie hob den Kopf und blickte über Antons Schulter, als sei ihr etwas aufgefallen. Anton drehte sich um. Und tatsächlich war ihr da etwas aufgefallen. Denn da stand er wieder. Genauso unverhofft wie am Tag zuvor.

Mist, dachte Anton und sagte: »Torp.«

»Ich hätte dich beinahe übersehen«, entgegnete Magnus.

»Mit einem Beinahe darf man sich nie zufriedengeben. Nora, darf ich vorstellen, mein bestangezogener Kumpel – Magnus Torp.«

»Hallo …«

»Hallo«, sagte Magnus und setzte sich neben Anton.

»Was machst du hier?«

»Ich habe mit zwei Kollegen von … na ja, ich bin hier wegen der Sache, über die wir gestern gesprochen haben.«

»Ach«, sagte Anton.

»Es geht verflucht noch mal nicht voran. Wir sind dabei, die alle zu v…«

»Torp«, unterbrach Anton ihn. »Ich bin bei der Arbeit.«

»Tut mir leid. Hast du denn die Pressekonferenz gesehen?«

»Nichts da.«

»Ich war da eh nur zur Zierde. Der Polizeichef hat geredet.«

Anton sah zu, wie Nora den Rest des Nudelsalats aufaß.

»Wir sollten mal zurück, ehe noch nach uns gefahndet wird, Nora …«

Anton erhob sich. Nora folgte seinem Beispiel, griff nach seinem Würstchenpapier und legte es in die leere Salatschale. Anton beobachtete sie, als sie zum Mülleimer hinüberging und die Reste hineinwarf.

»Ich sollte wohl auch aufbrechen«, sagte Magnus und sah auf die Uhr. »Hab im Anschluss ein Treffen mit dem Ermittlerteam. Hast du noch weiter darüber nachgedacht, Göteborg zu streichen?«

»Wie soll ich bitte *weiter* über etwas nachdenken, was mir noch gar nicht in den Kopf gekommen ist?« Anton sah zu Nora hinüber, die an der Information stand und auf ihn wartete. Ihr Blick hatte sich verloren, als ob sie gar nicht mitbekam, was um sie herum vorging. »Ich muss jetzt gehen. Wir sehen uns.«

»Möchten Sie vielleicht, dass ich irgendetwas für Sie erledige?«, fragte Anton, als sie wieder in Noras Zimmer waren.

Nora hatte eine halb sitzende, halb liegende Stellung auf dem Bett eingenommen. Die zusammengerollte Bettdecke stützte ihren Rücken. Den Kapuzenpulli hatte sie offenbar achtlos auf den Nachttisch geworfen. Ihre dünnen, bandagierten Arme ragten aus dem T-Shirt und ruhten rechts und links neben ihrem Körper.

»Nein. Übrigens, danke für den Salat.«

»Gern geschehen.«

»Der Typ da unten … Hat nicht so ausgesehen, als ob Sie eigentlich mit ihm reden wollten.«

»War das *so* deutlich?«

»Er muss es mit Sicherheit auch gemerkt haben.«

»Die Hoffnung stirbt zuletzt.« Anton trat auf die Tür zu. »Klingeln Sie, falls was ist.«

»Was hat er getan? Warum sind Sie so sauer auf ihn?«

Anton ließ die Türklinke wieder los und drehte sich zu Nora um.

»Er hat gar nichts getan, und ich bin auch nicht sauer auf ihn.

Aber wir haben früher zusammengearbeitet, und jetzt tun wir das nicht mehr.«

»Ist er Sozialarbeiter, so wie Sie?«

»Nein.«

»Aber haben Sie hier im Krankenhaus zusammengearbeitet?«

»Nein.«

»Sie haben gesagt, dass Sie hier seit zwei Monaten arbeiten. Wo haben Sie davor gearbeitet?«

»In einem Kindergarten.«

»Dafür, dass er in einem Kindergarten arbeitet, war er aber ziemlich schick angezogen.«

»Das tut er ja auch nicht.«

»Dann arbeitet er also hier im Krankenhaus? Irgendein Leitungsjob? Jedenfalls hat er hier etwas gemacht. Etwas, worüber Sie gestern gesprochen haben. War er das, der Sie gestern besucht hat?«

»Sie sind furchtbar neugierig.«

»Ich frage mich nur, weshalb Sie sauer auf ihn sind. Sie wurden nämlich ganz ernst, als er aufgetaucht ist.«

»Ich hab doch schon gesagt, dass ich nicht sauer auf ihn bin.«

»Aber irgendwas muss ja sein. Man ist nicht so abweisend gegenüber anderen, wenn es keinen Grund dafür gibt. Geht es um etwas, das gestern Abend passiert ist? Falls er es war, der Sie besucht hat?«

Anton sah Nora lange an. Schließlich sagte er: »Persönlich habe ich überhaupt nichts gegen ihn. Aber er repräsentiert alles, was ich verloren habe, und jedes Mal, wenn ich ihn sehe, werde ich daran erinnert.«

Nora beugte sich vor und sah zu Anton auf. Sie legte die Hand vor den Mund, der sich zu einem großen O verformt hatte.

»Oh Scheiße, er muss ja viel jünger sein als Sie.«

»Wovon reden Sie?«

»Er ist bestimmt der neue Typ von der Mutter Ihres Sohnes!«

»Nein.« Anton lachte leise in sich hinein. »Nicht mal annähernd richtig.«

»Nein?«

»Wir haben zusammen bei der Polizei gearbeitet. Zufrieden?«

»Sie sind Polizist?«

»Ich *war* Polizist.«

»O.M.G.« Sie zeigte auf sein Ohr. »Betriebsunfall.« Sie ließ die Hand wieder in den Schoß fallen. »Sie haben vorhin gesagt, das sei ein Betriebsunfall gewesen. Sie wurden angeschossen, stimmt's? Oder mit einem Messer angegriffen?«

»Das Erste.«

»Was ist passiert?«

Ihr Mund war immer noch halb offen.

»Klingeln Sie, falls was sein sollte ...« Anton ergriff wieder die Türklinke. »Ich muss jetzt weiter.«

»Nein!«, sagte sie laut. »Jetzt sagen Sie schon. Sie *müssen* es mir erzählen.« Nora warf ihren Oberkörper vor. »Du meine Güte!« Sie richtete sich wieder auf. »Sie können doch nicht erwähnen, dass Sie *angeschossen* wurden, und dann weiter nichts erzählen!«

»Wir haben in einer Mordserie ermittelt, und im Zusammenhang mit einem Einsatz ist dann was schiefgegangen. Ich bin billig davongekommen und wurde bloß von einem Querschläger getroffen. Für ihn, den Sie unten kennengelernt haben, ist es schlimmer ausgegangen.«

»Was ist ein Querschläger?«

»Die Kugel hat was anderes getroffen, ehe sie mich dann erwischt hat.«

»Und danach haben Sie sich also zerstritten?«

»Nein, das mit der Kugel ist schon sieben oder acht Jahre her.

Sie waren damals noch nicht mal zehn und haben von dem Fall vermutlich kaum was mitbekommen. Und wir haben uns nicht *zerstritten.*«

»Befreundet sind Sie aber auch nicht.«

»Doch, schon.«

»Und eine *Mordserie*? Sie haben also einen *Serienmörder* gejagt?«

»Ja.«

»Wow … Und dann? Warum sind Sie kein Polizist mehr?«

»Ich habe gekündigt … in gewisser Weise.«

»*In gewisser Weise?* Was ist passiert?«

»Ich habe etwas getan, was nicht ganz in Ordnung war.«

»Haben Sie einen Unbewaffneten erschossen?«

»Nein, ich habe niemanden erschossen.«

»Was dann?«

»Das ist eine lange Geschichte.«

»Ich hab nichts vor.«

»Aber ich schon.«

»Als wir am Schwesternzimmer vorbeigekommen sind, habe ich die Schichttafel gesehen. Ihr Name stand nur an einer Stelle – bei mir.«

»Sie sind ziemlich aufmerksam.«

»Danke.«

»Aber nicht aufmerksam genug. Ich bin nämlich für zwei Patienten eingetragen.«

»Können Sie es nicht einfach sagen?«

Anton holte Luft und ließ sie mit einem Seufzer wieder ausströmen. Dann setzte er sich in den Sessel.

KAPITEL 10

Volda, 1999, Tag 38

Rebekka nahm seinen Teller und stellte ihn auf ihren eigenen. Er leerte sein Limonadenglas, erhob sich vom Stuhl und stellte sich hinter sie. Dann legte er je eine Hand auf Rebekkas Schultern, küsste sie leicht auf den Hals und flüsterte: »Leg dich aufs Sofa und ruh dich aus, dann räume ich den Tisch ab. Ich muss nur kurz auf die Toilette.«

Sie sah ihn an. Er strich mit den Fingerspitzen über ihren Nacken und ging ins Bad, schloss die Tür und sperrte sie ab. Dann legte er die Hände aufs Waschbecken und spürte, wie sich sein Griff automatisch verstärkte, während er in den Spiegel sah.

Sie war angespannt gewesen, als sie zu ihm gekommen war, hatte den Kuss und die Umarmung zur Begrüßung kaum erwidert. Im Laufe des Nachmittags hatte er immer wieder an die Episode auf dem Campus gedacht. Als er in die Bibliothek gegangen war. Als er dort in den Büchern geblättert hatte. Auf dem Rückweg. Während er sich ein paar Brote zubereitet hatte. Unter der Dusche. Während er auf ihren Anruf wartete. Es gab nur einen Gedanken. Das heißt: Es gab Hunderte. Doch alle betrafen dasselbe: Sollte er sie fragen, wer dieser Typ am Vormittag auf der Brücke gewesen war? Allerdings gab es keine plausible Erklärung dafür, wie er davon erfahren haben sollte. Also versuchte er, den Gedanken zu ignorieren, sobald der sich meldete. Sie hätte sofort begriffen, dass er ihr nachspioniert hatte, weil es niemanden gab, der ihm davon erzählt haben konnte. Niemand von ihren Freunden wusste, dass sie im Laufe der letzten fünf Wochen ein Verhältnis begonnen hatten. Herrje, niemand wusste überhaupt von ihm. So verdammt geheimnisvoll war sie. Gegenüber ihren eigenen Freundinnen! Ihren besten und engsten Freundinnen! Alles, was wichtig in ihrem Leben war, teilte sie anscheinend mit ihnen. *Alles!* Abgesehen von ihm. Wie lange wollte sie das Geheimnis eigentlich für sich behalten? Bis im Vorlesungssaal ihre Fruchtblase platzte?

Er würde ein guter Vater sein, dessen war er sich sicher. Dieser aufgeblasene Pavian, mit dem sie draußen vor der Hochschule auf der Brücke gestanden hatte, war mit seinem ekelhaften Grinsen einfach bloß widerlich. Es war nämlich nicht so, dass er Rebekka nicht vertraute. Er vertraute nur sonst niemandem. Viele Männer hatten Probleme damit, den Unterschied zwischen *mein* und *dein* zu verstehen. Rebekka war Rebekka. Deswegen konnte er sie auch so gut leiden. Sie strahlte einfach, egal mit wem sie sprach. Er hatte es gleich am ersten Abend im Kino erlebt. Sie hatte so locker und ungezwungen mit dem jungen Mann an der Kinokasse gesprochen, dass es ihm einen Augenblick lang so vorkam, als ob *die beiden* ein Rendezvous hatten und er selbst bloß einer war, der zufällig in der Schlange hinter ihr stand. Das hatte ihn provoziert, und wenn sich Rebekka der jungen Frau an der Ticketkontrolle gegenüber nicht ganz genauso aufgeführt hätte, wäre es zu einer Auseinandersetzung gekommen. Eine Auseinandersetzung der Art, die ihr vermutlich die Lust auf ein Wiedersehen genommen hätte.

Genau da lag die Erklärung, dachte er. Ihre Güte, ihre Großzügigkeit und ihre Ausstrahlung. Nicht zu vergessen der butterweiche südnorwegische Akzent, mit dem sie die Konsonanten aussprach. Dass andere Männer ihr Avancen machten, war etwas, an das er sich eigentlich auch gleich gewöhnen könnte. Eifersucht brachte rein gar nichts, wenn man mit einem Mädchen zusammen war, das so aussah wie sie. Das würde nur zu Kopfschmerzen führen, und noch ehe er die fünfundzwanzig erreicht hätte, würde man ihn für geisteskrank erklären. Allerdings musste deutlich werden, dass sie zusammen waren. Dass sie ein Paar waren. Dass er der Ihre und sie die Seine war. Er mochte keine Geheimniskrämerei. Wenn sich herausstellte, dass es stimmte, was er vermutete, dass sie nämlich Eltern wurden, dann mussten sie sich auf jeden Fall verloben. Gleich am nächsten Tag würde er beim Goldschmied vorbeischauen. Zwar hatte er nicht die Absicht, vor ihr niederzuknien, doch ein kleiner Ring wäre nicht dumm. Um ihr zu demonstrieren, dass er es ernst meinte, in erster Linie jedoch, um ihn vorzeigen zu können.

Gerade als er die Spülung betätigte, kam ihm ein Gedanke, der früher noch gar nicht aufgetaucht war. Womöglich war es so simpel, dass sie ihren Eltern von ihm erzählt hatte. Dass sie ihn gern treffen wollten. So einfach und unkompliziert konnte es sein. Es erklärte zudem, warum sie tags zuvor am Telefon so abwesend geklungen hatte. Weil ihr davor grauste. Er sah zu, wie das frische Wasser in die Toilettenschüssel floss, ehe er den Hahn am Waschbecken aufdrehte, sich Wasser ins Gesicht spritzte und die Hände abtrocknete.

Der Ton am Fernseher war leise gestellt. Rebekka hatte bereits den Tisch abgeräumt und lag auf dem Sofa. Sie war einfach gekleidet, in Jogginghose und Adidas-Jacke. Als ob sie zum Training wollte. Es war ihm gleich aufgefallen, als sie gekommen war, aber er hatte es nicht kommentiert. Er selbst hatte sich für helle Jeans und einen Rollkragenpullover entschieden.

Er verharrte und warf ihr einen kurzen Blick zu. Sie schenkte ihm ein starres Lächeln. Er spähte auf ihre Eckzähne, setzte sich aufs Sofa und zog sie an sich. Er begrub die Nase in dem Gebirge aus Locken und atmete tief ein. Es roch herrlich.

Der Bildschirm mit dem MTV-Logo in der Ecke zeigte ein Video zu einem Musikstück, das er nicht kannte. Ein Elefant wanderte durch eine Ebene, die so trocken war, dass der Boden der schrumpeligen Haut des Tieres glich.

»Jedes Jahr werden zwanzigtausend von denen getötet«, sagte er und deutete mit dem Kopf auf den Fernseher. »Insgesamt sind nur noch gut vierhunderttausend von ihnen übrig.«

»So viele?« Rebekka grinste. »Du und die Elefanten. Wirklich tolle Tiere, aber ich bin wohl eher ein Katzenmensch.«

»Hast du jemals gesehen, dass eine Katze ihre Gefühle ausdrückt, indem sie lacht oder weint?«

»Nein«, erwiderte Rebekka, nachdem sie kurz nachgedacht hatte. »Tun Elefanten das?«

»Ja.«

»Das war mir nicht klar. Ich weiß nur, dass sie ein gutes Gedächtnis haben. Oder ... ist das vielleicht bloß ein Mythos?«

»Nein, das haben sie wirklich. Und ihr Gedächtnis wird mit den Jahren nur besser. Sie gehören zu den schlauesten Tierarten auf der Erde. Ihr Gehirn ist tatsächlich genauso komplex wie das der Menschen.«

»Wirklich?«

»Ja. Und wenn einer in der Herde stirbt, dann trauern sie lange. Genau wie Menschen. Doch im Gegensatz zu uns schließen sich Elefanten nicht zu größeren Gruppen zusammen, und deshalb werden sie ausgerottet.«

Das Musikstück wurde von einem neuen abgelöst. Am unteren Rand des Bildschirms stand Backstreet Boys – *I Want It That Way.* Er griff nach der Fernbedienung und stellte den Ton lauter. Behutsam schob er Rebekka nach unten, sodass ihr Kopf auf seinem Schenkel zur Ruhe kam, legte eine Hand auf ihren Bauch und strich über den glatten Stoff der Jacke.

»Übrigens danke für die Rosen«, sagte sie und legte eine Hand auf sein Knie.

Da, jetzt, dachte er. Ihr erster Versuch, engen Kontakt aufzunehmen, seit sie zur Tür hereingekommen war. Erleichtert atmete er auf.

»Gern geschehen, mein Schatz«, sagte er und blickte zum Küchentisch, auf dem die drei in Plastik verpackten Rosen lagen.

»Ich weiß gar nicht, was ich zu Trine sagen soll.«

Trine. Er war ihr noch nicht einmal begegnet, dennoch spürte er nur Verachtung, sobald er ihren Namen hörte.

»Was meinst du denn?«

»Ihr wird ja klar sein, dass ich mir die Rosen nicht selbst gekauft habe.« Rebekka veränderte ihre Position so, dass sie ihn direkt ansehen konnte. »Vorschlag?«

»Tja … ein heimlicher Verehrer?«

»Irgendwas in der Art muss es wohl sein.« Sie schloss die Augen. »Tut mir leid, dass ich heute etwas schluffig wirke, aber seitdem ich unter der Dusche war, habe ich furchtbare Kopfschmerzen.«

Er strich ihr eine Haarsträhne aus der Stirn.

»Kein Problem, mein Schatz. Du bist trotzdem toll. Weißt du, wann ich dich am tollsten finde?«

Sie schüttelte leicht den Kopf.

»Wenn du nackt bist.«

Sie blickte zu ihm auf, lächelte, aber nicht so, wie sie es auf der Brücke getan hatte. Dieses Lächeln wirkte eher resigniert. Die Backstreet Boys wurden durch Elton John mit »Nikita« ersetzt.

»Du …« Er hörte auf, ihren Bauch zu streicheln. »Hast du deinen Eltern von uns erzählt?«

»Nein, natürlich nicht. Ich hab doch gesagt, dass ich das nicht machen kann.«

»Aber …« Er fuhr fort, sie zu streicheln. »Was würde dein Vater wohl sagen, wenn wir zwei Söhne bekämen und sie Esau und Jakob nennen? Glaubst du nicht, dass er mich dann akzeptieren würde?« Sie antwortete nicht. »Esau und Jakob waren die Kinder von Isaak und Rebekka.«

»Das weiß ich sehr genau«, sagte sie streng. »Sag bloß nicht, dass du jetzt angefangen hast, die Bibel zu lesen, um meinen Vater zu beeindrucken.«

Verdammter Mist. Scheibenkleister. Er hätte den Mund halten sollen.

»Natürlich nicht.« Er lachte kurz. »Wissen das nicht alle? Genauso wie alle wissen, dass Rachel Jakobs Lieblingsfrau war. Aber …« Vorsichtig nahm er ihr Kinn in die Hand und drehte ihr Gesicht dem seinen zu. »Eines hab ich mich immer gefragt: Wie viele Frauen hatte dieser Jakob eigentlich? Wenn Rachel seine Lieblingsfrau war, dann muss er ja mehrere gehabt haben.«

»Zwei«, erwiderte Rebekka und drehte sich wieder zum Fernseher. »Er bekam zwölf Söhne von vier verschiedenen Frauen. Mit zweien war er verheiratet, und zwei waren Nebenfrauen.«

»Nebenfrauen? Was soll das sein?«

»Eine Frau, die einen geringeren Status als die Ehefrau hatte«, erwiderte Rebekka, »und mit dem Paar zusammenlebte.«

»Wie eine Dienerin?«

»Könnte man sagen, aber das hat sich nicht allein auf Kochen und Hausarbeit beschränkt. Tatsächlich war eine Nebenfrau dazu da, die Bedürfnisse des Mannes zu stillen – und die der Frau. Vermutlich je nachdem. Aber die Kinder, die von einer Nebenfrau geboren wurden, waren nie so hoch geachtet wie solche, die die Ehefrau ausgetragen hatte.«

»Vielleicht hat sie die Bedürfnisse des Mannes und die der Frau auch *gleichzeitig* gestillt?«

»Das ist auch vorgekommen, ja.«

»Du sagst also, dass Jakob sexbesessen war?«

Rebekka seufzte. »Können wir nicht über was anderes reden?«

Okay, nicht lustig, dachte er und starrte in Richtung Küche. Er stöhnte.

»Was ist denn?«, fragte sie.

»Ich musste nur daran denken, dass wir immer hier bei mir sind.«

»Ich hab dir doch erzählt, wieso.«

»Wegen *Trine.* Aber du hast doch gesagt, dass sie am Donnerstag nach Mandal wollte – also übermorgen. Dass sie das ganze Wochenende verreist sein wird.«

»Ja.«

»Kann ich dich dann am Donnerstag nicht besuchen kommen? Ich würde sehr gern sehen, wie's bei dir aussieht.«

Keine Antwort.

»Hallo?«

»Sicher«, gab sie zurück.

»Oh je, oh je.« Er grinste. »Das nenne ich Enthusiasmus.«

Schweigen.

»Rebekka?«

»Ja?«

»Kann ich dich was fragen?«

»Ja ...?«

»Bist du schwanger?«

Sie fing an zu lachen, drehte sich herum und grinste, während sie ihn ansah.

»Nein. Wieso fragst du danach?«

»Weil du gestern am Telefon gesagt hast, du wolltest mit mir über was Wichtiges reden.«

»Hab ich das gesagt?«

»Ja. Ich habe den ganzen Tag an nichts anderes gedacht.«

»Das weiß ich nicht mehr.«

»Ich habe überlegt, dir ein Handy zu kaufen, dann könnte ich dich besser erreichen.«

»Das brauche ich nicht.«

»Ihr kriegt es ja nicht hin, mit dem Hausmeister zu reden. Wie lange ist der Anschluss in eurer Wohnung jetzt schon außer Betrieb?«

»Seit wir da wohnen hat der nicht funktioniert, aber das ist auch kein großer Verlust. Ich finde es herrlich. Trine hat ein Handy gekauft, für den Fall, dass was passiert. Und wenn ich in der Schule oder zu Hause anrufen muss, leihe ich es mir einfach aus.«

»Kann ich die Nummer bekommen? Dann k…«

»Nein«, unterbrach sie ihn. »Und du weißt, wieso.«

»Dann lass mich doch eins für dich kaufen!« Er hörte seine Stimme lauter werden, aber das wollte er nicht. Er atmete lautlos in seinen Bauch hinein. »Dann brauchst du nicht jedes Mal zum Münztelefon runterzugehen, wenn du mich anrufen willst.«

Mit einem gereizten Gesichtsausdruck richtete sie sich auf.

»Du musst damit aufhören. Ich habe dir erklärt, warum die Dinge so sind, wie sie sind. Trine und ich sind sehr unterschiedlich. Meine Eltern sind nicht wie die meisten anderen. Wenn Papa erfahren sollte, dass … ja, dass ich manchmal Bier trinke, oder schlimmer: dass ich Sex hatte, ehe ich verheiratet bin … Ich wage nicht mal daran zu denken, wie er reagieren würde. Es ist kompliziert. Bitte, kannst du das nicht einfach verstehen? Und wenn du es nicht verstehst, kannst du es dann wenigstens respektieren?«

»Schon gut, schon gut.« Er legte eine Hand auf ihre Wange. »Ich verstehe dich, mein Schatz. Ich wollte dir nicht auf die Nerven fallen. Ich habe dich einfach sehr gern, und … Als du gesagt hast, dass du mir was Wichtiges erzählen wolltest, habe ich gedacht, du wärst schwanger. Und um ehrlich zu sein, habe ich fast darauf gehofft.«

»Das wäre dann allerdings ein Wunder«, erwiderte sie. »Was glaubst du wohl, warum ich so genau darauf achte, dass wir vorsichtig sind?«

»Nichts ist zu hundert Prozent sicher.«

»Wenn das passieren würde«, sagte sie leise, »gäbe es tatsächlich nur eine Möglichkeit. Ich könnte nicht von jemandem schwanger sein, den ich gerade mal seit vier Wochen date. Dann würde ich meine Eltern und mein Erbe verlieren.«

»Fünfeinhalb«, korrigierte er.

»Wie?«

»Fünfeinhalb Wochen.«

Sie legte sich wieder hin. Er schob die Hand unter die Jacke und das Unterhemd, ließ die Finger über ihren Bauch streichen. Steckte den Zeigefinger in ihren Bauchnabel und kitzelte sie mit den anderen Fingern. Und er sah sie wieder auf der Brücke. So eine *Scheiße*, dass er das gesehen hatte, und so ein *Mist*, dass er es nicht vergessen konnte, denn anscheinend war da gar nichts gewesen. Diese Qualle mit dem aalglatten Fotzengesicht war wohl bloß ein Kumpel. Natürlich war er das.

Oder?

»Mit wie vielen hattest du eigentlich schon Sex?«

»Wieso willst du das wissen?«, entgegnete sie in Richtung Fernseher.

»Ich bin bloß neugierig.«

Rebekka gab keine Antwort. Scherzhaft kniff er ihr in den Bauch.

»Jetzt sag schon.«

Sie blickte ihn an und sagte: »Findest du nicht, dass das Privatsache ist?«

»*So* viele also?«, fragte er mit aufgesetztem Lachen. »Verstehe … Nein, dann möchte ich es lieber gar nicht wissen.«

»Jesus«, sagte sie und wandte sich wieder von ihm ab. »Jetzt bist du unverschämt.«

»Entschuldige, meine Schöne …«, sagte er und fing wieder an zu streicheln. »Ich mache doch nur Spaß.«

»Es waren drei, wenn du es unbedingt wissen musst.«

So viele also, dachte er und hoffte, dass die Gleichung ihn selbst mit einschloss. Oder waren es drei plus er? Nein, so durchtrieben konnte sie nicht sein.

Oder?

»Und wer sind die anderen?«

»Ich hatte zwei Liebhaber«, erwiderte sie gereizt. »Beide sind aus Mandal, du kennst sie also nicht.«

Also drei, einschließlich ihm. Jetzt wusste er es.

»Ich rede nur dummes Zeug. Gestern war gestern, sagt man nicht so?«

Sie brummte eine Antwort. Ein paar Minuten vergingen, ohne dass etwas anderes als der Fernseher ertönte, bevor er abermals das Schweigen durchbrach.

»Also … was war es?«

»Was denn?«

»Das Wichtige.«

Sie seufzte. »Es war nichts.«

Ihre Stimme klang jetzt wieder wie am Telefon am Vortag. Fern.

»Na, dann«, sagte er und strich ihr über den Kopf.

KAPITEL 11

Mittwoch, 20. November

Magnus und die anderen Ermittler saßen im dritten Stock des Polizeigebäudes in einem der kleineren Besprechungsräume an einem Tisch. An der Wand hing eine Karte, die den halben Regierungsbezirk Østfold zeigte, von Sarpsborg und Fredrikstad im Westen bis nach Halden im Osten. Mit gelben Klebezetteln waren drei Orte markiert: Die Stelle, an der Cecilie Olin nach eigener Aussage aus dem Wagen geworfen worden war, die Wohnung, die sie in Skjærviken mit ihrem Ehemann geteilt hatte, sowie der Fundort der Leiche in Hansemakerkilen in Skjeberg. Darüber hinaus zeigten unzählige Stecknadeln im Zentrum von Fredrikstad an, wo die Ermittler Aufnahmen von Überwachungskameras beschlagnahmt hatten.

Magnus blätterte durch die Mappe, während er Cathrine Mathisen zuhörte, die vor der zwei Quadratmeter großen Leinwand stand und den Bericht von Telenor durchging. Die Analystin war in seinem Alter. Ihre Haare waren blond und reichten ihr bis auf die Schultern. Sogar in der etwas sackartigen Hose, die sie trug, machte sie eine gute Figur. Alle Ermittler waren im Besitz einer Kopie des von Mogens Poulsen erstellten vorläufigen Berichts, der gemeinsam mit den Fotos, die er von Cecilie Olin auf dem Stahltisch gemacht hatte, oben in der Mappe lag. Magnus blätterte die Papiere durch. Er fand DIN-A4-große Fotos vom Fundort der Leiche, danach eine Transkription der Vernehmung, die Lars Weberg mit Adele Ferking durchgeführt hatte, und schließlich Cecilie Olins Handydaten der letzten drei Monate.

»Und dies hier …« Cathrine Mathisen drückte auf eine Taste ihres Laptops. Der Projektor an der Decke warf eine Grafik auf die weiße Leinwand hinter ihr. »Dies hier zeigt die Anzahl der Handyverbindungen im Bereich der Basisstation, die Hansemakerkilen abdeckt, in der Nacht auf Sonntag zwischen 01:00 und 08:00 Uhr.«

»Null?«

Die Frage kam von einer Ermittlerin Ende dreißig.

»Ja. Da draußen liegen überwiegend Hütten, und um diese Jahreszeit ist da nicht viel los. Laut Telenor ist es bei diesem Sendemast erst um drei Minuten vor elf am Sonntagmittag zu einer neuen Verbindung gekommen.«

»Ist Cecilie Olins Handtasche wieder aufgetaucht?«, fragte Magnus.

»Nein. Handtasche, Handy und Geldbörse wurden nicht gefunden«, erwiderte Lars Weberg. »Das Gleiche gilt für ihren Ehering.«

Cathrine Mathisen wechselte zu einem neuen Bild, einer Luftaufnahme von Skjærviken. Sie zeigte auf die Straße, die gleich unterhalb der Grundschule Borge vorbeiführte. »Wir glauben, dass Cecilie hier aus dem Wagen geworfen wurde, der sie nach Hause fahren sollte, u…«

»Gibt's eigentlich neue Erkenntnisse zu dem Wagen?«, unterbrach Magnus.

»Nein, wir müssen noch eine Menge Filmmaterial durchforsten.« Sie legte eine Hand auf ihre Hüfte, drehte sich halbwegs zur Wand und zeigte erneut auf die Straße. »Von hier stammt das letzte gesicherte Lebenszeichen. Erst hat Cecilie mit Adele Ferking telefoniert, danach mit ihrem Ehemann. Interessanterweise verschwindet ihr Handy genau in diesem Bereich.«

»Verschwindet?«, fragte Lars Weberg.

»Ja, es verliert den Kontakt mit der Basisstation Borge um 03:05 Uhr, also sieben Minuten nachdem sie ihren Mann angerufen hat. Entweder war ihr Akku leer, oder das Gerät wurde ausgeschaltet. Wo genau das auf dieser Strecke passiert ist, lässt sich unmöglich sagen.« Sie zeigte auf die anderthalb Kilometer lange Straße zwischen der Schule und den ersten Häusern in Skjærviken.

»Was ist mit dem Handy ihres Mannes?«, fragte Magnus. »Lässt sich feststellen, ob er in Bewegung gewesen ist?«

»Gut möglich, dass er sich bewegt hat«, erwiderte Cathrine Mathisen, »aber dann ohne Handy. Jedenfalls hat sein Telefon den Bereich der Basisstation nicht verlassen.«

»Danke.«

»Das war's erst mal von mir.« Cathrine Mathisen trat auf die Tür zu, blieb aber plötzlich mitten im Raum stehen. »Hat noch jemand Fragen?«

Niemand sagte etwas.

»In Ordnung«, fuhr sie fort. »Dann gehe ich wieder und sehe mir die restlichen Videoaufnahmen an.«

Die Tür fiel hinter ihr zu.

»Wie lange hat das Gespräch mit dem Ehemann gedauert?«

Magnus' Frage war an Lars Weberg gerichtet.

»Zweiundsechzig Sekunden.«

»Nachdem sie das Gespräch beendet haben, dauert es also noch etwa sechs Minuten bis ihr Handy entweder zerstört oder abgeschaltet wird.«

»Was zumindest ausschließt, dass sie nach Hause gekommen und ihr dann dort etwas zugestoßen ist«, sagte Helge Pedersen oder Pettersen. Magnus konnte sich nicht genau erinnern.

»Nein, das nicht«, sagte Magnus. »Aber es schließt aus, dass sie das letzte Stück gegangen ist und ihr danach zu Hause etwas zugestoßen ist. Das hätte sie zeitlich nicht geschafft.« Er konzentrierte sich auf die Karte an der Wand, ließ die flache Hand über die Straße zwischen der Borge Schule und Skjærviken kreisen. »Was ist in diesen Minuten passiert? Wir wissen, dass der Wagen, aus dem sie hinausgeworfen wurde, dann zurückgekommen ist. So hat es jedenfalls der Ehemann interpretiert, und momentan ist das alles, woran wir uns orientieren können. Hat der Fahrer noch mal angehalten? Hatte er sich anders entschieden? Hat er ein paar Minuten gebraucht, um sie erneut zum Einsteigen zu überreden? Ist er mit Gewalt über sie hergefallen, um dann sofort das Handy zu zerstören oder auszuschalten, sobald sie wieder im Wagen saß? Vielleicht hat er auch gar nicht angehalten und ist weitergefahren? Laut dem Ehemann hat Cecilie nicht erwähnt, dass der Wagen stoppte. Bloß ›Jetzt kommt er zurück‹, wir wissen es also nicht.«

»Auch der Ehemann kann doch sofort losgefahren sein und sie abgeholt haben, oder?« Wieder der Ermittler, an dessen Nachnamen Magnus sich nicht erinnerte. »Ist es nicht meistens der Ehemann?«

»Ich finde, wir sollten uns auf die Identifizierung des Wagens und des Fahrers konzentrieren.« Magnus sah auf die Uhr. »Dann treffen wir uns hier morgen früh um acht Uhr wieder?«

»Acht ist in Ordnung.« Lars Weberg öffnete eine dünne, dunkelblaue Aktenmappe, die vor ihm lag. Sie schien nur ein paar Blätter zu enthalten. »Vor einer halben Stunde kam ein Anruf von Kristin Mayer von der Polizei in Moss. Lisette Ness, eine fünfunddreißigjährige Frau, die auf Jeløy wohnt, ist seit gestern Abend verschwunden. Sie hatte in letzter Zeit Eheprobleme, weswegen bis jetzt noch nichts Größeres unternommen wurde. Kristin Mayer glaubt zwar, dass Lisette Ness sich freiwillig aus dem Verkehr gezogen hat, wollte uns angesichts des hiesigen Falls aber dennoch informieren.«

Lars Weberg erhob sich. Die Besprechung war beendet.

KAPITEL 12

Mittwoch, 20. November

»Sie haben den Ermordeten also gekannt?«

Nora hatte sich mit dem Rücken zur Wand im Bett aufgesetzt.

»Ja. Er war ein pensionierter Kollege. Oder nein, mehr als ein Kollege. Er hat mir alles über Mordermittlungen beigebracht. Harald Uteng – so lautete sein Name – war der Beste von uns allen. Das Problem war, dass die örtliche Polizei der Ansicht war, er sei infolge eines Unfalls gestorben. Ich war davon überzeugt, dass es sich um Mord handelte, aber niemand wollte etwas davon wissen. Dann haben der Typ, dem Sie gestern unten begegnet sind, und ich ein paar Untersuchungen auf eigene Faust angestellt, und unter anderem haben wir – oder eher ich – versucht, Haralds Handydaten zu beschaffen. Aber da es sich um keine offizielle Ermittlung handelte, konnte ich über die üblichen Kanäle nicht an diese Informationen herankommen. Dafür ist ein Polizeijurist nötig, der eine Anordnung unterschreiben muss, aus der hervorgeht, dass die Telefongesellschaft verpflichtet ist, die Daten herauszugeben. Die örtliche Polizei hatte aber bereits den Schluss gezogen, dass hinter dem Todesfall keine strafbare Handlung steckte, weswegen es für sie keinen Grund gab, weiter in dem Fall zu ermitteln. So weit alles klar?«

»Ja.«

»Ich habe mich dann ein bisschen umgehört und … äh, ja, nennen wir ihn Nilsen. Nilsen war Betriebsingenieur bei Telenor. Das bedeutete, dass er Zugang zu den Informationen besaß, die ich brauchte. Meine Quelle informierte mich darüber, dass er ein ziemlich suspekter Typ mit einem äußerst zweifelhaften Freundeskreis war. Daher war davon auszugehen, dass es hier möglich war … tja, wie drücke ich das jetzt aus, ohne dass es sich völlig verrückt anhört …« Anton blies die Wangen auf und ließ die Luft wieder entweichen. »Nein, ich hab gar keine Lust, das anders zu formulieren, also: dass es in diesem Fall möglich war, sich schlichtweg außerhalb des gesetzlichen Rahmens zu bewegen. Dass ich ihn erpressen könnte, um das zu kriegen, was ich haben wollte.«

»Sagen Sie mir, wie sein richtiger Name lautet.«

Nora reckte sich nach dem Handy, das am Kopfende ihres Bettes lag, zog das Ladekabel ab und lehnte sich wieder zurück.

»Das kann ich nicht.«

»Doch!«, sagte Nora und beugte sich leicht vor. »Jetzt kommen Sie schon. Sie *müssen* mir sagen, wie er heißt. Ich will nachsehen, ob er bei Facebook ist.«

Sie wedelte mit dem Handy.

»Nora. Übertreiben Sie es nicht.«

»Na, gut.« Sie ließ das Handy aufs Bett fallen, fuhr mit Daumen und Zeigefinger über ihren Mund und schloss einen imaginären Reißverschluss. »Mmm-mmm-m.« Der Reißverschluss wurde wieder geöffnet. »Ich bin auch ganz ruhig. Jetzt erzählen Sie endlich.« Abermals fuhr sie mit den Fingern über ihre Lippen, drehte einen Schlüssel herum und machte eine theatralische Wegwerfbewegung.

»Ich habe ein paar Gramm weißes Pulver in seinem Wagen deponiert und habe ihm dann versprochen, dass er nicht angezeigt wird, wenn er mir gibt, was ich haben will.«

»Oh je … Ist das nicht ziemlich gewagt?«

»Es waren keine Drogen, sondern zerbröselte Ibuprofen.«

»Aber das wusste er nicht?«

»Nein, aber wenn er sich geweigert hätte, auf diesen Handel einzugehen, wäre überhaupt nichts aus der Sache geworden. Verstehen Sie? Er hat natürlich geglaubt, es wäre Stoff, und genau das war die Absicht, und er war sicher, dass einer von diesen komischen Typen, mit denen er herumhing, es in seinem Wagen vergessen hatte.«

»Was auch möglich gewesen wäre?«

»Genau. Also hatte er zwei Möglichkeiten. Entweder konnte er mir geben, was ich wollte, und dann nach Hause fahren, oder er konnte auf die ganze Zirkusnummer pfeifen. Wenn Nilsen sich aber für Letzteres entschieden hätte – glaubte er jedenfalls – dann wäre er wegen Drogenbesitzes angezeigt worden, was dazu geführt hätte, dass er seine Sicherheitsfreigabe und infolgedessen auch seine Arbeit verloren hätte. Mein Bluff hat genau ins Schwarze getroffen. Ich habe bekommen, was ich wollte, und Nilsen machte einfach weiter, als ob nichts geschehen wäre. Bis dann bei einer Innenrevision bei Telenor herauskam, dass er die Daten herausgegeben hatte, ohne dass eine …«

»Anordnung vorlag?«

»Ja.«

»Ha! Wirke ich etwa unaufmerksam?«

»Das nennt sich Stichprobe.« Anton lächelte. »Wie dem auch sei: Nilsen hatte großes Pech.«

»Sagen Sie mir, wie er heißt.«

Anton schüttelte den Kopf.

»Doch!«, sagte sie laut. »Los jetzt.«

»Nora.«

»Okay. Ich höre auf. Versprochen. Fahren Sie fort!«

»Nilsen erzählte seinem Chef, was passiert war, aber natürlich hat der ihm nicht geglaubt. Und was, glauben Sie, ist dann geschehen?«

»Er wurde gefeuert?«

»Ja. Und dann hatte ich plötzlich großes Pech. Denn Nilsen hatte nichts mehr zu verlieren. Er hat der Spezialeinheit einen Tipp gegeben – Sie wissen, was das für ein Verein ist?«

»Irgendwas Militärisches?«

»Das ist die Innenrevision. Die Polizei der Polizei, also diejenigen, die Fälle untersuchen, bei denen Polizisten involviert sind.«

»Sie wurden also gefeuert, weil Sie ihm Drogen untergeschoben haben, die keine Drogen waren?«

»Ich wurde nicht gefeuert. Die Spezialeinheit konnte Nilsens Behauptungen nie beweisen. Der Fall wurde eingestellt, kurz nachdem ich gekündigt hatte.«

»Dann hätten Sie doch auch weitermachen können?«

»Hier wird es etwas kompliziert. Die Informationen, die Nilsen mir gab, haben geholfen, den Fall zu lösen. Das waren Informationen, für deren Besitz ich keine Befugnis hatte – ich durfte sie also gar nicht haben. Es hatte allerdings auch keinen Zweck, das Ganze zu verharmlosen, da es intern ohnehin schon viel Gerede über Nilsens Anschuldigungen gab. Aufgrund dessen wurde mir angeboten, von mir aus zu kündigen, und dieses Angebot habe ich angenommen. Denn alle wussten, was sich zugetragen hatte. Mein Chef wusste es, und der Chef meines Chefs wusste es auch. Sogar die Innenrevision wusste es, allerdings geht es nicht darum, was man weiß, sondern darum, was man beweisen kann. Mir wurde gesagt, dass Nilsens Anschuldigungen vermutlich nicht weiter verfolgt würden, wenn ich kündigte. Und wenn ich nicht kündigte, würde die Spezialeinheit alle Hebel in Bewegung setzen. Da hatten sie schon meine ganze berufliche Karriere durchleuchtet.«

»Haben Sie so viel Schreckliches getan?«

»Ganz und gar nicht, aber ich konnte den Gedanken nicht ertragen, dass mir diese Leute ständig über die Schulter blicken würden. Außerdem fühlte ich mich schlecht behandelt. Ich habe etwas getan, was ich nicht hätte tun sollen, doch wenn alle anderen ihre Arbeit getan hätten, wäre es für mich gar nicht erforderlich gewesen, überhaupt etwas zu tun. Denn es *war* Mord, und kein Unfall. Anstatt also inkompetente Führungskräfte zu verfolgen, haben sie mich verfolgt – wegen der Geschichte mit den zerbröselten Tabletten.«

»Wenn es diese Spezialtypen am Ende also geschafft hätten, etwas zu beweisen, dann wären Sie wegen der Sache mit diesem Nilsen gefeuert worden?«

»Mit Sicherheit. Womöglich wäre ich sogar im Gefängnis gelandet.«

»Ihr Kumpel von unten … Er wusste nichts darüber, was Sie da getan haben?«

»Er war dabei, als es passiert ist, hatte aber keine Ahnung von meinem Plan. Ich hätte ihn natürlich vollkommen aus der Sache heraushalten müssen. Er hatte – und hat – noch eine lange Karriere vor sich. Und im Gegensatz zu mir hat er eine Zukunft.«

»Bereuen Sie es?«

»Nein, ich kann das nicht bereuen. Das zu tun, war genau das Richtige – und das Einzige, was Bedeutung hatte. Ich habe es Harald einfach geschuldet.« Es knackte in den steifen Gliedern, als Anton aufstand. Er legte die Hände ins Kreuz, drückte die Schultern zurück und stöhnte. »So. Jetzt haben Sie ihren Willen bekommen.«

Er öffnete die Tür. Draußen ging ein Arzt vorbei.

»Aber Anton?«

Er blickte sie von der Türschwelle aus an. »Ja?«

»Hätten Sie es auch getan, wenn Sie gewusst hätten, dass Sie alles verlieren würden?«

»Jederzeit.«

KAPITEL 13

Mittwoch, 20. November

Magnus stand in Bjørn Farsunds Wohnzimmer. Das Elternhaus von Cecilie Olins Ex-Freund stand am Ende einer Sackgasse in Rolvsøy. Bjørn Farsunds Mutter war eine kleine Frau mit freundlichen Augen und einem sanften, runden Gesicht. Sie blickte Magnus vom Sofa aus an, während er eine Wand mit zwei Dutzend eingerahmten Fotos in verschiedenen Größen betrachtete.

»Sind die alle von Bjørn?«, fragte Magnus.

»Ja. Ich habe nur ihn.«

»Und der Vater?«

»Den haben wir verloren, als Bjørn elf Monate alt war.«

Ein Schwarz-Weiß-Foto zeigte den neugeborenen Bjørn Farsund, der in eine Decke eingewickelt war. Auf einem anderen Foto stand er in derselben Straße, die draußen vor dem Fenster verlief, auf einem Schneewall und schaute grinsend in die Kamera.

»Er ist bestimmt jeden Moment zu Hause.« Ragnhild Farsunds Stimme war schwach. »Er sollte das Abendessen einkaufen, und für gewöhnlich essen wir gegen fünf.«

»Schon in Ordnung. Ich hab's nicht eilig.«

In der Reihe der Fotos, die chronologisch angeordnet waren, folgten verschiedene Jahre aus der Kindheit, ehe schließlich ein munterer Teenager mit blonden Locken und selbstsicherem Lächeln zu sehen war. Auf dem Fußballplatz. Auf einem Moped sitzend. In Anzug, mit Sonnenbrille und der norwegischen Flagge in der Hand unter einem blauen Himmel.

»War er krank? Der Vater?«

»Autounfall. Bjørn und ich waren auch in dem Wagen, aber wir zwei hatten an dem Abend wohl so etwas wie einen Schutzengel.«

Obwohl Ragnhild Farsund ein ganzes Stück älter wirkte als seine eigene Mutter, und trotz der Tatsache, dass Bjørns Vater ihn und seine Mutter nicht freiwillig verlassen hatte, sondern gestorben war, ließ der Anblick der alten Frau Magnus an seine eigene Mutter denken. Es hatte niemals einen neuen Mann für sie gegeben, jedenfalls nicht soweit Magnus wusste, und er hatte keine Geschwister. Es hatte stets nur sie zwei gegeben, und obwohl er nicht mehr zu Hause lebte, war es in gewisser Weise immer noch so.

Ohne eigentlich zu wissen wieso, überkam ihn plötzlich ein Anflug von schlechtem Gewissen.

»Wie geht es Bjørn denn jetzt?«, fragte Magnus, während er wieder die Fotos betrachtete. Die Teenagerjahre gingen in die zwanziger über. Bjørn mit nacktem Oberkörper an einem Strand mit Palmen im Hintergrund. Mit weißer Hose, weißem Hemd und weißem Kittel, Stethoskop um den Hals, einem Blumenstrauß in der einen und einer Flasche Champagner in der anderen Hand vor dem Rikshospital. Auf dem letzten Foto posierte er neben einem weiß-orange gestrichenen Sea King Rettungshubschrauber, gekleidet in einen Jumpsuit und mit einem Helm unter dem Arm.

»Er war in den letzten Tagen schrecklich niedergeschlagen, ängstlich und bekümmert. Gestern Abend ist es natürlich noch schlimmer geworden, als bekannt wurde, dass draußen in Skjeberg eine tote Person aufgefunden wurde. Es konnten ja nicht viele andere als Cecilie sein, und als das heute früh bestätigt wurde, war er in gewisser Weise darauf vorbereitet, aber jetzt geht es ihm wirklich nicht gut.«

Magnus setzte sich Ragnhild Farsund gegenüber und legte die

Dokumentenmappe auf den Tisch. Die ältere Frau war unsicher, worauf sie den Blick richten sollte. Magnus sah auf die Uhr. Zehn nach vier.

»Ich konnte kaum glauben, dass er Cecilie damals verprügelt hat«, sagte sie nach einer Weile. »Temperament hatte er immer schon, aber ich habe nie erlebt, dass er körperlich auf jemanden losgegangen ist, und um ehrlich zu sein, war ich mir sicher, dass ich ihn besser erzogen hätte. Während er auf den Beginn der Verhandlung wartete, habe ich ihn mehrmals gefragt, was denn eigentlich geschehen sei, aber er wollte nicht darüber reden. Erst als ich während des Prozesses die Fotos sah, die von Cecilie in der Notaufnahme gemacht worden waren, wurde mir klar, was er ihr angetan hatte.« Sie blickte Magnus an. »Aber eines kann ich Ihnen gleich sagen …« Ihr Gesicht war noch genauso sanft und ihre Stimme noch genauso dünn wie zuvor, als sie die Tür geöffnet und ihn durch den Spalt hindurch gemustert hatte. »Mit dem hier hat Bjørn nichts zu tun.«

»Er wird in keiner Weise verdächtigt.«

»Nein«, flüsterte sie beim Einatmen. »Er hat gesagt, dass das hier passieren würde.«

»Was denn?«

»Am Sonntagabend, als die Online-Zeitungen darüber schrieben, dass Cecilie vermisst werde, sagte Bjørn, er hoffe, dass Cecilie nichts zugestoßen sei, denn dann würden alle sofort mit dem Finger auf ihn zeigen.«

Das Geräusch eines Motors kam näher. Magnus sah hinaus. Ein Mercedes Vito kam die Sackgasse herunter. Ein Scheinwerfer war defekt. Der Kleintransporter fuhr auf das Grundstück und parkte dort.

Bjørn Farsund musterte im Vorbeigehen Magnus' Porsche. Ragnhild Farsund tapste in die Küche, während ihr Sohn aus dem Blickfeld verschwand. Die Haustür wurde geöffnet, und einen Augenblick später stand der blonde Mann mit einer Einkaufstüte in jeder Hand an der Tür zum Wohnzimmer. Er musste den Dienstausweis bemerkt haben, der neben der Krawatte um Magnus' Hals hing, denn er bewegte sich in Richtung Küche und sagte, er wolle nur eben die Lebensmittel abstellen. Sein Rücken verschwand hinter der Ecke. Magnus konnte hören, wie die Einkaufstüten auf der Arbeitsplatte landeten. Es klirrte. Bjørn Farsund sprach leise mit seiner Mutter. Er kam zurück und schloss die Küchentür hinter sich. Magnus stellte sich vor und begrüßte ihn mit Handschlag.

Bjørn Farsund war der Typ Mann, den die meisten Frauen, unabhängig vom Alter, als gut aussehend bezeichnet hätten. Schlank und athletisch. Der Bart so kurz, dass er wohl erst am Morgen oder am Abend zuvor gestutzt worden war. Er hatte die sanften Augen seiner Mutter, doch im Gegensatz zu ihr fiel es ihm schwer, den Blickkontakt mit Magnus aufrechtzuerhalten. Auf die Frage, wie es ihm gehe, erzählte Bjørn Farsund das Gleiche, was die Mutter gesagt hatte. Dass die letzten Tage schwer gewesen seien, und insbesondere der heutige, nachdem bekannt geworden war, dass es sich um Cecilie handelte, die man in Skjeberg gefunden hatte.

Unaufgefordert berichtete Bjørn Farsund, dass er ihr am späten Samstagabend begegnet sei.

»Wir hatten früher am Abend telefoniert. Sie sagte, sie wolle mit einer Freundin ausgehen, und ... Da habe ich die Gelegenheit genutzt, sie zu treffen. Ich hatte sie nicht mehr gesehen seit ... ja, seit sie mich im Gefängnis Halden besucht hat.«

»Sie hat Sie dort besucht?«

»Ja. Einmal.«

»Warum hat sie das getan?«

»Weil ich sie darum gebeten habe.«

Gebeten, dachte Magnus, *nicht danach gefragt.*

»Wann war das?«

»Vor ein paar Monaten.«

»Also, ein paar Monate nach dem, was passiert ist, springt sie ins Auto und fährt nach Halden, weil Sie sie darum gebeten haben?«

»Ich wollte sie um Entschuldigung bitten. Ihr zeigen, dass ich mich verändert habe.«

»Verändert? Inwiefern?«

»Ich …« Er räusperte sich. »Früher habe ich mich immer so schnell aufgeregt, aber nachdem ich in Behandlung war, ist es besser geworden.«

»Jemandem den Stinkefinger zu zeigen, wenn er einem die Vorfahrt nimmt, das bedeutet, sich schnell aufzuregen. Aber was Sie vor anderthalb Jahren mit Cecilie getan haben, ist was völlig anderes, Bjørn. Es war reines Glück, dass Sie an jenem Abend nicht zum Mörder geworden sind.«

»Dessen bin ich mir bewusst … Niemand verflucht diesen Abend mehr als ich selbst, aber so bin ich jetzt nicht mehr. Reden Sie mit Karen Thoen. Das ist die Psychiaterin, die ich im Gefängnis einmal pro Woche aufgesucht habe. Sie wird Ihnen erklären, dass es möglich ist, sich zu ändern.«

»Sie haben Cecilie in der letzten Woche mehrmals angerufen, haben jeden Tag versucht, an sie heranzukommen.« Magnus öffnete die Dokumentenmappe, zog einen Ausdruck von Cecilie Olins Teledaten heraus und schob das Papier über den Tisch. Dicht gedrängte Zeilen eines Computerausdrucks. Die Anrufe von Bjørn Farsunds Anschluss waren gelb markiert. »Doch ohne Erfolg. Bis auf Samstag. Da ist sie beide Male ans Telefon gegangen, als Sie versucht haben, sie zu erreichen. Erst am frühen Abend, und dann noch einmal später. Tatsächlich waren Sie der letzte eingehende Anruf auf ihrem Handy.« Magnus nahm ein weiteres Blatt aus der Mappe und legte es vor ihn hin. »Wir haben auch Ihre Teledaten abgerufen, Bjørn.«

Bjørn Farsund studierte die Zeilen, ohne eine Miene zu verziehen.

»Erzählen Sie mir von Samstagabend.«

»Ich war ganz spät noch im Zentrum.«

»Sie sind in der Stadt ausgegangen?«

»Nein. Aber ich war in der Stadt.«

»Um Cecilie zu treffen?«

»Nein, ich bin von einer Kneipe zur nächsten gezogen und habe mit ein paar Inhabern gesprochen.«

»Wieso das?«

»Sie dürfen gern raten.«

Magnus spürte ihn, den Hauch des Temperaments, von dessen Existenz die Mutter immer gewusst hatte, sich aber nicht im Mindesten vorstellen konnte, was zu bewirken es imstande war.

»Sie suchen einen Job?«

»Ja.«

»Dann werden Sie vermutlich der erste Barkeeper des Landes mit einer abgeschlossenen medizinischen Ausbildung sein. Da darf man aber ruhig höhere Ansprüche stellen, oder nicht? Die Kielfähre vielleicht? Eventuell Hurtigruten?«

Bjørn Farsund gab keine Antwort. Er fuhr sich mit einer Hand durch die blonden Locken und nagte auf seiner Unterlippe.

»Sie haben sich also nach einer Arbeit in der Gastronomie von Fredrikstad umgehört, während Sie gleichzeitig wussten, dass Cecilie in der Stadt ist. Laut Anrufverzeichnis haben Sie sie um sieben Minuten vor zwei nachts angerufen. Das Gespräch dauerte achtundzwanzig Sekunden. Haben Sie da verabredet, sich zu treffen?«

»Ja.«

»Wo?«

»An der Fußgängerbrücke nach Kråkerøy.«

»Wer hat den Ort vorgeschlagen?«

»Das war ich.«

»Und Cecilie war einverstanden?«

»Ich musste sie jedenfalls nicht lange überreden.«

»Wie lange waren sie dort zusammen?«

»Etwa eine Dreiviertelstunde.«

»Was haben Sie gemacht?«

»Geredet.«

»Worüber haben Sie gesprochen?«

»Über alles, was passiert ist.« Sein Blick suchte den Hofplatz vor dem Fenster. »Ich habe sie gefragt, ob sie mir noch eine Chance geben würde, und da hat sie gesagt, es gehe ihr gut mit ihrem Mann.«

»Wenn Sie darüber nachdenken«, sagte Magnus, »finden Sie es da seltsam, dass sie Ihnen keine weitere Chance geben wollte, angesichts dessen, dass Sie sie fast totgeschlagen haben?«

Bjørn Farsund gab keine Antwort.

»Waren Sie derjenige, der sie nach Hause gefahren hat?«

»Nein …« Bjørn Farsund schüttelte den Kopf. »Das war ich nicht.«

»Haben Sie es ihr denn angeboten?«

»Ja, aber sie meinte, dass das keine so gute Idee wäre.«

»Glauben Sie, sie hatte vielleicht Angst, dass Sie ihr etwas antun würden?«

Bjørn Farsund erwiderte Magnus' Blick.

»Glauben Sie vielleicht, ich hätte sie täglich verprügelt?«

Magnus zuckte mit den Schultern. Bjørn Farsund schnaubte. Die Küchentür wurde geöffnet, und die Mutter kam herein, blickte aber nicht in ihre Richtung. Sie durchquerte den Raum und stieg die Treppe in den ersten Stock hinauf.

»Was ist passiert, nachdem Sie sich unterhalten haben? Wo haben Sie sich wieder getrennt?«

»Wo wir uns getroffen hatten. An der Fußgängerbrücke.«

»Hm.« Magnus blickte auf die Fotogalerie an der Wand und machte ein nachdenkliches Gesicht. »Okay.«

»Was?«

»Ich finde das alles nur etwas eigenartig. Über eine Woche haben Sie versucht, sie zu erreichen, und dank der Tatsache, dass sie etwas alkoholisiert ist, gelingt es Ihnen schließlich, Kontakt aufzunehmen. Sie treffen sich, und sie schlägt Ihre Bitte nach einer neuen Chance höflich ab. Sie trennen sich. Dann kommt der Sonntag, und Sie versuchen nicht, sie anzurufen, schicken ihr nicht mal eine SMS. Weil Sie wussten, dass sie tot war?«

»Nein.«

»Also, warum haben Sie nicht noch mal einen Gang zugelegt?«

»Ich habe wohl begriffen, dass es hoffnungslos war.«

»Okay. Noch mal zurück zu Ihrer Trennung an der Fußgängerbrücke. Sie haben einander nicht einmal umarmt?«

»Doch, sie hat mich umarmt und gesagt, sie hoffe, dass sich die Dinge bald regeln.«

»Welche Dinge?«

»Arbeit. Wohnung … Ich habe ihr erzählt, dass ich bei meiner Mutter wohne.«

»Und was ist dann passiert?«

»Hab ich das nicht schon gesagt? Wir sind dann unserer Wege gegangen. Ich bin zum alten American Way hinübergegangen, wo ich den Wagen geparkt hatte.«

»In welche Richtung ist Cecilie gegangen?«

»Ich bin nicht stehen geblieben, um zu verfolgen, wohin sie ging.«

»Und dann sind Sie direkt nach Hause zu Ihrer Mutter gefahren?«

Bjørn Farsund senkte den Blick.

»Ja. Und dann bin ich ins Bett gegangen.«

»Kann das jemand bestätigen, oder war Ihre Frau Mama schon schlafen gegangen?«

»Sie hat geschlafen, ja.«

»Wann waren Sie denn zu Hause?«

»Ich hab nicht auf die Uhr gesehen, aber in etwa so viel später, wie die Fahrt vom Zentrum hierher eben dauert. Ich weiß, was Sie denken, und das ist nachvollziehbar, aber ich habe Cecilie nichts getan.«

»Nein? Das Gerichtsurteil sagt etwas anderes.«

»Ich habe kaum geschlafen, nachdem ich hörte, dass sie vermisst wurde.«

»Weil Sie sich um Cecilie Sorgen machten oder um sich selbst?«

Die Adern an Bjørns Schläfen traten deutlicher hervor. Sein Blick verhärtete sich wieder.

»Was glauben Sie? Wie heißen Sie noch mal? Torp?«

Magnus schob die Hand in die Innentasche, zog eine Visitenkarte hervor und legte sie auf den Tisch.

»Hier stehen mein voller Name und meine Telefonnummer.« Magnus stand auf. »Falls Ihnen noch etwas einfallen sollte, oder falls Sie es ernst meinen mit dem, was Sie gerade denken.«

»Und woran denke ich gerade?«

»Daran, Ihren Anwalt anzurufen und zu sagen, dass Sie sich von einem Polizisten namens Magnus Torp schlecht behandelt fühlen. Einem Polizisten, der – und das dürfen Sie gern hinzufügen – nicht einen Augenblick glaubt, dass Sie die Wahrheit sagen.«

KAPITEL 14

Mittwoch, 20. November

Gleich gegenüber dem Schwesternzimmer hüpfte im runden Lichtkegel eines Scheinwerfers ein kleiner Vogel über das grünweiße Gras. Er war grau mit einem orangen Fleck auf der Brust. Anton beobachtete ihn. Der Vogel blieb stehen und blickte zu Boden.

»Ein Rotkehlchen«, sagte Didrik Ryde. Anton hatte gar nicht bemerkt, dass sein Kollege hereingekommen war und sich hinter ihn gestellt hatte. »Ein neugieriger kleiner Bursche, der sich zur Futterzeit in offenes Terrain hinauswagt. Ansonsten fühlt er sich in Büschen und Unterholz am wohlsten.«

»Nicht in den Bäumen oder in der Luft?«

»Doch ja, natürlich auch dort. Aber es ist sehr ungewöhnlich, ihn um diese Tageszeit zu sehen.«

Didrik Ryde ließ seinen Rucksack zu Boden fallen und stellte sich neben Anton. Er hielt einen großen Pappbecher mit Kaffee in der Hand. Vibeke – eine der Krankenschwestern – kam kurz herein und gab schnell etwas in den Computer ein. Dann verabschiedete sie sich und verschwand wieder nach draußen. Der Vogel hüpfte weiter.

»Er sieht ängstlich aus«, sagte Anton.

»Das ist er vermutlich auch.« Didrik Ryde hob den Kaffeebecher an. »Das Letzte, was er jetzt möchte, ist die Begegnung mit beispielsweise einem Sperber, wobei das wirklich der Gipfel der Ironie wäre.«

»Wovon redest du?«

Didrik Ryde blies vorsichtig auf seinen Kaffee.

»Wäre doch langweilig, als Mahlzeit zu enden, wenn man gerade unterwegs ist, um – nun ja – sein eigenes Essen zu beschaffen.«

»Sperber ernähren sich von Rotkehlchen?«

»Der Sperber ist prädestiniert für die Jagd nach kleinen Vögeln im Wald und in dichter Vegetation. Kurze Flügel und langer Schwanz. Ist ja nicht so, dass er unbedingt Rotkehlchen bevorzugt. Er nimmt das, was er kriegen kann.«

»Gott ... Was du alles weißt, Didrik.« Anton trat vom Fenster weg und sah auf die Uhr am Rand des Bildschirms. 21:39. »Ist ja nicht gerade wenig.« Er nahm eine Handvoll von der Konfektmischung auf dem Tisch. »Und dann musst du noch deine Arbeit ertragen.« Anton grinste und musterte Didrik Ryde, der sich zu ihm umgedreht hatte. Von seinem Kaffeebecher stieg Dampf auf.

»Was meinst du damit?«

Anton packte ein Stück Marzipan aus, steckte es in den Mund und ließ das Papier in seine Tasche fallen.

»Wir haben hier vorhin gesessen und etwas gequatscht«, sagte Anton, während er kaute. »Vibeke hat erzählt, dass sie vor ein paar Jahren zusammen mit dir im St. Olavs in Trondheim gearbeitet hat. Ich wusste gar nicht, dass du dort mal einen Job hattest, und da meinte Vibeke, es gebe in diesem Land kaum eine Institution, in der du nicht gewesen bist.«

»Stimmt, ich habe schon an vielen Orten gearbeitet, aber das bedeutet ja nicht, dass ich gefeuert wurde. Ich liebe die Abwechslung. Neue Orte. Neue Menschen. Ich bin tatsächlich noch nie gekündigt worden.«

»Didrik. Das war ein Scherz.« Anton trat auf die Tür zu. »Angenehme Schicht.«

»Ich werde schnell rastlos«, rief Didrik ihm nach. »Und ich muss auf niemanden Rücksicht nehmen.«

»Ich auch nicht. Wir sehen uns.«

Anton ging an dem Wachmann vorbei, der auf seinem Stuhl saß und in einem Magazin blätterte. Ein Krankenpfleger kam mit einem leeren Pillenbehälter aus einem der Zimmer. Anton ging weiter, blieb vor der Tür zu Noras Zimmer stehen, klopfte an und öffnete sie. Nora lag auf dem Bett. Das Handy, das sie in den Händen hielt, warf einen weißblauen Lichtschimmer auf ihr Gesicht.

»Ich dachte, Sie wären schon eingeschlafen«, sagte Anton leise von der Tür her. »In der letzten Stunde hat man gar nichts von Ihnen gehört.«

»Ich wollte niemanden nerven.«

Ihre Daumen bewegten sich schnell über den Handybildschirm.

»Sie haben überhaupt nicht genervt. Was machen Sie da, zocken?«

»Ich texte mit meinem kleinen Bruder.«

»Sind Sie gar nicht müde?«

»Nein.«

»Dann sage ich wohl besser Bescheid, dass Sie was zum Einschlafen bekommen sollten.«

»Danke, nein«, erwiderte Nora mürrisch. »Ich will nichts haben.«

Sie hatte den gleichen Gesichtsausdruck wie vor über 24 Stunden, als sie auf die Station gebracht worden war. Das freundliche Gesicht, das Anton früher am Tag in der Eingangshalle angelächelt hatte, war verschwunden. Er trat ins Zimmer und schloss die Tür. Nora ließ das Handy auf ihre Brust sinken und schaltete die Nachttischlampe ein. Anton setzte sich zu ihren Füßen auf die Bettkante.

»Geht's nicht so gut heute Abend?«

Er klopfte leicht auf die Bettdecke über ihrem Bein. Nora schüttelte den Kopf. Ihre Augen waren von Tränen gerötet.

»Kann ich noch irgendwas für Sie tun, bevor ich zum Bus rennen muss?«

»Ich dachte, Sie hassen es zu rennen.«

Anton überprüfte die Zeit auf seinem Handy. 21:41.

»Bald hab ich wohl keine andere Wahl.« Er legte die Hand auf einen ihrer Verbände. »Ich wollte nur Tschüss sagen, weil ich nämlich erst in vierzehn Tagen wieder zur Arbeit komme, und dann sind Sie ja hoffentlich schon wieder entlassen.«

»Vierzehn Tage?«, rief sie erstaunt. »Wohin fahren Sie?«

»Ich fahre heute Abend nach Göteborg.«

Sie setzte sich auf.

»Kann ich mitkommen? Biiiiittteeee!«

»Das geht nicht.«

»Wir könnten fragen. Wie heute Nachmittag, nur dass wir dann etwas weiter fahren als mit dem Fahrstuhl in die Eingangshalle. Bitte! Ich schwöre auch, dass ich keinen Unsinn mache. Sie werden nicht mal merken, dass ich da bin. Ich verspreche es, ich bin nämlich gut darin, mich unsichtbar zu machen.«

Anton lächelte sie traurig an.

»Mit wem soll ich mich sonst unterhalten?«, fragte sie verzweifelt.

»Die anderen bleiben doch hier. Vibeke, Habiba, Jeanette, Didrik, Kri…«

»Didrik«, schnaubte sie. »Er ist unerträglich.«

»Was? Didrik ist unerträglich?«

»Ja.« Sie tat so, als müsste sie sich übergeben. »Un-er-träg-lich!«

»Jetzt hören Sie schon auf«, sagte Anton und lachte. »Didrik ist doch ganz nett.«

Er schob eine Hand in die Tasche und fischte drei Schokoriegel heraus, die er auf den Nachttisch legte.

»Ich werde Sie also gar nicht mehr sehen«, sagte sie und fuhr sich mit der Hand über die Wange.

»Wenn ich zurückkomme, bevor Sie entlassen werden, dann komme ich Sie besuchen.«

»Und wenn ich nicht hier bin?«

»Dann werde ich Sie schon finden. Vergessen Sie nicht, dass ich ein alter Schnüffler bin.« Er tippte sich mit dem Finger an die Schläfe. »Das Radargerät hier funktioniert noch.« Er schenkte ihr ein Lächeln, das aber nicht erwidert wurde. »Soll ich die Vorhänge zuziehen?«

»Nein.«

»Ich hoffe, Sie können heute Nacht etwas schlafen.« Anton schickte sich zum Gehen an. »Wir begegnen uns schon noch, Nora.«

»Anton?«

»Ja?«

»Bekomme ich eine Umarmung?«

Nora war aus dem Bett gestiegen und kam auf Anton zu. Sie legte ihre Arme um ihn und drückte ihn fest an sich. Anton streichelte ihren Rücken, spürte, wie ein paar Tränen von Noras Wangen auf seinen Hals tropften, während er auf die weißen Schneeflocken hinausblickte, die von den Scheinwerfern gelb gefärbt wurden. Eine Bewegung am Boden draußen vor dem Fenster erregte seine Aufmerksamkeit. Da war er wieder. Der Vogel mit dem orangenen Fleck auf der Brust. Er kam näher, hielt inne und starrte Anton unverwandt an. Dann zuckte sein Kopf in verschiedene Richtungen. Als ob er überall Bedrohungen ahnte.

KAPITEL 15

Volda, 1999, Tag 39

Der Goldschmied war eine elegante Frau in den fünfzigern. Sie war mit einem jungen Mädchen beschäftigt, das sich nicht recht entscheiden konnte, ob sie lieber Ohrstecker oder Ohrhänger kaufen sollte. Die Goldschmiedin schenkte ihm ein freundliches Lächeln, wie um zu unterstreichen, dass er bald an der Reihe wäre.

Ein paar Minuten lang ging er in dem Laden umher und betrachtete die verschiedenen Auslagen, während er an den vorherigen Tag dachte. Rebekka war im Laufe des Abends etwas lockerer geworden, wenngleich er eine gewisse Anspannung gespürt hatte, während sie sich liebten. Als er sie fragte, ob etwas nicht in Ordnung sei, sagte sie, ihre Kopfschmerzen hätten noch immer nicht ganz nachgelassen. Er hatte sofort aufgehört. Nicht, dass sie signalisiert hätte, den Sex nicht zu mögen, denn das tat sie, wie er fand, aber es hatte einen Augenblick gegeben, in dem es den Anschein hatte, als sei sie an einem völlig anderen Ort. Stattdessen war er auf die Toilette gegangen und hatte sich dort selbst befriedigt.

Er konfrontierte sie nicht mehr mit dem, was am Telefon noch so wichtig gewesen war, denn mit etwas gutem Willen konnte es durchaus sein, dass da tatsächlich gar nichts war, obwohl der Gedanke an den Typen auf der Brücke sich mehrmals zurückgemeldet hatte. Aber irgendwie passte das nicht zusammen. Sie würde ihn niemals betrügen; sie würde ihm bis zum Tode treu ergeben sein; *etwas* Positives war doch wohl aus jenem eisernen Griff erwachsen, in dem Herr und Frau Vehler ihre einzige Tochter schon immer gehabt hatten. Außerdem konnte er ihr nicht verbieten, sich mit Bekannten zu treffen.

Das hatte er einmal bei einem Mädchen versucht, mit dem er zur Schule gegangen war. Es war eine ziemlich kurze Affäre geblieben.

Es war auch kein Thema mehr gewesen, ob er sie am Donnerstag in ihrer Wohnung besuchen sollte, und obwohl er sie gerne erneut danach gefragt hätte, hatte er es nicht mehr angesprochen. Stattdessen hatte er vorgeschlagen, dass sie am Abend einen kleinen Spaziergang machen könnten. Bloß um mal etwas anderes zu tun, als vor dem Fernseher zu sitzen und Sex zu haben.

Er stellte sich an das große Schaufenster und sah hinaus auf eine Frau in mittleren Jahren, die auf der anderen Straßenseite ihren Hund an die Hauswand pinkeln ließ. Er nahm einen Elefanten aus durchsichtigem Glas von der Fensterbank, wog ihn in den Händen und betrachtete ihn von allen Seiten. Er blickte durch ihn hindurch und auf die Straße, da erklang die Klingel über der Tür. Das junge Mädchen verließ das Geschäft mit zufriedenem Gesichtsausdruck.

»Jetzt bin ich ganz für Sie da«, sagte die Frau. »Wie kann ich Ihnen helfen?«

Er trat auf sie zu und stellte den Elefanten auf den Tresen. Die Verkäuferin nahm ihn.

»Ist der nicht schön?«

»Mhm«, erwiderte er. »Wussten Sie, dass ein Elefant jeden Tag zweihundert Liter Wasser trinkt?«

»Oi!« Sie gluckste. »Nicht gerade wenig.«

Sie wickelte den Glaselefanten in Papier ein. Er spähte in die Auslagekästen. Es gab mehrere Fächer mit Ringen.

»Ich hätte gern einen Ring für meine Freundin. Aber …«

Auf dem oberen Brett wurden Ringe mit Diamanten in verschiedenen Größen präsentiert. Man konnte zwischen Gelb-, Weiß- oder Rotgold wählen. Auf dem nächsten Brett lagen traditionelle Eheringe. Auf dem letzten befanden sich verschiedene Arten Goldringe mit und ohne Steine. »Wir sind noch nicht verheiratet, da ist es für Eheringe wohl noch etwas früh …«

»Das klingt so, als suchten Sie vielleicht einen Verlobungsring?«

»Nein …«, erwiderte er und betrachtete dabei die Ringe. »Das eigentlich auch nicht.« Er sah wieder auf. »Wir sind noch nicht so lange zusammen. Ich dachte eher … Also, es gibt Eheringe, und es gibt Verlobungsringe, aber gibt es da nicht irgendwas für die Zeit vor der Verlobung? Ich meine … So eine Art *Liebstenringe*?«

»Also, es gibt Beziehungsringe.« Sie griff nach einem Schlüssel, schloss einen der Glaskästen auf, nahm das dritte Brett heraus und legte es ihm vor. »Das hier«, sagte sie und machte eine ausladende Handbewegung, »sind Beziehungsringe, und die sind perfekt zum Verschenken bei besonderen Anlässen.«

»Könnte man die Liebstenringe nennen?«

»*Liebstenringe* …« Sie lächelte. »Hab nie gehört, dass jemand den Begriff verwendet hat.«

»Aber kann man die so nennen?«

»Natürlich kann man das. Das Schöne an einem Beziehungsring ist, dass …« Sie griff nach einem Weißgoldring und zeigte ihm diesen. Er hatte drei dicht nebeneinanderliegende Diamanten. »Man kann die Reihe der Steine erweitern, wenn sich das Verhältnis weiter entwickelt.«

»Also kann man einen Ring kaufen, der jetzt einen Stein hat, und wenn man Kinder bekommt, kann man weitere Steine einsetzen?«

»Zum Beispiel. Oder man setzt einen neuen Stein ein, wenn man … tja, … drei, fünf oder zehn Jahre zusammen ist. Das sagt ja auch der Name: Beziehung. Dass zwei Menschen sich binden und etwas gemeinsam erschaffen.«

»Gar nicht dumm«, sagte er und nickte in sich hinein. »Nicht … dumm.«

»Ein Beziehungsring mit mehreren Steinen sieht zusammen mit einem einsteinigen Verlobungsring besonders hübsch aus – am selben Finger. Sollte man nicht aus dem Blick verlieren, wenn die Zeit kommt.«

»Ist sicher ein schöner Blickfang?«

»Ja«, erwiderte sie lächelnd. »Das ist es. Da zeigt man deutlich, dass man ein schönes gemeinsames Leben hat.«

»Dann nehme ich so einen.«

Er zeigte auf einen Beziehungsring aus Weißgold mit einem einzigen Diamanten auf der glänzenden Oberfläche.

»Eine gute Wahl.« Sie sah ihm in die Augen. »Sie sagten, Sie seien noch nicht so lange zusammen?«

»Nein … Erst seit ein paar Wochen.«

»Wie reizend. Da kann sich Ihre Freundin aber glücklich schätzen.« Sie nahm das ausgewählte Schmuckstück, setzte das Brett wieder in den Schaukasten ein und schloss die Glastür. Sie hielt den Ring in die Höhe. »Mein Gefühl sagt mir, dass dies der Beginn von etwas Schönem und Langfristigem ist.«

»Meines auch«, erwiderte er und spürte, wie sich das Lächeln über sein ganzes Gesicht ausbreitete.

»Wissen Sie, welche Größe sie trägt?«

»Nein …«, sagte er nachdenklich. »Sollte ich eigentlich wissen.«

»Die wenigsten wissen das«, gluckste sie und legte ihre Hand vor ihn auf den Tresen. Sie hatte schlanke, kleine und gepflegte Hände mit langen Nägeln mit rotem Lack. »Wie sind ihre Finger, verglichen mit meinen? Sie kann natürlich auch gern vorbeikommen, und dann passe ich die Größe an, kein Problem. Aber es wäre natürlich besonders schön, wenn der gleich von Anfang an passt.«

»Ihre Hände sind nicht so groß. Eher klein und zierlich. Sie hat schlanke Finger, vielleicht einen Hauch kleiner als Ihre.«

»Dann wird der Ring vermutlich gut passen.«

Die Verkäuferin fing an, den Ring einzupacken. Er sah auf seine Armbanduhr.

»Ah …« Er blickte auf das fast fertig eingepackte Kästchen. »Ist es möglich, meinen Namen auf die Innenseite des Rings zu gravieren?«

»Aber selbstverständlich.« Sie packte das Kästchen wieder aus. »Wie heißen Sie?«

KAPITEL 16

Mittwoch, 20. November

Die Luft in dem kleinen, fensterlosen Videoraum war abgestanden.

Cathrine Mathisen und die andere Analystin starrten auf ihre Laptops. Magnus saß weiter hinten und hatte den Blick auf den Großbildschirm gerichtet, der zwischen den beiden hing. Er war in der Mitte geteilt und spiegelte, was die Analystinnen jeweils sahen. Auf der linken Seite erschien ein Clip, der von der anderen Straßenseite am Taxistand bei Aarumsgården stammte. Er war schwarz-weiß, die Uhr in der Ecke verriet, dass die Aufnahme um 02:41 Uhr erfolgt war. Sie zeigte einen Mann und eine Frau, die nördlich an der Warteschlange vorbeiliefen und aus dem Bild verschwanden. Die Frau trug einen Rock und eine Jacke mit Pelzbesatz an der Kapuze. Das Gleiche, was Cecilie Olin angehabt hatte. Der Mann trug eine dicke Winterjacke und ein Basecap.

»Stopp«, sagte Magnus und rutschte auf seinem Stuhl etwas vor. »Kannst du noch mal zurückgehen und heranzoomen, Mathisen?«

Der Ausschnitt wurde schnell zurückgespult. Der Mann und die Frau gingen im Rückwärtsgang an der Taxischlange vorbei. Cathrine Mathisen hielt die Aufnahme an, markierte auf dem Bildschirm einen Bereich und vergrößerte ihn.

»Ist sie das nicht?«

Magnus hörte den hoffnungsvollen Optimismus in seiner Stimme. Nicht nur, weil der Mann neben ihr vermutlich Bjørn Farsund war und die Aufnahme nicht mit der Behauptung übereinstimmte, dass sie sich an der Fußgängerbrücke getrennt hätten, sondern auch, weil es siebzehn Stunden her war, dass er seine eigene Wohnung in der Agentgate verlassen hatte, und er sehnte sich nach etwas Ruhe.

»Schwer zu sagen …«, meinte Cathrine Mathisen und spähte auf die Aufnahme. »Ich kann versuchen, das Bild noch größer zu machen, aber die Auflösung ist ziemlich schlecht – mehr Pixel sind es leider nicht geworden.«

Abermals zoomte sie näher heran. Die beiden Gesichter füllten die eine Hälfte des großen Bildschirms. Die Aufnahme war körnig. Die Frau schien zu lächeln, während der Mund des Mannes, der als einziges unter dem Mützenschirm zu erkennen war, einem geraden Strich ähnelte.

»Ich finde, dass die Frau etwas kräftiger aussieht«, meinte die andere Analystin.

»Nein, das ist sie nicht«, sagte Cathrine Mathisen. »Das ist nicht Cecilie.«

Das Bild war unscharf, aber dennoch klar genug, damit auch Magnus sehen konnte, dass es sich nicht um Cecilie Olin handelte. Er seufzte. Neue Clips von verschiedenen Straßen in der Innenstadt folgten. Die meisten davon in Farbe. Menschen, die in Gruppen vorübergingen oder allein mit einem Imbiss in der Hand umherschlenderten. Eine Viertelstunde verging. Dann zwei weitere. Auf dem Bildschirm zwischen den beiden Analystinnen erschien eine weitere Videoaufnahme. Sie stammte aus dem Inneren eines 7-Eleven-Kiosks am Stortorv, von einer Kamera an der Decke über der Kasse. Sie zeigte einen Bereich des Tresens sowie die doppelte automatische Eingangstür zur Farmannsgate und dem Taxistand. Der Verkäufer nahm Geld entgegen und reichte einem jungen Mann ein Pizzastück, der daraufhin auf unsicheren Beinen aus dem Kamerawinkel verschwand, während er versuchte, das Essen zum Mund zu führen.

Ein Mann in den dreißigern trat an die Theke. Er sagte etwas zu dem Verkäufer, der auf die Farmannsgate hinauszeigte und etwas erklärte. Der Mann schien »Danke« zu sagen, ehe er auf den Ausgang zusteuerte. Als die Türen aufglitten, um den jungen Mann hinauszulassen, trat eine Gestalt von links in den Bereich vor dem Laden. Es war eine Frau mit langen dunklen Haaren, in einem Rock und einer dicken Jacke mit Pelz an der Kapuze. Der Mann, der nach dem Weg gefragt hatte, lief direkt auf die Taxischlange zu, die hinten im Bild gerade noch zu erkennen war. Die Frau blieb mit dem Rücken zur Tür vor dem Kiosk stehen.

»Noch 'ne Kapuze mit Pelz«, sagte Cathrine Mathisen. »Und ein Rock.«

Die andere Analystin schob ihren Stuhl ein wenig zurück und blickte auf den Bildschirm. Die Frau in dem Film drehte sich um und starrte durch die offene Tür in den Kiosk. Cathrine Mathisen fror das Bild ein und zoomte heran.

»Sieht sie nicht etwas asiatisch aus?«, fragte Magnus.

Cathrine Mathisen verschob den Fokus auf den unteren Teil des Bildes. Die bestrumpften Füße der Frau glitten über den Bildschirm, und die Aufnahme stoppte bei den schwarzen Stiefeletten, die sie trug.

»Auch noch die gleichen Stiefeletten?« Cathrine Mathisen zoomte zurück. »Da ist ja alles gleich?!«

»Alles, abgesehen vom Aussehen«, sagte die Kollegin und widmete sich wieder ihrem Laptop. »Du kannst ruhig nach Hause fahren, Torp. Cathrine und ich sitzen hier noch eine Weile.«

Die Uhr zeigte Viertel nach elf. Mit einem Stöhnen erhob Magnus sich und sagte: »Ich war so blöd und hab mir selbst versprochen, heute noch zu trainieren, egal wie spät es wird.«

»Gute Besserung«, wünschte Cathrine Mathisen und stieß ein trockenes Lachen aus.

Ohne noch etwas zu sagen, ging Magnus aus dem Raum. Im Gang herrschte dieselbe Stille wie bei Mogens Poulsen in der Pathologie des Rikshospital. Magnus sah Cecilie Olin vor sich auf dem Stahltisch liegen. Ihren zerschundenen Körper. Die Vertiefung in der Brust. Den Arm und den Fuß, die gebrochen waren und in unnatürlichem Winkel abstanden. Er drückte auf den Aufzugknopf. Ein Pling ertönte, und die Türen glitten auf. Magnus ging hinein und drückte auf Erdgeschoss, während er im Spiegel seine blutunterlaufenen Augen registrierte.

Als er im Auto saß, schaltete er die Scheibenwischer ein und ließ sie den Schnee wegfegen. Der Wagen lief zwei Minuten im Leerlauf, ehe Magnus auf die E6 fuhr. Er dachte an Anton, der jetzt vermutlich in Göteborg an einem Pokertisch saß und sich entweder in Ekstase oder in Lethargie befand. Himmel oder Hölle. Während er bei Alvim die E6 verließ, zog Magnus sein Handy aus der Tasche. Er scrollte zu Antons Nummer und tippte auf die grüne Taste. Eine halbe Minute ließ er es klingeln, bevor er die Verbindung abbrach. Mit einer Hand am Steuer navigierte er sich in sein SMS-Menü und wollte Anton schon eine Nachricht schicken, besann sich aber anders. Anton musste selbst entscheiden, wann er mit ihm sprechen wollte. Und auch, ob überhaupt. Jetzt würde Magnus nicht mehr versuchen, ihn noch einmal zu erreichen.

Seit Antons Weggang von der Kripo waren vierzehn Monate vergangen, doch nach dem Besuch im Krankenhaus hatte Magnus begriffen, dass es weitere vierzehn Monate dauern könnte, bis er wieder von Anton hörte. Denn er hatte es deutlich gesehen. Noch gestern war es ihm nicht so offensichtlich erschienen, doch heute war es ihm klar geworden: Anton wollte keinen Kontakt.

Magnus bog auf die Landstraße 109 ab. Er ließ sein Handy auf den Beifahrersitz fallen und passierte das Einkaufszentrum Borg.

Ein Traktor mit angehobener Schneefräse stand an einer Bushaltestelle. Magnus blickte auf die Uhr am Armaturenbrett. Der erste Tag der neuen Ermittlung war vorüber.

KAPITEL 17

Donnerstag, 21. November

Das Einzige, was Anton an Schnee gefiel, war, dass es dadurch niemals ganz dunkel wurde.

Die ersten Nachtstunden waren bereits vorüber, als er den Hauptbahnhof von Göteborg verließ und den Drottningstorg mit langen Schritten überquerte. Ein kalter Wind wehte um die alten Backsteingebäude und brannte auf Antons Wangen. Er zitterte und ärgerte sich darüber, dass er den Schal nicht mitgenommen hatte. Auf den knapp 200 Metern, die er zurückgelegt hatte, war es dem Schnee bereits gelungen, sich auf seinem Mantel niederzulassen. Er fegte ihn weg, warf sich die Tasche über die Schulter und ging mit schnellen Schritten in westliche Richtung weiter.

Für den folgenden Tag hatte Anton schon einen Plan. Bis das Casino Cosmopol um 16:00 Uhr öffnete, würde er schon ein spätes Frühstück, ein noch späteres Mittagessen und eine Joggingrunde hinter sich gebracht haben. Ob Letzteres im Trainingsraum des Hotels oder auf den Straßen stattfinden würde, auf denen er sich gerade bewegte, sollte die Wetterlage entscheiden. Es war auch gar nicht so, dass er über Nacht Freude daran gefunden hatte zu joggen, doch wenn er sein Ziel, aus den zwanzigtausend Kronen, die er in der Innentasche dabeihatte, hunderttausend zu machen, erreichen wollte, musste er klar im Kopf sein. Und eine ausgiebige Joggingrunde würde genau das bewirken. Und er würde nicht daran denken, dass er bald zurück in die Notaufnahme müsste, oder daran, dass vor wenigen Stunden ein weiterer Anruf von Magnus auf der Mailbox gelandet war. Nur an die Zahlen würde er denken, an die Gewinnchancen, die entscheiden würden, ob er Jetons dazubekäme oder nicht. Fokus, dachte Anton. Nur darauf kam es an.

Und jetzt war er allein hier, brauchte auf keine Kumpel Rücksicht zu nehmen. Er müsste den Pokertisch nicht verlassen, weil er verabredet hatte, drüben in Jensens Steakhaus zu Abend zu essen. Es sollte gespielt werden. Und nur das.

Hunderttausend. Wenn alles stimmte, müssten hunderttausend im Laufe von ein paar Tagen machbar sein. Und wenn alles perfekt lief, wäre das auch in ein paar Stunden möglich, doch nein, diesen Gedanken ließ er gleich wieder fallen. Ein Blatt nach dem anderen. Er würde keine Strategie planen, ehe er die Stimmung bei den anderen Spielern nicht ausgelotet hätte.

Er passierte den Gustaf Adolfs Torg. Mit Ausnahme eines Streifenwagens, der im Leerlauf vor sich hin brummte, war er menschenleer. Anton ging am Kanal die Norra Hamngata entlang. Am Berufungsgericht für Westschweden hielt er inne. Hinter den fetten weichen Schneeflocken konnte er das Comfort Hotel Göteborg ausmachen. Es lag nicht mehr als hundert Meter entfernt, gleich auf der anderen Seite der Kanalbrücke. Er überprüfte die Uhrzeit auf dem Handy. Es war spät. Der Plan hatte gelautet, direkt ins Hotel zu gehen und sich hinzulegen, damit er für die Joggingtour und den Rest des kommenden Tages ausgeruht wäre. Anton warf einen weiteren Blick auf die Uhr. Dann setzte er sich wieder in Bewegung, doch anstatt die Kanalbrücke zu überqueren, ging er in die entgegengesetzte Richtung, auf das alte dreistöckige Backsteingemäuer zu, das ganz unten am Ufer lag.

Eine knappe Minute später hatte er das Sicherheitspersonal am Eingang des Casino Cosmopol bereits passiert. Er gab Tasche und Jacke an der Garderobe ab, kam an einem weiteren Wachmann vorbei und betrat den Spielsaal. Menschen standen um verschiedene Tische herum. Black Jack. Ultimate Texas Hold'em. Baccarat. Roulette. Mit langsamen Schritten durchquerte er den Saal und lauschte der Kakophonie aus Mischmaschinen, menschlichen Stimmen, kreischenden Pieptönen und klingelnden Spielautomaten. Er registrierte den Geruch verschiedener Parfüms, sah, wie der blonde Pferdeschwanz einer Kellnerin hin und her wippte, während sie mit einem Tablett voller Getränke vorbeieilte. Sie servierte den sechs Asiaten, die vor ihren Spielautomaten hockten, je einen Drink, ehe sie mit zielgerichteten Schritten wieder zurücklief. Anton ging in Richtung des Schildes, das ihm vom anderen Ende des Casinos entgegenleuchtete: POKER.

In der Pokerabteilung waren keine Spieler, nur ein magerer Mann, der an einem der Tische saß und die vor sich liegenden Jetons ordnete. Er trug eine schwarze und burgunderrote Dealer-Uniform. Auf die Frage, ob an diesem Abend keine Spiele stattfänden, bekam Anton zu hören, dass der letzte Tisch das Spiel vor fünfzehn Minuten beendet habe und dass auch keine weitere Runde eröffnet werde, da das Casino in einer knappen halben Stunde schloss.

Natürlich, dachte Anton, der Gegenwind blies ihm schon ins Gesicht, ehe er auch nur eine einzige Karte in der Hand hielt. Er verließ die Pokerabteilung und tastete nach dem Geldbündel in seiner Tasche. Das Vernünftigste wäre, direkt ins Hotel zu gehen. Aber jetzt war er nun einmal hier. Er trat an den Roulette-Tisch. Dort standen zwei Frauen und drei Männer. Der Croupier hieß ihn willkommen. Anton nahm das Geld aus der Tasche, blätterte 3000 Kronen auf den Tisch und wechselte sie in Jetons ein. Die anderen Spieler legten ihre Einsätze auf den grünen Filz. Der Croupier setzte das Roulette-Rad in Bewegung. Anton spähte über den Tisch. Er hatte kein Bauchgefühl, keine Stimme im Kopf, die *gerade, ungerade, 1–16* oder *19–36* sagte. Der Croupier ließ die

Elfenbeinkugel auf den Rand des sich drehenden Rads fallen. Verdammt. Nichts fühlte sich richtiger oder besser als etwas anderes an. Anton setzte 250 Kronen auf Schwarz. Die Kugel kreiste.

»Nichts geht mehr«, sagte der Croupier mit monotoner Stimme.

Anton folgte dem Beispiel der anderen Spieler: Er beobachtete die Kugel, die über den Rand des Spielrads hüpfte, um erst auf 6 – Schwarz, dann auf 4 – Schwarz und 0 – Grün zu landen, ehe sie bei 3 – Rot zur Ruhe kam. Natürlich bei Rot, dachte Anton. Was bildete er sich ein? Dass sich die Richtung des Lebens änderte, nur weil er sich 200 Kilometer weiter nach Süden begeben hatte?

Der Croupier zahlte den Gewinnern des Spiels die entsprechenden Summen aus. Neues Spiel. Arme und Hände, die über den Tisch fegten. Die Einsätze wurden getätigt. Anton setzte Jetons im Gegenwert von 500 Kronen auf dasselbe Feld wie zuvor. Ein älterer Mann sagte, die Kugel sei zum achten Mal hintereinander auf Rot gelandet und werde es wohl kaum ein neuntes Mal tun.

Der ältere Mann irrte sich. 30 – Rot. Der Alte seufzte.

Plötzlich war es da. Das Bauchgefühl, das *Schwarz* sagte. Abermals bewegten sich einige Hände über den Tisch, während Anton auf seine Jetons blickte, die 2 250 Kronen wert waren. Er war schon siebenhundertfünfzig im Minus. Sollte er den Einsatz auf tausend erhöhen oder gleich alles setzen? Denn jetzt würde Schwarz kommen.

Er setzte tausendzweihundertfünfzig auf Schwarz. Der Croupier warf die Kugel in den Kessel. Anton schloss die Augen, schwang den Arm in einer kreisenden Bewegung und klatschte die letzten tausend blindlings auf den Tisch. In erster Linie, um es zu Ende zu bringen, sodass er ins Hotel gehen, sich ausruhen und auf den folgenden Tag vorbereiten könnte. Er ließ die Jetons los. Sie lagen auf der 29, die ebenfalls schwarz war.

»Nichts geht mehr.«

Vor einigen Jahren hatte er erlebt, dass die Kugel elfmal hintereinander auf Rot landete, aber das war nur dieses eine Mal vorgekommen. Bis jetzt war sie neunmal hintereinander bei Rot hängen geblieben. Ein zehntes Mal würde es nicht geben. Nein, es würde Schwarz sein. Es *sollte* Schwarz sein. Es *musste* Schwarz sein. Würde es abermals Rot sein, könnte er genauso gut zurück zum Hauptbahnhof gehen, sich auf eine Bank legen und morgen in aller Frühe den ersten Zug zurück nach Fredrikstad nehmen, denn dann hatte er hier nichts mehr zu suchen.

Nachdem die Kugel gelandet war, bremste der Croupier das Roulette-Rad behutsam mit zwei Fingern ab. Anton hatte nur registriert, dass sie auf Schwarz gefallen war. Erst als das Rad fast zum Stillstand kam, sah Anton, dass die Kugel auf der 29 ruhte. Der Croupier gratulierte Anton und reichte ihm den Gewinn: 38 500 Kronen.

Anton nahm die Jetons und dachte, dass es besser wäre, wenn er jetzt ginge. Nicht nur weg vom Roulette-Tisch, sondern raus aus dem Casino. Die anderen Spieler platzierten ihre Einsätze. Anton blickte nicht auf die Hände, die sich über dem Filztuch hin- und herbewegten, sondern auf die Gesichter und die hoffnungsvoll strahlenden Augen. Jeder einzelne von ihnen hatte bereits entschieden, welche Farbe oder welche Nummer es werden sollte. Es war der verzweifelte Wunsch, die richtige Wahl zu treffen. Wenn auch nur ein einziges Mal. Genauso musste er selbst auch aussehen. Er beschloss zu gehen. Dieses eine Mal würde er vernünftig sein. Das hier war ein Bonus, und zur Abwechslung würde er ihn nicht anrühren.

Doch andererseits war es genau das: ein Bonus. Erst vor einer halben Minute war er darauf vorbereitet gewesen, die ersten dreitausend als Verlust abzuschreiben. Jetzt stand er da, mit fast vierzigtausend im Plus.

Er setzte alle Jetons auf Schwarz. Die anderen Spieler taten das Gleiche. Anton änderte seine Meinung. Er schob seine Jetons auf das rote Feld. Denn jetzt würde die Kugel bei Rot landen. Nicht bei Schwarz. Bei Rot. Die fünf anderen folgten ihm wie einem Sektenführer und verschoben ihre Jetons.

»Nichts geht mehr.«

Der Croupier schickte die Kugel los.

»Rot!«, rief Anton, während er den weißen Punkt auf dem Rand des Mahagonirads verfolgte. »Rot, verflucht!«

Es klapperte. Er schloss die Augen, ballte die Fäuste. Mehrere Spieler am Tisch stöhnten auf. Jemand klopfte ihm auf die Schulter.

Anton spürte die Endorphine hinter seiner Stirn tanzen, als er Tasche und Jacke von der Garderobe holte und in den schmutzigen Schneematsch auf dem Gehsteig vor dem Casino Cosmopol trat.

Es war nicht so, dass die knapp achtzigtausend, die er gerade gewonnen hatte, sein Leben veränderten und ihn glücklich machten. Nicht aus diesem Grund spazierte er mit einem derart breiten Grinsen, dass andere ihn für geistesschwach halten mussten, über die Kanalbrücke und auf das Hotel zu. Und ebenso wenig weil er sich keine Sorgen mehr darum machte, dass morgen die Haie am Spieltisch Blut riechen und ihn einkreisen würden, als wäre er ein angeschossenes Tier.

Er grinste, weil sich endlich alles gewendet hatte.

KAPITEL 18

Donnerstag, 21. November

Die Uhr zeigte einige Minuten nach acht an, als das Ermittlerteam zusammentraf. Jemand schlürfte Kaffee aus einer Tasse, während Lars Weberg die anderen darüber in Kenntnis setzte, dass es den Analystinnen nicht gelungen sei, Cecilie Olin auf den durchgesehenen Aufnahmen der Überwachungskameras zu identifizieren.

»Wir erweitern daher die Suche und konzentrieren uns auf Kameras, die außerhalb des Stadtzentrums etwas registriert haben könnten.« Lars Weberg warf einen schnellen Blick auf die beiden leeren Stühle am Tisch. »Helge und Olav sind da draußen auf Kamerajagd.«

»Was ist mit Moss?«, fragte Magnus. »Was Neues über Lisette Ness?«

»Ich habe heute Morgen auf dem Weg hierher mit Kristin Mayer gesprochen. Draußen auf Jeløy wurde eine ergebnislose Suche durchgeführt, und gestern Abend hat die Kriminaltechnik damit begonnen, die Wohnung zu untersuchen. Die sind noch damit beschäftigt.«

»Das heißt, die glauben eigentlich nicht, dass sie irgendwo in einem Hotelzimmer sitzt und Erdbeeren isst?«

»Die Ermittlerin schien zuerst nicht sonderlich besorgt, aber nachdem es inzwischen mehr als vierundzwanzig Stunden sind, die Lisette Ness vermisst wird, hat Mayer sich mit dem diensthabenden Juristen besprochen und eine Genehmigung für die Herausgabe der Bankunterlagen und Telefondaten erwirkt. Da war aber keine besondere Aktivität zu verzeichnen. Aber wie Mayer sagte, geht es tatsächlich erst mal nur um den gestrigen Tag. Die Erdbeeren sind vermutlich also noch nicht ganz vom Tisch.«

»Okay«, sagte Magnus. »Gibt's was Neues in Sachen Fundort im Wald von Skjeberg?«

»Die Technik ist gestern Abend rausgefahren. Abgesehen von ein paar feuchten Zigarettenkippen am Wegesrand, haben die nichts gefunden. Die werden jetzt analysiert. Der Niederschlag am Montag und am Dienstagvormittag hat alle potenziellen Spuren fortgespült.«

»Und die Handtasche?«

»Nach der wurde gestern im gesamten Umkreis des Fundorts gesucht, aber ohne Ergebnis. Vielleicht hast du dir ja schon ein paar Gedanken gemacht, die du mit uns noch nicht geteilt hast, ich habe jedenfalls ein bisschen über den Fundort nachgedacht. Cecilies Leiche wurde an einer abseits liegenden Stelle deponiert, aber gleichzeitig führen da Wanderwege vorbei. Falls die Täterperson nicht wollte, dass wir Cecilie finden, dann hätte es doch unzählige andere Möglichkeiten gegeben, sich ihrer zu entledigen. Also: War es Absicht, dass wir sie so schnell finden würden?«

Die Frage war an alle gerichtet, doch Magnus antwortete als Erster: »Ich bin ja nun kein Profiling-Experte, aber diese extreme Aggression, der Cecilie ausgesetzt war, zeugt von einer Wut, die den meisten von uns völlig fremd ist. Betrachtet man allein die Gewalt, ist es durchaus denkbar, dass der Täter jemand ist, der völlig die Besinnung verloren hat. Und dann der Fundort. Cecilie wurde abgeladen wie ein Haufen Müll. Das wirkt nicht sonderlich durchdacht, oder?«

»Nein«, sagte Lars Weberg nachdenklich, »das tut es beileibe nicht.«

»Wie du schon gesagt hast, Weberg, es gibt genügend andere

Methoden, mit denen der Mord viel länger hätte vertuscht werden können – womöglich für immer. Aber wenn wir uns das größere Bild ansehen, zeigt sich, dass es keinen sexuellen Übergriff gab, und damit verschwindet eines der häufigsten Motive. Und dann haben wir noch das Handy, das nur Minuten nachdem sie das Gespräch mit ihrem Mann beendet hat aus dem Mobilfunknetz verschwindet. Natürlich besteht die winzige Chance, dass ihr Akku leer war, aber das glaubt doch niemand wirklich. Wahrscheinlich wurde das Handy in dem Augenblick zerstört oder ausgeschaltet, als der Täter Kontrolle über Cecilie erlangt hat. Und darüber hinaus dürfen wir nicht vergessen, dass die Rechtsmedizin genauso viele Spuren von dem Täter sichergestellt hat wie die Kriminaltechnik am Fundort – nämlich keine. Was sagt uns das?« Ehe jemand antworten konnte, fuhr Magnus fort: »Ich glaube, der Täter war darauf aus, das Ganze nach einer übereilten Sache aussehen zu lassen, aber aufgrund dessen, was ich eben aufgezählt habe, wissen wir, dass es alles andere als übereilt war. Und das wiederum bedeutet?« Er sah die anderen an.

Mit nachdenklichem, auf den Tisch gerichteten Blick sagte Lars Weberg: »Dass Cecilie kein zufälliges Opfer war.«

KAPITEL 19

Volda, 1999, Tag 39

Als er Rebekka um sieben Uhr begegnet war, hatte er ihr einen Kuss gegeben und sie lange umarmt. Wie erwartet sträubte sie sich ein wenig, versuchte, sich ganz diskret herauszuwinden, sodass er es gar nicht merken sollte, und er ließ sie in dem Glauben, dass es ihr gelungen war, ihn zu täuschen. Das war schon in Ordnung. Wie er wusste, hatte sie Angst davor, dass jemand sie sehen könnte. Und genau deswegen hatte er es getan. Er wollte, dass jemand sie sah. Jemand von der Hochschule, damit es gleich weitergetratscht würde. Eine Klatschgeschichte, die diese Kakerlake von Trine noch vor Ablauf einer Viertelstunde erreichen würde, sodass sie sich gleich ans Telefon hängen und ihrer Mutter erzählen könnte, dass Rebekka mitten im Zentrum von Volda gestanden und einen fremden Mann geküsst hatte. Und wenn die Lieblingsnichte – die ansonsten niemals etwas Falsches sagte oder tat – zu so etwas in der Lage war, so war nicht auszuschließen, dass sie sogar Sex mit diesem Mann hatte. Diese drei Buchstaben, aus denen das fast verbotene Wort bestand, jedenfalls die verbotene Handlung, würden Rebekkas Eltern vermutlich veranlassen, im Tiefflug über das Gebirge zu kommen und ihr kleines Mädchen an den Ohren zurück nach Mandal zu zerren, auch wenn sie schlichtweg kein kleines Mädchen mehr war, sondern eine junge prächtige Frau. Auch dieses Szenario hatte er vor sich gesehen. Eine Konfrontation. Aber er glaubte nicht, dass es dazu kommen würde. Dass sie nach Volda kämen? Doch, das war nicht ausgeschlossen, aber zu einem großen Gezeter würde es kaum kommen. Sie würden ihn bestimmt mögen. Dessen war er sich sicher.

Die Dämmerung hatte eingesetzt, als sie auf dem Andanesveg das Zentrum hinter sich ließen.

»Bald ist sie verschwunden«, sagte Rebekka mit Blick auf die Sonne, die sich hinter den dunklen Hügelkämmen im Westen dem Horizont näherte. Sie blieb stehen. »Jetzt sind wir ein ganzes Stück gegangen. Wollen wir vielleicht umdrehen?«

»Noch nicht.«

Sie hatte beide Hände in die Taschen gesteckt.

»Frierst du?«, fragte er.

»Aber nein.«

Er streckte seine Hand aus, aber sie wollte sie nicht ergreifen. Stattdessen zog sie die Schultern bis zu den Ohren hoch, als ob ihr nun doch plötzlich kalt geworden wäre.

»Na ja, es ist ja auch nicht gerade warm.«

»Komm.«

Er ging weiter. Rebekka blieb stehen. Nach ein paar Metern hielt er inne und sah sie an. Am liebsten wollte er, dass sie sich liebten, gleich hier am Straßenrand. Dass sie den Körper des anderen wärmten, während sie sich gegenseitig versicherten, dass sie einander liebten. Jetzt dachte er, dass er genauso gut einen Verlobungsring hätte kaufen können, so sicher war er sich der Liebe, die er für sie empfand. Gleichzeitig war es – eben wegen ihrer Eltern – taktisch klug, schrittweise vorzugehen. Das Letzte, was er wollte, war, zu aufdringlich zu sein und etwas zu tun, wodurch sie sich unter Druck gesetzt fühlte.

»Jetzt komm schon weiter«, sagte er und grinste.

»Wohin gehen wir überhaupt?«

»Das ist eine Überraschung.«

Sie sah ihn fragend an.

»Ach, komm«, sagte er mit Betonung auf dem O. »Danach können wir zurückgehen.« Er stieß ein kurzes Lachen aus. »Meine Schöne, kommst du? Wir sind in spätestens fünf Minuten da.«

Sie seufzte und folgte ihm.

Es dauerte nicht einmal drei Minuten, bis hinter der Leitplanke eine Bank auftauchte. Sie stand an der Spitze eines Hügels, der sich steil zum Meer hinunterzog. Ein Fischerboot fuhr mit stampfendem Motor in Richtung Hafen.

Er stieg über die Leitplanke, setzte sich und klopfte mit der Hand auf die Bank. Rebekka blickte den steilen Hang hinab.

»Geht ja ziemlich weit runter«, sagte sie.

Abermals klopfte er mit der Hand auf das Holz. Auf ihrem Gesicht erschien plötzlich ein skeptischer Ausdruck, dann sagte sie: »Sag bloß nicht, das ist die *Ja-Bank.*«

»Du hast schon davon gehört?«

»Die Freundin von einer, mit der Trine rumhängt, ist hier gefragt worden.«

»Wie schön.« Er sah zu den Berggipfeln auf der anderen Fjordseite hinüber. Die Sonne war jetzt völlig dahinter versunken.

»Willst du dich nicht setzen?«

Sie starrte auf das Wasser hinunter und beobachtete das Fischerboot, während sie sich einen halben Meter von ihm entfernt auf die Bank setzte. Er rutschte näher an sie heran, legte den Arm um ihre Schultern und küsste sie sanft. Erst auf die Wange, dann auf den Hals. Er merkte, dass sie leicht erstarrte, aber sie sagte nichts.

»Alles in Ordnung?«, fragte er. »Frierst du auch wirklich nicht?« Sie sah ihn an, atmete tief durch die Nase ein und hob den Blick. Das Fischerboot verschwand aus dem Blickfeld.

»Schön hier«, sagte sie und spähte auf das Meer hinaus, das langsam dunkler wurde.

Er fragte, wie ihr Tag verlaufen sei, und sie fing an zu erzählen. Nicht über sich selbst, sondern darüber, was Trine während des Aufenthalts zu Hause in Mandal plante. Er hätte lieber gesagt, dass es ihn nicht sonderlich interessierte, was diese dumme Kuh in Mandal vorhatte, hörte stattdessen aber zu und nickte.

»Klingt so, als ob sie ein volles Programm hat.« Mit den Fingern strich er über den Stoff ihres Ärmels, reckte den Hals und spähte den Abhang hinunter. »Wollen wir schwimmen gehen?«

»Im September?«, brach es aus ihr hervor. »Nicht mal, wenn es um Leben und Tod ginge.«

»Nicht?«

»Nein.«

»Ich würde dich morgen auch gern sehen«, sagte er. »Willst du zum Essen kommen?«

Rebekka sagte nichts, starrte nur … Er sah hinaus auf den Fjord, wollte wissen, worauf sie eigentlich blickte. Es gab dort unten nichts als Wasser und ein paar schwache Lichter von der Fähre, die auf der anderen Seite in Folkestad am Kai lag.

»Ich dachte, ich grille dir ein paar Königskrabben«, fuhr er fort. »Hast du die schon mal probiert?«

»Ja.«

Er legte ihr die Hand in den Nacken, schob sie vorbei am Jackenkragen und unter ihren Wollpullover. Er legte sie ganz oben auf ihre Brust und streichelte sie. Sie regte sich leicht, als ob sie wollte, dass er die Hand wegnahm.

»Hab ich kalte Hände?«

»Vielleicht ein bisschen?«

Er zog die Hand zurück und umfasste stattdessen ihren Oberarm, während die Finger seiner linken Hand in die Hosentasche glitten und das harte, eingepackte Etui ertasteten.

»Und, möchtest du zum Essen kommen?«

Ein Wagen fuhr vorbei und tauchte sie für einen Augenblick in Flutlicht. Rebekka hatte den Kopf schräg zur Seite gelegt und starrte weiterhin ziellos in die Ferne.

»Hallo?«, sagte er laut, als der Motorenlärm in der Ferne verebbte.

Sie zuckte zusammen.

»Hm? Ich weiß nicht.«

»Du weißt nicht?«

»Morgen ist Quiz im *Grünen Baum*, und ich wollte mit zweien aus dem Kurs dorthin.«

»Wann denn?«

»Es beginnt um sechs, aber wir treffen uns um fünf.«

»Ah, ja. Aber ihr seid doch bestimmt bis neun Uhr fertig, glaubst du nicht?«

»Doch … das sind wir bestimmt. Ist das denn nicht zu spät?«

»Aber nein. Ich möchte dich bloß sehen.«

»Du, äh … Ich dachte …« Für einen Moment blickte sie umher, starrte auf die Kante des Abhangs, die nur einen Meter vor ihnen lag. »Ich werde doch drei Jahre hier sein, stimmt's?«

»Ja?«

»Du aber nicht. Du hast ja gesagt, dass du nur für einen kurzen Zeitraum hier sein wirst.«

»Hab ich das gesagt?«

»Ja. Das hast du gesagt, als wir uns das erste Mal begegnet sind. Dass das für dich nur vorübergehend sei. *Sehr* vorübergehend, hast du gesagt.«

Er erinnerte sich, dass er das *sehr* deutlich betont hatte. Aber nicht, um sie zu verschrecken. Ganz im Gegenteil. Er hatte es gesagt, um ihr zu verstehen zu geben, dass er Ambitionen hatte. Dass er nicht vorhatte, in Volda alt zu werden und zu sterben. Dass er ihr – nach einer Weile – mehr anbieten könnte als ein schäbiges möbliertes Zimmer. Und allzu lange sollte das auch gar nicht dauern.

»Dann bin ich dir begegnet«, sagte er sanft.

»Ja. Aber d…«

Er legte seinen Zeigefinger auf Rebekkas Lippen. Dann fischte er das Geschenk aus der Tasche und legte es ihr auf den Oberschenkel. Ihre Augen wurden riesengroß. Als ob sie erschrocken wäre.

»Bleib ganz ruhig«, sagte er grinsend. »Ich gehe nicht runter auf die Knie. Mach auf.«

»Du …«

»Na, mach schon auf.«

Behutsam stieß er sie mit dem Ellbogen an. Rebekka packte aus und knüllte das Papier zusammen. Er nahm es ihr aus der Hand und steckte es in die Hosentasche. Sie ließ den Blick zwischen ihm und dem Etui hin- und herwandern. Dann klappte sie den Deckel auf.

»Du meine Güte …« Sie nahm den Ring aus dem Etui. »Aber, mein Lieber. Den kann ich unmöglich annehmen …«

»Natürlich kannst du!«, erwiderte er lächelnd. »Das ist nicht nur ein Geschenk, sondern auch der Beweis, dass ich dich nicht verlassen werde. Weder hier in Volda noch sonst irgendwo. Ich sage ja nicht, dass wir morgen heiraten und in neun Monaten das erste Kind bekommen sollen – das kapier ja sogar ich, dass das viel zu schnell ginge –, aber falls du in irgendeiner Vorlesung sitzt oder im Bus oder im Flugzeug nach Mandal und plötzlich daran zweifelst, dass ich dich gernhabe, dann kannst du einfach auf deinen Finger blicken.«

Sie sah ihn mit tränenfeuchten Augen an.

»Ich hab an das gedacht, was du gestern gesagt hast«, fuhr er fort, »das mit deinen Eltern und so, und ich werde es nie wieder erwähnen.«

Er nahm den Ring und steckte ihn an den Ringfinger ihrer linken Hand.

»Jetzt sieht er aus wie ein Verlobungsring«, sagte sie.

Da war es. Dieses herrliche, betörende Lächeln, das er seit drei Tagen vermisst hatte. Er grinste, nahm ihr den Ring ab und steckte ihn an den Mittelfinger derselben Hand.

»Da vielleicht?«

»Das ist viel zu viel … Ich weiß gar nicht, was ich sagen soll. Ich denke nur, dass ich das gar nicht verdient habe, und d…«

»Doch«, unterbrach er sie. »Das hast du wohl.«

»Er ist … er ist wunderschön.«

»*Du* bist wunderschön.«

Er küsste sie auf die Wange und sagte: »Also … darf ich denn damit rechnen, dass die Prinzessin aus Mandal morgen Abend ein paar königliche Krabben zu sich nimmt?«

Sie setzte ein schiefes Grinsen auf.

»In Ordnung.«

»Amen. Aber jetzt ist mir doch kalt.«

Sie machten sich auf den Weg zurück ins Stadtzentrum.

»Dann hast du mich also mit zur Ja-Bank genommen, um mir einen Ring zu geben, der kein Ja oder Nein erfordert?«

»Ja, sieht so aus. Außerdem ist es da schön. Tagsüber noch besser, aber ein bisschen Ausblick gab's ja jetzt auch.«

»Hattest du da schon viele Dates?«

»An dieser Front war ich eigentlich nicht besonders aktiv. *So* lange wohne ich hier noch nicht. Eigentlich bin ich da früher nur ein paarmal vorbeigekommen.« Er versuchte, ihr in die Augen zu blicken, doch sie starrte nur geradeaus. »Als ich dich zum dritten Mal getroffen habe, wusste ich, dass ich dich dahin mitnehmen will.«

Er führte sie weiter, verschränkte seine Finger mit ihren und drückte vorsichtig zu. Rebekka zog die Hand zu sich, hielt sie mit gespreizten Fingern in die Höhe und betrachtete den Diamanten vor dem Hintergrund der Sterne, die über ihren Köpfen aufgegangen waren. Er dachte daran, was die Goldschmiedin gesagt hatte. Dass sie glaube, es sei der Beginn von etwas Schönem.

Und Langfristigem.

KAPITEL 20

Donnerstag, 21. November

»Nein!« Kristin Mayer nahm den Löffel aus dem Mund, legte ihn auf den halb vollen Joghurtbecher auf dem Schreibtisch und presste sich das Handy ans Ohr. »Sie scherzen, oder?«

»Keineswegs«, erwiderte der Einsatzleiter, der sich mit den Kriminaltechnikern nahe der Wohnung von Lisette und Elias Ness befand. Es rauschte im Hörer, als ob er in offenem Gelände direkt am Wasser stünde.

»Tut mir leid, das tue ich nicht. Das war jetzt der letzte Ort, den sie untersucht haben. Unsere Kollegen in den weißen Overalls sind etwas entmutigt. Und müde.«

Kristin Mayer stützte das Kinn in die Hand.

»Wir beenden das hier also«, fuhr er fort. »Es sei denn, Sie möchten, dass wir noch was anderes machen.«

»Nein ...« sagte Kristin Mayer und atmete aus. »Wie geht's denn dem Ehemann?«

»Nicht besonders gut. Er hat nach Ihnen gefragt, nachdem wir den Fund gemacht haben.«

Kristin Mayer stand auf, griff nach Joghurtbecher und Plastiklöffel und warf alles in den Papierkorb unter dem Schreibtisch.

»Ich bin in einer Viertelstunde da.«

*

Mit gleichmäßigem Klappern flogen die Finger über die Tastatur. Abgesehen von einer kurzen Mittagspause in der Kantine des Polizeigebäudes hatte Magnus den ganzen Tag im Videoraum verbracht. Analystin Cathrine Mathisen schnaubte ungeduldig. Der Optimismus vom Vorabend hatte sich verflüchtigt. Videoclips erschienen auf dem Bildschirm, wurden schnell durchgesehen und von anderen abgelöst. Sie sahen Überwachungsbilder von Privatgrundstücken, wo ein kleiner Bereich der nach Skjærviken führenden Hauptstraße zu erkennen war. Aufnahmen von Tankstellen, die neben den Zapfsäulen noch vage etwas anderes erkennen ließen.

Fast eine halbe Stunde war vergangen, als Helge P. die Tür zum Videoraum so kraftvoll aufriss, dass der Luftzug ein paar Papiere auf dem Tisch erfasste. Er reichte Cathrine Mathisen einen USB-Stick.

»Wir haben sie«, sagte Helge P. »Wir haben Cecilie gefunden.«

*

»Sie haben gestern nicht in ihren Briefkasten gesehen?«, fragte Kristin Mayer.

Sie saß Elias Ness in der Küche schräg gegenüber. Auf dem Tisch lag das, was einer der Kriminaltechniker auf dem Grund des Briefkastens vor dem Haus gefunden hatte: ein klassischer Ehering aus Weißgold mit seidenmatter Oberfläche. Sie nahm den Ring und betrachtete ihn. Auf der Innenseite waren ein Datum und »Dein Elias« eingraviert. Kristin Mayer legte ihn vor sich auf den Tisch. Elias Ness hielt den Blick auf den Ring gerichtet, als Kristin Mayer ihn wieder in die Tischmitte schob. Seine Augen waren rot gerändert.

»Doch«, erwiderte er so leise, dass sie ihn gerade noch hören konnte. »Ich …« Er räusperte sich. »Ich muss ihn übersehen haben.«

»Als wir uns gestern Morgen unterhalten haben, Elias, habe ich Sie gefragt, wie es zwischen Ihnen und Lisette gelaufen ist. Sie haben gesagt, dass alles in Ordnung sei.«

Elias Ness nickte.

»Und wenn ich die Frage jetzt noch mal stelle, bekomme ich dann die gleiche Antwort?«

Er rieb sich das Gesicht und sah Kristin Mayer kurz an, ehe er den Kopf sinken ließ. Seine Kiefermuskeln arbeiteten, als ob er die Zähne fest zusammenbiss. Er stand auf und trat an den Kühlschrank. Oben an der Tür war mit einem Magneten das Foto eines kleinen Jungen befestigt. Er saß in einem Laufstall und konnte höchstens anderthalb Jahre alt sein. Elias Ness starrte fast eine halbe Minute in die Luft, ehe er entschieden nickte und sagte, die Dinge seien schwierig gewesen, besonders im letzten Jahr. Unaufgefordert bestätigte er die Geschichte, die Diana im Kosmetiksalon Moss Beauty erzählt hatte. Von dem ertrunkenen Sohn. Von Lisettes – fast einer Besessenheit ähnelndem – Wunsch nach einem neuen Kind, und von seiner Weigerung. Weil er, genau wie Diana gesagt hatte, eine Todesangst davor hatte, dass abermals etwas passieren könnte.

»Es gibt so vieles, was man nicht kontrollieren kann«, sagte er leise. »Man schätzt sich glücklich, dass das Kind gesund geboren wird. Alles ist so, wie es sein soll. Aber damit hört es nicht auf. Da fängt die Beunruhigung erst wirklich an. Ich habe mir ständig Sorgen um Ludvig gemacht. Ob die Hecke der Nachbarn nicht zu hoch war, sodass die Autofahrer auch rechtzeitig bremsen könnten, wenn Ludvig auf die Straße lief oder mit dem Fahrrad umherraste. Ob die Erzieher im Kindergarten auch gut genug auf ihn aufpassten. Mehrere Male bin ich nachts in sein

Zimmer gegangen, nur um nachzusehen, ob er noch atmete. Mitunter bin ich auf dem Stuhl neben seinem Bettchen eingeschlafen. Nur wenn er mit *mir* zusammen war, dachte ich, dass alles in Ordnung wäre. Und genau da ist es passiert. Wo er sich doch in allergrößter Sicherheit befinden sollte. Und Lisette möchte so gern, dass wir noch ein Kind bekommen, aber allein bei dem Gedanken wird mir übel. Ich werde dann physisch krank. Lisette versteht das, und sie hat es auch lange respektiert. Bis vor etwa einem Jahr. Da wurde mir klar, dass es ihr nicht mehr so gut ging.« Er legte zwei Finger an seinen Nasenrücken. »Sie muss sich doch verdammt noch mal melden, oder? So was macht doch niemand einfach so?«

»Es gibt erstaunlich viele, die so etwas machen. Geben Sie ihr ein paar Tage, Elias. Bis Sonntagabend. Wenn Sie bis dahin nichts von ihr gehört haben, dann rede ich mit dem Juristen. Weil wir dann herausfinden müssen, ob es ihr gut geht. Und sie war auch nicht deprimiert?«

»Nein … Nie. Oder, nachdem wir Ludvig verloren haben war es natürlich schwierig, aber das gilt für uns alle. Für Lisette, für mich, für ihre Eltern, für meine. Die ganze Familie. Wieso können Sie die Ermittlungen nicht sofort aufnehmen?«

»Sie müssen das ganze Bild betrachten, Elias. Nichts deutet auf einen kriminellen Hintergrund hin, und wenn der hier schon in Ihrem Briefkasten liegt …« Sie blickte auf den Ring. »Das lässt …«

»Klarer kann man es eigentlich nicht ausdrücken«, unterbrach er sie. »Ich verstehe das.«

»Waren andere irgendwie involviert?«, fragte Kristin Mayer.

»Nein.«

»Da sind Sie auch ganz sicher?«

»Ja«, sagte er aufgebracht. »Lisette ist nicht untreu gewesen. Wie kommen Sie darauf?«

»Ich frage nur«, log Kristin Mayer und erhob sich von dem Küchenstuhl.

»Was mache ich denn jetzt?«, fragte Elias mit tränenerstickter Stimme. »Soll ich hier rumsitzen wie ein Idiot und bis Sonntag warten? Was, wenn sie verletzt ist und irgendwo liegt?«

»Geben Sie ihr etwas Zeit.«

Mehr gab es nicht zu sagen. Sie trat in den Flur, nahm die Jacke vom Garderobenständer und ging hinaus. Dort setzte sie sich in ihren zivilen Dienstwagen, der draußen vor der modernen Villa auf Jeløy stand. Dann suchte sie die Nummer des Hauptverantwortlichen im Fall Cecilie Olin in Fredrikstad heraus. Ein kleiner Junge mit heller und lauter Stimme ging ans Telefon. »Hallo-o!«

»Hallo, du«, sagte Kristin Mayer. »Ich glaube, ich würde gern mit deinem Papa ...«

Das Telefon wurde übernommen.

»Weberg?«

Kristin Mayer stellte sich vor.

»Hallo«, sagte Lars Weberg. »Ich wollte mich später auch noch melden, um zu hören, ob ...« Er brachte seinen Satz nicht zu Ende. »Astrid und Henrik! Legt das sofort wieder hin!« Sie hörte das Geräusch von klirrendem Glas. Er fluchte laut. »Sorry, hier ist gerade etwas viel los. Abendessen und zwei Kinder, die total genervt sind – besonders voneinander.«

»Ich fasse mich kurz«, sagte Kristin Mayer lachend und berichtete von dem Gespräch, das sie mit Lisettes Arbeitskollegin Diana geführt hatte, sowie von dem gerade beendeten Besuch bei Elias Ness.

»Oje«, sagte Lars Weberg. »Das klingt ja unerfreulich.«

Astrid und Henrik fingen an zu schreien.

»Ja, eine ziemlich blöde Situation für ihn, aber nichts, an dem wir was ändern können. Klar, irgendwann muss sie sich ja melden, aber vor dem Wochenende werden wir erst mal nichts weiter unternehmen.«

»Seh ich auch so. Habt ihr mit dem Liebhaber gesprochen?«

»Ja, er meinte, sie hätten seit vier oder fünf Wochen keinen Kontakt mehr, und gestern Abend hab ich das überprüft. Die letzte Korrespondenz zwischen den beiden liegt sechsunddreißig Tage zurück, und da handelte es sich um eine SMS von Lisette.«

»Der Ärmste tut mir leid.« Im Hintergrund war ein heulendes Mädchen zu hören. Dann folgte weiteres Geschrei. »Ich muss jetzt …«

»Alles klar«, unterbrach Kristin Mayer. »Ich habe gesagt, was ich sagen wollte. Viel Glück mit dem Abendessen.«

Sie legte auf, blickte auf die hohe Hecke des Nachbarn und ließ den Blick über den Vorplatz bis zum Küchenfenster wandern. Der Kopf von Elias Ness war gerade eben noch zu sehen.

Plötzlich musste sie an den Jungen denken, in den sie vor fünfzehn Jahren verliebt gewesen war. Der blonde Junge mit den braunen Augen, der in ihrer Klasse gewesen war. Der unbestrittene Einser-Schüler. Der Alpha-Hahn der Unterstufe – und das schon nach anderthalb Jahren. Beim Fußball, Handball, Volleyball – sogar beim Schlagball. Es spielte keine Rolle. Alle wollten in Markus' Mannschaft sein. Er war überall der Beste. Abgesehen davon, ihr seine Aufmerksamkeit zu schenken.

Kristin Mayer, die die gleiche Haarfarbe wie die Sonne in der japanischen Flagge hatte, und die gleiche Hautfarbe wie alles drumherum. Und irgendetwas anderes hatte sie damals auch nicht anbieten können. Zwar hatte sie einen flachen, muskulösen Bauch, nachdem sie neun Jahre Leichtathletik betrieben hatte, aber was nützte das, wenn Brüste und Hintern ebenso flach aussahen. Als ein paar Jungs in der Klasse registrierten, dass sie gar keinen Hintern hatte, sondern nur einen senkrechten Strich am unteren Rücken, war der Spitzname geboren. Stock. Kristin »Stock« Mayer. Nach Abschluss der Unterstufe waren alle an verschiedene Schulen gegangen, und sie hatte ab dann genauso viel Kontakt zu ihnen gehabt wie zuvor: null.

Letztes Jahr, als sie neunundzwanzig geworden war, hatte sie Markus zufällig in einer Kneipe in Oslo getroffen, wo sie mit ein paar Freundinnen aus der Studienzeit gesessen hatte. Sie hatte ihn sofort wiedererkannt, war zu ihm gegangen und hatte Hallo gesagt, doch es dauerte nur Sekunden, bis ihr klar wurde, dass Markus nicht die geringste Ahnung hatte, wer sie war. Er hatte sich ihr vorgestellt, sogar versucht, mit ihr zu flirten, und einen interessierten Blick auf die drei Frauen geworfen, mit denen sie zusammen war. Sie hatte jede einzelne der zwanzig Minuten genossen, in denen er versuchte, sie aufzureißen. Und dann schließlich hatte sie ihn gefragt, ob er sie wirklich nicht wiedererkannte.

»Nein«, hatte er erwidert und sie von Kopf bis Fuß und wieder zurück gemustert. Er hatte gegrinst, hatte zu seinen Kumpeln hinübergesehen und leicht gelacht. Dann hatte er die Hand ausgestreckt und ihre ergriffen.

»Kriss-tinn Mayer«, hatte sie laut und langsam gesagt.

»Machst du Witze?«, hatte er gerufen und sich auf dem Sofa nach hinten fallen lassen. *»Stock?«* Mit offenem Mund hatte er sie angestarrt. Dann kamen die Fragen. Wo sie sich herumgetrieben habe. Womit sie heute beschäftigt sei. Und nicht zuletzt: Was denn passiert sei, sie sehe jetzt schließlich *verflucht reizend* aus – ja, das hatte er tatsächlich gesagt. Arsch und Brüste hätte sie auch bekommen, wie er sich ausdrückte, während er auf ihr hautenges schwarzes Kleid starrte.

»Ulrik und ich … Du erinnerst dich doch an Ulrik?«

Kristin hatte genickt. Sie erinnerte sich an Ulrik.

»Ulrik und ich haben vor einer Weile sogar darüber gesprochen.

Dass nämlich viele der Mädchen aus der Unterstufe, die seinerzeit sozusagen die Sahneschicht waren, also mit Brüsten«, er hatte die Hände vor den Oberkörper gehalten und die Größe der Brüste angedeutet, »und Hintern und Beinen, also dass viele von denen inzwischen zu richtig unansehnlichen Weibsbildern geworden sind. Und manche sogar, ohne dass sie Kinder bekommen haben. Und da habe ich zu Ulrik gesagt: Ich glaube, es kann wirklich ein Vorteil sein, wenn man in der Unterstufe spindeldürr ist und sich die Formen erst später herausbilden. Dann ist man nämlich noch in den dreißigern erste Sahne. Ich meine, sieh dich nur selbst an.« Er hatte sich zu seinen Kumpeln hinübergebeugt, zeigte dabei auf Kristin, hob das Glas und sagte: »Scheiße, wie gut du aussiehst! Prost!« Nach einem großen Schluck kam dann die Frage: »Wollen wir später bei mir noch einen Drink nehmen?«

Kristin war aufgestanden und hatte erwidert, dass sie gleich zurückkäme. Aber sie kehrte nie an den Tisch im hintersten Winkel des Lokals zurück, wo die Jungs saßen, die als Teenager immer etwas zu cool gewesen waren und sich auch heute immer noch so gaben. Auf dem Heimweg erzählte sie ihren Freundinnen von der Episode und ärgerte sich darüber, wie dumm sie doch als verliebte Vierzehn- und Fünfzehnjährige gewesen war. Sie berichtete von damals, als sie im Hauswirtschaftsunterricht neben Markus' Gruppe gestanden hatte. Alle fünf Gruppen hatten eine Sahnetorte zubereitet. Als die Lehrerin kam, um das Exemplar von Kristins Gruppe zu beurteilen, hatte sie es aus einem Abstand von wenigen Zentimetern genauestens inspiziert, während sie die Tortenplatte langsam drehte. Und da hatte Kristin der Lehrerin einen kleinen Stupser auf den Hinterkopf verpasst, sodass ihr Gesicht in der Sahnetorte landete. Und das, worauf sie gehofft hatte, wurde Wirklichkeit: Markus hatte schallend gelacht. Wenn Kristin nicht so voller Endorphine gewesen wäre, die aufgrund dieser ersten –

und vielleicht größten – Verliebtheit durch ihr System schwappten, dann wäre sie vielleicht zu einer Konsequenzanalyse fähig gewesen und hätte gewusst, wozu dieser Stupser gegen den Hinterkopf der Lehrerin führen würde: zu einer Standpauke im Büro des Direktors samt Brief an die Eltern und Verschlechterung der Schulnote für Ordnung und Betragen. Aber in diesem Moment hatte all das keine Bedeutung, denn sie war gesehen worden. Von Markus. Und vielleicht dachte sie jetzt genau deswegen an den Jungen mit den blonden Haaren und den braunen Augen. Weil sie am Tag zuvor auch gesehen worden war. Von Tony Isdahl. Es hatte sich genauso angefühlt wie damals, als Markus sie im Hauswirtschaftsunterricht angesehen hatte. Als ob in diesen wenigen Sekunden nur sie beide existierten. Genau wie gestern, als Tony Isdahl sie mit seinem scheinbar unbeteiligten, geilen Blick angesehen hatte. Sie konnte Lisette Ness ziemlich gut verstehen. Das war gar nicht schwer. Tatsächlich verstand Kristin sie so gut, dass sie ebenfalls Lust auf Fisch und Meeresfrüchte bekam.

Auf frische Kammmuscheln.

*

»Die Aufnahme kommt aus einer Scheune auf der anderen Seite des Ackers, dort wo Cecilie aus dem Wagen geworfen wurde«, sagte Helge P. »Wo ist Weberg?«

»Er ist vor einer Dreiviertelstunde gefahren«, sagte Cathrine Mathisen. »Er musste die Kinder abholen.«

Magnus hatte sich aufgerichtet und saß mit erhobenem Kopf vornübergebeugt auf seinem Stuhl. Cathrine Mathisen ließ den Film auf dem TV-Bildschirm laufen. Die Uhr in der linken unteren Ecke zeigte, dass die Aufnahme um 02:08 Uhr gestartet worden war. Im Vordergrund waren die Ecke eines Hauses und ein

Teil des Hofplatzes zu sehen. Dahinter erstreckte sich ein großer Acker, an den sich die Hauptstraße anschloss. Cathrine Mathisen spulte vor. Ein paar Fahrzeuge passierten die Straße im Zeitraffer. Bei 02:55 hielt sie die Aufnahme an.

»Da«, sagte sie. »Drei Minuten bevor sie ihren Ehemann anruft.«

Die beiden Analystinnen lehnten sich zurück. Anderthalb Minuten vergingen. Von der Kurve rechts kamen zwei Scheinwerfer ins Bild.

»Jetzt«, sagte Helge P. »Da kommt sie.«

Der Wagen hielt an. Ein paar Bewegungen waren erkennbar. Es war nicht leicht zu sehen, was eigentlich vor sich ging, doch Magnus ging davon aus, dass es der Fahrer war, der die Vordertür öffnete und ausstieg.

»Zoom mal näher heran.«

»Deutlicher wird man das nicht sehen können«, sagte Cathrine Mathisen. »Die Auflösung ist zu schlecht.«

Sie markierte den Wagen mit einem Viereck. Der Ausschnitt wurde größer.

»Ein Golf vielleicht?«, mutmaßte Helge P.

»Ja, sieht aus wie ein kleiner Volkswagen«, meinte Magnus. »Golf oder Polo, schätze ich.«

Man sah den Fahrer vorne um das Auto herumgehen. Auf der anderen Seite rührte sich etwas. Der Kopf des Fahrers zeichnete sich oberhalb des Autodachs ab. Ein weiterer Kopf tauchte auf. Der Fahrer trat zurück an die Vorderseite. Um 02:57:52, knapp zwanzig Sekunden nachdem der Wagen angehalten hatte, fuhr er weiter. An der Straße war eine Silhouette zurückgeblieben. Sie rührte sich nicht.

»Jetzt ruft sie Adele Ferking an«, sagte Helge P.

Eine halbe Minute verging, ehe die Silhouette sich zu bewegen anfing. Cathrine Mathisen versuchte, noch näher heranzuzoomen, doch das Ergebnis war wie erwartet: Die Bildqualität wurde noch schlechter. Nur dank der Straßenbeleuchtung war überhaupt etwas zu sehen.

»02:58«, sagte Magnus. »Jetzt ruft sie ihren Mann an.«

Er beugte sich so weit wie möglich vor, spähte auf den Bildschirm und sah, wie die Gestalt das Handy ans Ohr legte.

»Und da kommt er zurück«, sagte Helge P., während der Wagen, der dieselbe Form und Größe hatte wie derjenige, der kurze Zeit vorher angehalten hatte, wieder im Bild erschien. »Jetzt aufpassen.«

Die Aufnahme zoomte zurück in die Totale. Der Wagen verringerte das Tempo und fuhr langsam an Cecilie Olin vorbei.

»Weshalb bremst er ab?«, fragte die andere Analystin.

»Vielleicht sagt er etwas zu ihr?«, erwiderte Cathrine Mathisen nachdenklich. Sie sah Magnus an. »Hat der Ehemann erwähnt, ob er den Fahrer im Hintergrund etwas sagen gehört hat?«

»Nein, und das hätte er bestimmt mitbekommen. Jedenfalls hätte er gehört, wenn Cecilie etwas geantwortet hätte, vor allem, wenn sie so alkoholisiert war. Ich glaube, der Fahrer wollte nur wissen, ob sie allein zurechtkommt.«

Der Wagen nahm wieder Tempo auf und fuhr davon. Sechzehn Sekunden später trat Cecilie nach links aus dem Bild.

Magnus und die anderen sahen sich die Aufnahme dreimal an.

»Jedenfalls haben wir jetzt etwas mehr, um den Fahrer zu finden«, sagte Helge P. »Ich schau mir gleich mal die Aufnahmen von den Mautschranken an und suche nach Kleinwagen.«

»Der Fahrer ist uninteressant«, sagte Magnus. »Bedeutung hat bloß, was danach passiert ist.« Er fluchte laut.

»Was denn?«, fragte Cathrine Mathisen. »Jetzt haben wir sie auf Film, während sie aus dem Wagen steigt. Danach haben wir seit über vierundzwanzig Stunden gesucht. Gute Arbeit, Leute.« Sie schenkte Helge P. ein Lächeln. »Guter Fang!«

Cathrine Mathisen ließ den Film weiterlaufen. Das nächste Fahrzeug passierte die Kamera um 03:14 Uhr. Ein Sattelschlepper mit Kurs auf Fredrikstad.

»Hat der Fahrer sich gemeldet?«, fragte Magnus und deutete auf den Bildschirm.

»Ja«, erwiderte Helge P. »Er hat nirgendwo Fußgänger gesehen.«

Ein paar Minuten später kam ein Großraumtaxi, das mit erleuchtetem Schild in Richtung Skjærviken fuhr. Es herrschte kaum Verkehr, und Magnus zählte lediglich neun verschiedene Fahrzeuge zwischen 03:14 und 03:45. Er stand auf und blickte resigniert auf den Bildschirm.

Das Ganze war ein Reinfall. Nicht nur, weil es nicht möglich war, mehr zu erkennen, sondern auch, weil er zuvor entschieden hatte, den Fahrer in den Mittelpunkt der Ermittlungen zu rücken, der sich nun, innerhalb eines Augenblicks, von einer hochinteressanten in eine völlig wertlose Person verwandelt hatte.

»Stopp!«, rief er plötzlich so laut, dass die beiden anderen zusammenzuckten. »Spul mal zurück.«

Das Bild fror ein. Ohne etwas zu sagen, tat Cathrine Mathisen das, worum er sie gebeten hatte. Der Film bewegte sich im Zeitlupentempo zurück. Von rechts kam ein großer Wagen ins Bild gefahren. Cathrine Mathisen drückte auf die Stopptaste. Magnus trat einen Schritt näher und beugte sich zum Bildschirm vor. Er hatte sich nicht geirrt. Dem Kleintransporter, der um 04:02:11 in Richtung Fredrikstad unterwegs war, fehlte ein Frontlicht.

KAPITEL 21

Volda, 1999, Tag 40

Er trat gerade aus der Dusche, als er in der Küche das Handy klingeln hörte. Schnell warf er sich ein Handtuch über. Nach vier Schritten hatte er das Zimmer durchquert und blickte auf das Display. Er kannte die Nummer. Es war die Telefonzelle, von der aus Rebekka immer anrief.

»Ach, ich musste gerade an dich denken«, sagte er.

»Hallo …«

Die Schwangerschaftsstimme. Da war sie wieder. Und das war eigentlich kein Problem, wenn sie denn schwanger gewesen wäre. Er zog einen Stuhl heran, setzte sich, starrte aus dem Fenster und wartete darauf, dass sie den Grund ihres Anrufs nannte, obwohl sie sich eigentlich den Atem dafür sparen konnte, denn es war genauso gekommen, wie er vermutet hatte. Oder beinahe. Als er ihren Tonfall hörte, war ihm unmittelbar klar geworden, dass sie für den Abend absagen würde. Dass sie jedoch jetzt mit Trine nach Mandal fahren wollte, überraschte ihn.

»Es dürfte bestimmt spät werden«, sagte sie. »Und unser Flugzeug geht morgen früh um Viertel nach sechs. Wenn wir es erreichen wollen, müssen wir um halb fünf aufstehen.«

Er sagte nichts, während er zusah, wie auf der gegenüberliegenden Straßenseite ein Auto mit Anhänger rückwärts auf ein Grundstück fuhr.

»Es tut mir so leid«, fuhr sie fort.

»Vielleicht … vielleicht sollte ich mit euch kommen?« Er

stand auf, trat hinter den Stuhl und beugte sich über die Rückenlehne.

Ein wenig Wasser tropfte von seinen Haaren herunter. Er fuhr sich mit der Hand über die Stirn und den Kopf. »Dann überraschen wir deine Eltern.«

»Hör auf. Bitte.«

Er stieß ein trockenes Lachen aus und sagte: »Du, das ist völlig in Ordnung, dass deine Eltern nicht so wie andere sind, aber wenn sie sehen, was du da am Finger hast, werden selbst sie begreifen, dass ich ein seriöser Mann bin, der nur das Beste für dich will.«

»Jetzt lass es. Du hast es versprochen.«

Er verdrehte die Augen, krallte die Finger um den Stuhlrücken, sodass die Knöchel weiß wurden.

»Aber kannst du dann nicht heute Nachmittag vorbeikommen? Die Königskrabben liegen im Kühlschrank, ich muss nur schnell zum Laden und ein paar Zutaten kaufen. Wir könnten uns da treffen?«

»Ich bin doch am Nachmittag schon verabredet.«

Das Quiz im *Grünen Baum*. Jetzt fiel es ihm ein.

»Hab ich dir doch gestern erzählt«, fuhr sie fort. »Du ... Können wir uns nicht am Montag unterhalten, wenn ich wieder zurück bin?«

»Willst du etwa fast eine Woche lang kein Lebenszeichen von dir geben?«

»Ich ...« Sie seufzte. »Ich weiß nicht.«

»Ist das dein Ernst? Gut möglich, dass ich nicht so viel über Mandal weiß, aber Telefonleitungen werden die da unten doch wohl haben?«

»Du brauchst jetzt gar nicht so spitz zu werden.«

»Entschuldige. Das war nicht meine Absicht. Aber ...« Er setzte sich wieder und krallte die Finger um eines der Stuhlbeine. »Wieso fährst du überhaupt nach Mandal? Jetzt wäre doch eigentlich die perfekte Gelegenheit, dass du zu Hause mal deine Ruhe hast. Ich dachte, wir wü...«

»Mein Onkel ist krank«, unterbrach sie ihn. »Ich muss ein paar Tage mit meiner Familie verbringen.«

»Dein Onkel? Trines Vater?«

»Nein, mütterlicherseits.«

»Wollte Trine ursprünglich deswegen nach Hause?«

»Auf Mutters Seite, hab ich gesagt. Sie hat vorhin angerufen und gesagt, dass es ihm schlecht geht.«

Das hat sie nicht, dachte er, und du lügst.

KAPITEL 22

Donnerstag, 21. November

Verwirrung. Frustration. Angst. Kapitulation. Die vier großen Kategorien des menschlichen Verhaltens in einem Verhör. Eigentlich gab es sogar fünf, aber von der letzten hatte Anton ihm nie erzählt.

Es gab kein Fazit im Hinblick darauf, wie die richtige Verhaltensweise gegenüber der ermittelnden Person eigentlich aussah. Die Menschen reagierten unterschiedlich, ob sie nun schuldig waren oder nicht. Magnus hatte es schon erlebt, dass Verdächtige, die – wie sich später herausstellte – gar nichts mit dem Fall zu tun hatten, alle Anschuldigungen mit Fassung trugen und darauf vertrauten, dass das Missverständnis aufgeklärt werden würde. Er hatte auch Mörder erlebt, die sich ganz genauso verhielten, obwohl sie schon längst mit unwiderlegbaren Beweisen konfrontiert worden waren. Dann gab es jene, die sich fürchteten, wenn sie einem Ermittler gegenübersaßen, und mit Angst und Wut reagierten. Einige ließen sich sogar derart von ihren Gefühlen überwältigen, dass sie sich nicht mehr beherrschen konnten und zu zittern anfingen. Doch selbst wenn man während einer Vernehmung die Besinnung verlor, bedeutete das nicht, dass man schuldig war. Oder unschuldig. Es war daher unmöglich, allein aufgrund des entweder ruhigen oder aufgewühlten Verhaltens eines Verdächtigen, etwas über seine Schuld oder Unschuld zu sagen. Doch unabhängig davon, an welchem Ende der Gefühlsskala sie sich befand, konnte man die betreffende Person immer – ohne Ausnahme – einer der vier Kategorien zuordnen.

Was Magnus in diesem Moment hinter der dunkel getönten Scheibe sah, war Frustration. Der ehemalige Notarzt saß im Vernehmungsraum. Seine Hände ruhten auf den Armlehnen. Er starrte in die Kamera, die an der Decke angebracht war und den Raum in einem 180 Grad-Winkel erfasste. Er stand auf, ging ein paar Schritte umher und blickte auf die Glasscheibe in der Wand, als ob er wüsste, dass dahinter jemand stand und ihn beobachtete. Magnus sah auf die Uhr. Bjørn Farsund war vor fast zwanzig Minuten in den Raum geführt worden.

Weitere acht Minuten vergingen, ehe die Tür des Beobachtungsraums geöffnet wurde und ein atemloser Lars Weberg hereinkam. Seine Stirn war feucht.

»Unser Arzt wird langsam ungeduldig«, sagte Magnus. »Ich fange jetzt an.«

»Mayer aus Moss hat übrigens angerufen«, informierte ihn Lars Weberg. »Den Fall Lisette Ness können wir vermutlich einfach außer Acht lassen.«

Er berichtete von dem Fund, den die Kriminaltechniker in Elias Ness' Briefkasten gemacht hatten.

»Einfach hinterlassen? Im Briefkasten?«

»Ja.«

»Aua«, sagte Magnus und verzog das Gesicht. »Das ist heftig.«

Er trat hinaus auf den Gang und öffnete die nächste Tür. Bjørn Farsund stand mitten im Raum. Magnus deutete mit flacher Hand auf einen der Stühle. Dann schüttete er Wasser aus einer Karaffe auf dem Tisch in zwei Gläser. Bjørn Farsund setzte sich, ohne Magnus aus den Augen zu lassen, der sein Jackett auszog, es über den Stuhlrücken hängte und Platz nahm. Farsund öffnete den Mund, um etwas zu sagen, aber Magnus ließ ihn nicht zu Wort kommen.

»Sie dürfen gleich etwas sagen, aber zunächst möchte ich etwas klarstellen. Wir hatten gestern Nachmittag einen etwas holprigen

Start. Kann sein, dass ich vielleicht etwas zu zudringlich war.« Er versuchte es mit einem Lächeln, bekam aber nur einen starren Blick und zusammengepresste Lippen zur Antwort. »Wollen wir noch mal von vorn beginnen und versuchen, uns nicht gegenseitig abzuschießen?«

»In Ordnung. Was gibt es Neues? Der Beamte, der mich angerufen hat, meinte, dass es etwas Neues gäbe und Sie noch mal mit mir reden wollten.«

»Ich komme gleich dazu.« Magnus befeuchtete seine Lippen. »Vor gar nicht mal so langer Zeit, noch bevor ich Polizist wurde, da haben die Ermittler auf eine etwas andere Art gearbeitet, als wir es heute tun. Natürlich gibt es immer noch welche von der alten Schule, doch die norwegische Polizei hat die altmodische Verhörmethode, die ursprünglich vom FBI übernommen worden ist, schon länger hinter sich gelassen. Die konfrontative Methode. Sie kennen das aus amerikanischen Filmen und Serien. Da sitzt die verdächtige Person unter einer einzelnen hellen Lampe, während sich der Ermittler mit gespreizten Fingern über den Tisch beugt und herumbrüllt, um ein Geständnis zu erzwingen. Eine Methode, bei der bis auf Waterboarding so gut wie alles erlaubt ist. Schmutzige Tricks. Manipulationen. Und so weiter. Die neue, norwegische Methode ist nicht derart konfrontativ und beinhaltet die Unschuldsvermutung, also das grundlegende Prinzip des Rechtsstaats, nach dem jeder Mensch bis zum Beweis des Gegenteils als unschuldig gilt. Statt jemanden in einer Vernehmung unter Druck zu setzen, möchten wir uns lieber eine Geschichte erzählen lassen. Wir möchten, dass die zu vernehmende Person ganz frei reden kann, ohne dass ihr Leitfragen gestellt oder Worte in den Mund gelegt werden. Und das bringt mich jetzt zurück zum Anfang.« Magnus setzte ein schiefes Lächeln auf. »Also unseren neuen Anfang. Weil ich gestern unnötig konfrontativ war und für einen Moment vergessen habe, dass auch wir von der Polizei offen gegenüber dem sein sollen, was die Unschuld eines Menschen beweisen kann. Ich kann mir das selbst verzeihen, indem ich sage, dass Sie ja nicht beschuldigt wurden – was auch jetzt nicht der Fall ist. Aber da Sie nichts dagegen hatten, herzukommen und sich mit mir auf etwas formellere Art zu unterhalten, möchte ich mich auch bei Ihnen persönlich entschuldigen.«

»Ist schon in Ordnung. Was gibt es Neues?«

Magnus setzte Bjørn Farsund davon in Kenntnis, dass er in dem laufenden Fall offiziell als Zeuge galt, und las ihm seine Rechte vor.

»Das klingt jetzt eigentlich so, als ob ich einen Rechtsanwalt hinzuziehen sollte.«

»Sie sind ein Zeuge«, wiederholte Magnus, »kein Verdächtiger. Und es gibt da etwas, das aufzuklären Sie allein mir helfen können.«

Bjørn Farsund blickte Magnus lange an, ehe er schließlich nickte. Als ob er sich selbst etwas bestätigte.

»Okay. Und was?«

»Ich hätte gern, dass Sie mir eine Geschichte erzählen, Bjørn. Die Geschichte darüber, wie ihr Samstag verlaufen ist. Sie dürfen gern auch Ihre Begegnung mit Cecilie in der Stadt erwähnen, aber primär interessiert mich, was passiert ist, nachdem Sie sich in den Wagen gesetzt, ihn etwas später wieder abgestellt und sich in Ihrem alten Kinderzimmer hingelegt haben.«

Bjørn Farsund sah Magnus fragend an.

»Das habe ich Ihnen doch gestern schon erzählt.«

»Ja«, sagte Magnus und lehnte sich zurück. Er legte die Füße übereinander und blickte Bjørn Farsund in die Augen. Der hasserfüllte Blick, der tags zuvor kurz bei ihm aufgeblitzt war, hatte sich noch nicht zurückgemeldet. »Aber ich hätte gern, dass Sie es noch mal tun.«

KAPITEL 23

Volda, 1999, Tag 40

An diesem Abend war er nur umhergelaufen. Erst am Krankenhaus vorbei, wo er fast von einem Rettungswagen umgenietet wurde, dann durchs Zentrum und weiter bis zum Fuß des Rotsethorn, des Hausbergs von Volda, der gleich außerhalb der Stadt 649 Meter in die Höhe ragte. Er hatte versucht, an etwas anderes zu denken, doch Rebekka hatte alle anderen Gedanken verscheucht. Wenn er den Namen des Onkels gekannt hätte, dann hätte er im Krankenhaus in Mandal angerufen und alles überprüft. Wie er wusste, stammte der Name Vehler von ihrem Vater. Wie der Mädchenname der Mutter lautete – und wie der Onkel dann wahrscheinlich immer noch hieß – hatte er nie gefragt. Es gab somit also nicht einmal einen Nachnamen, nach dem er sich hätte erkundigen können. Aber eigentlich spielte das keine Rolle. Dass der Onkel plötzlich ernsthaft krank geworden war und die ganze Familie nach Hause gerufen wurde, war wenig glaubwürdig. Im besten, im allerbesten Fall, gab es aufseiten der Mutter tatsächlich einen Onkel. So viel Vertrauen sollte er ihr wohl entgegenbringen. Aber dass der nun krank geworden war? Nein. Es ging um etwas anderes. War sie etwa doch schwanger? Nein, das glaubte er nicht. Nicht mehr. Hatte sie vielleicht die Gravur auf der Innenseite des Rings entdeckt und sich davon erschrecken lassen? Das glaubte er auch nicht. Aber es musste etwas geben, das sie zurück nach Mandal trieb, das sie dazu brachte, fast eine ganze Woche auf dem Hof ihrer Eltern verbringen zu wollen. Eltern, vor denen sie ursprünglich geflohen war. Noch dazu mit Trine im Schlepptau, obwohl die doch eigentlich allein hätte da runterfahren sollen.

Es war schon nach neun Uhr abends, als er sich im Dunkeln vor die Garage des Touristenhotels stellte, das gleich unterhalb der Studentenblöcke lag. Rebekkas und Trines Wohnung lag im östlichen Block. Zweite Etage. Fenster Nummer vier von rechts. Rebekka hatte es ihm eines Abends gezeigt, als sie daran vorbeigegangen waren. In der Wohnung nebenan waren viele Leute, und alles war hell erleuchtet. Doch nicht in ihrer. Da war alles leer und dunkel. Als ob sie schon abgereist wären. Aus einem der angelehnten Fenster drang ein spitzes lautes Lachen zu ihm herunter. Er blieb stehen. Wartete. Versuchte, sich so klein und unsichtbar wie nur eben möglich zu machen, glaubte aber nicht, dass das nötig war. Die einzige Lampe über der Garage funktionierte nicht. Falls ihn jemand sehen sollte, müsste man explizit schon Ausschau nach ihm halten.

Er würde keine Szene machen. Das hatte er beschlossen. Wenn er die letzten drei Stunden nicht umhergelaufen wäre, würde er es wohl kaum schaffen, sich im Griff zu haben, falls sie denn kam. Inzwischen hatten sich sein Hasenherz und das Pulsieren in den Schläfen beruhigt. Aber er wollte sie sehen, wollte sehen, dass sie nach Hause kam, ehe es Nacht wurde, da sie doch so zeitig aufstehen musste. Und nicht zuletzt: sehen, dass sie allein war.

Als er von zu Hause aufgebrochen war, hatte das Thermometer ein paar Plusgrade angezeigt. Jetzt glaubte er, dass das Quecksilber wieder ein paar Millimeter nach unten gesunken war. Es wurde langsam kühler. Der Himmel über ihm war sternenklar. Drei Tage hintereinander mit schönem Wetter waren immerhin etwas. Er verzog den Mund zu einem schiefen Grinsen; was für ein Paradox, dass sich für ihn alles in nur einem Augenblick geändert hatte und ein heftiger Sturm aufgezogen war.

Verflucht. Alles war so schön gewesen.

Er zog ein Paar Lederhandschuhe aus der Tasche seiner Kapuzenjacke, streifte sie über, beugte die Schultern und lehnte sich mit dem Rücken an das Garagentor. Eine Bewegung nahe Rebekkas Block ließ ihn den Atem anhalten. Es war dunkel, aber am Gang konnte er erkennen, dass es ein Mädchen war. Ihre Schritte waren leicht. Wie Rebekkas. Sie hatte lange Haare, wie Rebekka, war schlank und nicht sonderlich groß.

Wie Rebekka.

KAPITEL 24

Donnerstag, 21. November

»Und dann …« Bjørn Farsund dachte genau nach. »Und dann haben wir uns an der Fußgängerbrücke getrennt.«

Magnus hatte ihn ohne Unterbrechung reden lassen. Nichts wich von dem ab, was er tags zuvor im Wohnzimmer seiner Mutter erzählt hatte. Seine Formulierungen waren allenfalls etwas flüssiger.

Bjørn Farsund beugte sich vor, ließ die Unterarme auf den Knien ruhen und starrte mit gebeugtem Nacken auf den Teppich hinunter. Magnus trank einen Schluck Wasser, während er auf die Fortsetzung wartete. Sein Gegenüber schürzte die Lippen, während sein Blick weiter auf den Fußboden gerichtet war.

»Und Sie haben nicht gesehen, in welche Richtung sie gegangen ist?«, fragte Magnus.

»Nein. Jetzt wünschte ich natürlich, dass ich darauf bestanden hätte, sie nach Hause zu fahren. Aber …« Er starrte auf die Glasscheibe in der Wand. Einer seiner Eckzähne bohrte sich in die Lippe. »Ich war nicht ganz ehrlich, als wir uns gestern unterhalten haben. Ich bin nicht direkt nach Hause gefahren.«

»Und wohin sind Sie stattdessen gefahren?«

»Ich bin lange durch die Gegend gekurvt.« Er antwortete leise und kurz angebunden. »Nach dem Treffen mit Cecilie war ich nicht in der Stimmung, nach Hause zu fahren und mich hinzulegen.« Er richtete sich auf und fuhr sich mit der Hand durch die Haare. »Erst bin ich nach Sarpsborg gefahren. Da habe ich eine

Weile am Tunevann im Auto gesessen.« Seine Augen waren feucht geworden. »Und dann bin ich weitergefahren. Über die E6 nach Halden, dann über Rokke wieder raus aus Halden und schließlich nach Hause.«

»Über welche Straße sind Sie nach Hause gefahren, Bjørn?«

Der andere wandte den Blick ab. Magnus wiederholte die Frage.

»Durch Skjærviken«, kam es leise.

»Wie spät war es da? Können Sie sich daran erinnern?«

»Gegen vier.«

»Ihre Mutter wohnt in Rolvsøy. Da hätten sie in jedem Fall zehn Minuten gespart, wenn sie weiter nach Sarpsborg gefahren und dort die E6 verlassen hätten.«

Bjørn Farsund nickte.

»Warum sind Sie dann über Skjærviken gefahren?«

»Ich weiß nicht.« Er seufzte. »Wollte wohl … Ich wollte bloß sehen, wie es da so geht.«

»Wie es da so geht? Nachts um vier?«

»Ja, ob da Licht war. Ob sie nach Hause gekommen war.«

»Und war es so?«

»Was?«

»War Licht an?«

»Nein …« Bjørn Farsund schüttelte den Kopf. »Es war dunkel.«

»Haben Sie am Haus angehalten?«

»Nein.«

»Ich weiß es wirklich zu schätzen, dass Sie jetzt ehrlich sind, Bjørn. Aber was hat sich verändert, wieso haben Sie das gestern nicht erzählt?«

»Ich hatte Angst.«

»Wovor?«

»Wovor?« Er drehte sich jäh um und sah Magnus mit hartem Blick an. »Ich wollte nicht in die Sache hineingezogen werden, das

verstehen Sie doch wohl? Bei unserer gemeinsamen Geschichte hätte ich doch vermutlich automatisch vier Wochen Untersuchungshaft mit Brief- und Besuchsverbot bekommen.«

»Und dennoch erzählen Sie es mir jetzt. Verstehen Sie mich nicht falsch: Ich bin froh, dass Sie es tun, ich verstehe nur nicht die Logik dahinter.«

»Ich bin Cecilie eine Menge schuldig, das Mindeste, was ich tun kann, ist, dass ich jetzt die Wahrheit sage. Ich habe sie *geliebt*, und ich *liebe* sie noch immer. Ich würde ihr *niemals* etwas antun.«

»Versuchen Sie einmal, das Ganze aus meiner Perspektive zu betrachten … Wie es aussieht, haben Sie nicht länger ein Alibi für den Zeitpunkt, an dem Cecilie verschwunden ist. Und eine Stunde nach dem letzten Lebenszeichen von ihr kommen Sie von dort angefahren, wo sie gefunden wurde.« Magnus sah ihn abwartend an. »Sie sagen, Sie würden ihr niemals etwas antun, aber Sie wurden erst neulich aus dem Gefängnis entlassen, wo Sie achtzehn Monate eingesessen haben, eben *weil* Sie ihr etwas angetan haben.«

Bjørn Farsund sprang so unverhofft von seinem Stuhl auf, dass Magnus zusammenzuckte.

»Glauben Sie vielleicht nicht, dass ich das gern ungeschehen machen würde?«, brüllte er. »Ich habe an jenem Abend nicht nur sie, sondern alles verloren.«

»Sie denken an Ihre Karriere?«

»Natürlich denke ich an meine Karriere«, rief er.

»Bjørn.« Magnus blieb ganz ruhig. »Seien Sie so gut und setzen Sie sich wieder hin.«

Bjørn Farsund atmete aus.

»Sie sind immer noch Arzt«, fuhr Magnus fort. »Die Wahrscheinlichkeit, dass Sie für den Rest Ihres Lebens unten am Hafen in einer Bar stehen und Wodka Red Bull zusammenmixen, ist eher gering, obwohl ich es gut verstehen kann, dass Sie kein großes

Bedürfnis verspüren, ins Krankenhaus Kalnes zurückzukehren. Sie machen sich Sorgen darüber, was die Leute wohl denken und sagen werden, nicht wahr?«

»Es spielt keine Rolle, dass Cecilie und ich uns ausgesöhnt haben und dass die Strafe abgesessen ist.« Er ließ sich auf seinen Stuhl sinken. »Ich kann hier nie wieder irgendwo im Distrikt arbeiten, jedenfalls nicht mit erhobenem Kopf.«

»Es gibt auch anderswo in diesem Land Krankenhäuser, Kliniken und medizinische Einrichtungen.«

»Ich kann nicht so weit fortgehen. Bei meiner Mutter wurde im letzten Jahr Alzheimer diagnostiziert, und auch wenn sie derzeit noch nicht so stark davon geprägt ist, wird sie es irgendwann sein. Und dann muss ich für sie da sein.«

»Sie sagten, Sie und Cecilie hätten sich ausgesöhnt. Wann? Samstagabend?«

»Nein, nein, schon vor einiger Zeit. Als ich noch in Halden war. Ich habe ihr einen Brief geschrieben. Für mich war es leichter zu schreiben, als ihr zu sagen, was ich empfand, und als sie mich in Halden besucht hatte und dann wieder fuhr, habe ich sie gefragt, ob ich ihr schreiben dürfte, und da hat sie Ja gesagt. Das ist ja das, was ich Ihnen zu sagen versuche: Zwischen uns war nichts mehr ungeklärt.«

»Sie empfinden also keine Wut oder Bitterkeit über den sozialen Abstieg, der aus Ihrer Verurteilung resultiert?«

»Natürlich ist das bitter, aber es ist meine eigene Schuld.«

»Sie sind klug genug, um zu begreifen, dass man kein Ermittler der alten Schule sein muss, wenn man diese Bitterkeit als mögliches Motiv betrachtet.«

»Das weiß ich.« Bjørn Farsunds Stimme klang schwach. »Deswegen wollte ich noch einmal mit Ihnen sprechen und erzählen, dass ich nicht direkt nach Hause gefahren bin.«

»Mhm. Was haben Sie ihr geschrieben?«

»Ach«, seufzte er. »Das waren Gedanken. Gedanken, die ich besser hätte mit ihr teilen sollen, als wir noch zusammen waren.«

»Hat sie Ihnen geantwortet?«

»Ja, natürlich habe ich eine Antwort bekommen. Ich habe Ihnen doch gesagt, dass wir uns ausgesprochen haben.«

»Was hat sie geschrieben?«

»Ich habe den Brief immer noch, falls Sie ihn sehen möchten.«

KAPITEL 25

Donnerstag, 21. November

Lars Weberg und Magnus Torp fanden den Brief an der Stelle, die ihnen der ehemalige Hubschraubernotarzt genannt hatte. In einem Kästchen unten im Bücherregal hinter der Tür des alten Kinderzimmers. Lars Weberg stellte das geöffnete Kästchen auf den Schreibtisch. Es enthielt ein Schmuckstück mit einem Anker. Außerdem einen Aufnäher aus Stoff, in dessen Mitte ein aufgedruckter Rettungshubschrauber prangte. Darüber stand »330 SKV« und darunter »Wir retten Leben«.

»Stell dir mal vor, du wirst während der Arbeit angeschossen«, sagte Lars Weberg, »und dann wäre es dieser kranke Typ«, er wedelte mit dem Jackenaufnäher, »der dich am Leben halten soll, bis der Helikopter in Ullevål landet. Vielleicht gut, dass man nicht alles über die Menschen weiß, denen man begegnet.«

Magnus dachte daran zurück, wie er einmal blutend und kurz vor dem Sterben in Antons Armen gelegen hatte. Das war jetzt über sieben Jahre her. Er erinnerte sich an die vier Schüsse. Drei davon hatten die Haut durchschlagen und sich durch Fleisch und Eingeweide gebohrt. Die Erinnerungen daran waren verschwommen und nicht sehr zahlreich, eher ein kurzes Aufblitzen von Bildern und Geräuschen. Sirenen. Kollegen vom Streifendienst, die nur sagen konnten, dass alles wieder gut würde, auch wenn sie keine Ahnung hatten, ob sie recht hatten oder nicht. Kreisende Rotorblätter. Das Einzige, woran er sich deutlich erinnerte, war Anton, der nicht eher seine Hand losließ, bis er in den Rettungshubschrauber geschoben wurde, und dass Anton zusammen mit seiner Mutter am Bett gesessen hatte, als Magnus aus dem Koma erwachte.

»Oder nicht?« Lars Weberg nahm den Umschlag aus dem Kästchen. »Ich sagte, gut, dass wir nicht alles über alle wissen.«

»Oh. Ja.«

Magnus nahm den Umschlag. Auf der Rückseite stand:

JUSTIZVOLLZUGSANSTALT HALDEN
BJØRN FARSUND
POSTFACH 1094 SØRLI
1787 HALDEN

Das Datum lag zwei Monate zurück. Magnus las vor:

Lieber Bjørn,

hab Dank für deinen langen und ehrlichen Brief. Ich musste ihn mehrmals durchlesen und habe zwei Tage gebraucht, um alles zu verdauen und um herauszufinden, was ich antworten soll. Oder ob ich antworten soll. Offen gestanden weiß ich nämlich nicht, wo ich beginnen soll. Ich habe nichts gesagt, als ich bei dir zu Besuch war, und du warst so aufgeregt, dass du es vermutlich gar nicht bemerkt hast, aber ich war nervös. Ich habe mich so schrecklich gefürchtet, dass ich kurz davor war, umzukehren und mich wieder in den Wagen zu setzen, als das Tor geöffnet wurde, aber ich hatte beschlossen, mir anzuhören, was du zu sagen hast. Ich wollte sehen, ob du es tatsächlich ehrlich meinst. Die Entschuldigung. Ich glaube, das tust du. Ich habe das auch früher geglaubt, aber dieses Mal war irgendetwas anders. Dass du es in einem Besuchsraum im Gefängnis gesagt hast, kann natürlich etwas zu bedeuten gehabt haben. Ja, ich habe deine dunkelsten Seiten gesehen, aber ich habe auch alle anderen gesehen. Ich entscheide mich also, dir zu glauben, weil ich dir glauben möchte. Ausgehend von deinen Zeilen ist es nicht schwer zu verstehen, was du empfindest, aber ich bin glücklich, und ich bin es seit einiger Zeit. Ich sage nicht, dass ich es mit dir nicht war, denn das war ich – zeitweilig – und du wirst immer einen Platz in meinem Herzen haben.

Mir kommt es falsch vor, dass wir uns wiedertreffen, wenn du entlassen wirst. Du weißt, dass ich geheiratet habe, ich habe ja auch gesehen, dass du mehrmals auf meinen Ring gestarrt hast, aber du hast nichts gesagt. Wenn ich ganz ehrlich sein soll (und wir verdienen beide, dass ich es bin), finde ich das sowohl etwas seltsam als auch etwas erschreckend. Du hast nämlich nicht gefragt, wie es ist, frisch verheiratet zu sein. Du hast auch gar nicht nach Fredrik gefragt. Du hast nicht gefragt, wie es Papa geht. Du hast nicht einmal gefragt, wie es mir geht. Alles, worüber du gesprochen hast, waren wir. Wir beide.

Vor langer Zeit haben wir verstanden, dass wir vielleicht nicht so gut füreinander sind und dass du dort bist, wo du bist, lässt daran kaum einen Zweifel. (Ich meine das nicht böse.) Du weißt, dass ich dich geliebt habe, und die guten Zeiten, die wir miteinander hatten, möchte ich gegen nichts eintauschen. Du sollst wissen, dass ich dir vergeben habe und dass ich dir alles Gute für die Zukunft wünsche, aber die findet ohne mich statt. Du schreibst, dass du alles tun würdest, worum ich dich bitte. Deshalb bitte ich dich, stattdessen alles für dich selbst zu tun. Alles wird wieder gut.

Der Grund für mein Kommen war mein Wunsch nach Aussprache. Damit wir, falls wir uns auf der Straße, im Laden, vor dem Stadion oder wo sonst begegnen, einander freundlich zu-

nicken können und uns keine bösen Blicke zuwerfen müssen. Ich habe das Gefühl, dass wir jetzt an diesem Punkt sind – dass wir uns als Freunde trennen. Jetzt musst du dir selbst helfen, indem du weitergehst, sodass du, wenn du entlassen wirst, mit dem fortfahren kannst, was du als einer der Besten immer getan hast, nämlich Menschen zu helfen, die deine Hilfe brauchen.

Es grüßt Cecilie

»Das hilft uns ja nicht viel weiter«, sagte Lars Weberg.

Magnus steckte den Brief zurück in den Umschlag und sagte: »Die Voraussetzungen für Untersuchungshaft sind erfüllt, also haben wir ihn für die nächsten zwei Wochen erst mal unter Kontrolle.« Er legte den Umschlag in einen durchsichtigen Zip-Lock-Beutel und verschloss diesen. Dann warf er einen Blick auf Lars Weberg, der sich mit verschränkten Armen an den Schreibtisch gestellt hatte. »Interessant wäre es zu sehen, was er ihr geschrieben hat.«

»Ich dachte das Gleiche, aber die Technik hat nichts Derartiges gefunden. Ich schätze, sie hat es weggeworfen.«

»Er hat eine Gefängnispsychiaterin erwähnt, Karen Thoen. Vielleicht sollten wir uns mal mit ihr unterhalten?«

»Ich kümmere mich darum«, sagte Lars Weberg. »Du glaubst also nicht, dass er, ja, wie hat er das genannt, sich geändert hat?«

»Nicht eine Sekunde.« Magnus fluchte leise in sich hinein. »Ich hätte seinen Schachzug kommen sehen müssen.«

»Dass er dir selbst von der Fahrt durch Skjærviken erzählt?«

»Ja.«

»Wie hättest du das kommen sehen können?«

»Weil es das Klügste war, was er tun konnte. Seine ganze berufliche Karriere basiert darauf, in äußerst schwierigen Situationen einhundertprozentig zu funktionieren. Denk nur an all die schnellen Entscheidungen, die er im Laufe der Jahre treffen musste. Um so einen wie ihn in Stress zu versetzen, braucht es viel mehr als eine Vernehmung mit einem netten und höflichen Polizisten. Am besten funktioniert er, wenn um ihn herum das Chaos herrscht.«

KAPITEL 26

Volda, 1999, Tag 40

Sie blieb vor dem Eingang zum Wohnblock stehen und zog den Schlüssel aus der Handtasche. Er trat einen Schritt vor und kniff die Augen zusammen. Sollte er etwas sagen? Und wenn sie es gar nicht war? Er hatte sich geschworen, sie nicht anzusprechen. Sie sollte ihn nicht einmal sehen. Genau wie die anderen Male.

Die Tür ging auf, und sie schlüpfte hinein. Durch die Glasscheibe in der Tür behielt er ihren Rücken im Auge, während sie die Treppe hinaufstieg.

Keine dreißig Sekunden später wurde es hell in der zweiten Etage. Eine Gestalt huschte schnell am vierten Fenster von rechts vorbei und blieb für ein paar Sekunden verschwunden, ehe sie ebenso schnell wieder zurückeilte. Einen Augenblick später stellte sie sich ans Fenster. Er hörte Stimmen. Die kamen von der Straße hinter ihm. Zwei, nein, drei Männer. Sie redeten laut und lachten. Er zog sich wieder in die Dunkelheit zurück, versuchte, eins mit dem Garagentor zu werden. Wenn sie ihn jetzt sähen, dachte er plötzlich, würde das nur noch verdächtiger wirken, als wenn er vorgäbe, draußen unterwegs zu sein. Aber er konnte sich nicht rühren. Noch nicht. Erst musste er sehen, dass sie es war.

Die drei gingen an ihm vorbei, ohne in seine Richtung zu blicken, während sie weiter laut miteinander redeten. Sie stand am Fenster, zog sich den Pullover aus, während sie nach draußen starrte. Auf den Parkplatz und die Garagen. Aber so lange das Licht drinnen brannte, war er unmöglich zu entdecken.

Er spähte zum Fenster hoch. Es war nicht Rebekka, sondern die Missgeburt. Die Kuh. Die Saboteurin. Trine.

Warum waren sie nicht zusammen nach Hause gegangen? Er wusste nicht, ob Trine auch mit zum Quiz gegangen war, doch er nahm es an.

Jetzt war es schon halb zehn, verdammt. Was hatte sie gesagt, wann sie aufstehen müsste? Fünf? Nein, halb fünf! Noch knapp sieben Stunden, und sie hatte vermutlich noch nicht einmal angefangen, an den Rückweg zu denken; dann wäre sie nämlich zusammen mit Trine gekommen.

Er spürte den hämmernden Pulsschlag, der sich vom Hals über die Wangen bis in die Schläfen ausbreitete. Langsam wurde ihm heiß. Die Fäuste ballten sich in den Hosentaschen. Das Hasenherz, das endlich verstummt gewesen war, schlug plötzlich und ohne Vorwarnung wieder heftig.

Er war sieben Jahre alt gewesen, als er diese Wut zum ersten Mal verspürt hatte. Seine Mutter hatte ihn auf sein Zimmer geschickt. Die Folge war, dass er den Schreibtischstuhl zu Kleinholz geschlagen und Teile der Tapete von der Wand gerissen hatte, ehe er ein Loch in die Wand trat. Als er dann später Wutanfälle bekam, schickte seine Mutter ihn nicht auf sein Zimmer, sondern an die Luft. Es spielte keine Rolle, ob es Sommer oder Winter war. *Renn es aus dir raus,* hatte sie immer gesagt, *du kannst nach Hause kommen, wenn du wieder ruhig bist.* Er hatte es gehasst, zu rennen, war aber liebend gern gelaufen. Nur die Füße waren in Bewegung, da war es einerlei, ob er stinkende Auspuffgase, den Duft des Waldes oder den Geruch von warmem, regenfeuchtem Asphalt einatmete. Ohne Ziel und ohne Zweck umherzulaufen, das war alles, was er brauchte, um den Kopf wieder freizubekommen.

Er musste sich bewegen. Wieder runterkommen.

Die Missgeburt stand immer noch am Fenster. Im schlimmsten

Fall sah sie den Rücken einer Gestalt, die sich neben den Garagen über den Parkplatz bewegte. Er musste lachen. Warum hatte er so große Angst davor, dass sie ihn sehen könnte? Sie wusste doch nicht einmal, dass er existierte. Er hätte sie genauso gut nach dem Weg fragen können, und Trine hätte ihm diesen gezeigt, und nie wieder an ihn gedacht. Er trat in die Dunkelheit und setzte Kurs auf den *Grünen Baum*.

KAPITEL 27

Donnerstag, 21. November

Aus einer Joggingtour war nichts geworden. Anton war stattdessen über eine Stunde spazieren gegangen. Erst nach Norden, vorbei am Cosmopol und der Oper, dann in östliche Richtung und ins Einkaufszentrum Nordstan. Dort hatte er einen Kaffee getrunken, während er die vorbeieilenden Leute auf dem Bürgersteig draußen betrachtet hatte. Dann war er an dem sternförmigen Festungsgraben entlang zurück zum Hotel gegangen.

Er stieg aus der Dusche und trocknete sich ab. Ein bärtiges Gesicht starrte ihn aus dem Spiegel an. Der Laptop auf dem Schreibtisch gleich neben dem Badezimmer spielte »Under Pressure« von Queen. Anton nahm ein paar saubere Sachen aus dem Rucksack. Dunkle Jeans und ein weißes, bügelfreies Hemd, das er von Alexander zu Weihnachten geschenkt bekommen hatte. Er stopfte es erst in den Hosenbund, entschied sich dann aber anders und ließ es lose herunterhängen.

Anton trat an den Laptop und überprüfte die Uhrzeit in der Ecke des Bildschirms. Das Cosmopol öffnete in fünf Minuten. Er holte ein Paar Socken hervor, zog sie an und schlüpfte in die Schuhe. Auf dem Nachttisch klingelte das Handy. Mit drei langen Schritten trat er näher und sah auf das Display. Eine nicht gespeicherte Nummer. Mit dem Handy in der Hand stand er da, bis der Anrufer aufgab. Dann markierte er die Nummer und kopierte sie in das Suchfeld der Online-Auskunft. »Die Nummer ist entweder geheim, darf im Internet nicht angezeigt werden oder ist in unserer Datenbank nicht verzeichnet«, erschien auf dem Bildschirm.

Drei! Noch drei Minuten, bis die grau gekleideten Wachleute die schweren Türen aufschließen würden. Anton aktivierte die Tastensperre, steckte das Ladekabel ins Handy und legte es auf den Nachttisch. Er würde es nicht brauchen. Denn heute existierte nichts anderes als die Karten.

KAPITEL 28

Volda, 1999, Tag 40

Als er von der Halkjelsgate um die Ecke bog, fiel sein Blick direkt auf Rebekka. Sie stand im Halbkreis mit zwei Jungen und einem Mädchen zusammen. Zwei von ihnen zogen gerade ihre Jacken an. Das Hasenherz in seinem Brustkorb schlug einen Haken. Er erstarrte, wandte sich dann im Laufe einer halben Sekunde um und verschwand mit zwei langen Schritten wieder hinter der Hausecke. Er lauschte, hörte, wie sie auf etwas, das gesagt wurde, mit ihrem herrlichen Lachen reagierte. Er trat einen Mäuseschritt zur Seite, berührte mit der Wange fast die Hauswand, an der er stand und starrte mit einem Auge die Straße hinunter, die am *Grünen Baum* vorbei und zum Hafen hinunterführte.

Er erkannte den Pavian von der Steinbrücke wieder. Auch jetzt hatte der Typ dieses ekelhafte Fotzengrinsen im Gesicht. Er leierte irgendwas herunter, was die anderen lachen ließ, während er sich mit der Hand die Haare aus der Stirn strich. Sie redeten über etwas, von dem nicht einmal Bruchstücke zu verstehen waren. Rebekka lachte erneut, lauter jetzt. Sie lachte wie sonst immer, wenn er sie kitzelte, nachdem sie sich geliebt hatten. Niemand schaffe es, sie so sehr zum Lachen zu bringen wie er, das hatte sie gesagt. Noch eine Lüge. *Ich mag dich wirklich sehr. Ich bin dabei, mich in dich zu verlieben.* Welche Lügen hatte sie ihm wohl sonst noch aufgetischt?

Das Quartett entfernte sich in die entgegengesetzte Richtung. Er wartete, bis sie etwa hundert Meter zurückgelegt hatten, und ging ihnen dann nach. Dabei überquerte er die Hauptstraße und folgte dem Weg nach Süden, am Fjord entlang. Kurze kalte Windböen kamen vom Wasser hereingeweht. Eine Wolkenschicht trieb über die dunklen Hügelkämme im Westen. Dahinter waren die Sterne gerade noch zu erkennen. Er sah nach vorn. Der Pavian hatte seinen Arm um Rebekkas Schultern gelegt. Aus den Tiefen seines Bauches stieg Übelkeit empor und füllte den Rachen aus.

Als die vier zur Kreuzung Holmen/Industrigata kamen, trennten sie sich. Die beiden, die er nicht kannte, gingen in Richtung Norden, während Rebekka und der Typ, der sie heute offenbar mehr reizte als Königskrabben und seine Wenigkeit, nach Süden weitergingen. Der Kerl zeigte in eine Richtung und sagte etwas. Sie gingen ein kleines Stück weiter, ehe sie nach links abbogen und zu einem Straßenzug mit großen und kleinen Holzhäusern kamen. Dort blieb er stehen und betrat dann den Vorplatz eines kleinen Hauses mit Lattenzaun und schmalem Garten. Der Pavian öffnete die Tür, ehe er Rebekka die Hand mit einer eleganten Bewegung in den Rücken legte und sie vorausgehen ließ. Die Tür fiel zu.

Er zog sich die Kapuze besonders eng um den Kopf, folgte der kleinen Straße und ging an dem Haus vorbei, während er zu den Fenstern hinüberspähte. Das Licht war eingeschaltet, aber niemand war zu sehen. Er lief hinunter zur Hauptstraße, überquerte die E39 und folgte dem dunklen Flusstal. Er hörte einzig den Wind, der die wenigen noch an den Bäumen befindlichen Blätter bewegte, sowie das Geräusch des Flusses, der das Tal Elvadalen in zwei Hälften teilte. Nach ein paar Metern verließ er den Weg und stellte sich an einen Baum, wo er freie Sicht auf die Hauptstraße und in die Richtung hatte, aus der sie kommen würde. Er ließ den Kopf am Baumstamm ruhen und atmete mit offenem Mund. Warmer Atemnebel umspielte sein Gesicht. Er sah sie vor sich, in dem Haus dort drüben. Verführerisch und nackt. So wie sie sich bis vor ein paar Tagen mit ihm gegeben hatte.

KAPITEL 29

Donnerstag, 21. November

Ein Kleeblatt aus vier Teenagern unterhielt sich lautstark in der hintersten Ecke von Nelly's Kebab House, während sie gleichzeitig Essen in sich hineinschlangen. In dem Gespräch ging es um irgendeine Aurora, die irgendeinen Kaveh gevögelt hatte und dass diese Aurora eigentlich mit Fatim herummachte. Magnus kannte weder eine Aurora noch einen Kaveh oder Fatim und ließ die Unterhaltung weiterplätschern, ohne ihr noch zu lauschen.

»Mild, mittel oder scharf?«, fragte der Verkäufer.

»Mittel«, erwiderte Magnus und zog seine Geldbörse hervor.

Der Verkäufer sah zu seinem Kollegen in der Küche und rief ihm die Bestellung zu: großer Kebab im Pitabrot, mittelstark gewürzt, ohne Tomaten und Zwiebeln. Er bekam ein »Okay« zur Antwort.

Magnus bezahlte und blieb an der Kasse stehen, bis das Essen fertig war. Dann nahm er die Tüte mit der würfelförmigen Pappverpackung entgegen und trat in die abendliche Dunkelheit, wo er seinen Mantelkragen aufstellte.

Das Handy signalisierte eine neue SMS. Der Absender war Lars Weberg. Die Nachricht lautete: »Gerade Antwort von Karen Thoen bekommen. Hat morgen um elf Zeit für ein kurzes Gespräch, Gefängnis Halden.« Magnus antwortete mit einem erhobenen Daumen.

Fünfzig Sekunden nachdem er das Quartett aus Auroras und Kavehs Freunden hinter sich gelassen hatte, schloss er die Haustür in der Agentgate auf und nahm den Fahrstuhl in den zweiten Stock. Dort zog er Jackett und Mantel aus, nahm einen Teller aus dem Schrank, legte den Kebab darauf und vergewisserte sich, dass er weder Tomaten noch Zwiebeln enthielt, ehe er den ersten Bissen nahm. Er trat in den Flur und nahm sein Handy aus der Innentasche des Jacketts. Auf dem Display sah er eine Meldung von Facebook. Es war eine neue positive Bewertung für das Profilbild, das er vor einem Monat gegen das alte ausgetauscht hatte. Der erhobene Daumen kam von Martin Fjeld, einem ehemaligen Kollegen von der Schutzpolizei in Fredrikstad. Magnus nahm den Teller mit zum Sofa und platzierte ihn auf seinem Schoß, ehe er abermals in den Kebab biss. Er fand die Fernbedienung, die sich zwischen den Kissen versteckt hatte, und schaltete den Fernseher ein. Es lief eine Sendung mit Leuten, die ehemals bekannt gewesen waren und nun einer Teilnahme zugestimmt hatten, weil sie darauf hofften, es bald wieder zu werden. Magnus kannte zwei von ihnen.

Er verfolgte das Programm, ohne zu wissen, worum es ansonsten eigentlich ging, und aß weiter. Als er den Kebab halb aufgegessen hatte, klingelte das Handy. *Mogens Poulsen privat* leuchtete ihm vom Display entgegen. Magnus schluckte und nahm den Anruf entgegen.

»Hallo, Torp«, sagte der Däne. »Störe ich?«

»Schon in Ordnung. Sie erwischen mich zwischen zwei Bissen Kebab. Wie ist es denn in Bergen?«

»Nass. Na, immerhin gab's heute Vormittag keinen Regen. Ich sitze gerade mit einem alten Bekannten in der Hotelbar.«

Das ergab Sinn, denn Magnus hatte schon geahnt, dass Alkohol im Spiel war. Da war etwas mit der Stimme des Dänen. Oder vielleicht lag es auch am Akzent. Magnus fand jedenfalls, dass er sich noch einen Hauch dänischer anhörte als für gewöhnlich.

»Wie viele Tuborg waren es denn schon?«

Mogens Poulsen antwortete, doch eine Frau, die im Hintergrund kreischend lachte, übertönte seine Worte. Magnus bat ihn, seine Worte zu wiederholen.

»Ich sagte: Jede Menge. Eigentlich wollte ich bis zu meiner Rückkehr morgen früh warten, bevor ich Sie anrufe, aber je mehr wir hier darüber gesprochen haben, desto sinnvoller erschien es mir, mich noch heute Abend bei Ihnen zu melden.«

Magnus legte seinen Kebap auf den Teller, lehnte sich im Sofa zurück und unterdrückte ein Rülpsen.

»Worüber wollen Sie denn reden?«

»Ich sitze hier mit Ole Sadé, kennen Sie ihn?«

Magnus überlegte. *Sadés Institut für Pathologie.* Ole Sadé war Rechtsmediziner mit Sitz in Bergen.

»Ja.«

»Ole und ich kennen uns seit Ewigkeiten. Er hat früher im Rikshospital gearbeitet, aber keine Angst, ich werde Ihnen die Tour durch die Memory Lane ersparen. Langer Rede kurzer Sinn: Als Sie gestern Morgen bei mir waren, habe ich Ihnen erzählt, dass ich ähnlich schlimme Verletzungen wie bei Cecilie Olin nie gesehen hätte, mit Ausnahme solcher, die entstehen, wenn man von einem Fahrzeug überfahren wird. Erinnern Sie sich?«

»Ja.«

Magnus richtete sich auf, stellte den Ton am Fernseher ab und starrte auf den dunklen Küchenbereich.

»Als wir vor zwei Stunden zu Abend gegessen haben, sind wir natürlich ein bisschen auf die Arbeit zu sprechen gekommen. Ich habe ihm von dem Fall erzählt. Was Cecilie Olin widerfahren ist, liegt jenseits jeder Art von Wut- oder Gewaltausbruch.«

Magnus nickte zustimmend in sich hinein.

»Ole wurde neugierig, und …«

Im Hintergrund waren klirrende Gläser und schallendes Gelächter zu hören. Der Däne entschuldigte sich und bat Magnus, einen Augenblick am Apparat zu bleiben. Nach zwanzig Sekunden war er ohne Lärm im Hintergrund wieder da.

»Wo war ich stehen geblieben?«

»Sadé wurde neugierig.«

»Ja. Wir sind nach dem Essen hinauf auf mein Zimmer gegangen. Ich habe ihm die Fotos gezeigt und meine vorläufige Analyse. Es sind bestimmt zwei Minuten vergangen, ohne dass er einen Ton sagte, aber dann erzählte er mir etwas Interessantes über einen alten Fall. Klar, ist natürlich schon lange her, aber wirklich interessant.«

KAPITEL 30

Volda, 1999, Tag 40

Inzwischen war es richtig kalt geworden. Vermutlich waren es nur wenige Minusgrade, doch die kurzen Windstöße ließen es eher wirken wie zehn Grad unter null. Dennoch tropfte der Schweiß an ihm herunter. Innerhalb kürzester Zeit war er am Rücken und unter den Armen klitschnass geworden, denn da drüben konnte er Rebekka sehen. Sie kam auf dem Gehsteig in seine Richtung.

Er verlor sie aus dem Blick, als sie hinter einem kräftigen Gebüsch an der Straße verschwand. Sekunden später konnte er hören, wie das Geräusch des fließenden Wassers im Flusstal von Gummisohlen auf knarzendem Kies begleitet wurde. Lautlos löste er sich vom Baumstamm. Es war so dunkel, dass er nur ihre Silhouette näher kommen sah. Ihre Schritte waren leicht. Fröhlich. Sorglos. Frisch gevögelt. Den Blick hatte sie gesenkt. Aus der Dunkelheit heraus beobachtete er sie. Sie war jetzt nicht mehr als zehn, maximal fünfzehn Meter von ihm entfernt. Wäre es heller Tag, würde sie ihn schon längst gesehen und dieses Lächeln aufgesetzt haben, das ihn, wie sie wusste, dazu bringen konnte, alles Mögliche zu tun. Das Lächeln, mit dem sie ihn wochenlang verzaubert und getäuscht hatte, aber nein: ab jetzt nicht mehr.

Er ließ sie vorbeigehen. Es raschelte im Gebüsch, als er aus seinem Versteck trat, doch das Geräusch des brausenden Flusses übertönte alles. Der Mond warf einen schwachen Lichtschein auf den offenen Platz vor der Fußgängerbrücke, auf die sie zuhielt.

»Wo bist du gewesen?«

Rebekka blieb wie angewurzelt stehen. Sie hatte den Nacken noch immer gebeugt, stand ganz steif da, aber etwas an ihrer Haltung verriet, dass sie genau wusste, wer zu ihr sprach. Er trat auf sie zu, verharrte einen knappen Meter vor ihr, wiederholte die Frage. Sie drehte sich zu ihm um.

»Verfolgst du mich?«

»Wer ist er?«

»Wer?«

»Von dem du gerade kommst.«

»Ach, mein Lieber«, seufzte sie, »das ist einer aus der Schule. Was treibst du hier eigentlich?«

Er wollte sie fragen, ob sie mit dem Pavian geschlafen hatte, aber er kannte die Antwort und wollte die Bestätigung nicht hören.

Sie starrten einander an.

»Für ihn hattest du also heute Abend Zeit, aber nicht für mich?« Er trat einen Schritt näher. Ihre Atemwolken vermischten sich. »Hm?«

Ihre Augen glänzten, und ihr Gesicht hatte sich zu einer Fratze verzogen, wie bei einer Dreijährigen, der im Laden die Süßigkeiten verwehrt wurden.

»Bist du jetzt auch taub geworden?«, fuhr er fort. »Antworte mir, du kleine Hure.«

Sie kniff ein paarmal die Augen zusammen. An ihren Wangen liefen Tränen herab.

»Eigentlich sollte *ich* doch heulen, oder? Aber *du*«, fauchte er und bohrte ihr den Zeigefinger in die Brust, »du bist diejenige, die mich hintergangen hat, und jetzt stehst du hier und flennst?«

»Ich habe niemanden hintergangen«, schluchzte sie.

»Wir hatten heute eine Verabredung, die du abgesagt hast, weil du wegen des Flugs früh ins Bett wolltest. Aber bis weit nach Ende des Quiz im *Grünen Baum* sitzen und mit dem Arschloch nach Hause gehen … Dafür hattest du Zeit?«

Mit dem Jackenärmel wischte sie sich Wangen und Nase ab.

»Das funktioniert so nicht«, rief sie weinend.

»Hast du mit ihm geschlafen?«

»Natürlich nicht!«

Nee klar, bestimmt nicht, dachte er.

»Dann erzähl mir doch mal, warum es so nicht funktioniert. Sag mir, was ich falsch gemacht habe.« Er wartete darauf, was sie sagen würde, aber es kam nichts. »Eben! Du hast mich vom ersten Tag an getäuscht.«

»Das habe ich nicht …« Sie schüttelte kräftig den Kopf. »Denk mal drüber nach, wie du in den letzten Wochen gewesen bist.« Ihr Tonfall wurde lauter. »Ich brauche Abstand!«

»Also war der plötzlich erkrankte Onkel eine Lüge, ja?«

Sie schüttelte den Kopf.

»Wie soll ich denn überhaupt gewesen sein? Ich bin genau derselbe, den du vor vierzig Tagen kennengelernt hast.« Er hielt ihr einen Zeigefinger vor das Gesicht. »Apropos vierzig Tage … Ich habe rausgefunden, dass dein Kumpel und ich etwas gemeinsam haben.« Er entblößte seine Eckzähne. »Nachdem Jesus von Johannes die Taufe erhielt, wurde er in der Wüste Juda vierzig Tage und Nächte vom Teufel versucht. Wusstest du das? *Satan* kam, Rebekka, aber Jesus hat allen Versuchungen widerstanden. Ich hingegen, ich habe mich täuschen lassen, als du mich gestreichelt und geküsst hast und dann meintest, du könntest nicht genug von mir bekommen. Dass du dabei wärst, dich in mich zu verlieben. Ich habe alles geschluckt. Und heute Abend«, er streckte die Arme zur Seite aus, »wurde ich gekreuzigt.«

»Du tickst ja nicht richtig«, flüsterte Rebekka mit weit aufgerissenen Augen.

»Doch. Ich bin nur blind gewesen, aber …« Er kicherte. »Heute Abend können wir wohl mit Sicherheit feststellen, dass ich wieder Licht gesehen habe.«

»Ständig diese Fragen. Jeden einzelnen Tag.« Sie ließ ihre Stimme theatralisch klingen und fuhr fort: *»Was hast du heute gemacht? Mit wem warst du zusammen? Was hast du jetzt vor? Triffst du jemanden? Mit wem hast du in der Schule rumgehangen? Ist da einer, der es auf dich abgesehen hat? Flirtest du mit anderen – nein, das machst du doch wohl nicht?«*

»Ist es verboten, sich zu kümmern? Ich soll dir also kein Interesse entgegenbringen? Fein! Ich scheiß drauf. Du wärst erstaunt, wie gut ich bin, auf was zu … *scheißen.*«

»Interesse entgegenbringen?« Sie lachte höhnisch. »Du wiederholst jede Frage, als ob du überprüfen wolltest, dass ich auch ja das Gleiche antworte. Glaubst du etwa, ich merke das nicht?« Sie trat einen halben Schritt zurück. »Und allein, dass du mich heute Abend verfolgt hast … Ich wünschte, du könntest dich im Spiegel sehen – dein Blick ist schwarz wie die Nacht.«

»Warum bist du nicht gemeinsam mit Trine nach Hause gegangen?«

»Trine? Wovon redest du?«

»Sie ist um halb zehn nach Hause gekommen.«

»Trine war überhaupt nicht mit im *Grünen Baum.* Sie war bei einem aus ihrer Klasse und hat an einer Aufgabe gearbeitet. Aber …« Sie rümpfte die Nase. »Bist du bei mir zu Hause gewesen?«

Er lachte künstlich und sagte: »Du kannst ganz beruhigt sein, ich habe nicht angeklingelt, niemand hat mich gesehen. Das wäre doch nicht gut gewesen, oder?« Er trat einen Schritt vor. »Aber vielleicht ist das ja das Problem? Dass das kleine Fräulein Vehler zwei Pferde gleichzeitig reitet und dass Trine und die anderen Mädchen nur von einem wissen?« Sein Blick verengte sich. »Hm?

Durfte ich deswegen deinen Freundinnen nicht guten Tag sagen? Hast du dich deswegen kaum mit mir an die Öffentlichkeit gewagt – und das nicht mal im Dunkeln? Man könnte meinen, ich hätte die Krätze.«

Sie gab ein schwaches Schluchzen von sich und fuhr sich mit der Hand über das Gesicht.

»Du hast überhaupt nichts verstanden …«, sagte sie leise. »Sogar jetzt kapierst du nichts.«

Von irgendwo auf dem Fjord ertönte ein lang gezogener Signalton. Er hob den Kopf und blickte nach Westen, versuchte, das Geräusch einzuordnen.

»Das war ein Schiff«, sagte sie, »kein Elefant.«

»Riskierst du jetzt auch noch ein großes Maul?«

»Das war ein Scherz, du bist doch so von denen besessen.« Sie versuchte es mit einem Lächeln. »Entschuldige.«

»Weißt du, was mir bei diesen Tieren am besten gefällt?« Er beugte sich ein Stückchen vor. »Dass sie loyal sind.«

»Ich habe nichts falsch gemacht.« Sie wischte sich erneut über das Gesicht und seufzte. »Ich muss jetzt nach Hause und meine Tasche packen.« Sie hob den Arm und sah auf die Uhr. »Trine wird durchdrehen, wenn ich nicht bald komme.«

Der Ring. Sie trug den Ring nicht.

»Wo ist er?«, fauchte er.

Sie atmete tief ein, legte den Kopf zurück, schloss die Augen und stöhnte.

»Wo … ist … er?«

»In meiner Handtasche.« Wieder liefen ihr Tränen über die Wangen.

»Er hat nicht ganz gepasst! *Wir* passen nicht ganz!«

»Also hast du ihn gestern als Erstes abgenommen? Du hast letzte Nacht nicht damit geschlafen?«

Ihr Gesicht war immer noch den Sternen zugewandt, die hinter der dünnen Wolkenschicht leuchteten. Er presste die Kiefer aufeinander. Sie versuchte zu schlucken. Seine Fäuste begannen zu zittern.

Renn es aus dir raus, du kannst nach Hause kommen, wenn du wieder ruhig bist.

Das Blut pochte jetzt nicht mehr sanft in seinen Schläfen, es hämmerte und wütete.

Er wusste, dass er hätte tun sollen, was seine Mutter ihm immer geraten hatte, wenn er kurz davor war, die Kontrolle zu verlieren. Wenn er dabei war, verrückt zu werden und alles um ihn herum schwarz wurde. Als er dort gestanden und auf Rebekka gewartet hatte, war ihm kurz der Gedanke gekommen, zum Rotsethorn zu laufen, aber dann hatte er eingesehen, dass es ihm nicht einmal dann helfen würde, wenn er bis zum Gipfel hinaufstürmte.

Nicht an diesem Abend.

KAPITEL 31

Donnerstag, 21. November

»Ich habe von dem Fall gelesen …« Magnus hatte sich mit dem Handy am Ohr mitten ins Zimmer gestellt. Die Wände und der Fußboden in der dunklen Wohnung wurden vom scharfen Fernseherlicht erhellt. »Mir war allerdings nicht klar, dass sie erwürgt wurde. Das war also die Todesursache? Nicht stumpfe Gewalt?«

»Ja, erwürgt«, erwiderte der Däne. »Mit einer solchen Kraft, dass ihr Kehlkopf zerdrückt wurde. Danach wurde sie beinahe bis zur Unkenntlichkeit verprügelt. Sie wurde auch geschlagen, bevor man sie erwürgt hat, aber als Todesursache spielt das keine Rolle. Wie bei Cecilie Olin ist die stumpfe Gewalt überwiegend post mortem erfolgt. Keine Anzeichen eines sexuellen Übergriffs. Ist übrigens ihre Handtasche wieder aufgetaucht?«

»Nein, die ist spurlos verschwunden. Vermutlich hat der Täter sie an sich genommen.«

»Rebekka Vehlers Handtasche wurde auch nie gefunden. Und der Hauptgrund, weswegen ich mit meinem Anruf nicht bis morgen warten wollte: der Täter ebenso wenig.«

Magnus trat ans Fenster. Das Quartett aus der Kebab-Bude kam gerade aus der Tür. Sie umarmten einander und gingen in verschiedene Richtungen davon.

»Torp?«

»Ja …« Magnus stellte sich mit dem Rücken ans Fenster und sprach weiter. »Ist Sadé davor oder danach noch einmal etwas Ähnliches untergekommen?«

»Niemals. Deshalb war er auch … ja, ich will nicht sagen völlig perplex, aber überrascht. *Damals war es ganz genauso*, hat Ole gesagt, und er weiß nicht mal, dass Cecilie Olins Handtasche immer noch verschwunden ist, da ich mir diesbezüglich nicht ganz sicher war. Tja, wie ich gestern Morgen schon gesagt habe: Man muss echt krank sein, um so etwas zu tun, und glücklicherweise gibt es da draußen nicht viele von dieser Sorte.«

»Sie denken, es könnte derselbe Täter sein?«

»Jetzt bewegen wir uns wieder im Reich der Spekulationen, Torp. Und das ist Ihre Aufgabe. Ich halte mich an …?«

»Medizinische Fakten.«

»Jetzt wissen Sie immerhin, dass vor etwas über zwanzig Jahren in Volda eine junge Frau auf exakt dieselbe Weise umgebracht wurde.« Der Däne fröstelte hörbar. »Jetzt muss ich aber wieder rein, ehe ich mir noch eine Erkältung zuziehe.«

»Augenblick«, sagte Magnus. »Hat Sadé irgendwelche Informationen vorliegen?«

»Ich hab ihm gesagt, dass ich Sie anrufen werde, und da meinte Ole, er könnte morgen früh den Obduktionsbericht rüberschicken. Den hat er in seinem Büro. Zu weiteren Fallunterlagen hat er keinen Zugang, aber wie er selbst sagte: *Es gibt zwei Dinge, die die Fälle Rebekka Vehler und Cecilie Olin unterscheiden.*«

»Und welche?«

»Name und Alter. Daher bin ich mir auch nicht sicher, ob der Obduktionsbericht so eine große Hilfe ist.« Eine Tür wurde geöffnet, und der Lärm im Hintergrund war wieder da. Laute Stimmen. Gelächter. »Bis bald, Torp.«

Mehr sagte Mogens Poulsen nicht, bevor er auflegte. Magnus holte seinen Laptop, schob den Teller mit dem halb verzehrten Kebab beiseite und loggte sich ins Netzwerk der Kripo ein. Er gab *Rebekka Vehler* ein, erhielt aber keinen Treffer. Gut möglich, dass die Fallakte nicht digitalisiert worden war. Er wechselte zu Google und schrieb den Namen in das dortige Suchfeld. Der oberste Eintrag betraf einen fünf Jahre alten Zeitungsartikel, der sich mit unaufgeklärten Morden in Norwegen beschäftigte. Magnus rief den Link auf, entdeckte ihren Namen und klickte ihn an. Ein Foto von ihr füllte fast die ganze Seite aus. Die Haare ergossen sich über ihre Schultern. Sie hatte zwei schwach erkennbare Lachfältchen, war hübsch, nein, dachte Magnus, nicht hübsch, schön. Ihre verführerischen Augen waren genauso blau wie das Mittelmeer auf Postkarten. Sie trug ein helles Sommerkleid. Das Bild war auf einer Veranda aufgenommen worden. Im Hintergrund konnte man das Meer erahnen. Am Rand des Fotos war gerade noch ein männlicher Unterarm zu sehen. Er ruhte auf dem Tisch, an dem Rebekka Vehler saß. Magnus klickte auf *Mehr lesen.* Eine neue Seite erschien auf dem Bildschirm.

REBEKKA VEHLER (19)
TATORT: Volda, Regierungsbezirk Møre & Romsdal
ZEITPUNKT: 22. September 1999
MORDMETHODE: Erwürgen

Im Weiteren stand dort, dass niemand des Mordes beschuldigt worden war, dass die offizielle Ermittlung im Frühjahr 2002 abgeschlossen wurde, der Fall aber noch ungeklärt sei. Am Ende des Eintrags wurde die Öffentlichkeit gebeten, sich mit eventuellen Hinweisen an das Lensmannbüro Volda og Ørsta zu wenden.

Magnus rief abermals Google auf und überflog die weiteren Treffer. Es gab keine Websites, die irgendetwas Neues zu berichten hatten. Er stieß auf einen alten Artikel aus der Zeitung *Møre-Nytt,* in dem ein Foto vom Tatort abgebildet war. Er sah kahle Bäume, die ihre Äste in den Himmel reckten. Am Ende des Wegs schienen die langen Zweige ineinanderzuwachsen. Einige Meter vor der Fußgängerbrücke, die über einen schmalen Fluss führte, lag ein mit einer Plane bedeckter Körper.

Magnus ging zurück zu der Seite der ungelösten Mordfälle und notierte die aufgeführte Fallnummer.

KAPITEL 32

Donnerstag, 21. November

Schwedische, englische und ein paar norwegische Stimmen vermischten sich im Casino Cosmopol. Die Pause hatte begonnen. Die Spieler erhoben sich und verließen den Pokerraum. Auf dem Weg zum Ausgang prüfte Anton, wie viele Spieler in dem Turnier noch übrig waren. Neunundvierzig mit ihm selbst, und achtundvierzig davon lagen hinter ihm.

Er ging zurück zum Hotel, wusch sich die Hände und spritzte sich etwas Wasser ins Gesicht. Nahm eine Tüte Nüsse und eine Flasche Limonade aus der Minibar und legte sich aufs Bett. Dort riss er die Tüte auf, gab ein paar Nüsse in die hohle Hand und verschlang sie. Er schaltete den Fernseher ein und navigierte zum schwedischen *TV4*. Er nahm noch eine Handvoll Nüsse und griff nach dem Handy auf dem Nachttisch. Ein unbeantworteter Anruf. Dieselbe Nummer, die auf dem Display erschienen war, bevor er vorhin ins Casino gegangen war. Er gab sie in das Suchfeld bei Google ein, aber daraus ergab sich genauso wenig wie aus der Datenbank der Online-Auskunft zuvor. Der zweite Anruf war nur eine Minute nach dem ersten erfolgt. Er tippte auf die Nummer, aktivierte den Lautsprecher und legte sich das Handy auf die Brust. Es klingelte lange, bevor sich eine Frau meldete: »Hallo?«

»Mit wem spreche ich, bitte?«, fragte er.

»Anton?«

»Vibeke …?«

»Ja?«, sagte die Kollegin. »Wieso rufst du diese Nummer an?«

Sie wirkte gestresst.

»Weil du mich angerufen hast?« Anton legte sich drei Nüsse auf die Zunge und zerbiss sie mit den Backenzähnen. »Zweimal.«

»Ich habe dich nicht angerufen. Das Handy gehört einer Patientin. Nora Meisler.«

»Nora? Aber wie ist die denn an meine Telefonnummer gekommen?«

»Keine Ahnung.«

»Okay.« Anton seufzte. »Das ist nicht in Ordnung.« Eine neue Portion Nüsse. »Gib Sie mir mal.«

»Sie ist tot.«

Anton hörte auf zu kauen. Starrte auf den Fernseher. Schaltete ihn aus. Stützte sich mit einer Hand ab und setzte sich auf, während er mit der anderen den Handy-Lautsprecher abstellte. Er hielt sich das Telefon ans Ohr, setzte sich auf die Bettkante und stellte die Füße auf den Boden.

»Was …?«

»Sie war draußen auf einem Spaziergang, und d…«

»Allein?«, unterbrach Anton mit lauter Stimme.

»Nein, natürlich war sie nicht allein. Sie war mit Didrik unterwegs, und dann hat sie sich davongemacht.«

»Was meinst du mit *davongemacht*?«

»Ich habe noch gar nicht richtig mit ihm reden können, aber wie ich es verstehe, hat sie versucht abzuhauen, und Didrik hat sie wieder eingefangen. Da hat sie ihm einen Tritt in den Unterleib verpasst und ist weggerannt. Didrik hat sic im Wäldchen hinter dem Krankenhaus aus den Augen verloren. Wir haben sie vor zwei Stunden beim Sportverein Kalnes gefunden. Sie muss da irgendwo ein Seil aufgetrieben haben. Wir wissen es nicht genau. Hier herrscht gerade etwas Chaos, das verstehst du sicher. Aber wir konnten endlich den Vater erreichen, er ist auf dem Weg hierher.«

Anton konnte Vibekes Atem hören. Er wollte, dass sie weiterredete, denn er selbst konnte kein Wort hervorbringen.

»Anton?«, fragte sie nach ein paar Sekunden. »Bist du noch dran?«

Er brach die Verbindung ab, ließ die Ellbogen auf die Knie sinken und blieb mit dem Handy zwischen den Beinen reglos sitzen. Starrte auf das Display, bis es schwarz wurde. Dann legte er die Hände wie eine Sauerstoffmaske über Mund und Nase.

KAPITEL 33

Donnerstag, 21. November

»Ich habe mir den Fall vor ein paar Monaten noch mal angesehen«, sagte Lensmann Sigmund Aasen vom Lensmannbüro in Volda.

»Ach ja?« Magnus hatte sich mit dem Handy am Ohr aufs Sofa gesetzt. »Wieso?«

»Aus keinem besonderen Grund. Ich nehme ihn mir regelmäßig wieder vor. Ich hoffe wohl, eines Tages das zu entdecken, was mein Vorgänger nicht gesehen hat. Aber ein Teil des Problems, oder … das *eigentliche* Problem ist, dass es nicht viel Material gibt, mit dem sich arbeiten ließe. Natürlich gibt es viele Zeugenvernehmungen. Das waren meist andere Studenten, die aus dem einfachen Grund befragt wurden, dass sie zusammen mit Rebekka auf der Hochschule waren. Aber da gibt es nichts Aussagekräftiges zu holen. Wieso interessieren Sie sich für den Fall?«

Magnus benötigte ein paar Minuten, um von der ermordeten Cecilie Olin und von dem zu berichten, was der Rechtsmediziner über die Obduktion von Rebekka Vehler im Jahr 1999 gesagt hatte.

Es entstand eine Pause, bis Sigmund Aasen das Schweigen schließlich brach.

»Das hat er gesagt …?« Sein Tonfall hatte sich verändert. »Dass nur Name und Alter der Opfer die beiden Fälle voneinander unterscheiden?«

»Ja. Der Fall Cecilie Olin war so außergewöhnlich, dass der

Rechtsmediziner Mogens Poulsen meinte, etwas Ähnliches sei ihm nie untergekommen. Und genauso ist es Ole Sadé mit Rebekka Vehler ergangen. Klar, das beweist natürlich nichts, aber gleichzeitig reden wir hier von zwei Rechtsmedizinern, die zusammengenommen über achtzig oder neunzig Jahre Berufserfahrung verfügen. Jedenfalls wäre es dumm, einen Zusammenhang auszuschließen, ohne das in irgendeiner Weise zu untersuchen.«

»Da stimme ich Ihnen zu.«

»Ich konnte in der Datenbank der Kripo nichts über Rebekka Vehler finden. Wer hatte den Fall damals?«

»Der technische Bericht ist mit S. Haro signiert.«

»Sylvia Haro. Ich kenne sie. Aber ich meinte, wer für die taktische Unterstützung zuständig war.«

»Die Kripo hat gar keine taktische Unterstützung geleistet, nur technische.«

»Wie? Hat ein kleines Lensmannbüro ganz allein die Verantwortung für die Ermittlungen getragen?«

»John-Einar Gjelsvik war 1999 hier Lensmann. Sagt Ihnen der Name was?«

»Nein.«

»Er hat bei der Kripo gearbeitet, ehe er 1993 in heimische Gefilde zurückkehrte. Er war lange Jahre bei der damals sogenannten Mordkommission und hatte deswegen beschlossen, die Ermittlungen selbst zu leiten, was ja nicht so verwunderlich war. Er bekam Unterstützung von ein paar Ermittlern aus Ålesund und aus zwei weiteren Nachbarbezirken, aber das war mehr aufgrund der Kapazitäten. John-Einar war gründlich, fähig und routiniert. Er ist leider im letzten Winter gestorben. Wie gesagt, ich habe mir den Fall mehrmals angesehen, und da gibt es nichts, was nicht unternommen wurde. Deshalb ist das ja auch so besonders frustrierend.«

»Haben Sie sich oft darüber unterhalten?«

»Ja. Er war mein Vorgesetzter von 2008 bis zu seiner Pensionierung 2013. Da habe ich dann als Lensmann übernommen. Rebekka war ein Thema, wenn auch nicht wöchentlich, so doch regelmäßig. Wir w...«

»Tut mir leid, wenn ich Sie unterbreche«, sagte Magnus, der nebenher die Website der Fluggesellschaft Widerøe aufgerufen hatte, »aber ich sehe gerade, dass morgen um 12:45 Uhr eine Maschine von Gardermoen nach Ørsta geht.«

»Wollen Sie herkommen?«

»Ja. Oder Moment mal.« Es gab noch eine Verbindung um 22:10 Uhr an diesem Abend. Wenn er die nahm, könnte er im Flugzeug etwas schlafen und morgen in aller Frühe im Lensmannbüro sein.

TEIL II

TRINE

KAPITEL 34

Volda, 1999, Tag 61

Es waren einundsechzig Tage vergangen, seit er Rebekka zum ersten Mal begegnet war, und drei Wochen, seit er sie umgebracht hatte. Er hatte danach die Wohnung nur verlassen, um sich zur Arbeit oder zum Supermarkt zu begeben, doch an diesem Tag war er fest entschlossen, einen langen Spaziergang zu unternehmen. Nicht weil er wütend war, obwohl ihn der Gedanke an den Verrat noch immer aufwühlte, sondern weil er sich die letzten Wochen wie in einem Nebel bewegt hatte. Die Ereignisse des Abends unten in Elvadalen hatte er noch genau in Erinnerung, doch die Tage und Wochen danach waren irgendwie an ihm vorbeigezogen.

Er stand in der Küche und betrachtete den Klecks Butter, der schmolz und in der Pfanne umherfloss. Aus dem Kühlschrank nahm er sich das letzte Ei. Das Geräusch, das entstand, als er es an der eisernen Pfanne aufschlug, war das gleiche wie jenes, das er gehört hatte, als er auf Rebekkas Kopf getreten war. Das war das Letzte, was er getan hatte. Ein letzter Gruß an die kleine Hure unter seinem Stiefel. Danach war er nach Hause gegangen und hatte gewartet, hatte auf das knirschende Geräusch der Autoreifen auf dem Kies vor dem Haus gewartet. Auf die Finger, die an das geriffelte Glas der Haustür klopften. Auf den Lensmann, der ihn mit entschiedener Stimme bitten würde, für eine kleine Unterhaltung mitzukommen. Nein, nicht bitten, beordern. Der ihn auf die Rückbank des Streifenwagens befördern und ins Lensmannbüro verfrachten wollte, wo er dann aufgefordert würde, zu erläutern, was er an jenem Abend getan hatte, wenngleich das nur der Verschleierung und Irreführung diente, denn selbstverständlich wussten sie, was er an jenem Abend getan hatte. Er war nämlich gesehen worden, als er im Park gewartet hatte. Von jemandem beobachtet worden, als er schnell nach Hause geeilt war.

Aber niemand war gekommen, um an seine Tür zu klopfen.

Es kümmerte ihn nicht, dass einer der Nachbarn sie vielleicht einmal gesehen hatte, als sie gekommen oder wieder gegangen war. Sie war ausschließlich abends bei ihm gewesen, und sein Zimmer ließ sich von außen nicht einsehen. Es war durchaus möglich, dass sie von jemandem beobachtet worden war, während sie zu ihm ging oder von ihm kam, aber dann hatten die Nachbarn allenfalls eine Gestalt gesehen. Eine Gestalt, deren Umrisse zu jedem x-beliebigen Mädchen gehören konnten.

Er briet das Ei, streute Salz und Pfeffer darauf und legte es auf eine Scheibe Brot, ehe er sich an den Küchentisch setzte und zu essen begann. Die Nachmittagssonne schien durch das Fenster, und er dachte an den Ring, den er zusammen mit der Handtasche in den Fjord geworfen hatte. Vielleicht hätte er ihn besser behalten sollen, ihn der Nächsten geben, auch wenn das etwas unpassend wäre – in gewisser Weise gehörte er ja Rebekka. Und einen derartigen Ring weiterzugeben, konnte einfach nicht viel Gutes mit sich bringen. Andererseits war er wie neu gewesen. Nein, nicht *wie* neu. Er *war* neu. Nur einmal anprobiert, und selbst das nicht wirklich. Aber nein. Ihn weiterzugeben hätte wohl schlechtes Karma bedeutet. Es war richtig gewesen, sich von ihm zu trennen.

Er hatte den Leichenwagen gesehen, der Rebekka am nächsten Tag abtransportiert hatte. Der war in Begleitung der Polizei und eines Wagens vom Norwegischen Rundfunk *NRK* gewesen, weswegen es keinerlei Zweifel gab, dass sie da hinten drinlag. Drei Tage später hatte Rebekka ihn von der Titelseite der *VG* angelächelt, wo auch eine kurze Zusammenfassung des Obduktionsberichts zu lesen war, den ein Rechtsmediziner namens Ole Sadé am Krankenhaus Haukeland in Bergen verfasst hatte: REBEKKA WURDE ERWÜRGT. Er erinnerte sich, dass er die Hände um ihren Hals gelegt hatte und sie aufhörte, Widerstand zu leisten, doch er hatte geglaubt, dass sie lediglich das Bewusstsein verloren hatte. Jedenfalls war er ganz sicher, dass sie noch am Leben gewesen war, als er ihr die Zähne ausgetreten hatte. Deshalb hatte er es auch getan: Er hatte gehofft, dass es sie aus dem Traumland zurückbringen würde, damit er sie dann erneut dorthin schicken könnte.

Nachdem er aufgegessen hatte, zog er sich an und ging hinaus. Gegen halb fünf kam er an der Hochschule vorbei. Die Vorlesungen waren schon längst beendet. Er spazierte über den Campus und weiter bis zur Steinbrücke, die zum Parkplatz hinüberführte. Dabei dachte er daran, dass hier das komische Bauchgefühl aufgekommen war, als Rebekka sich an den Pavian geklammert hatte. Der Pavian, der sie vor drei Wochen um den Verstand gevögelt hatte. Das Schwein hatte zwei Tage danach seine widerliche Fresse in *Dagbladet* präsentiert. Dadurch war klar geworden, dass der Typ Sverre Roer hieß, neunzehn Jahre alt war und an der Hochschule Musik studierte. Der Artikel handelte davon, dass der Fotzendieb der Letzte war, der Rebekka lebend gesehen hatte, und dass beide sehr enge Freunde gewesen waren. *Sehr eng*, hatte er gedacht, ja, dass sie das gewesen waren, hätte er unterschreiben können. Derselbe Clown war dann auch mit geschwollenen Augen und feuchten Wangen in die Bresche gesprungen, als der Studentenverband nach drei Tagen eine Gedenkstunde im *Grünen Baum* abgehalten hatte. Er selbst war nicht dabei gewesen, hatte aber einen Bericht in den *TV2*-Nachrichten gesehen, in dem ein Reporter und ein Kameramann draußen vor der Kneipe standen und filmten, während die Untröstlichen einander trösteten.

Er ging wieder zur Straße hinunter. Der Gipfel des Hausbergs Rotsethorn lag in Nebel eingehüllt. Er hatte Lust verspürt, die Strecke hinaufzugehen. Ein Kollege von ihm, der ebenfalls von auswärts kam, hatte das in der vergangenen Woche gemacht und erzählt, dass der Ausblick spektakulär sei.

Die Straßenbeleuchtung wurde eingeschaltet, während er den Bürgersteig an der E39 entlangging. Als er sich Elvadalen näherte, wurde er langsamer. Seit jenem Abend war er nicht mehr hier unten gewesen, hatte den Tatort nur am heimischen Fernseher und in verschiedenen Zeitungen gesehen. Eine Frau mit einem Kinderwagen kam ihm entgegen. Sie lächelte ihn an und sagte »Hallo«, während sie auf Elvadalen zuging. Er grüßte zurück, blieb jedoch stehen, wo der Asphalt in Kies überging. Er folgte der Frau mit dem Blick, derweil sie auf die Brücke über den Fluss zuging.

Das rot-weiße Absperrband der Polizei, das er auf allen Fotos gesehen hatte, war nicht mehr da. Ein Haufen kleiner Teddybären, die bereits von Wind und Wetter zerzaust waren, lag zusammen mit ausgebrannten Grablichtern an einem der Baumstämme.

Hinter sich konnte er lautes Kinderlachen hören, und er sah zwei Jungen auf ihren Fahrrädern. Sie fuhren mit hochgerissenen Vorderrädern im Zickzack umher. Er trat an die Seite, ließ sie vorbeirollen und schlug den Weg ins Zentrum ein, um sich etwas zu trinken zu kaufen.

Der junge rothaarige Mann an der Kasse blickte kaum auf, als er in den Laden kam.

Er manövrierte sich zwischen zwei Regalen mit Backwaren und Konserven hindurch und steuerte auf die Kühlschränke zu.

Ehe er sich dessen bewusst wurde, hielten seine Füße plötzlich inne, machten eine Vollbremsung. Vor einem der Kühlschränke stand eine junge Frau. Er sah sie im Profil. Sie war schlank und nicht sonderlich groß. Wie Rebekka. Sie hatte ein schmales Gesicht mit hohen Wangenknochen. Wie Rebekka. Und sie war genauso schön, wenn nicht sogar noch schöner.

Mit langsamen Schritten trat er zurück zwischen die Regale und beobachtete sie durch eine Lücke in den Warenfächern. Obwohl er sie nur einmal zuvor gesehen hatte, war er sicher, dass es sich um die Cousine handelte. Trine.

KAPITEL 35

Donnerstag, 21. November

Das Restaurant Slippen war zur Hälfte gefüllt. Der Vesterelv floss gleich unter den Fenstern dahin, und die Fähre mit Kurs auf Gressvik tuckerte gerade vorbei. Die Dachetage des Literaturhauses auf der anderen Seite des Flusses badete in einem intensiven weißen Licht.

»Du hast immer noch nicht erzählt, ob der Fisch, den du gestern gekauft hast, auch was geworden ist«, sagte Tony Isdahl über den Rand seines Weinglases hinweg. Er kippte den letzten Rest in sich hinein. Kristin tat es ihm gleich und lachte leise in sich hinein, während sie austrank. Sie schob die Dessertschale mit dem tropfenförmigen Himbeersorbet, für das sie keinen Platz mehr im Magen hatte, zur Seite.

»Worüber lachst du?«, fragte er.

»Du fragst, ob ich den Fisch hinbekommen habe. Nicht, ob der Fisch gut war. Du gibst mir also zu verstehen, dass es einzig und allein mein Fehler gewesen wäre, wenn das Abendessen von gestern nicht zehn von zehn Punkten erreicht hätte. Wie furchtbar arrogant du bist.«

Tony Isdahl entblößte seine Zähne zur Gänze. Sie waren weiß und regelmäßig.

»Ich *weiß*, dass der Fisch gut war, also kam es tatsächlich ausschließlich auf dich an.«

»Wie schon gesagt: Wie furchtbar arrogant du bist!« Kristin lachte. »Was glaubst du denn?«

»Ich bin ganz sicher, dass du es hinbekommen hast. Und weißt du auch, weshalb ich so sicher bin?«

»Nein?«

»Weil ich es ansonsten nämlich schon gehört hätte. Dann hättest du mir gleich hier vor der Tür aufs Brot geschmiert, dass das, was ich dir geraten habe, eine völlig unbrauchbare Methode zum Fischbraten ist.«

»Da hast du allerdings recht.«

Ein Kellner mit Nordland-Akzent fragte, ob sie noch mehr Wein haben wollten. Beide nickten zur Bestätigung. Die nächste Viertelstunde berichtete Tony Isdahl, dass er in Lillestrøm geboren und aufgewachsen war, dass er in verschiedenen norwegischen Restaurants und Hotels als Koch gearbeitet hatte, außerdem fünf Jahre in Sternerestaurants in London und Paris, bevor er vor vier Jahren zurück in die Heimat gezogen war und dass alles, was mit Fisch zu tun hatte, immer schon seine Stärke gewesen war. Das, worin er es wirklich zur Meisterschaft gebracht hatte.

»Du sagst also, dass du mir niemals beibringen kannst, ein Steak zu braten?«

»Dir das beizubringen, werde ich schon auch noch schaffen, aber wie gesagt: Meine Stärke liegt bei Fisch und Meeresfrüchten.«

»Ich dachte, ein ehemaliger Michelin-Sternekoch meistert absolut alles, was mit Essen zu tun hat.«

»Ich vermute mal, dass wir etwas unterschiedliche Vorstellungen davon haben, was *meistern* bedeutet. Du kennst doch diese Promi-Köche, die man in verschiedenen Kochsendungen im Fernsehen sieht?«

»Ja?«

»Das gemeine Volk von der Straße glaubt natürlich, dass diese Köche alles können – genauso wie du es glaubst. Und wenn du jeden Einzelnen von ihnen fragtest: *Gibt es in diesem Land einen*

Koch, der noch vielseitiger und besser ist als Sie?, würdest du ein Nein zur Antwort erhalten. Sogar ein absolutes Nein. Weißt du, es gibt keinen Menschen mit einem größeren Ego als einen richtig guten Koch. Aber!« Er hielt einen Zeigefinger in die Luft. »Sie irren sich alle. Norwegens allerbester Koch heißt nämlich …«

»Tony Isdahl?«, unterbrach Kristin.

»Haha. Nein. Olav Birkeland.«

»Nie von gehört.«

»Und darüber freut sich Olav. Er hasst nämlich Aufmerksamkeit, was wiederum die Ursache dafür ist, dass er nichts anderes macht, als Kochbücher zu schreiben. Aber da sieht man es. Die Dinge sind nicht immer so, wie sie scheinen.«

Tony Isdahl griff nach seinem Glas.

*

In den dreißig Minuten, die vergangen waren, seit Magnus das Haus verlassen hatte, war die drohende Wolkenschicht dünner geworden, und die Temperatur war auf minus fünf Grad gefallen. Der Große Wagen erstrahlte am dunklen Himmel, während Lady Gaga von einem Typen sang, der ihr eine Million Gründe gegeben hatte, um ihn zu verlassen, wohingegen sie nicht mehr als einen guten Grund brauchte, um zu bleiben.

Magnus hatte gerade Lars Weberg über Mogens Poulsens Anruf in Kenntnis gesetzt und ihn informiert, dass er auf dem Weg nach Volda sei und dass der Kollege am nächsten Tag allein nach Halden fahren müsse, um die Psychiaterin Karen Thoen zu treffen. Der Motor röhrte auf, als die 350 Pferde unter der Haube vom Trab in den Galopp wechselten. Magnus wechselte die Spur und fegte an einem Sattelschlepper vorbei. Er hielt sich weiter links und kam an der Abfahrt nach Moss vorbei.

Er dachte daran, wie wenig er über den Fall Rebekka Vehler wusste. Als er Polizeistudent in Oslo gewesen war, hatte er oft die Abende und einen Großteil der Nächte damit verbracht, in alten Fällen zu stöbern. In gelösten und ungelösten, norwegischen und ausländischen. Und ja, er hatte auch etwas über den Mord an der Studentin in Volda gelesen, viele Informationen darüber gab es allerdings nicht. Er fand es eigenartig, dass in neuerer Zeit nicht mehr aus der Sache gemacht worden war. Wo waren die Amateurdetektive, die sich in ungelöste Fälle vertieften? Wo waren die Podcast-Produzenten und Produktionsgesellschaften, die ein Kamerateam und einen Enthüllungsjournalisten losschickten, um den alten Fährten abermals zu folgen? Im Fall Rebekka Vehler war das nicht passiert. Seitdem die Ermittlungen im Jahr 2002 eingestellt worden waren, hatte niemand mehr für sie gekämpft. Vielleicht war es so, wie der Lensmann Sigmund Aasen gesagt hatte, dass alles getan worden war und es nichts mehr gab, womit sich weiterarbeiten ließ?

Magnus' Gedanken und Lady Gagas dunkle warme Stimme wurden vom Klingeln des Handys unterbrochen. Er blickte auf das mit dem Telefon verbundene Display am Armaturenbrett. Der Name, der dort stand, ließ ihn unmittelbar denken, dass etwas passiert war, und er brauchte nicht mehr als das »Hallo« zu hören, ehe seine Vermutung bestätigt wurde. Die Stimme klang apathisch. Als ob er bis in den Nachmittag hinein eine Afterparty gefeiert hätte und gerade erst wach geworden war. Nuschelnd fragte er, wo Magnus sei.

»Moss.« Magnus wechselte auf die rechte Spur. »Oder besser gesagt, gleich hinter Moss. E6.«

»Kannst du mich in Göteborg abholen?«

Antons Stimme war heiser. Die Uhr zeigte 20:25. Die Maschine ging in eindreiviertel Stunden. Magnus biss sich auf die Unterlippe. Er lauschte Anton, der, auch wenn er kein einziges weiteres Wort sagte, trotzdem alles erzählte.

»Ich verstehe, wenn das nicht geht«, fuhr Anton schließlich fort. »Ich verstehe es sogar, wenn du sagst, dass es nicht passt, auch wenn es passen sollte. Das würde ich vermutlich tun.«

»Ist schon in Ordnung, Anton.« Magnus drehte das Lenkrad und fuhr an der Abfahrt bei Son von der E6. »Ich fahre jetzt los.«

*

»Von Paris nach Fredrikstad«, sagte Kristin und nahm ihr Glas.

»Klingt wie der Titel eines Romans.«

Tony Isdahls Blick hielt den ihren gefangen.

»Dann allerdings ein ziemlich schlechter«, entgegnete sie und trank einen Schluck.

»Du bist übrigens genau so, wie ich mir das vorgestellt habe, nachdem ich dir gestern begegnet bin.«

»Wie denn? Bedeutet das, du hast, nachdem ich gestern gegangen bin, mich als diejenige abgespeichert, die bis zum dreißigsten Lebensjahr nicht wusste, wie man Fisch brät?«

Er legte die Ellbogen auf den Tisch und beugte sich vor.

»Ich dachte, dass du vielleicht ein bisschen … arg … unbekümmert bist? Hast einfach 'ne ziemlich große Klappe. Ich habe mich gestern natürlich nicht getraut, das zu sagen, sonst hättest du mir wohl Handschellen angelegt und einen Strafzettel ausgestellt.« Er lachte trocken und aufgesetzt. »Jetzt neige ich eher zu der Ansicht, dass du vielleicht nicht ganz so taff bist, wie du gern erscheinen möchtest, aber um auf deine Frage zu antworten: Ja, ich habe gestern an dich gedacht und darauf gehofft, dass du bald wieder vorbeikommst.« Er lachte erneut. Dieses Mal war das Lachen echt. »Wobei ich nicht geglaubt habe, dass du so schnell zurückkommen würdest, aber ich verstehe dich gut … Kammmuscheln sind lecker. Und Kammmuscheln im Slippen sind noch besser.«

Kristin musterte ihn. Ihre Augenlider wurden langsam schwer. Reiß dich zusammen, dachte sie, werd jetzt nicht betrunken. Sie stellte das Glas auf den Tisch und schob es hinter die Kerze, fast außer Sichtweite.

»Du bist ein scheußlicher Mann, Tony Isdahl. Ein scheußlicher Mann, der dabei ist, mich betrunken zu machen. Du musst damit aufhören. Erzähl mir lieber von deinem grauenhaft schlechten Roman. From Pärris to Fredrikstad.«

Tony Isdahls Kinnlade fiel übertrieben schockiert herunter.

»Du hast eine unfassbar große Klappe, bist du dir dessen eigentlich bewusst?«

»Ja, du hast es mir vor zwanzig Sekunden bereits gesagt. Hallo? Noch hast du mich nicht betrunken gemacht. Das wird dir heute Abend auch kaum gelingen, denn …«, sie schob die Hand hinter die Kerze, griff nach dem Glas und kippte den Rest des Weins in sich hinein. »Ich höre jetzt auf. Du hast also deinen Job als Sternekoch in Paris aufgegeben, um in Fredrikstad Fisch auszunehmen und Kochtipps zu geben?«

»Ich war es leid, ständig 200 Prozent zu geben, und das muss man, wenn man in den besten Restaurants der Welt arbeitet. Am Ende ist mir schon übel geworden, wenn ich nur daran dachte, zur Arbeit zu gehen. Es war dann einfach nicht mehr lustig. Wie ist das bei dir?«

Kristin erzählte, dass sie nach dem sechs Jahre zurückliegenden Examen an der Polizeihochschule ein Jahr lang im gewöhnlichen Streifendienst in der Hauptstadt tätig gewesen war, gefolgt von drei Jahren bei der berittenen Polizei ebenfalls in Oslo, ehe sie sich für eine Stelle als Ermittlerin in Moss beworben hatte.

»Vom Pferderücken zum Schreibtisch. Hm. Tja.«

»Was?«

»Nicht so ein starker Buchtitel.« Er blickte sie schelmisch an. »Ich habe mal gehört, dass man sehr geachtet wird, wenn man zum Reiterkorps gehört. Angeblich soll das einer der angesehensten Jobs sein. Wurde ich da falsch informiert?«

»Nein, ganz und gar nicht. Ich habe mich da außerordentlich wohlgefühlt, aber du weißt, wie das ist … die Liebe kam. Und die kam aus Halden. Wir wollten es vor den Toren Oslos mit einer Familiengründung versuchen. So wurde es dann Moss.«

Tony Isdahl hatte tags zuvor im Fischgeschäft direkt auf ihre Finger gesehen. Sowie auch mehrmals im Laufe dieses Abends. Und jetzt tat er es wieder.

»Kommt jetzt der Punkt, an dem du mir erzählst, dass du einen Partner hast?«

»Tja. Was sagt man in so einem Fall? Dass es kompliziert ist?«

»Der Klassiker.« Tony Isdahl verdrehte übertrieben die Augen. »Und lass mich hinzufügen: *Herrje.*«

»Touché.«

»Ja.« Er grinste sie schief an. »Jetzt hast du es aber gekriegt. Also hast du jemanden?«

»Kann man sagen, dass er eher ein Zimmergenosse als ein Liebhaber ist?«

»Du hast einen Mitbewohner …?« Tony Isdahl runzelte die Stirn. »Im Ernst?«

Kristin spielte es mit einer Handbewegung herunter.

»Es ist jetzt ein halbes Jahr so hin- und hergegangen. Er arbeitet offshore, und wenn er frei hat, sitzt er nur zu Hause und spielt PlayStation.«

»Jetzt sag nicht, dass er auch Kopfhörer und ein Mikrofon hat.«

»Aber ja doch. Brüllt auf Englisch irgendwelche Kommandos.«

Kristin grinste. »Am Anfang fand ich das ein bisschen süß, aber da hat er es auch nur mal einen Abend zwischendurch gemacht. Jetzt ist es mittlerweile so schlimm, dass er anderen Spielern zusieht, wenn er selbst nicht spielt. Ich habe mich *so* oft bei ihm beschwert, aber ich dringe einfach nicht zu ihm durch.«

»Und jetzt ist er arbeiten, vermute ich?«

»Ja. Das Ganze ist von meiner Seite aus wohl eigentlich beendet. Vielleicht auch von seiner.« Sie zuckte mit den Schultern. »Ich weiß es nicht.«

»Ist wohl eigentlich beendet ...?« Tony Isdahl seufzte. »Kristin?«

»Ja, ich weiß, wie blöd sich das anhört. Können wir über was anderes reden?«

»Eine Frage noch?«

»Eine.«

»Wie viele Runden musstest du drehen und überlegen, ehe du den Kammmuschelanruf getätigt hast?«

»Zwei. Findest du, ich hätte es besser sein lassen sollen?«

Tony Isdahl schüttelte den Kopf. Er hob das Glas zum Anstoßen und registrierte, dass ihres leer war. Er sah sie an.

»Ich weiß, dass du vorhin Stopp gesagt hast«, sagte er und suchte Augenkontakt mit einem Kellner, »aber jetzt beschließe ich, dass du noch ein Glas trinkst. Das ist der Preis dafür, dass ich dir beigebracht habe, Fisch zu braten.«

Kristin lächelte geschlagen. Eine Minute später hoben beide die Gläser. Es klirrte.

»Ich hatte eigentlich beschlossen, nicht zu fragen.« Tony Isdahl ließ sich mit dem Glas in der Hand auf seinem Stuhl zurücksinken. »Aber es käme mir ziemlich unnatürlich vor, wenn ich es nicht täte.«

»Was denn?«

»Lisette. Ich nehme an, dass sie wieder aufgetaucht ist?«

Kristin spülte den Mund mit Wein, schluckte und spürte, dass sie wirklich hätte aufhören sollen, als sie es beschlossen hatte.

»Darüber kann ich nicht reden.«

»Das verstehe ich, aber ich gehe davon aus, dass sich das alles geklärt hat, sonst könnten du und ich ja jetzt nicht hier sitzen und uns amüsieren ...« Da war er wieder, der geile Blick, mit dem er gestern im Fischgeschäft versucht hatte, sie auszuziehen. »Du kannst übrigens selbst entscheiden, ob da ein Punkt oder ein Fragezeichen am Ende des Satzes steht.«

Kristin dachte nach. Als sie am Vormittag zweimal hatte nachdenken müssen, ehe sie anrief und nach ihm fragte, war das nicht wegen ihres Mitbewohners geschehen, der bald ein Ex-Liebhaber sein würde, sondern weil sie sich gefragt hatte, ob sich wohl alles in einem schicklichen Rahmen abspielen würde, da sie Tony Isdahl nun mal im Zusammenhang mit der Arbeit kennengelernt hatte. Wenn es noch immer Zweifel an seiner Rolle in dem Vermisstenfall gäbe, hätte sie es sein gelassen. Er war wirklich attraktiv, aber nicht so attraktiv, dass sie deswegen ihre Karriere aufs Spiel setzte. Auch nicht so attraktiv, dass sie das Risiko eingehen wollte, ins Büro des Direktors zitiert zu werden, der in diesem Fall der Polizeichef war.

Oder doch. Tatsächlich war er es.

KAPITEL 36

Volda, 1999, Tag 61

Er wartete, bis er sah, wie Trine das Geschäft verließ, ehe er zur Kasse eilte, eine Flasche Mineralwasser bezahlte und sich mit langen Schritten auf den Parkplatz hinausbewegte. Sie war in Richtung Osten unterwegs, den Blick zu Boden gerichtet. Als ob sie niemanden ansehen wollte. Plötzlich wurde ihm klar, dass sich kaum mehr als hundertfünfzig, maximal zweihundert Meter Luftlinie entfernt die Stelle befand, wo er Rebekka das Leben genommen hatte. Deshalb blickte sie nach unten. Sie wollte nicht in die Richtung sehen. Ja, so war es, denn als sie kurz darauf die Industrigate in nördliche Richtung entlangging, hatte sie den Kopf wieder gehoben.

Er blieb stehen und ließ den Abstand zwischen ihnen größer werden, ehe er sich wieder in Bewegung setzte. Er glaubte, das sie nach Hause wollte. Die Studentenbude, die sie jetzt vermutlich allein bewohnte, lag in dieser Richtung.

Es war so, als ob er Rebekka aus der Entfernung sähe. Einzig die Haarfarbe unterschied die beiden. Rebekka war blond gewe sen. Trines Haar war ein paar Nuancen dunkler.

Erneut blieb er stehen, musste schnell entscheiden, weil Trine, als sie die Halkjelsgate überquert hatte, nicht weiter geradeaus ging, sondern den Busbahnhof betrat. Er konnte am Zebrastreifen nicht so stehen bleiben, wie er es bereits neun, zehn, elf Sekunden lang getan hatte. So steif. Als ob er plötzlich nicht mehr wüsste, wo er sich befand und wohin er wollte. Wie ein debiler Spasti, der auf seinen Betreuer wartete. Geh, dachte er, geh einfach über die Straße. Mit zähen Schritten bewegte er sich weiter, während er im Augenwinkel sah, dass Trine einen Bus bestieg, auf dem *101* stand. Sie sprach mit dem Fahrer, bezahlte und nahm einen Fahrschein entgegen. Er sah wieder geradeaus und schaffte es eben noch bis zum Kreisverkehr, ehe er hinter sich den Bus starten hörte, der daraufhin losfuhr und sich vom Busbahnhof entfernte. Er ging zurück und inspizierte den laminierten Fahrplan an der Wand. Bus 101 fuhr nach Ørsta.

Er blieb stehen und starrte in die Luft. Es konnte sein, dass Trine ihrer Cousine viel mehr ähnelte, als es Rebekka klar gewesen war. Von außen betrachtet war Rebekka auch ein etwas schüchternes und naiv-fröhliches Christenmädchen gewesen, doch sobald man *sehr eng* mit ihr bekannt wurde, war sie ein Flittchen. Eine Nutte. Vielleicht verhielt es sich mit Trine ebenso, vielleicht hatte sie in der Nachbargemeinde einen Liebhaber, genauso heimlich wie er es einst gewesen war. Er inspizierte erneut den Busfahrplan. Der letzte Bus aus Ørsta kam um 23:20 Uhr an.

Hoffentlich war sie vor diesem Zeitpunkt zurück. Er musste am nächsten Tag früh zur Arbeit.

KAPITEL 37

Donnerstag, 21. November

Magnus war schnell gefahren. Um zwanzig vor elf bog er auf den Skeppsbroplats vor dem Comfort Hotel Göteborg ein. Er sah Anton hinter den Fenstern der Rezeption. Mit einer Tasche auf dem Schoß saß er gleich neben dem Eingang und stand auf, sobald er Magnus erblickte. Seine Bewegungen waren langsam, als ob er die letzten Kraftreserven aufbringen müsste, um auf die Füße zu kommen. Die Türen glitten zur Seite und entließen ihn. Die Innenbeleuchtung schaltete sich ein, als er die Beifahrertür öffnete. Anton stopfte seine Tasche zwischen die Vordersitze. Seine Augen waren traurig und geschwollen.

Magnus begrüßte ihn mit einem »Hallo«, erhielt aber nur ein ernstes Nicken ohne Augenkontakt als Antwort. Anton setzte sich auf den Beifahrersitz und schlug die Tür zu. Die Innenbeleuchtung dimmte langsam herunter. Anton schnallte sich an, legte den Kopf zurück und schloss die Augen.

Er sagte nichts, und als Magnus eine Stunde später von der Autobahn fuhr und sich zwischen die Zapfsäulen an der Tankstelle im schwedischen Håby stellte, schlief er mit offenem Mund. Magnus stieg aus, schloss die Tür so leise wie möglich, nahm das Zapfventil aus der Halterung und fing an zu tanken. Auf dem Rastplatz gleich gegenüber parkte eine Reihe Lastwagen. Im Haltebereich stand ein alter Volvo 240, aus dem Musik drang. Der Fahrer hatte das Fenster heruntergelassen und rauchte. Magnus warf einen Blick auf Anton. Sein Mund stand immer noch offen. Das Lachen eines Mädchens schallte über den Platz. Magnus blickte auf. Es kam aus dem Volvo. Der Fahrer schnippte die Zigarette weg, kurbelte das Fenster hoch und fuhr los. Auf dem Weg über den Parkplatz schwang das Heck des Wagens von einer Seite zur anderen.

Als der Tank voll war, ertönte ein Klicken. Magnus setzte das Zapfventil zurück in die Halterung, die mit 95 gekennzeichnet war, und betrat den Laden. Er nahm eine Sechserpackung Red Bull und einen halben Liter Cola aus dem Kühlschrank. Auf dem rotierenden Grill an der Kasse lagen ein paar Würstchen, und in dem Glastresen nebenan gab es Backwaren. Fertig belegte Baguettes und Sandwiches. Magnus stellte die Getränke ab, deutete auf die Sandwiches und bat um zwei mit Käse und Schinken. Die Verkäuferin packte die Waren in eine Tüte. Magnus bezahlte und ging hinaus. Durch die Frontscheibe konnte er erkennen, dass Anton wach geworden war.

»Gut geschlafen?«, fragte Magnus und reichte Anton eines der Sandwiches und die Cola.

Anton antwortete mit einem Schulterzucken und legte das Sandwich auf das Armaturenbrett.

»Hier bin ich früher immer rausgefahren.« Anton blickte auf die Tankstelle und drehte den Verschluss der Colaflasche ab. »Das war ein Ritual. Egal, ob es im Cosmopol gut oder schlecht gelaufen war, habe ich hier immer angehalten, um etwas zu essen und zu trinken zu kaufen. Auf den Schuppen in Håby konnte man sich sozusagen stets verlassen. Oft mehr, als man sich auf die Karten verlassen konnte.«

»Ach ja?« Magnus öffnete eine Dose Red Bull, kippte die Hälfte des Inhalts in sich hinein und stellte sie dann in die Getränkehalterung. Er wickelte das Sandwich aus der Verpackung und fing an zu essen, während er gleichzeitig von der Tankstelle wegfuhr. »Hast du gar keinen Hunger?«

»Nein. Danke, übrigens.« Anton deutete auf die Flasche. »Und danke, dass du gekommen bist.«

»Schon in Ordnung«, erwiderte Magnus kauend.

Er legte sich das Sandwich auf den Oberschenkel, nahm noch einen Schluck aus der Dose und drückte auf dem Beschleunigungsstreifen zur E6 das Gaspedal durch. Er rechnete mit einer Bemerkung von Anton. Dass er wie ein Achtzehnjähriger fahre, der gerade seinen Führerschein erworben hatte. Dass er es langsam angehen lassen sollte, weil es nämlich glatt sein könnte. Dass in Schweden ein Tempolimit herrschte, auch wenn man einen Wagen mit norwegischem Kennzeichen fuhr. Dass, wenn er hier jetzt seinen Führerschein verlöre, dasselbe auch für Norwegen gelten würde. Aber Anton sagte nichts. Stattdessen ließ er den Kopf zurücksinken. Die Augenlider blieben halbwegs geöffnet. Ein Lastzug mit einer Reihe gleißender Scheinwerfer auf dem Dach kam ihnen entgegen und fuhr in Richtung Süden. Anton drehte sich weg und sah aus dem Seitenfenster. Einen Augenblick später murmelte er etwas. Die Scheibe vor seinem Mund beschlug.

»Ich habe dich nicht verstanden«, sagte Magnus.

»Ich sagte«, Antons Stimme war ein winziges bisschen lauter, »ich glaube, am besten nehmen wir die alte Brücke in Svinesund. Da besteht weniger Risiko für eine Zollkontrolle.«

»Wegen einer Zollkontrolle mache ich mir keine Sorgen. Ich hab von nichts zu viel gekauft. Oder ist deine Tasche voller Heroin?« Magnus grinste, obwohl er wusste, dass Anton es nicht sehen konnte.

»Nein, aber ich habe da irgendwas zwischen neunzig- und hunderttausend bei mir.«

»Hunderttausend?«, wiederholte Magnus laut. »Beim Grenzübertritt darf man maximal fünfundzwanzigtausend in bar mit sich führen.«

»Das ist mir klar. Deshalb sage ich es dir ja jetzt.«

»Verfluchter Mist.« Magnus schüttelte den Kopf. »Du verarschst mich jetzt, stimmt's?«

»Was hätte ich tun sollen? Fünfundzwanzig mitnehmen und den Rest unter der Matratze im Hotel verstecken? Wir werden sowieso nicht angehalten. Und falls doch, werde ich selbstverständlich erklären, dass du nichts davon wusstest. Dass ich es im Casino gewonnen und schlicht und einfach nicht weiter darüber nachgedacht habe.«

»Du hast hunderttausend gewonnen?«

»Nein, ich hab ein Plus von circa achtzig gemacht. Zwanzig hatte ich dabei, und damit habe ich mich in ein Pokerturnier eingekauft. Ich bin nicht mal sicher, ob es überhaupt neunzigtausend sind.«

»Und wieso bist du dann so verdammt schlecht drauf?« Magnus hob die Stimme. »Obwohl du gerade einen Haufen Geld gewonnen hast?«

»Nora. Das Mädchen, das du in der Eingangshalle getroffen hast.«

»Ja? Was ist mit ihr?«

Anton erzählte von dem Telefonat, das er mit der Kollegin aus der psychiatrischen Notaufnahme geführt hatte. Magnus konnte Nora vor sich sehen. Den schüchternen Blick, das zaghafte Hallo. Ihr blondes Haar und den süßen Entschuldige-dass-ich-lebe-Gesichtsausdruck. Anton murmelte etwas.

»Was?«

»Sie hat sich ein paar Fotos angesehen, die ich auf dem Handy habe.«

»Und?«

»Sie hat vermutlich ihr eigenes Handy von meinem angerufen, als wir miteinander gesprochen haben. Das ist die einzige Möglichkeit, wie sie an meine Nummer gekommen sein kann. Die steht sonst nirgendwo.«

»Das spielt doch jetzt wohl keine große Rolle mehr«, sagte Magnus.

»*Ich werde Sie also gar nicht mehr sehen.* Das hat sie zu mir gesagt, bevor ich gestern Abend gefahren bin. Und sie war es, die mich angerufen hat, Torp. Nicht einmal, sondern zweimal. Ich stand mit dem Telefon in der Hand im Hotelzimmer. Ich habe die Nummer nicht gekannt, und ich hatte keine Lust ranzugehen, weil ich ins Casino hinunterwollte. Vermutlich wäre sie noch am Leben, wenn ich den Anruf angenommen hätte. Nein, eigentlich weiß ich, dass sie es noch wäre. Egal wie tief sie in die Dunkelheit hinabgefallen wäre, hätte ich es geschafft, sie wieder herauszuholen. Jedenfalls lange genug, damit andere sich dann um sie hätten kümmern können.«

»Du wusstest ja nicht, dass sie es war.«

»Was, wenn es irgendein Polizist gewesen wäre, der angerufen hätte, um mir mitzuteilen, dass sie gerade Alex vom Asphalt gekratzt hätten? Ich habe einzig daran gedacht, in dieses verfluchte Casino hinunterzukommen.« Anton schnaubte. »Um *Karten zu spielen,* Torp.«

»Es ist nicht deine Schuld, und das wirst du auch begreifen, sobald du dich wieder gefangen hast.«

»Ich weiß ja, dass es nicht meine unmittelbare Schuld ist, aber ich hätte es verhindern können, wenn ich nicht die ganze Zeit nur an mich gedacht hätte.«

»Was ist denn überhaupt passiert?«

»Ich weiß es nicht. Ich weiß nur, dass ich nicht nach Göteborg hätte fahren sollen.«

Es dauerte nicht lange, ehe er wieder eingeschlafen war. Magnus schaltete das Radio ein. »What's up« von den 4 Non Blondes waberte durch das Wageninnere. Er drehte die Lautstärke sowie seine Sitzlehne etwas herunter, kippte den Rest der Dose in sich hinein und aktivierte den Tempomat. Er ließ zwei Finger unten auf dem Lenkrad ruhen, aß sein Sandwich auf und öffnete eine neue Dose Red Bull.

KAPITEL 38

Volda, 1999, Tag 61

Die Dunkelheit war schon längst über die Hügelkämme gekrochen, von denen Volda umgeben war, als Bus 101 um 21:50 Uhr am Busbahnhof hielt. Das Fahrzeug senkte sich ein paar Zentimeter zur Seite und seufzte schwer, als der Fahrer die Luft aus der Federung ließ. Ein schwaches Kussgeräusch erklang, während die Türen aufglitten. Die ersten vier Fahrgäste, die ausstiegen, schienen alle Teenager zu sein. Sie waren schon ein Stück zur Halkjelsgate hinübergegangen, als Trine aus der hintersten Tür trat. Sie wickelte sich einen Schal um den Hals, schob die Hände in die Jackentaschen und bewegte sich in Richtung Studentenwohnheim.

Er folgte ihr in einiger Entfernung. Sie schien es eilig zu haben, denn ihre Schritte waren schnell und zielgerichtet. Plötzlich wurde ihm klar, dass ihre schnellen Schritte nichts Besonderes bedeuteten. Ihre Cousine war in der gleichen Situation gewesen wie Trine jetzt: Sie hatte sich auf dem Heimweg befunden. Dann war es passiert. Es war zum endgültigen Schlusspunkt gekommen. *Ihm.* Dem Idioten, der sich vierzig Tage lang an der Nase hatte herumführen lassen. Und dann war Schluss mit den Lügen gewesen. Schluss mit allem.

Trine bewegte sich jetzt nicht mehr normal, sondern sie, ah, er kam nicht darauf, wie man sie noch mal nannte, diese Bewegung, bei der man weder rannte noch lief. Bei der es eigentlich nur wichtig war, so feminin wie möglich über die Straße zu gleiten, die Schinken aneinanderzureiben wie eine Tunte auf dem Catwalk.

Wie weit vor ihm war sie jetzt? Sechzig oder siebzig Meter?

Gehen! So nannte sich die Sportart, bei der man diese seltsamen Bewegungen machte. Er erhöhte das Tempo, ließ die Füße Siebenmeilenschritte tun. Er glaubte nicht, dass sie ihn registriert hatte, weil sie nicht ein einziges Mal über die Schulter geblickt hatte, seit sie aus dem Bus gestiegen war. Wahrscheinlich war sie nur ängstlich. Am liebsten wäre es ihr wohl gewesen, wenn eine Freundin sie vom Bus abgeholt hätte, sodass sie die knapp 350 oder 400 Meter nicht allein nach Hause hätte zurücklegen müssen.

Vielleicht hätte er ganz ungeniert dort unten am Busbahnhof stehen, lächeln und »Hallo!« sagen sollen, als sie ausgestiegen war. Genauso wie er es bei Rebekka getan hatte, als er ihr zum ersten Mal im *Grünen Baum* begegnet war. Oder eigentlich hatte er sie dort gesehen, und nachdem sie sich von ihren Freundinnen verabschiedet hatte, hatte er den letzten Schluck Bier getrunken und war ihr nachgegangen. Rebekka hatte nicht das gleiche Tempo wie ihre Cousine vorgelegt. Sie war langsam gegangen, so langsam, dass er sie eingeholt hatte, ohne es überhaupt zu wollen, und dann hatte er sie nach der Uhrzeit gefragt. Sie hatte es nicht genau gewusst, meinte aber, dass es etwa halb zehn sei. Danach hatten sie sich unterhalten, während sie gemeinsam weitergegangen waren. Er hatte gesagt, er könne sie nach Hause bringen, hatte zugegeben, dass es zwar ein Umweg sei, aber er wolle gern noch weiter mit ihr reden, und auch wenn das hieß, dass er ein paar Extraschritte machen müsste, wäre ihm das egal. Sie hatte bis zu den Augen hinauf gelächelt und erwidert, das sei wirklich süß von ihm.

Plötzlich wurde ihm klar, dass er Trine an diesem Abend nicht mehr kennenlernen würde; sie hatte ihre Schritte beschleunigt.

KAPITEL 39

Freitag, 22. November

Es war nicht die Musik, die Anton plötzlich aus dem Schlaf riss, denn die wurde so leise gespielt, dass er sie kaum hörte. Es hatte einen Knall gegeben, und als er sah, dass Magnus nicht am Steuer saß, dachte er, dass ihn wohl der Knall geweckt hatte, der mit dem Zuschlagen der Autotür einhergegangen war. Anton sah hinaus. Sie befanden sich auf einem Rastplatz. Es war dunkel, doch der sternenklare Himmel und der Schnee, der auf dem Boden lag, erhellten zusammen mit dem Lichtkegel der Autoscheinwerfer die Landschaft. Er sah aus dem Seitenfenster, drehte sich um. Durch die Heckscheibe konnte er Magnus sehen, der breitbeinig ein paar Meter hinter der Auspuffwolke stand, die von den Rücklichtern rot eingefärbt wurde. Anton dachte, dass auch er wohl etwas Wasser lassen sollte. Er öffnete die Tür und stieg aus. Die Luft war kalt und trocken. Er lief an den schneebedeckten Picknicktischen vorbei und knöpfte sich die Hose auf.

»Wo sind wir?«, fragte er, während der Strahl auf den Schnee traf.

»Otta«, kam es von der anderen Wagenseite.

Er wiederholte die Frage. Magnus erwiderte das Gleiche wie zuvor. Anton zog sein Handy hervor. Die Uhr zeigte 04:38. Wie spät war es gewesen, als sie im schwedischen Håby getankt hatten? Halb zwölf oder zwölf? Von dort aus nach Fredrikstad betrug die Fahrzeit nicht mehr als maximal anderthalb Stunden. Er blickte über die Schulter. Magnus schloss den Hosenschlitz und drehte sich gleichzeitig zu Anton um.

»Otta …?«

»Eine kleine Stadt im nördlichen Gudbrandsdal. Am ehesten vermutlich bekannt für …« Magnus zuckte mit den Schultern und trat auf den Wagen zu. »Offen gestanden weiß ich nicht, ob die überhaupt für irgendwas bekannt ist.«

Anton blickte auf den Dampf, der vom Schnee vor ihm aufstieg, brachte sein Geschäft zu Ende und knöpfte sich die Hose wieder zu. Magnus stand an der Fahrertür und sah über das Autodach zu ihm herüber.

»Torp. Findest du, dass jetzt der richtige Zeitpunkt ist, um es mit Scherzen zu versuchen?« Anton wartete auf eine Antwort, doch Magnus sah ihn nur weiter unverwandt an. »Ich hoffe, du musst jetzt nicht allzu lang über die Frage nachdenken, ich habe nämlich noch zwei.«

»Nämlich?«

»Wieso sind wir hier?«

»Ich war auf dem Weg nach Gardermoen, als du mich angerufen hast. Ich will nach Volda. Ich folge einer möglichen Spur im Fall Cecilie Olin.«

»O. … k.« Anton ging langsam zurück zum Auto, während er auf seine Schuhe blickte. Er blieb zwei Meter vor dem Wagen stehen und presste die Lippen aufeinander. »Frage Nummer zwei: Warum, zum Teufel, hast du mich nicht zu Hause abgesetzt?«

»Hast du mal in den Spiegel geguckt?«

»Seit einigen Stunden nicht.«

»Ich schlage vor, dass du dich in den Wagen setzt, die Sonnenblende runterklappst und mal einen Blick riskierst. Dann verstehst du vielleicht, warum ich dich nicht zu Hause abgesetzt habe.«

»Wir kehren um.«

»Nein.«

»Ich setze mich nicht eher in den Wagen, bis die Schnauze in die andere Richtung zeigt«, sagte Anton gereizt. »Ich will nach Fredrikstad. Ich *muss* nach Fredrikstad.«

»Das ist mir scheißegal.«

»Was sagst du da?«

»Wieso musst du nach Fredrikstad? Was ist so verdammt wichtig, dass es nicht einen oder maximal anderthalb Tage warten kann?«

»Weil ich zur Arbeit muss, um herauszufinden, was mit Nora passiert ist.«

»Ich verstehe ja, dass das mit Nora schmerzlich und belastend ist, und dass du wissen willst, was passiert ist, aber das ist nicht deine Aufgabe. Damit beschäftigen sich jetzt andere.« Magnus öffnete die Fahrertür. »Ich bin mitten in einer Mordermittlung, und du musst ja nicht allzu weit zurückdenken, um dich zu erinnern, wie wichtig es dabei ist, keine Zeit zu verschwenden. Ich muss um acht Uhr in Volda sein.« Er sah auf die Panerai an seinem Handgelenk. »Bis dahin habe ich noch drei Stunden und zwanzig Minuten. Kannst du dich bitte in den Wagen setzen, damit wir weiterkommen?«

»Ich werde nicht nach Volda fahren, Torp. Ich fahre nach Hause.«

Magnus knallte die Tür wieder zu, trat einen Schritt zur Seite und rief: »Und was willst du machen?« Das Echo hallte von den Bergen wider. »Hier stehen bleiben und darauf hoffen, dass dich jemand mitnimmt?« Er stellte sich ins Scheinwerferlicht. »Du bist dermaßen durch den Wind, dass du es nicht mal selbst kapierst!«

»Bist du jetzt fertig?«

»Nein!«, brüllte Magnus. »Zehn Jahre lang habe ich getan, worum du mich gebeten hast! Habe dir Geld geliehen! Bin für dich da gewesen, egal wann! Ich habe für dich sogar die Innenrevision angelogen! Und heute Abend, nachdem du mich vierzehn Monate lang ignoriert hast, bin ich wieder für dich da, ohne eine einzige Frage zu stellen, auch wenn ich dadurch mein Flugzeug verpasst habe!« Er baute sich dicht vor Anton auf und sagte: »Ich habe *dich* an erster Stelle gesetzt – weil es nämlich das ist, was man für seinen besten Kumpel tut!« Er deutete auf die Beifahrerseite. »Und jetzt setzt du dich verdammt noch mal in den Scheißwagen!«

Anton blickte auf den Frostnebel, der aus Magnus' Mund und Nase drang, schob die Hände in die Hosentaschen und sah zum Großen Wagen hinauf. Er sog die kalte Luft tief in die Lunge ein, bis er einen Stich verspürte. Dann formte er die Lippen zu einem kleinen O und ließ die Atemluft zum Himmel emporsteigen. Er hörte Magnus' schwere Atemzüge, die klangen, als ob er kurz davor wäre, auf ihn loszugehen.

Dann setzte Anton sich wortlos in den Wagen.

KAPITEL 40

Volda, 1999, Tag 73

Die erste Begegnung musste zufällig sein. Soll heißen: Sie musste zufällig *aussehen.*

Vor zwölf Tagen hatte er Trine in dem Laden gesehen, und er hatte herausgefunden, dass sie jeden Montag und jeden Mittwoch mit dem 16:50-Bus nach Ørsta fuhr.

Er hatte sechs freie Tage vor sich und würde die Arbeitsklamotten vor Sonntagabend nicht wieder anziehen müssen. Eigentlich hatte er geplant, nach Südnorwegen zu fahren, ein paar Tage und Nächte zu Hause zu verbringen und Volda für eine kurze Woche zu vergessen. Die ganze Sache mit Rebekka ein wenig hinter sich zu lassen. Bis er dann am vorigen Mittwoch Trine in dem Geschäft gesehen hatte. Seitdem hatte er an nichts anderes mehr gedacht. Der Anblick von Rebekka, die mit aufgerissenen Augen nach Luft schnappte, war ersetzt worden durch Trine, die in dem Laden das Etikett der Mineralwasserflasche inspizierte.

Wenn er sich nicht irrte, würde Trine heute das Gleiche wie am letzten Montag machen: sich in den 16:50-Bus nach Ørsta setzen. Er hatte erwogen denselben Bus zu nehmen und während der Fahrt mit ihr ins Gespräch zu kommen, hatte die Idee aber schnell wieder fallen gelassen. Es war einfach nicht zufällig genug. Deshalb hatte er einen früheren Bus genommen und stand nun bereits vor dem Busbahnhof in Ørsta und lächelte in sich hinein, als der 101-Bus ankam. Er hatte sie nämlich schon gesehen. Als der Bus anhielt, erhob Trine sich von ihrem Platz ein paar Reihen hinter dem Fahrer. Sie war die Erste, die ausstieg. Trine blickte kurz in seine Richtung, konnte ihn allerdings nicht sehen. Nicht dort, wo er stand. Mit gesenktem Kopf überquerte sie die Bushaltestelle und lief zum Gehsteig hinüber, der an der E39 entlang ins Zentrum führte.

Er folgte ihr.

KAPITEL 41

Freitag, 22. November

Magnus musterte den Lensmann auf der anderen Seite des Schreibtisches. Die Fensterreihe hinter ihm bot einen Panoramablick auf eine Felsenkette, die direkt auf den Fjord hinabzufallen schien. Kleine Schneeflocken rieselten vom Himmel.

Er hatte Sigmund Aasen eine Stunde lang sehr genau zugehört. Es war deutlich, dass der Mann, dessen Alter bei Mitte dreißig liegen musste, den Fall gut kannte. In groben Zügen hatte er erläutert, was sein Vorgänger unternommen hatte, doch was ihn am meisten beschäftigte, waren die Auswirkungen, die der Mord an Rebekka Vehler auf die Stadt und auf das Hochschulmilieu gehabt hatten. Und auch weiterhin hatten. Weil immer noch die Rede von einem Mörder war, der in der Stadt sein Unwesen trieb. Ein Mörder, der wer auch immer sein könnte.

»Du hast gesagt, dass fast vierhundert Vernehmungen durchgeführt wurden«, sagte Magnus und nahm einen Schluck aus der Dose Red Bull, die er in das Lensmannbüro mitgenommen hatte. Er blickte auf die vier großen Pappkartons an der Wand. Sie waren mit »Rebekka Vehler – 18–4416/99« gekennzeichnet und enthielten alles, was von Lensmann John-Einar Gjelsvik und seinen Ermittlern zwischen dem frühen Morgen des 23. September 1999 bis zur Einstellung des Falls im April 2002 unternommen worden war. Drei der Kartons verfügten über einen Deckel, wohingegen der letzte wie eine ungeordnete Sammelkiste wirkte, in der alles gelandet war, was nirgendwo sonst eingeordnet werden konnte.

Magnus sah von seinem Platz aus, dass der Karton auch einige alte Zeitungen enthielt. Eine zusammengerollte Karte ragte ebenfalls daraus hervor. »Und dass es sich bei dem größten Teil der Vernommenen um Studenten handelte. Das muss ja dann fast die ganze Hochschule gewesen sein?«

»Oh, nein.« Sigmund Aasen schüttelte den Kopf. »1999 gab es etwa dreitausend Studenten an der Hochschule, und rund zweitausend von ihnen haben hier gewohnt. Heute haben wir hier über viertausendfünfhundert Studenten.«

»Viertausendfünfhundert?«, wiederholte Magnus erstaunt. »Geht etwa die halbe Stadt auf die Hochschule?«

»Was sich heute von 1999 unterscheidet, ist die Tatsache, dass diverse Straßenbauprojekte es möglich gemacht haben, hier in Volda zu studieren und gleichzeitig in Nachbargemeinden wie Hareid, Herøy, Stryn oder Nordfjordeid zu wohnen. Das sowie die Online-Vorlesungsangebote in Kombination mit den Präsenzstunden sind die Ursache für das Wachstum. Die Anzahl der Studenten, die hier in Volda leben, ist im Vergleich zu 1999 in etwa gleich geblieben.«

»Verstehe. Und was kann man hier studieren?«

»Ich habe keine genaue Übersicht aller Angebote, in den letzten Jahren sind auch noch einige dazugekommen, aber die bekanntesten Studiengänge sind wohl Journalismus, Sozialarbeit mit Schwerpunkt Kinder- und Jugendhilfe sowie Theater und Musik.«

Der Lensmann erhob sich von seinem Schreibtischstuhl. »Ich muss mir mal einen Kaffee holen. Du hast ja deine Koffeindosis selbst mitgebracht, wie ich sehe, aber kann ich dir was Warmes anbieten?«

Magnus schüttelte vorsichtig die Dose. Nur ein kleiner Schluck war übrig. Er trank den Rest und sagte: »Ja, ich nehme auch gern eine Tasse.«

Sigmund Aasen verließ sein Büro. Magnus blickte auf die Pappkartons und streckte die Hand nach dem nächsten aus. Eine braune Dokumentenmappe lag obenauf. Ein weißes Klebeetikett war mit roten Blockbuchstaben beschriftet: OBDUKTIONSBERICHT – REBEKKA VEHLER. Auf der Mappe selbst war *Sadés Institut für Pathologie* zu lesen.

Magnus griff danach. Er registrierte, dass Rebekka 1,55 groß gewesen war und 45 Kilo gewogen hatte. Er las die dokumentierte Todesursache dreimal hintereinander durch. Magnus hatte gedacht, dass der alte Rechtsmediziner vielleicht übertrieben hatte, als er meinte, nur der Name und das Alter unterschieden die Fälle voneinander. Dass er die Wahrheit nach ein paar Gläsern Tuborg zu viel womöglich etwas modifiziert hatte. Aber das hatte er nicht; die Gewalt, der das Opfer ausgesetzt gewesen war, war die gleiche. Und sie war überwiegend post mortem ausgeführt worden. Die Todesursache lautete Erwürgen. Und zwar mit einer solchen Kraft, dass der Kehlkopf zerdrückt worden war – wie bei Cecilie Olin.

Magnus legte die Bilder auf den Schreibtisch. Rebekka Vehler war auf grausamste Art zugerichtet worden, und die Tatsache, dass man sie für die Obduktion gewaschen hatte, brachte jeden Riss und jede Wunde ans Tageslicht. Das erste Foto war von den Schultern aufwärts aufgenommen worden. Der Hals war gelb und braun verfärbt, mit großen bläulich roten Bereichen. Genau wie bei Cecilie Olin. Nase und Lippen waren in zwei Teile gerissen. Sie hatte verklebte Augen. Die Knochen in den dünnen Unterarmen waren gebrochen, die Haut geschwollen. Die Schulter saß schief wie bei Cecilie Olin, aber Magnus konnte nicht unterscheiden, ob sie komplett ausgerenkt oder gebrochen war. Die frisch gewaschenen Haare waren zurückgekämmt. Der gebrochene Schädel wies im Stirnbereich eine offene Wunde auf.

»Rebekka hat hier fast zwei Monate gelebt«, sagte der Lensmann, als er mit dem Kaffee zurückkam. »Sieben Wochen und drei Tage, um genau zu sein. Sie war ziemlich beliebt, alle mochten sie, aber nach und nach, wie du selbst sehen wirst, wenn du einen Blick auf die Vernehmungsprotokolle wirfst, stellte sich heraus, dass es nicht viele gab, die sie *kannten.*«

Er stellte eine Tasse vor Magnus ab und lehnte sich auf seinem Stuhl zurück. »John-Einar hat immer gesagt, dass es nur wenig gab, was mit Rebekka nicht stimmte, aber dass dies genau der Punkt sei, an dem es eigentlich mehr zu holen geben sollte.«

»Wo …?«

Sigmund Aasen nippte an seinem Kaffee und wischte sich dann über die Lippen.

»Ihr Privatleben. Hermetisch verschlossen.«

»Okay?«

»Wir reden hier über ein Mädchen, das jeden verzaubern konnte, wo immer sie gerade war. Sogar ihre Lehrer hatten einen sehr deutlichen Eindruck von ihr gewonnen, und das bedeutet ja nicht gerade wenig, wenn man bedenkt, wie kurz … ja, wie kurz ihr Studium letztlich war und wie viele Studenten jede Lehrkraft pro Semester hat. Aber als John-Einar anfing etwas tiefer zu graben, gab es eigentlich niemanden, der wirklich etwas über sie wusste.«

»Es dauert ja oft auch eine Weile, bis man sich kennengelernt hat«, sagte Magnus, »und wenn sie erst seit sieben Wochen hier war …«

»Ja, ja, aber Teenager-Mädchen sind Teenager-Mädchen. John-Einar hat den Klatsch und das Gerede vermisst. Sowohl die Wahrheiten als auch die Lügen. Mädchen in diesem Alter reden doch über alles – und teilen es mit anderen.«

Magnus blies leicht in die Kaffeetasse, während er das nächste

Foto betrachtete. Rotviolette Leichenflecken bedeckten den Unterkörper und zogen sich an den Seiten der Oberschenkel hinauf. Vorsichtig probierte er den Kaffee, trank einen kleinen Schluck und saugte Luft ein, um den Mund abzukühlen.

»Frisch gebrüht«, kam es von Sigmund Aasen. »Zu stark?«

Magnus schüttelte den Kopf. Das dritte Bild zeigte den Bereich vom Schritt bis zum Hals. Der Torso war zerschunden und erinnerte farblich an die schwedische Flagge, aber mit einem leichten Braunstich.

Magnus hielt sich das Foto vors Gesicht, musterte den Bereich zwischen den Brüsten und suchte nach dem, was während des Besuchs bei Mogens Poulsen vor zwei Tagen den größten Eindruck auf ihn gemacht hatte: der Fußabdruck auf der Brust, und die in die Lunge hineingetretenen Rippen.

Er konnte keinen Abdruck sehen, aber ein solcher hätte sich ohnehin nur schwer erkennen lassen; Rebekka Vehler hatte anscheinend noch mehr Schläge einstecken müssen als Cecilie Olin.

»Du siehst übrigens ein bisschen müde aus. War das Hotelbett nicht weiterzuempfehlen?«

»Ich habe den Flug nicht gekriegt«, sagte Magnus hinter dem Foto. »Ich musste fahren.«

»Wie weit ist es bis zu dir da unten?«

Magnus legte das Foto weg und nahm sich das nächste. Es zeigte denselben Bereich des Körpers, war aber aus einem anderen Blickwinkel geschossen.

»Nach Fredrikstad?« Über den Rand des Fotos hinweg warf er dem Lensmann einen knappen Blick zu. »Gut 600 Kilometer.«

»Dann wollen wir hoffen, dass sich die Reise gelohnt hat.«

»Die Verletzungen sind die gleichen. Daran besteht kein Zweifel. Und da der Täter nie gefasst wurde, denke ich, dass es sich definitiv lohnt, einen genauen Blick auf den Fall zu werfen.«

Magnus legte das Foto weg. »Zu Brei geschlagen, erwürgt und abermals zu Brei geschlagen.«

Er packte die Bilder zu einem Stapel zusammen.

»John-Einar hat immer gesagt, wer auch immer das da gewesen ist«, entgegnete der Lensmann und nickte in Richtung des Fotostapels, »hat nicht nur eine wilde und lebensbedrohliche Wut in sich getragen, sondern auch echte Bosheit. Nichts könnte mich glücklicher machen, als nach all den Jahren endlich eine Antwort darauf zu bekommen. Rebekka hat es verdient. Volda hat es verdient.«

»Und es gab damals keinen Namen, der interessanter war als andere?«

»Doch. Einen.«

Magnus blickte an Lensmann Sigmund Aasen vorbei und aus dem Fenster hinaus. Ein grün-weißes, zweimotoriges Propellerflugzeug der Fluglinie Widerøe setzte zur Landung an. Er stand auf und trat ans Fenster. Auch der Lensmann erhob sich von seinem Stuhl und stellte sich neben ihn.

»Deine Aussicht ist definitiv spannender als meine«, sagte Magnus, während das Flugzeug direkt am Büro des Lensmanns vorbeiglitt.

Als die Maschine aufsetzte, stieg eine Rauchwolke von den Rädern auf. Das Flugzeug bremste und kam am Ende der Landebahn vollständig zum Stehen. Dann rollte es weiter. Magnus entdeckte plötzlich einen Mann, der mit einer Tasche über der Schulter die Straße entlangging.

Er fluchte und packte den Fenstergriff, drückte ihn herunter und riss das Fenster auf.

»Hey! Wo willst du hin?«

Anton drehte sich um, ging aber weiter. Rückwärts.

»Nach Hause«, kam es von unten an der Straße.

»Wer ist das?«, fragte der Lensmann. »Bist du nicht allein gekommen?«

»Nicht ganz …«, erwiderte Magnus, bevor er sich wieder an Anton wandte: »Warte!«

»Ich bin mit nach Volda gekommen, aber ich habe nicht gesagt, wie lange ich bleiben möchte.«

Anton drehte sich um 180 Grad und lief weiter.

»Blinder Passagier?« fragte der Lensmann lächelnd.

»So ähnlich«, seufzte Magnus. »Tut mir leid, aber da hast du den Grund dafür, dass ich den Flug verpasst habe. Ich musste ihn da unten aus dem Dreck ziehen. Und wie du siehst, ist mir das nur teilweise gelungen.«

Er steckte wieder den Kopf aus dem Fenster: »Kannst du bitte warten?!«

»Ich will was essen«, rief Anton zurück. »Und dann will ich nach Hause!«

Magnus sah, wie Anton sich dem Flugplatz näherte.

»Kein Problem. Wir können unser Gespräch auch in einem Café im Zentrum fortsetzen, da kann dein Kumpel auch was zu sich nehmen.« Der Lensmann zog seine Uniformjacke an. »Sieht so aus, als hätte er es nötig.«

»Anton!«, rief Magnus. »Gib mir zehn Minuten!«

Anton blieb stehen, ließ die Tasche auf den schneebedeckten Boden fallen und setzte sich darauf wie ein trotziger Siebenjähriger.

KAPITEL 42

Volda, 1999, Tag 73

Trine schlüpfte durch eine Seitentür in der Kyrkjegate 48. Eine Adresse, hinter der sich für alle anderen als den Postboten die *Heimvolkshochschule Møre* verbarg. War sie hier etwa Schülerin? Er musste nachdenken. Er hätte schwören können, dass Rebekka gesagt hatte, ihre Cousine studiere an der Hochschule in Volda. War auch das eine Lüge gewesen? Verflucht, hatte sie nicht sogar erzählt, dass Trine studiere, um Pädagogin in einem Jugendamt zu werden? An einer Heimvolkshochschule gab es keinen derartigen Studiengang. Dessen war er sich sicher. Streng genommen war eine Heimvolkshochschule doch eher wie ein langer Aufenthalt in einem Schullandheim, wo der Fokus auf allem anderen als einer zielgerichteten Ausbildung lag? Mit etwas Glück konnte man zwar den einen oder anderen fachlich relevanten Inhalt aufschnappen, aber eigentlich ging es um gemeinsame Erlebnisse, um das Grillen von Marshmallows und um anderen Unsinn.

Langsam dämmerte ihm, wieso Rebekka nicht gewollt hatte, dass er Trine begegnete. Weil nämlich alles, was sie über ihre Cousine erzählt hatte, gelogen gewesen war. Neid, dachte er. Rebekka war eifersüchtig gewesen, weil Trine hübscher war als sie. Deswegen hatte sie ihn versteckt, als ob er der Teufel selbst wäre. Das hatte nichts mit Jesus und zwei völlig verrückten Elternteilen zu tun. Vermutlich war auch das nur Bullshit, wie alles andere, das sie ihm aufgetischt hatte.

Eine ältere Frau mit einem Rollator ging an ihm vorbei und

steuerte auf den Eingang zu. An der Tür blieb sie stehen, redete auf ihren Rollator ein und versuchte, sich hineinzumanövrieren. Er lief zu ihr und hielt ihr die Tür auf. Von innen drang leises Gemurmel herüber. Die Frau bedankte sich und trat in den erleuchteten Gang. Als er die Tür losließ, um sie ins Schloss fallen zu lassen, bemerkte er den Zettel, der an der Glasscheibe hing: *Trauergruppe – Für alle, die jemanden verloren haben.* Darunter stand: *Jeden Montag und Mittwoch um 17:30 Uhr.*

Er sah auf die Uhr. Es waren noch vier Minuten bis zum Beginn des Treffens. Nicht gerade sein Traumszenario. Trine würde nicht allein dort sein. Gleichzeitig bestand keinerlei Risiko, abgewiesen zu werden. Nicht dort drinnen. Nicht wenn er erzählte, dass auch er jemanden verloren hatte.

KAPITEL 43

Freitag, 22. November

Das Café im Einkaufszentrum Spinneriet in Volda sollte erst in ein paar Minuten öffnen, doch der Inhaber hatte das Gitter bereits hochgefahren und sie eingelassen. Magnus hatte für sich und den Lensmann Espresso und Brötchen mit Käse und Schinken gekauft. Jetzt warf er schnelle Blicke auf Anton, der immer noch drüben an der Theke stand, während der Lensmann von der einzigen Person berichtete, die im Mordfall Rebekka Vehler eine Zeit lang als verdächtig gegolten hatte.

»Sverre Roer und Rebekka waren gleichaltrig«, sagte Sigmund Aasen. »Beide studierten an der Hochschule.«

»Gemeinsam?«

»Nein, Rebekka studierte Pädagogik, während Sverre einer Musikausbildung nachging.« Der Lensmann nahm einen Bissen von seinem Brötchen, kaute ein paarmal und fuhr dann mit vollem Mund fort: »Er arbeitet jetzt dort als Dozent. Nach dem Gespräch mit dir gestern Abend habe ich ihn angerufen.« Sigmund Aasen schluckte und räusperte sich dann. »Ich habe gesagt, dass heute möglicherweise jemand von der Kripo auftaucht, um mit ihm zu reden.«

»Eine freundschaftliche Vorwarnung?«

»Nein, nein, nichts dergleichen. Dazu gibt es keinen Grund, und selbstverständlich würde ich so etwas niemals tun. Das *Verbrechen*«, der Lensmann zeichnete Anführungszeichen in die Luft, »dessen Sverre sich an jenem Abend schuldig gemacht hat, war, dass er sich nicht wie ein Gentleman verhalten und Rebekka nach Hause begleitet hat. Stattdessen ist sie mit zu ihm gegangen, und auf dem Rückweg von dort ist es dann zu dem Vorfall gekommen. John-Einar hat eine Weile geglaubt, dass Sverre bei sich zu Hause einen Annäherungsversuch gemacht hat, abgewiesen wurde und ihr dann gefolgt ist, als sie sich auf den Weg machte, aber sein Alibi ist hieb- und stichfest. Ich habe ihn nur angerufen, damit er sich zur Verfügung hält.«

»Und das war in Ordnung für ihn?«

»Ja, sicher.«

»Ich will die Schlussfolgerung des ehemaligen Lensmanns nicht in Zweifel ziehen, aber wie lautete das Alibi?«

Anton kam zum Tisch. Er brachte ein Tablett mit Kaffee, zwei Krabbensandwiches und einem Rosinenbrötchen mit. Er setzte sich schweigend hin und fing an zu essen, ohne etwas anderes als sein Frühstück anzusehen.

»Die Eltern. Die Familie Roer lebt schon seit sechs oder sieben Generationen hier in Volda. Die haben einen tadellosen Ruf.«

Alibis von Eltern waren wertlos, dachte Magnus, beschloss aber, nichts zu sagen. Stattdessen nickte er zur Bestätigung und machte sich über sein Brötchen her, während er zu Anton hinüberspähte, der langsam kaute und den Blick in den Teller bohrte.

»Schmeckt das Essen?«, fragte der Lensmann.

Anton gab ein Grunzen zur Antwort.

»Sieht jedenfalls so aus«, kommentierte Magnus in fröhlichem Tonfall.

»Ich dachte, ich zeige dir den Tatort in Elvadalen«, sagte der Lensmann und blickte Magnus an, »vielleicht bevor du mit Sverre Roer redest, und dann schauen wir mal, wie es weitergeht. Wie mir scheint, können du und dein Kumpel hier auch ein bisschen Ruhe und Entspannung gebrauchen. Das Zimmer, das ich gestern gebucht habe, steht noch zur Verfügung. Da braucht ihr bloß die Betten auseinanderzuziehen und seid dann bei der Abreise morgen schön ausgeruht.«

»Wir bleiben nicht bis morgen.«

Es war das erste Mal, dass Anton, seit er mit der Tasche über der Schulter zwischen Lensmannbüro und Flugplatz gestanden hatte, etwas sagte. Magnus seufzte entnervt und sah Sigmund Aasen mit einem Ausdruck des Bedauerns an. Jäh erhob Anton sich und winkte Magnus mit dem Zeigefinger hinter sich her. Magnus folgte ihm. Sie bewegten sich ein paar Schritte, bis Anton stehen blieb.

»Worüber stöhnst du und beklagst dich jetzt?«, fragte er leise und mit harter Stimme. »Ich will nach Hause. Ist das so schwer zu verstehen?«

»Ich muss vorher erst ein paar Stunden schlafen, Anton.«

»Das verstehe ich – und das ist völlig in Ordnung.« Antons Ton war jetzt sanfter. »Und deshalb fahre ich.«

»Nein.«

»Nach deiner Ödipusrebellion gestern Nacht bin ich ohne zu murren mit hierhergekommen.«

»Ödipusrebellion? Was zum Teufel redest du da?«

»Wir ersparen uns das, aber sobald du dir den Tatort angesehen und mit diesem Roer gesprochen hast, fahren wir nach Hause. *Pronto.* Ich warte hier so lange.«

»Anton ...«

»Du kannst wählen: Entweder fährst du – alleine – wann immer es dir passt, in eineinviertel Stunden geht nämlich ein Flieger nach Oslo, ich hab's überprüft. Oder du lässt mich fahren, wenn du mit dem fertig bist, was du tun *musst.*«

»Niemand anderer als ich fährt diesen Wagen, das weißt du.«

»Den *Sportwagen,* ja. Stimmt – der ist etwas zu fein für mich.«

»Jetzt sei nicht kindisch. Du weißt, dass es nicht deswegen ist. Aber da draußen herrschen gerade nicht die besten Straßenverhältnisse, und das ist auch kein eins Komma zwei Liter Motor mit 87 Pferdestärken und Frontantrieb, sondern mit 350 PS und Heckantrieb. Ich kenne den Wagen gut, finde es aber selbst unangenehm, ihn bei diesen Straßenverhältnissen zu fahren. Wir können am Spätnachmittag losfahren, dann sind wir gegen Mitternacht zu Hause. Ich muss mich nur fünf oder sechs Stunden hinhauen.« Er sah auf die Uhr. »Ich bin seit dreißig Stunden auf, Anton. Sei etwas umgänglich.«

»Torp.« Anton sah ihn mit hartem Blick an. »Ich habe schon Einsätze gefahren, als du noch nicht trocken hinter den Ohren warst. Wenn du Lust auf *Gesellschaft* beim Fahren hast, dann tun wir, was ich sage. Du hast fünf Sekunden.«

»Wofür?«

»Um dich zu entscheiden.«

»Glaubst du vielleicht, ich möchte nicht, dass du dieses Flugzeug nimmst, weil ich *Gesellschaft* beim Fahren haben will? Meinst du, ich habe dich nicht nach Hause gefahren, weil ich hier oben *Gesellschaft* haben wollte?«

»Zwei Sekunden.« Anton streckte die Hand aus. »Eine. Die Schlüssel.«

Magnus verdrehte die Augen und seufzte.

»Glaubst du, ich bereue es, dich in Göteborg abgeholt zu haben?«

»Ich bin sogar zu hundert Prozent sicher, dass du das tust. Die Schlüssel. Jetzt.«

»Du bekommst sie später. Und hol dich der Teufel.«

Sie kehrten an den Tisch zurück. Der Lensmann schien fragen zu wollen, ob alles in Ordnung sei, ließ es aber sein. Stattdessen nahm er einen Schluck aus seiner Kaffeetasse. Magnus räusperte sich, richtete sein Jackett und sagte: »Hast du mal erwogen, den Fall mithilfe der Kripo neu aufzurollen?«

»Natürlich habe ich das, dabei stoße ich aber auf dieselben Herausforderungen wie John-Einar vor zwanzig Jahren.« Er nahm einen Bissen von seinem Brötchen. »Es gibt nichts, mit dem sich arbeiten lässt. Keine DNA, die man damals noch nicht analysieren konnte, aber heute schon. Dann hätten wir vielleicht schon längst die Lösung gefunden. Alles ist x-mal durchgekaut worden. Die vier Kartons, die jetzt auf deiner Rückbank stehen, waren bei mir zu Hause, in meiner Hütte, in meinem Boot. Und jedes Mal habe ich versucht, das Logische und Offensichtliche zu finden, das John-Einar und den anderen Ermittlern vielleicht – und ich betone *vielleicht* – entgangen ist.«

»Das Logische, ja«, sagte Magnus. Er hörte, dass seine eigene Stimme fern klang, und nahm einen Schluck aus der Kaffeetasse. Noch immer dachte er an die kleine Diskussion mit Anton. »Da lässt sich nur selten etwas Neues finden.«

»Als ich zur Polizeihochschule ging, hatten wir Besuch von einem Ermittler, der einen Vortrag gehalten hat. Es ging dabei ganz allgemein um Ermittlungen – nicht nur in Mordfällen. Er hat uns unter anderem von *Ockhams Rasiermesser* erzählt.«

»Ockhams was?«

»Das ist ein Problemlösungsprinzip«, sagte der Lensmann. »Man schneidet irrelevante Informationen heraus u…«

»Das kann man in einer Ermittlung nicht tun«, sagte Magnus. »Man weiß ja nicht, was relevant oder irrelevant ist, ehe man mit dem Fazit dasitzt.«

»Nein, richtig, aber die Theorie geht davon aus, dass, wenn man zwei mögliche Hypothesen hat und beide gleichwertig sind, die einfachere sehr wahrscheinlich die richtige ist. Der Dozent meinte, dass Ockhams Rasiermesser ganz allgemein bei der Untersuchung strafbarer Handlungen angewandt werden könne. Er sagte, die Fähigkeit eines Ermittlers, logisch zu denken, führe oft dazu, dass ein Täter gefasst wird – an und für sich ist das ja völlig klar. Aber er sagte noch etwas anderes. Ich kann mich an den genauen Wortlaut nicht erinnern, aber er meinte, es ginge nicht nur darum, die Logik in der Handlung zu verstehen, die sich zugetragen hat, sondern darum, dass ein fähiger Ermittler auch sehen kann, was *als Nächstes* geschieht. Wie beim Schach, meinte er. Dass man schon weiß, wohin man die nächste Figur setzt, wenn man gerade einen Zug getan hat, weil man vorausgesehen hat, was der Gegner tun wird.«

»Klingt nach jemandem, der viel mit Beschattung zu tun hatte.«

»Ja, das hatte er. Er sagte, und das hat damals einiges Gelächter hervorgerufen, wie ich mich erinnern kann: *Die Polizei soll die Gesellschaft widerspiegeln, in der wir leben, und deshalb gibt es auch viele Idioten bei der Polizei. Es wimmelt nur so von mittelmäßigen Ermittlern, die ihre eigenen Fähigkeiten in Bezug auf logisches Denken überschätzen. Wenn sich welche von euch jetzt angesprochen fühlen und meinen, dass das genau auf sie zutrifft oder es womöglich noch schlimmer ist, dann geht.* Er zeigte auf die Tür, und das Gelächter verstummte einfach so.« Der Lensmann schnippte mit den Fingern. »Weil er es nämlich todernst meinte. Und dann sagte er … nicht wortwörtlich, sondern so in etwa *Die Bürger in diesem Land glauben, dass jeder Ermittler bei der Polizei blitzgescheit ist, geradezu übermenschlich gescheit. Dass wir alle über einen IQ verfügen, der weit über dem der Menschen auf der Straße liegt, aber wisst ihr was?* Und an dieser Stelle legte unser Besucher eine Pause ein, weil er nämlich auf eine Antwort hoffte. Doch niemand wagte, etwas zu sagen. Also fuhr er fort: *Man kann die Wahrheit nicht länger verleugnen. Dreißig Prozent von euch taugen schlichtweg nicht zum Ermittler, trotz der Tatsache, dass ihr genau das sein werdet. Zehn*

Prozent sind nicht mal für einen Job in einem Streifenwagen geeignet, und dennoch werden sie einen fahren. Ich kann jetzt auf keinen von euch zeigen, aber in fünf Jahren kann ich es. Und dass niemand bis jetzt den Raum verlassen hat, bedeutet, dass euch obendrein auch noch die Selbsterkenntnis fehlt.« Der Lensmann grinste.

»Ich habe oft an diese Episode zurückgedacht, weil der Vergleich mit dem Schachspiel leicht anzustellen ist, wenn es sich um einen Serienverbrecher handelt. Zum Beispiel im Zusammenhang mit Drogenkriminalität oder Raubüberfällen. Hier aber hatten – oder haben – wir es mit Mord zu tun. Wie soll man voraussehen können, was nach so einer Tat passieren wird? Es sei denn, derselbe Täter mordet am folgenden Tag oder in der folgenden Woche erneut, und dann noch mal und noch mal und noch mal. Man kann ja schlecht ein Muster bei etwas erkennen, wenn noch gar kein Muster da ist. Verstehst du, was ich meine?«

»Ja.«

»Das quält mich jedes Mal, wenn ich mir diesen Fall ansehe. Denn soviel ich weiß, kann es sein, dass John-Einar oder jemand von den anderen Ermittlern tatsächlich mit dem Täter gesprochen hat, und dass der Name irgendwo in dem Stapel mit den dreihundertsiebenundachtzig Vernehmungsprotokollen auftaucht. Die haben ja damals den ganzen Ort auf den Kopf gestellt, haben intensive Tür-zu-Tür-Aktionen und alle möglichen Befragungen durchgeführt. *Was haben die damals nicht gesehen,* denke ich oft, *und was sehe ich jetzt gerade nicht?*«

»Es ist ja gar nicht sicher, dass die Lösung da drinsteht«, sagte Magnus. »Aber sollte das mit meinem Fall zusammenhängen, würde ich auf jeden Fall erkennen können, ob es da irgendetwas Wiederkehrendes gibt.«

»So was wie ein Muster?«

»Ich denke eher an eine Kopplung. Ein Name, zum Beispiel.«

»Ich glaube, Sie haben als Student am liebsten weit hinten im Vorlesungsraum gesessen«, sagte Anton an Sigmund Aasen gewandt, aber ohne richtig aufzublicken. Er griff nach Sandwich Nummer zwei, nahm einen Bissen und schmatzte. »Vielleicht sogar ganz hinten.«

Sigmund Aasen sah Magnus fragend an, lachte kurz auf und sagte: »Ja, das habe ich tatsächlich.«

»Sie sind kurzsichtig.«

»Ja?« Verblüfft sah er Anton an.

»Als Sie zur Polizeihochschule gegangen sind, haben Sie noch keine Linsen getragen, und an dem Tag, als der Vortrag stattfand, hatten Sie Ihre Brille zu Hause vergessen. Oder Sie waren nach dem Wochenende noch so voll, dass Sie nicht so gut aufgepasst haben, aber ich glaube schon, denn Sie haben ein gutes Gedächtnis.«

Der Lensmann legte den Kopf schief und spähte über den Tisch. Dann sagte er: *»Anton«*. Er blickte Magnus an. »Du hast vorhin *Anton* gesagt.«

»So … ja, so heißt er.«

»Brekke?«, fuhr der Lensmann fort. »Nicht im Ernst, oder?« Er wurde rot. »Ich habe Sie nicht wiedererkannt. Ich erkenne Sie auch jetzt nicht wieder.« Er seufzte und schüttelte resigniert den Kopf. »Das gibt's doch nicht … Ich habe doch erst vor zwei oder drei Jahren ein Interview mit Ihnen gelesen.« Er lachte. »Ich dachte, Sie wären ein Kumpel von Torp hier, und nicht ein Kollege. Vermutlich sind Sie jetzt schwer beeindruckt. Da hab ich mich wohl auch als einer dieser Ermittler enttarnt, die ihre eigenen Fähigkeiten überschätzen.« Er lachte noch mehr. »Ich dachte, Sie wären ein blinder Passagier?«

»Das bin ich«, erwiderte Anton, ohne eine Miene zu verziehen.

»Halten Sie immer noch Vorträge an der Polizeihochschule?«

Anton stand auf und trat auf die Theke zu.

»Er ist nicht mehr bei der Polizei«, sagte Magnus, nachdem Anton sich so weit entfernt hatte, dass er ihn nicht hören konnte.

Die beiden beobachteten, wie Anton mit dem Inhaber sprach, der ihm etwas zu erklären schien und auf etwas außerhalb des Cafés zeigte.

»Was ist passiert?«, flüsterte der Lensmann. »Er sieht ja aus, als hätte ihn ein Güterzug überrollt.«

»So ist es auch.« Magnus sah Anton auf den Ausgang zugehen und folgte ihm. »Wo willst du hin?«

Anton blieb stehen, sah Magnus apathisch an und sagte: »Pinkelerlaubnis erteilt, Herr Kommissar?«

KAPITEL 44

Volda, 1999, Tag 73

Neun Frauen standen auf drei Gruppen verteilt im Raum und unterhielten sich. Sie sahen alt aus. Wenn man von Trine und ihm absah, musste das Durchschnittsalter irgendwo bei siebzig liegen. Die zehnte, bei der es sich vermutlich um die Leiterin handelte, stand in der Ecke und goss Kaffee in eine Thermoskanne.

An der Tür stehend wippte er auf den Fersen und wartete darauf, gesehen zu werden, aber niemand schien ihn wahrzunehmen. Trine und die beiden Frauen, mit denen sie zusammenstand, setzten sich an den runden Tisch in der Mitte des Raums. Eine von ihnen nahm ein paar Weintrauben von einem Obstteller. Er hatte sich ausgeguckt, wo er sitzen würde. Auf dem freien Platz neben Trine. Stuhlbeine schabten über das Linoleum, als zwei weitere Frauen sich hinsetzten.

Die Gruppenleiterin kam aus ihrer Ecke. Er räusperte sich. Sie sah in seine Richtung, setzte ein Lächeln auf und steuerte auf ihn zu.

»Hallo«, sagte sie gedämpft. »Kann ich Ihnen irgendwie helfen?«

»Nun ...«, sagte er diskret, ehe er die Stimme zu einer Art Flüstern senkte. »Ich habe neulich erfahren, dass es hier eine Trauergruppe gibt, und habe mich gefragt, ob ich wohl daran teilnehmen könnte, oder benötigen Sie irgendeine Art von Anmeldung?«

»Natürlich können Sie mitmachen«, erwiderte sie sanft. Sie ging zu einem Schrank und kam mit Papier und Stift zurück, die sie ihm reichte. »Füllen Sie bitte den Bogen aus. Bloß ein paar Informationen, damit ich Kontakt mit Ihnen aufnehmen kann.« Sie winkte ihn mit sich. »Nehmen Sie sich doch einen Stuhl.«

Verflucht, dachte er, als er sah, dass die alte Krähe, der er vor ein paar Minuten mit der Tür geholfen hatte, den freien Platz neben Trine einnahm. Er spürte die Enttäuschung, aber gerade jetzt war ein ernster Gesichtsausdruck vielleicht von Vorteil.

Er begrüßte die beiden älteren Frauen, zwischen die er sich setzte. Die Lippen in ihren runzeligen Gesichtern formten sich zu zwei beinahe geraden Strichen. Sein Blick fuhr über den Tisch. Trine saß gegenüber und sah ihn an. Ihr Gesicht war ernst. Als er ihr kurz zunickte, versuchte sie nicht einmal zu lächeln. Stattdessen richtete sie ihre Aufmerksamkeit auf die Gruppenleiterin, die sich hinter ihren Stuhl gestellt hatte.

Schnell füllte er das Formular aus und schob es in die Tischmitte.

»Na, dann sage ich herzlich willkommen.« Ihre Stimme war genauso sanft wie bei der kurzen Begrüßung zuvor. Sie musterte die Gesichter am Tisch und blickte ihn an. »Wie ihr seht, haben wir heute einen Neuzugang. Ich habe verstanden, dass Sie nicht von hier sind, da könnten Sie ja vielleicht anfangen und uns ein bisschen über sich erzählen.«

Er stellte sich vor, erzählte den anderen wie er hieß, wie alt er war und welcher Arbeit er nachging.

»Vermutlich ist es jetzt falsch zu sagen, dass ich froh war«, fuhr er fort, »aber jedenfalls war es beruhigend zu hören, dass hier in Ørsta eine Trauergruppe existiert. Ich bin hierher gezogen, um etwas Abstand zu gewinnen, aber mir ist schnell klar geworden, dass es nicht viel hilft, wenn man versucht, vor den Erinnerungen zu fliehen, und dann ist es ja auch irgendwie nicht so einfach mit Menschen, die man gar nicht kennt, über Trauer und so was zu reden.«

Die Gruppenleiterin nickte verständnisvoll und sagte dann: »Möchten Sie vielleicht etwas über den Hintergrund berichten, der Sie zu uns geführt hat?«

»Ja … Das kann ich sicher.« Er sah zu Boden. »Ich … Ich habe kurz vor dem Sommer meine Freundin verloren.«

Mehrere Frauen am Tisch seufzten. Er erwiderte den warmen Blick der Gruppenleiterin.

»Sie kann ja nicht sehr alt gewesen sein?«, sagte die Frau neben ihm mit abgehackter Stimme.

»Einundzwanzig.« Er schluckte. »Sie war einundzwanzig Jahre und zwei Tage alt.«

Zwei Jahre älter als Rebekka, aber ein paar Veränderungen musste er schließlich vornehmen.

»War es ein Unfall?«

Er schüttelte den Kopf. »Krebs.«

Neue Seufzer. Die Alte neben ihm legte ihre kleine, weiße und fast durchsichtige Hand auf seine und tätschelte sie vorsichtig. Sie war eiskalt. Er zog seine Hand zurück, ballte die Faust und hielt sie sich vor den Mund. Er riskierte einen Blick über den Tisch. Trines Aufmerksamkeit war auf die Tischplatte gerichtet, aber sie wirkte nicht abwesend. Sie hörte zu.

»Daran ist mein Sohn auch gestorben«, sagte eine der anderen Frauen.

Sie gehörte zu den jüngeren. Maximal fünfzig Jahre alt.

»Lassen wir ihn doch weiterreden«, sagte die Gruppenleiterin. »Sind Sie lange mit ihr zusammen gewesen?«

»Fast fünf Jahre. Wir waren schon eng befreundet, seit wir etwa so groß waren.« Er hielt die Handfläche einen knappen Meter über den Fußboden. »Wir waren Teenager, als sie sagte, ich sei eigentlich alles, was sie sich wünschte. Und das war für mich ja ganz genauso, ich hatte mich nur nicht getraut, es zu sagen. Wir hatten wohl beide Angst davor, dass sich die Freundschaft verändern oder bei einem eventuellen Bruch völlig in Luft auflösen könnte.« Er setzte ein trauriges Lächeln auf und hob den Kopf, um nachzuschauen, ob Trine ihn ansah. Jetzt tat sie es. Sie starrte ihn an und hörte dabei zu. »Man weiß ja nie, ob man als Liebespaar funktioniert – auch wenn man eng befreundet ist.«

Trine nickte im Takt mit den anderen. Er senkte den Blick.

»Im April wurde sie dann krank. Also, da ist sie schon eine Weile krank gewesen, aber erst da haben wir erfahren, dass sie Krebs hatte. Fünf Wochen danach ist sie gestorben.« Von den anderen Frauen kam mitfühlendes Gemurmel. Er sah die Gruppenleiterin an und holte tief Luft. »Danke. Seit ich nach Volda gekommen bin, habe ich mit niemandem über das hier gesprochen.« Er streckte die Hand nach einem Teller Kekse aus und nahm sich zwei. Er legte einen vor sich auf den Tisch und zerbrach den anderen in zwei Teile.

KAPITEL 45

Freitag, 22. November

In der Mitte des Wegs war der Schnee platt getrampelt. Schiefe Bäume, deren Zweige in den Kronen fast ineinanderwuchsen, ragten auf beiden Seiten in die Luft. Magnus stellte den Mantelkragen auf und folgte Sigmund Aasen nach Elvadalen hinein. Sie blieben auf dem offenen Platz vor der Fußgängerbrücke stehen, die über den schmalen Fluss führte.

»Hier wurde sie gefunden.« Der Lensmann blickte zu Boden und hob dann den Kopf, während er in östliche Richtung zeigte, auf nackte Bäume und Büsche. Der Verkehr, der sich auf der Straße dahinter bewegte, war gerade noch zu erahnen. »Sie kam von da und ist dann dort auf dem Gehsteig die Straße hinuntergelaufen«, er streckte langsam den Arm aus und zeigte auf einen Streifenwagen, der direkt am Beginn des Wegs abgestellt war, »und dann hier abgebogen.«

»Es besteht kein Zweifel, dass sie genau da langgegangen ist?«

»Nein. Sverre Roers Elternhaus liegt auf der anderen Seite der Straße, hinter dem Hügel. Er hat vom Fenster aus gesehen, dass sie nach links abgebogen und dann den Gehsteig an der Hauptstraße entlanggegangen ist.«

Magnus schob die Hände in die tiefen Taschen seines Mantels und betrat die Fußgängerbrücke. Dort drehte er sich langsam einmal im Kreis und nahm die Umgebung in sich auf. Es gab nichts, wo Kinder schaukeln oder klettern konnten, keine Sitze oder Bänke. Er hatte sich einen Park vorgestellt, begriff jetzt aber, dass es sich eher um eine Art Joggingareal handelte. Dies war kein Ort, an dem man sich länger aufhielt.

»Der alte Lensmann«, begann Magnus. »Er muss doch irgendwelche Theorien gehabt haben? Wenn auch nicht mehrere, dann aber doch zumindest eine?«

»Er hatte mehrere.« Sigmund Aasen trat zu ihm, wischte den Schnee vom Brückengeländer und lehnte sich darüber. Er blickte auf den Fluss, der unter ihnen entlangführte. »Seine erste Theorie lautete, dass sie angefahren wurde und dass der Fahrer – in Panik – die Leiche hier heruntergeschafft hat. Diese Theorie hat sich dann bald wieder verflüchtigt. Er hat auch die Möglichkeit erwogen, dass Rebekka hier abgeladen wurde, war aber sicher, dass es in dem Fall Spuren gegeben hätte. Doch die gab es nicht. Und nachdem die Techniker ihre Arbeit erledigt hatten, gab es keinen Zweifel mehr, dass sie hier ermordet worden war; die Kriminaltechnik hat im Umkreis von zwanzig Metern Blutspuren und Zähne gefunden. Und das untermauerte dann auch John-Einars Haupttheorie.«

»Nämlich?«

»Dass derjenige, der das getan hat, entweder in einem Auto saß oder – eher wahrscheinlich – zu Fuß unterwegs war und sie hier zufällig entdeckt hat. Dass er gesehen hat, wie sie hier hineinging, und ihr dann gefolgt ist.«

Magnus stimmte zu.

»Und diese Person könnte Sverre Roer gewesen sein. John-Einar hat sich viel mit ihm beschäftigt, hat ihn langen, harten Vernehmungen unterzogen. So etwas wäre heute gar nicht mehr möglich.« Der Lensmann richtete sich auf und legte die behandschuhten Hände um das Geländer. »Ein paar Wochen nach dem Mord an Rebekka wurde eine alte Dame auf Brandsøy außerhalb von Florø überfallen und ausgeraubt. Man hat sie während eines Spaziergangs zusammengeschlagen und ihr die Handtasche geklaut. Sie lag mehrere Tage im Koma, und als sie wieder wach wurde, konnte sie nur angeben, dass plötzlich ein Auto neben ihr angehalten hatte. Der Beifahrer sei ausgestiegen, habe sie zu Boden gestoßen und dann so lange auf sie eingetreten und eingeprügelt, bis sie schließlich ihre Tasche losließ, die sie die ganze Zeit umklammert hatte. Sie hat überlebt, aber das war reines Glück. Da Rebekkas Handtasche ebenfalls verschwunden war, haben John-Einar und die anderen Ermittler einen Zusammenhang vermutet. Die große Frage war: Warum musste sie sterben? Weil sie wusste, wer da im Wagen gesessen hatte? Oder weil es dem Täter nicht reichte, sie einfach nur niederzuschlagen wie die alte Dame auf Brandsøy? Stattdessen wurde sie erwürgt. Die haben ihr den Kehlkopf zerdrückt. Alles in allem gab es dann keinen Zweifel mehr, dass der oder die Täter, die ihr die Verletzungen beigebracht haben, sie unbedingt töten wollten. Es kann kein Unfall gewesen sein. Die Frau auf Brandsøy ist mit dem Leben davongekommen, auch wenn das eher Zufall war.«

»Was ist dort dann weiter passiert?«

»Nichts.«

»Aber sie wurden gefasst?«

»Ja, ein halbes Jahr später wurde der eine – der Fahrer – wegen eines Einbruchs in Stavanger festgenommen. In der Hoffnung auf Strafmilderung hat er dann erzählt, dass es sein Kumpel war, der die alte Dame einige Monate zuvor krankenhausreif geprügelt hatte. John-Einar ist nach Stavanger gefahren und hat mit den beiden Männern geredet. Sie behaupteten, zum Zeitpunkt des Mordes an Rebekka in Bergen gewesen zu sein, was stimmte, wie sich dann herausstellte. Der Fahrer hat, eine Stunde bevor Rebekka das Haus ihres Freundes Sverre Roer verlassen hatte, bei einer Radarkontrolle ein Strafmandat bekommen.«

»Ein zuverlässigeres Alibi kriegt man wohl kaum«, sagte Magnus.

»Nein, das kann man wohl sagen. Aber somit ging dann alles zurück auf Los.«

Magnus verließ die Brücke und stellte sich mitten auf den offenen Platz, wo zwanzig Jahre zuvor die kaum erkennbaren Überreste von Rebekka Vehler gefunden worden waren. Er bewegte sich in Richtung des Streifenwagens, blieb aber plötzlich stehen. Dann blickte er zurück zum Lensmann, wieder auf den Weg und um sich herum.

»Wie war das Wetter an jenem Abend?«

»Schön, aber kühl«, erwiderte der Lensmann. »Sternenklar.«

»Das hier war der schnellste und kürzeste Heimweg für Rebekka?«

»Ja.«

»Ich nehme an, abends ist es hier ganz dunkel und ungastlich?«

»Ja.«

»Wo wäre die nächstgelegene Alternative mit Straßenbeleuchtung?«

»Da läuft man hier vorbei«, der Lensmann deutete auf die Straße, »dann weiter hoch bis zur Kreuzung und schließlich mitten durchs Zentrum. Das verlängert den Weg um zwei oder drei Minuten. Woran denkst du?«

»Stell dir vor, du bist ein junges Mädchen und wiegst vierzig und ein paar Kilo. Du bist auf dem Weg nach Hause.« Magnus ging zurück und stellte sich neben den Lensmann. »Du siehst einen Mann, der auf dem Gehsteig auf dich zukommt. Oder du hörst, dass jemand hinter dir ist. Das gefällt dir nicht. Ein unangenehmes Gefühl überkommt dich. Zu diesem Zeitpunkt hat der Betreffende nichts Besonderes gesagt oder getan. Er ist bloß da. Genau wie du. Du weißt, dass dieses unangenehme Gefühl rein instinktiv ist. Diese Art Schreckfantasien sind völlig normal. Ist dir in jungen Jahren bestimmt auch passiert. Ich jedenfalls kenne das. Ich glaube, ich war schon ein Teenager, ehe ich mich nach Einbruch der Dunkelheit über den Friedhof gewagt habe. Ist natürlich völlig irrational. Aber so sind wir Menschen nun mal konstruiert. Jetzt versetz dich mal in Rebekkas Lage an jenem Abend.«

Der Lensmann nickte.

»Du näherst dich dem Weg, der hier hineinführt. Und jetzt spielt es eigentlich keine Rolle, ob sich der Mann, den du da siehst, vor oder hinter dir befindet. Gehst du dann hier weiter, wo du mutterseelenallein im Dunkeln herumstapfst, nur um zwei Minuten abzukürzen, oder bleibst du auf dem Gehsteig, wo es hell ist und die Chancen größer sind, dass du von anderen gesehen wirst?«

»Ich verstehe, worauf du hinauswillst«, sagte Sigmund Aasen. »John-Einar hatte sich auch mit der Möglichkeit beschäftigt. *Der Tod kann auch in Elvadalen gelauert haben*, sagte er. Aber *wer*? Das ist doch hier kein Ort, an dem man herumhängt. John-Einar hat sich immer gefragt, ob vielleicht jemand wusste, dass sie genau hier entlanggehen würde. Und das führte ihn dann immer zu dem Punkt, über den es seiner Ansicht nach nicht genügend Informationen gab: Rebekkas Privatleben. Ich habe ja erzählt, dass er meinte, irgendwas sei da nicht ganz koscher gewesen.«

»Eben«, sagte Magnus. »Genau deswegen denke ich ja in diese Richtung. Wer wusste, dass sie bei Sverre Roer gewesen war?«

»Am frühen Abend war sie beim Quiz im *Grünen Baum*, und ...«

»Was ist das?«, unterbrach Magnus.

»Eine Kneipe, wo man einfache Dinge wie Bier und Pizza bekam. Ist inzwischen pleite, war aber damals ein beliebter Treffpunkt für die Studenten. Gegen zwanzig vor zehn bricht das

Kleeblatt, zu dem sie gehörte, von dort auf. Rebekka und Sverre trennen sich vor dem Café, wo wir eben waren, von den anderen beiden. Sie gehen dann zu ihm nach Hause, wo sie etwa eine halbe Stunde gemeinsam verbringen. Kurz vor halb elf verabschieden sie sich auf der Treppe voneinander, und Sverre sieht ihr nach, bis sie aus seinem Blick verschwindet.«

Magnus nickte in sich hinein und sah auf die Uhr. Er trat langsam auf den Streifenwagen zu, während er dachte, dass der alte Lensmann recht gehabt hatte. Der Tod hatte in Elvadalen auf Rebekka gewartet, genauso wie er in Skjærviken auf Cecilie Olin gewartet hatte.

KAPITEL 46

Freitag, 22. November

Der am Vortag gefallene Schnee war geschmolzen, als sich im Laufe der Nacht Minusgrade in Plusgrade verwandelt hatten. Jetzt schien die Vormittagssonne auf Halden, und der Kies auf dem eingezäunten Fußballplatz war so gut wie trocken. Psychiaterin Karen Thoen trug einen langen hellen Mantel und beobachtete fünf Insassen, die Fußball spielten. Ihr schulterlanges Haar war grauschwarz und gelockt. Mit ernstem Gesichtsausdruck schüttelte sie Lars Weberg die Hand. Einer der Gefangenen rief laut ihren Namen. Karen Thoen sah zu ihm hinüber, und im nächsten Augenblick schoss er den Ball an einem der anderen vorbei ins Tor.

»Haben Sie das gesehen?«, rief er, als er auf das Netz zutrat, um den Ball zu holen.

»Ja, gut«, erwiderte sie, »aber ihr habt ja auch keinen Torwart.«

»Spielt keine Rolle!« Er stieß den Ball ein Stück vorwärts, ehe er ihn einem der anderen zuspielte. »Kein Torwart auf der Welt hätte den gehalten!«

Karen Thoens ernstes Gesicht verzog sich zu einem breiten Lächeln. Ein paar Sekunden später bekam derselbe Gefangene den Ball wieder zurück. Karen Thoen machte eine Armbewegung und trat langsam auf zwei Hocker am Rande des Fußballplatzes zu. Lars Weberg setzte sich neben sie. Die Psychiaterin blickte auf ihre Armbanduhr, wie um zu unterstreichen, dass sie anfangen sollten.

»Ich weiß, dass Sie gern über Bjørn Farsund reden möchten, aber wie ich gestern schon am Telefon sagte, verbietet mir die Schweigepflicht, mich über ihn zu äußern.«

»Das weiß ich. Ich hatte gehofft, wir könnten uns ganz allgemein unterhalten.«

»Wenn ich jetzt allgemeine Äußerungen von mir gebe«, sagte Karen Thoen und grinste, »wäre es dann nicht offensichtlich, dass ich eigentlich über Bjørn rede?«

»Nein, der Ansicht bin ich nicht.« Lars Weberg streckte ein Bein aus und lehnte sich auf dem Hocker zurück. »Ich habe keine Ahnung, ob Bjørn Farsund ein Psychopath ist oder nicht. Angesichts dessen, wofür er verurteilt wurde, gehe ich nur davon aus, wobei ich das so genau gar nicht weiß. Ich weiß auch nichts darüber, wie Sie ihn hier behandelt haben. Gruppentherapie, Einzelsitzungen, Hypnose … das spielt alles keine Rolle. Ich interessiere mich mehr für allgemeine Aspekte der Aggressionstherapie. Kann man wieder *gesund* werden?«

»Hm.« Karen Thoen kniff die Augen zusammen. »Okay«, sagte sie und nickte. »Sie fragen, ob man wieder gesund werden kann. Die Antwort wäre dann aber wesentlich komplizierter als die Frage.« Sie sah erneut auf die Uhr. »Eine Person, die in Stresssituationen häufiger als andere Menschen mit Wut reagiert, hat – einfach ausgedrückt – eine geringere Toleranzschwelle und reagiert empfindlicher auf Stress als eine Person, die in der Regel viel Stress erträgt. Wenn nun jemand mit geringerer Toleranzgrenze gestresst wird und dann die Schwelle überschreitet, dann wird er überaktiv und reagiert, indem er beispielsweise schreit oder gewalttätig wird. Selbstverständlich kann man trainieren, seine Toleranzgrenze auszudehnen, und deswegen begibt man sich in Behandlung. Man lernt, Risikofaktoren und Stressmomente zu erkennen.«

»Karen!«

Es war wieder der Fußballspieler. Er balancierte den Ball kurz auf der Ferse, ließ ihn fallen, trat dann mit voller Kraft zu und traf ins Tor. Dann riss er einen Arm hoch und rief: »Haben Sie das auch gesehen?«

Karen Thoen nickte.

»Hab doch gesagt, dass ich 'n Profi werden kann!«, sagte er lachend.

»Der scheint Sie ja zu mögen«, sagte Lars Weberg, während er den Torschützen beobachtete, der den Ball in die Platzmitte dribbelte.

»Ja, allerdings, wir kommen gut miteinander klar. Netter Junge.«

»Das ist er bestimmt. Ist es denn denkbar, dieses Toleranzniveau so auszudehnen, dass es so wird wie bei jemandem, der niemals Gewalt ausübt?«

»Man verfügt ja weiterhin nur über die Bewältigungsstrategien, die einem gegeben sind. Es erfordert sehr viel Arbeit, diese zu ändern, aber da, wo es einem gelingt, erhöht sich die Schwelle für das, was man erträgt. Ich habe selbst einige Patienten behandelt, bei denen die Schwelle im Laufe der Therapie wesentlich höher wurde, aber die Schwelle an sich ist weiterhin vorhanden.«

»Ich würde jetzt gern ein wenig vom Allgemeinen absehen, und selbstverständlich steht es Ihnen frei, so zu antworten, wie es Ihnen am angenehmsten ist. Aber wenn ich mir anhöre, was Sie über geringe Toleranzschwellen sagen, dann scheint mir das nicht auf Bjørn Farsund zuzutreffen. Er war Notarzt in einem Rettungshubschrauber. Stressiger als das kann es doch gar nicht werden. Aber vermutlich kommt es auch darauf an, um welche Art von Stress es sich handelt. Diese Psychopathen sind ja oft ziemlich kompliziert. Oder wie nennt man das in der Fachsprache? Dysfunktionale Persönlichkeitsstörung?«

»Dissozial«, korrigierte sie. »Allerdings habe ich nie gesagt, dass Bjørn eine derartige Persönlichkeitsstörung hat. Sie haben das gesagt.«

»Also hat er das nicht?«

»Das habe ich ebenfalls nicht gesagt.« Karen Thoen lächelte entschieden. »Legen Sie mir bitte nichts in den Mund, Herr Weberg. Ich nehme diese Jungs hier ganz und gar ernst.« Sie deutete auf den Fußballplatz. »Die müssen wissen, dass sie mir alles sagen können, ohne befürchten zu müssen, dass es weitergetragen wird.«

»Muss man etwa kein Psychopath sein, um seine Partnerin mit bloßen Händen fast umzubringen?«

»Nicht unbedingt. Und hier wird die Psychologie wirklich interessant. Sie denken bestimmt, dass Sie niemals eine Frau schlagen könnten. Vermutlich haben Sie im Laufe Ihrer Karriere ein paar Verhaftungen durchgeführt, bei denen Sie Gewalt anwenden mussten. Aber das ist etwas anderes. Ich rede hier von krassen Gewaltausbrüchen. Könnten Sie beispielsweise gewalttätig gegen mich werden?«

»Natürlich nicht.«

»Niemals?«

»Nein.«

»Haben Sie Kinder, Herr Weberg?«

»Ja. Drei. Zwei Jungen und ein Mädchen.«

»Wie alt?«

»Der Älteste ist dreiundzwanzig, und dann habe ich noch einen siebenjährigen Sohn und eine fünfjährige Tochter.«

»Eine erwachsene Frau im psychotischen Zustand geht auf Ihre fünfjährige Tochter los und schlägt sie zusammen. Die Kleine schreit und kämpft um ihr Leben. Sie sind gezwungen, einzugreifen – und das tun Sie natürlich. Koste es, was es wolle. Haben Sie Zugriff auf eine Pistole, besteht vermutlich ein gewisses Risiko, dass Sie sie auch benutzen. Sie fürchten um das Leben Ihrer Tochter. Sie sind wütend und haben eine Heidenangst. Sie verlieren die Kontrolle.«

»Natürlich verteidigt man seine Kinder. Ein etwas unsinniger Vergleich, Frau Thoen.«

»Nein, ist es nicht. Er zeigt nur, dass Ihre Schwelle, etwas Unvorstellbares zu tun, sehr viel höher liegt. Ihr Trigger sind Ihre Kinder, Herr Weberg, genau wie bei den meisten anderen. Und wenn Sie dann endlich wieder zu sich kommen, erkennen Sie, was Sie mit der Frau gemacht haben, die auf Ihre Tochter losgegangen ist. Weil Sie plötzlich nur noch rotgesehen haben. Natürlich verstehen Sie, was Sie getan haben. Und natürlich war das berechtigt. Aber macht Sie diese eine Handlung zu einem Psychopathen?«

»Das klingt so, als wollten Sie sagen, dass Bjørn Farsunds Angriff auf Cecilie Olin berechtigt war.«

»Noch einmal: Ich rede nicht über Bjørn. Ich sage lediglich, dass man keine Dissoziale Persönlichkeitsstörung haben muss, um gewalttätig zu werden. Die Dinge sind eben etwas komplexer.«

Ein dunkler Kombi von der Justizvollzugsbehörde kam in Begleitung eines Streifenwagens vom Tor her angefahren. Beide Fahrzeuge fuhren am Fußballplatz entlang und verschwanden dann außer Sichtweite. Lars Weberg zog sein Handy hervor, rief das E-Mail-Programm auf und suchte die Fotos heraus, die Mogens Poulsen während der Obduktion von Cecilie Olin gemacht hatte. Er wählte eines aus, das den Oberkörper und das Gesicht zeigte.

»Was denken Sie über jemanden, der fähig ist, einem anderen so etwas anzutun?« Er hielt ihr das Handy hin. »Es lässt sich auf dem Foto nicht so gut erkennen, aber sie wurde nicht nur schwer misshandelt, sondern am Ende auch erwürgt.«

Karen Thoen wandte den Blick ab.

»Nein«, sagte Lars Weberg, »ich möchte, dass Sie genau hinsehen. Sie sitzen hier jeden Tag und unterhalten sich mit diesen Menschen. Natürlich wissen Sie, was die getan haben, aber ich bezweifle, dass Sie es auch *gesehen* haben.«

Karen Thoen sah wieder auf den Bildschirm.

»Sie wurde erst erwürgt, um genau zu sein. Und dann misshandelt.«

»Jetzt habe ich es gesehen.«

Lars Weberg legte sein Handy weg.

»Das war übrigens Cecilie Olin. Jetzt breche ich hier ein wenig meine Schweigepflicht, aber ich möchte, dass Sie verstehen, wie wichtig es für mich ist, Informationen über Bjørn Farsund zu bekommen. Kurz nachdem Cecilie zuletzt in Skjærviken gesehen wurde, war er dort. Als wir das erste Mal mit ihm gesprochen haben, hat er das abgestritten.«

Karen Thoen sah wieder auf die Uhr. Sie erhob sich, wischte unsichtbaren Staub von ihrem Mantel und schob die Hände in die tiefen Taschen. Dann spähte sie zum Fußballplatz hinüber.

»Können Sie mir wenigstens sagen, ob die Behandlung von Bjørn Farsund funktioniert hat?«

Karen Thoen blickte in die Ferne.

»Jetzt haben wir viel über Schwellen gesprochen …«, sagte sie nach einem Augenblick. »Und genau das sind sie, Herr Weberg. Schwellen. Keine undurchdringlichen Mauern.«

KAPITEL 47

Freitag, 22. November

Das Büro von Sverre Roer war klein und chaotisch. An der Wand hingen zwei Akustikgitarren, eine elektrische hing an der Rückseite der Tür. Aktenordner, Notizzettel, Mappen und lose Blätter lagen über den Schreibtisch verstreut. Was von den Haaren des Musiklehrers noch übrig war, hatte er zu einem dünnen Pferdeschwanz gebunden. An beiden Daumen trug er einen breiten Silberring, an den Handgelenken mehrere dünne Lederbänder mit eingearbeiteten Mustern. Magnus sah auch einen Ehering, und einen Stecker an seinem linken Ohrläppchen, der wie ein kleiner Totenkopf aussah.

Magnus hatte auf dem einzigen Besucherstuhl Platz genommen und hörte aufmerksam zu, während Sverre Roer über den Abend des 22. September 1999 berichtete. Es war eine etwas längere Version der Geschichte, die der Lensmann Magnus in Elvadalen erzählt hatte, und es war offensichtlich, dass er dieselbe Geschichte schon unzählige Male wiederholt hatte. Jede Formulierung saß, es gab keine Denkpausen. Er war auf Autopilot.

»Und dann habe ich die Tür geschlossen und bin zu meinen Eltern hineingegangen«, schloss Sverre Roer. Sein Blick fiel auf etwas auf dem Fußboden. Ein Plektron. Er hob es auf und legte es in den Kugelschreiberhalter auf dem Schreibtisch. »Ich wünschte natürlich, ich könnte mehr dazu beitragen, da Sie jetzt beschlossen haben, sich der Sache noch einmal anzunehmen.« Er warf einen Blick auf den Lensmann, der vor der E-Gitarre stand. »Ist ja das, was wir uns die ganze Zeit gewünscht haben, nicht, Sigmund?«

»Doch, ja«, erwiderte der Lensmann knapp.

»Ich weiß nicht so viel«, sagte Magnus, »und Sie müssen bitte entschuldigen, wenn ich hier etwas unvorbereitet erscheine. Das steht sicher alles in den Falldokumenten, und die werde ich natürlich lesen, sobald ich wieder im Süden bin. Aber was wollte Rebekka eigentlich bei Ihnen? Lange ist sie ja nicht geblieben.«

»Sie wollte sich eine CD ausleihen.«

»Wissen Sie noch welche?«

»Ja, es war das neuste Album von Tom Waits. *Mule Variations.*«

»Und das konnte nicht warten, bis Sie sich am nächsten Tag in der Hochschule wiedergesehen hätten?«

Sverre Roer sah den Lensmann unsicher und fragend an. Es war deutlich, dass ihm nicht gefiel, welche Richtung Magnus einschlug. Sigmund Aasen nickte zustimmend, wie ein Anwalt, der seinem Mandanten grünes Licht für eine Antwort erteilt.

»Ihr Onkel war krank geworden, deshalb wollte sie früh am nächsten Morgen nach Hause nach Mandal.«

Magnus blickte lächelnd über den unordentlichen Schreibtisch. »Das wusste ich nicht, mein Fehler. Ich hoffe, dass Sie sich durch meine vermutlich dummen Fragen nicht belästigt fühlen.«

»Aber nein. Ich verstehe nur nicht so ganz, mit welchen neuen Informationen ich etwas beitragen könnte. Ich habe mich zu jenem Abend schon unzählige Male geäußert. Gegenüber Sigmund und auch dem vorigen Lensmann.«

»Waren Sie in sie verliebt?«

»In Rebekka?« Er runzelte die Stirn. »Auch eine Frage, auf die ich schon mehrmals geantwortet habe.«

»Und was haben Sie geantwortet?«

»Nein.«

»Na ja, es wäre jedenfalls nicht verwunderlich gewesen. Sie war doch wohl ein reizendes Mädchen.«

»Ja, das war sie, aber wir waren nur Freunde.«

»Also da war nicht mehr zwischen Ihnen, außer dass Sie gut befreundet waren und den Musikgeschmack teilten?«

Sverre Roer schürzte die Lippen und schüttelte den Kopf. Er schob den Stuhl zurück, stand auf, drehte sich um und sah hinaus auf das Campusareal. Er zog die Nase hoch und fuhr sich schnell mit der Hand durchs Gesicht. Magnus sah den Lensmann an, der seinen Blick mit einem Schulterzucken erwiderte.

»Ich habe so viele Jahre darauf gewartet, dass jemand sich das Ganze mit einem frischen Blick ansieht«, begann Sverre Roer. »Ich habe zwei Briefe an die Kripo geschickt und gefragt, ob sie nicht auf eigene Initiative eine neue Ermittlung einleiten könnten. Und jetzt, da es endlich so weit ist, machen Sie bloß da weiter, wo John-Einar Gjelsvik mich schließlich wieder aus dem Schwitzkasten entlassen hat. Ich habe vom ersten Tag an die Wahrheit gesagt. Ich bin es nicht gewesen.« Roer blickte Sigmund Aasen an. »Kannst du ihm das nicht begreiflich machen?«

Der Lensmann gab keine Antwort.

»Ich zeige hier auf niemanden mit dem Finger«, sagte Magnus mit sanfter Stimme, »ich versuche nur, mich an den Fakten zu orientieren. Und Fakt ist, dass Sie der Letzte waren, der Rebekka Vehler lebend gesehen hat – mit Ausnahme ihres Mörders.« Er drückte den Rücken durch. »Ich habe volles Verständnis für Ihre Frustration, aber diese Fragen hätten sie sowieso beantworten müssen, unabhängig davon, wer sich den Fall erneut ansieht.«

»Ich weiß … Tut mir leid.« Sverre Roer fuhr sich abermals durchs Gesicht und sank dann wieder auf seinen Stuhl. »Es ist nur … ja, nein, ich weiß nicht. Fragen Sie. Fragen Sie, was Sie wissen wollen.«

»Wie ist sie an jenem Abend gewesen?«

»Das ist ja das Seltsame«, sagte er nach einer Weile und blickte wieder den Lensmann an. »Ich habe das Sigmund auch schon erzählt. Aber … Als wir bei mir zu Hause waren, wollte ich ihr nur schnell das Album heraussuchen. Sie hat im Vorbeigehen meine Eltern begrüßt, und dann sind wir auf mein Zimmer gegangen. Ich habe die CD rausgeholt, hab sie ihr gegeben, aber anstatt sie in die Handtasche zu stecken, hat sie sie in den Player gelegt, auf Start gedrückt und sich aufs Bett gesetzt. In den wenigen Wochen, die wir uns kannten, haben wir uns immer gut verstanden, aber diese bestimmte Art *intensiver* Gespräche hat es nie gegeben. Als *Hold On* einsetzte – das ist das dritte Stück auf dem Album – fragte sie, ob sie mir vertrauen könne. Aber dann kam sie irgendwie nicht weiter. Sie wirkte traurig. Nachdenklich. Als würde sie gern etwas sagen, traute sich aber nicht, und ich … ja, ich bin wohl von Natur aus nicht so neugierig, und habe auch nicht versucht, mehr aus ihr herauszuholen, also habe ich das Gespräch wieder in eine andere Richtung gelenkt.«

»Erinnern Sie sich, worüber Sie gesprochen haben?«

»Über das Quiz an jenem Abend. Dass wir gewonnen hätten, wenn wir meine Antworten auf die beiden letzten Fragen gewählt hätten. Aber stattdessen hatten wir uns für ihre Vorschläge entschieden.« Sverre Roer schniefte, lächelte und rieb sich die Wange. »Sie waren falsch, ich hatte es genau gewusst, aber sie war so halsstarrig. Ich habe sie deswegen ein wenig aufgezogen, da hat sie gelacht, aber ich habe gespürt, dass sie mit ihren Gedanken ganz woanders war.«

»Wie sind Sie darauf gekommen?«

»Tja … Was soll ich sagen? Wir sind an der Hochschule öfter zusammen gewesen, haben viel gequatscht, oft nur über alltägliche Dinge, Sie wissen schon. Wie man eben miteinander redet, wenn man in der Kantine zu Mittag isst. Die Sache ist, dass Rebekka immer nett und ausgeglichen war. Sie hat die ganze Zeit fröhlich gelächelt – bis auf das eine Mal, als sie bei mir zu Hause war. Sie *wollte* mir etwas sagen. Ich bin ganz sicher. Dieses traurige Lächeln, mit dem sie mich angesehen hat ...« Sverre Roer schüttelte den Kopf. »Irgendwas hat sie gequält.«

»Und was das war, haben Sie nicht versucht herauszufinden?«

»Nein«, sagte er. »Ich habe nur geantwortet *Natürlich kannst du mir vertrauen,* und hab sie dann gefragt, ob etwas passiert sei, aber da hat sie nur den Kopf geschüttelt. Als ob sie sich plötzlich anders entschieden hätte und doch nichts sagen wollte.«

»Verstehe«, sagte Magnus. »Und wie ging es weiter?«

»Na ja, da gab's dann nicht mehr viel, worüber wir noch geredet haben ... Schulkram und so. Rebekka war unsicher, ob Pädagogik etwas für sie war, ob sie nicht besser Musik hätte wählen sollen. Sie hatte schon seit der Kindheit zu Hause in Mandal im Chor gesungen, aber ihre Eltern meinten wohl, dass es nicht einfach sei, darauf eine Karriere aufzubauen – und das stimmt ja auch in gewisser Weise. Als Musiker hat man in Norwegen entweder Erfolg, oder man endet als Lehrer. Dazwischen gibt es nichts. Und als *Cold Water* fast zu Ende war, erhob sie sich vom Bett, nahm die CD raus, legte sie in die Handtasche und meinte, sie müsste jetzt mal nach Hause. Ich habe sie auf die Treppe hinausbegleitet, sie hat mich umarmt, und ...« Er atmete tief ein und hielt die Luft an, ehe er sie wieder entweichen ließ. »Da wirkte sie ziemlich nachdenklich, fast ein wenig unglücklich. Ich war etwas perplex, weil ich sie nie zuvor so erlebt hatte. Ich habe sie noch einmal gefragt, ob etwas nicht stimmte, und da sah sie aus, als müsste sie sich zu einem Lächeln zwingen, sie schüttelte den Kopf und sagte: *Nichts, was ich nicht in Ordnung bringen kann.*«

»Was meinte sie damit?«

»Ich habe nicht gefragt ... Dumm wie ich war, habe ich sie nicht gefragt. Ich habe das später mit ein paar Kumpeln diskutiert, und die waren überzeugt, dass da noch jemand anderes im Spiel war, dass sie mich wegen eines Jungen um Rat fragen wollte.«

»Wieso glauben Sie das?«

»Weil ich sie in der Zeit davor mehrmals gefragt habe, ob wir uns treffen und was unternehmen wollen. Als Freunde, um präzise zu sein. Aber oft hatte sie schon Pläne, und als ich fragte, was sie vorhätte, da wurde sie ganz geheimnisvoll. Einmal hab ich im Scherz gefragt, ob wir uns zu einem Date treffen wollten, aber da hat sie es bloß weggelächelt.«

»Was, glauben Sie, steckte dahinter?«

»Unmöglich zu wissen, aber ich hatte das Gefühl, dass sie jemanden traf.«

»Genau das meinte ich vorhin, Torp«, sagte Sigmund Aasen. »John-Einar und die anderen Ermittler konnten so gut wie nichts über sie herausfinden.«

»Ja«, sagte Sverre Roer. »Sobald man nur leicht an der Oberfläche gekratzt hat, wurde gleich die Verteidigungsmauer hochgefahren. Ich habe das ja die ganze Zeit über immer wieder gesagt. Dass da noch jemand anderes involviert war. Was könnte sonst die Ursache sein, auf diese Art umgebracht zu werden? Ein *Raubüberfall*?« Er verdrehte die Augen. »Dass diese Möglichkeit überhaupt ernsthaft erwogen wurde, sagt alles über die damalige Ermittlung. Wer raubt schon ein junges Mädchen aus? Wir sind hier in *Volda*, nicht in Detroit.«

»Sverre ...« Der Lensmann hatte das Wort ergriffen.

»Nein«, sagte Sverre Roer gereizt, »es ist höchste Zeit, mal etwas zu sagen. Und ich werfe dir nichts vor, Sigmund, das weißt du. Aber hier gibt es immer noch Menschen, die mich schräg ansehen, und die werden das so lange tun, bis Rebekkas Mörder gefasst ist. Ich erinnere mich, dass der frühere Lensmann mehrmals sagte, sie hätten jeden Stein umgedreht und alles doppelt und dreifach untersucht. Aber das war – und ist – Unsinn! Wenn es so gewesen wäre, dann würde er«, der Musiklehrer zeigte mit dem Finger auf Magnus, »heute nicht hier sitzen. Rebekka war kein zufälliges Opfer.«

»Wie können Sie sich da so sicher sein?«, fragte Magnus.

»Ich habe lange geglaubt, dass sie einfach zur falschen Zeit am falschen Ort war, aber je mehr ich darüber nachdachte, wie eigenartig sie bei mir zu Hause gewesen war, desto sicherer war ich, dass alles anders ausgesehen hätte, wenn sie mir erzählt hätte, was sie so quälte.«

Magnus' Handy klingelte. Es war Lars Weberg. Magnus stand auf, entschuldigte sich und ging hinaus. Er hielt sich das Handy ans Ohr und meldete sich, während er die Tür hinter sich schloss. Lars Weberg berichtete von dem Gespräch, das er mit Karen Thoen im Gefängnis Halden geführt hatte.

»Bjørn Farsund hat also nicht aufgehört, Frauen zu verprügeln?«

»Man wird nicht wieder gesund«, erwiderte Lars Weberg. »Man kann sich eine höhere Schwelle für das erarbeiten, was man zu ertragen bereit ist, ehe man durchdreht. Oder ein größeres Toleranzniveau, wie die korrekte Terminologie wohl lautet.«

»Und das hat er getan?«

»Ja, aber wenn jemand lange genug auf den entsprechenden Knopf drückt, spielt es keine Rolle, ob man in Behandlung gewesen ist oder nicht. Da brennen einfach die Sicherungen durch.«

KAPITEL 48

Volda, 1999, Tag 73

Die Tränen bahnten sich ihren Weg, als Trine die Tür am Ende des Gangs aufstieß. Ihre Stiefel hallten auf dem Asphalt wider. Der kühle Wind fühlte sich auf den feuchten Wangen besonders kalt an.

»Entschuldigung!«, rief jemand hinter ihr.

Obwohl sie schon wusste, wem die Stimme gehörte, blickte sie über die Schulter. Allerdings war sie nicht sicher, ob sie überhaupt gemeint war. Aber es musste wohl so sein, denn jetzt kam er mit schnellen Schritten auf sie zugelaufen. Trine wischte sich über die Wangen, sah geradeaus und blinzelte die Tränen weg, ehe sie stehen blieb und Daumen und Zeigefinger in die Augenwinkel presste.

»Du bist so schnell verschwunden«, sagte er, als er zu ihr trat. »Ich wollte mich eigentlich nur vorstellen.«

»Wenn ich mich beeile, kriege ich noch den Bus zurück nach Volda. In zehn Minuten.«

Sie ging weiter. Er schloss sich ihr an.

»Da sollten wir uns beide beeilen«, entgegnete er. »Den wollte ich nämlich auch nehmen.«

Trine gab keine Antwort. Sie wusste nicht so recht, was sie sagen sollte oder könnte. Während des Treffens war sie neugierig geworden und wollte eigentlich mehr erfahren. Über ihn, über die Freundin, die gestorben war, doch am meisten wollte sie mehr darüber hören, wie er es bewältigt hatte – und wie ihm das weiterhin gelang.

Er war ihr erfahrungsmäßig um Monate voraus und hatte bestimmt seine Methoden entwickelt. Sie hingegen war noch nicht so weit gekommen. Trine wusste nur, dass es half, sich mit anderen Dingen zu beschäftigen. Was das war, spielte keine große Rolle, Hauptsache sie tat irgendetwas.

»Schön hier«, sagte er nach einer Weile. »Genau wie in Volda.«

»Ja.«

So wie Volda erinnerte auch Ørsta sie an Mandal, mit all den dicht beieinanderliegenden Holzhäusern, wenngleich die Verhältnisse hier weitaus enger waren als in der Heimatstadt. Seite an Seite folgten sie der Straße in südliche Richtung, kamen an Wohnhäusern und Geschäften vorbei. Er war einen Kopf größer als sie, und beide Male, die sie zu ihm aufsah, erwiderte er ihren Blick mit einem beruhigenden Lächeln.

»Es war ergreifend, dir zuzuhören«, sagte er, als sie die Torggate kreuzten.

»Ach ja?«

Was für eine dämliche Antwort, dachte sie, ehe ihr aufging, dass sich jede Antwort blöd anhören würde, egal welche. *Danke* wäre jedenfalls völlig daneben. Vielleicht wäre es am besten gewesen, gar nicht zu antworten, aber abweisend wollte sie auch nicht sein.

»Ja, ich habe ja ... Weiß nicht genau, wie ich das ausdrücken soll.«

Sie sah zu ihm auf. Sein Blick war nach vorn gerichtet.

»Sag's einfach«, entgegnete sie.

Er sah zu ihr hinunter.

»Ich habe ja alles gelesen, was über ... über den Mord geschrieben wurde. Ich war nur total überrascht, als mir klar wurde, dass das deine Cousine war.«

Ach ja?, dachte sie, sagte aber nichts.

»Fast ein halbes Jahr lang habe ich gedacht, dass Silje einen sinnlosen Tod gestorben ist. Und nicht anders ist es, aber ... Tja, was soll man sagen? Menschen werden krank und sterben. So ist das Leben. Die ganze Zeit hört und liest man so etwas. Dass der und der an Krebs gestorben ist, aber man hebt nicht mal eine Augenbraue, solange man den Betreffenden nicht kennt. Das ist ein bisschen so, als ob man Fernsehberichte aus Afrika anschaut und abgemagerte Kinder mit Fliegen im Gesicht sieht. *Oje,* denkt man, *wie schrecklich.* Aber sobald der Beitrag zu Ende ist, hat man es wieder vergessen. Oder bis man einen ähnlichen Artikel in der Zeitung liest. Aber das mit deiner Cousine war irgendwie ... so nah. So was vergisst man nicht. Man denkt daran, egal ob man sich in Volda, Oslo oder Hammerfest befindet.«

Sie verstand, was er zu sagen versuchte. Dass die Ereignisse im Zusammenhang mit Rebekkas Tod schlimmer und brutaler waren als das, was mit seiner Silje passiert war.

»Ich sollte aufhören zu quatschen«, sagte er nach einer Weile.

»Hör nicht auf«, sagte Trine, »ich rede gern, und normalerweise bin ich gut darin. Ich bin nach diesen Treffen nur immer etwas leer im Kopf.«

»Geht mir genauso«, entgegnete er. »Ich war schon nach meinem kurzen Beitrag körperlich erschöpft.«

»Das wird man auch. Einige von denen da drinnen, Aud zum Beispiel, s...«

»Wer war Aud?«

»Die ihren fünfzehnjährigen Sohn verloren hat.«

»Ah, ja. Was ist denn mit ihr?«

»Sie kommt schon seit anderthalb Jahren in die Gruppe. Sehr nett – und *sehr* redselig. Beim ersten Mal meinte sie zu mir, es würde nach und nach leichter. Und das muss es ja, selbst wenn sich das jetzt ganz unwirklich anfühlt und auch erst mal lange so bleiben wird.« Sie blickte ihn wieder an. »Fährst du mit dem Bus ins Zentrum, oder wohnst du außerhalb?«

»Ich wohne gleich oben am Krankenhaus. Um früher auszusteigen, müsste mich der Fahrer schon an den Haaren herauszerren.«

Trine lächelte.

»Dann steigen wir an derselben Haltestelle aus.«

KAPITEL 49

Freitag, 22. November

Es war Abend geworden. Die verschiedenen Flügel des Krankenhauses Kalnes badeten im gelben Licht der Straßenbeleuchtung, als Spikes knirschend über den eisglatten Parkplatz rollten. Anton zog die Handbremse und schaltete den Motor aus. Kurz nachdem sie Oslo hinter sich gelassen hatten, war Magnus zum zweiten Mal eingedöst und saß jetzt immer noch mit einem Pappkarton auf dem Schoß neben Anton und schlief. Anton legte den Autoschlüssel in den Becherhalter und stieg aus. Er schloss die Tür und betrat die psychiatrische Notaufnahme durch den Haupteingang. Dann eilte er den Gang hinunter, während er seine Zugangskarte aus der Geldbörse fischte. Er hielt sie an das Lesegerät an der Schleuse. Rotes Licht. Er fluchte, versuchte es erneut. Grünes Licht. Er trat ein, passierte die nächste Tür, grüßte den Wachmann, der mit einem Buch dasaß und kaum zu ihm aufschaute. Als er am Schwesternzimmer vorbeiging, hörte er jemanden telefonieren. Aus einem der Zimmer drang lautes Gelächter. Die Tür zu dem Zimmer, in dem Nora gelegen hatte, stand offen. Anton verharrte an der Türschwelle. Didrik stand mit dem Rücken zu ihm und zog das Bett ab. Auf dem Nachttisch lag eine Garnitur frischer Bettwäsche.

Anton überkam ein Déjà-vu. Vor nicht einmal achtundvierzig Stunden hatte er an derselben Stelle gestanden und aus demselben Fenster geblickt. Die Vorhänge waren jetzt ebenfalls aufgezogen, genau wie vor zwei Tagen, als Nora gefragt hatte, ob er sie in den Arm nehmen könnte. Er warf einen Blick auf das Scheinwerferlicht draußen und dachte an die möglichen Konsequenzen für den Fall, dass er Nora mitgenommen hätte. Im besten Fall wäre er gefeuert worden. Im schlimmsten Fall hätte man ihn der Entführung bezichtigt. Doch Nora wäre immerhin noch am Leben.

Er blieb stehen und beobachtete Didrik von hinten. Der Kollege summte leise vor sich hin, während er den Sack mit Schmutzwäsche füllte und frische Bettwäsche aufzog. Sorgsam faltete er die Bettdecke, sodass sie genau mit der Kante des Bettes abschloss. Mit der Hand strich er über das Kopfkissen und glättete es. Er hörte auf zu summen, stemmte eine Hand in die Hüfte und betrachtete sein Werk, ehe er aus dem Fenster blickte. Als ob er etwas Bestimmtes ansah.

»Was ist eigentlich passiert?«

Didrik fuhr zusammen und wandte sich jäh um. Anton machte einen Schritt ins Zimmer.

»Ich glaube, da solltest du vielleicht Vibeke fragen«, erwiderte Didrik und griff nach dem Wäschesack.

»Du hast sie doch mit nach draußen genommen, oder?«

»Ja.«

»Dann gibt es wohl niemanden, der besser darauf antworten kann als du.«

»Tut mir leid, Anton, aber sie haben mir einen Maulkorb verpasst. Ich war heute Vormittag zur Vernehmung.«

»Mit wem hast du gesprochen?«

»Mit der Polizei. Ist ja reine Routine. Wenn so was passiert, werden Ermittlungen eingeleitet.«

»Das ist mir schon klar. Ich wollte eigentlich wissen, wer genau dich befragt hat.«

Didrik überlegte.

»Gro? Guro? Jedenfalls eine Frau von der Polizeistation in Sarpsborg. Etwas mit G.«

»Aber die Polizei verpasst Zeugen keinen Maulkorb. Verdächtigen auch nicht, um genau zu sein. Im äußersten Fall kann dich ein Ermittler darum ersucht haben, dass du mit niemandem über das Geschehene redest, aber ich glaube nicht, dass das hier der Fall war. Doch sollte das tatsächlich so sein, dann gibt es nichts, worauf ich im Augenblick mehr scheiße als das, worum Gro oder Guro von der Polizeistation Sarpsborg dich ersucht hat.«

»Das Krankenhaus«, sagte Didrik. »Das Krankenhaus hat mir einen Maulkorb verpasst. Nicht die Polizei.«

»Das ergibt schon mehr Sinn, aber weißt du was?«

Didrik schüttelte den Kopf.

»Auch darauf scheiße ich. Was ist passiert?«

»Du wirst es aber für dich behalten?«

»Natürlich.«

»Ich habe Nora nach dem Abendessen gefragt, ob sie etwas an die frische Luft wollte, und sie hat Ja gesagt. Dann sind wir rausgegangen.« Er zeigte auf das Fenster. »Hier vorbei, und dann den Weg runter zum Wald.«

»Wie war sie?«

»Wie sie war?« Didrik wirkte nachdenklich. »Was soll ich sagen? Jedenfalls hatte ihr Verhalten nichts, was beunruhigend war. Wir haben uns unterhalten u…«

»Worüber habt ihr gesprochen?«, fiel Anton ihm ins Wort.

Didrik blickte ihn verwundert an.

»Du meine Güte. Es kann einem ja so vorkommen, als hätte ich sie aufgehängt?«

»Ich bin bloß neugierig zu erfahren, wie das so verflucht schiefgehen konnte.«

»Und das tut mir leid, Anton.«

»Unter Berücksichtigung der Situation schien es ihr am Mittwoch ganz gut zu gehen. Vielleicht war sie etwas deprimierter am Abend, aber dass sie *so was* machen könnte?«

»Mir ist ja nicht entgangen, dass ihr beide euch gut verstanden habt. Aber egal: Wir haben über Verschiedenes gesprochen. Über dich, unter anderem. Auch darüber, draußen in der Natur zu sein – sie hat wohl gern unter freiem Himmel geschlafen. Und ein bisschen darüber, wie es ihr ging.«

»Und wie ging es ihr?«

»Sie meinte, sie fühlte sich besser. Und sie *hat* ja auch besser ausgesehen. Wenn ich nicht gewusst hätte, dass ihre Arme unter dem Pullover bandagiert waren, wäre es mir vorgekommen, als hätte ich mit irgendeinem Mädchen einen Spaziergang gemacht. Ich glaube, dass ich auch deshalb so völlig perplex war.«

»Sie ist einfach weggelaufen?«

»Ich bin für einen Augenblick stehen geblieben, um mir den Schnürsenkel zuzuknoten, da ist sie schnurstracks in den Wald gelaufen. Ich bin hinterhergerannt und hab sie nach etwa hundert Metern wieder eingeholt, und in dem Moment habe ich einfach nicht nachgedacht, sondern habe nur ihre Arme gepackt. Ich hätte sie natürlich um die Taille fassen müssen oder ihre Oberarme festhalten, aber ich konnte nur ihre Unterarme packen, aber das tat ihr anscheinend weh, und sie hat geheult und geschrien wie ein Berserker.«

»Wie ein Berserker? Ein siebzehnjähriges Mädchen, das 45 Kilo wog?«

»Ja, ich musste richtig heftig mit ihr kämpfen. Ich habe sie auf den Boden geworfen, und da hat sie mir einen Tritt in die Eier verpasst. Und ehe ich wieder auf die Beine gekommen bin und Leute von hier angerannt kamen, da war sie über alle Berge.«

»Das Seil. Woher hatte sie das?«

»Sie muss es da drüben gefunden haben.«

»Wo *da drüben*?«

»Beim Sportverein Kalnes.«

»Hast du sie gefunden?«

»Nein, das war die Polizei. Die wurde sofort verständigt. Ist bei solchen Sachen ja auch Routine, d…«

»Didrik«, unterbrach Anton ihn. »Auch das ist mir völlig klar.«

»Ich merke, dass du total aufgebracht bist, und ich kann es nur immer wieder bedauern, aber das war nicht mein Fehler.« Didrik griff erneut nach dem Sack mit der Schmutzwäsche. »Ich habe früher schon mal einen Patienten verloren. Als ich mit Psychotikern gearbeitet habe, in Tromsø. Es war ein junger Mann. Ein Drehtürpatient. Sollte am nächsten Tag entlassen werden. Hab ihn nie in besserer Form erlebt als an diesem Tag. Ruhig und zufrieden. Hat Scherze gemacht und gelacht. Genau wie Nora. Und weil man ja hinterher immer klüger ist, sollte man meinen, dass man es zukünftig früher kapieren sollte, gerade *weil* der Pfeil nach oben zeigte.«

»Ein ziemliches Paradox.«

»Das kann man laut sagen, aber irgendwie finden sie in so einem Moment dann Ruhe – die Entscheidung ist gefallen. Aber wenn wir beschließen, so etwas nie zu glauben, dann können wir überhaupt niemals irgendwen entlassen. Denn deswegen kommen sie ja zu uns. Wir sollen ihnen helfen, den Pfeil herumzudrehen.«

Didrik trat auf die Tür zu.

»Fahr nach Hause, Anton.«

Didrik ging aus dem Zimmer. Anton stellte sich wieder an die Türschwelle. Der Wachmann sah kurz auf, ehe sein Kinn sich wieder zu dem Buch hinabsenkte, das er in den Händen hielt. Didrik legte sich den Wäschesack über die Schulter, während er den Gang hinunterlief. Dann warf er einen kurzen Blick hinter sich, als ob er überprüfen wollte, ob Anton ihn beobachtete.

KAPITEL 50

Volda, 1999, Tag 73

Trine rannte weg. Sie spurtete so schnell davon, wie ihre etwas zu kurzen Beine sie tragen konnten. Sie rannte genauso, wie sie es am vergangenen Mittwoch getan hatte. Um ihr Leben.

Die intensive Angst hatte sich nicht direkt gemeldet, nachdem sie aus dem Bus gestiegen und wieder zurück in Volda gewesen waren. Am Busbahnhof hatten sie sich noch ein paar Minuten unterhalten, dann hatte er auf die Uhr gesehen und gesagt, dass er langsam nach Hause sollte, weil er wegen der Arbeit früh aufstehen müsste. Danach war er mit langen, bedächtigen Schritten nach Osten geschlendert, ohne sich noch einmal umzublicken. Sie war stehen geblieben, bis er in Richtung Krankenhaus und Hochschule im Dunkeln verschwunden war. Trine war nach Norden gegangen, hoch zu den Studentenblöcken.

Jetzt spürte sie den Puls in den Schläfen hämmern, während ihre Schuhsohlen auf den Asphalt knallten. Sie spürte es. Spürte den Geschmack einer so großen Angst, dass ihr Herz aus dem Takt geriet und ihre Sinne sich gleichzeitig schärften. Und letzten Mittwoch war sie ganz real gewesen. Die Angst. Denn jemand war hinter ihr gewesen. Sie hatte die Umrisse eines Körpers gesehen, als sie die Straße am Kreisverkehr überquerte. Ein Körper, der sich plötzlich schneller bewegte, nachdem sie das Tempo erhöht hatte. Eine Gestalt, die ihr folgte.

Ihre Zähne klapperten, als sie den letzten Hügel zu den Studentenwohnungen hinauflief. Obwohl niemand zu sehen war, konnte sie es dennoch spüren. Jemand war in ihrer unmittelbaren Nähe. Vielleicht hatte Rebekka Ähnliches gefühlt, als sie so weit nach Elvadalen hineingekommen war, dass Umkehren nicht mehr infrage kam. Dass derjenige, der sie getötet hatte, dort auf sie wartete. Vielleicht war es gar nicht so gewesen, wie die aktuelle Theorie der Polizei besagte: dass jemand ihr von der Straße aus gefolgt war, sondern dass der Tod dort drinnen auf sie gewartet hatte. Genauso wie Trine davon überzeugt war, dass er jetzt auf *sie* wartete.

KAPITEL 51

Freitag, 22. November

Die Innenbeleuchtung war eingeschaltet, und Magnus hatte sich ans Steuer gesetzt. Er hielt das Handy eingeklemmt zwischen Ohr und Schulter und beendete gerade ein Gespräch. Ein Haufen Papiere lag auf seinem Schoß verstreut. Er hielt eine der Seiten an das Lenkrad gedrückt, las etwas und nickte der Stimme in seinem Ohr bestätigend zu. Anton ließ sich auf den Beifahrersitz fallen und knallte die Tür zu. Dann legte er sich je eine Hand mit gespreizten Fingern auf die Oberschenkel und lehnte sich zurück.

»Das war Weberg.«

»Wer ist das?«, fragte Anton.

»Lars Weberg.« Magnus legte das Handy weg. »Der Leiter der Ermittlung.« Er sammelte seine Unterlagen ein, legte sie in den Pappkarton, den er zwischen die Lehnen der Vordersitze gestopft hatte. »Wir müssen noch einmal anhalten, aber das geht schnell.«

Er drehte den Zündschlüssel, löste die Handbremse und setzte den Wagen in Bewegung.

»Hast du rausgefunden, was du wissen wolltest?«

Anton sah zu dem Gebäude, über dessen Eingang »Psychiatrische Notaufnahme« stand, während sich der Wagen auf den Kreisverkehr und die E6 zubewegte. Er umklammerte den Handgriff über der Tür.

»Hallo?«, fuhr Magnus fort. »Hast du erfahren, was mit ihr geschehen ist … Wie hieß sie noch mal?«

»Nora.«

»Genau. Hast du was rausbekommen?«

»Ja.« Anton wusste, dass eine ehrliche Antwort nur zu einer weiteren Diskussion führen würde. Doch Tatsache war, dass er nicht herausgefunden hatte, was passiert war. Im Gegenteil. Zu Beginn hatte er *eine* Frage gehabt. Jetzt waren weitere dazugekommen. Da drinnen war er für einen kurzen Moment nicht Sozialarbeiter, sondern Polizist gewesen. Er hatte Didrik Ryde nicht als Kollegen, sondern als Zeugen behandelt. Was Anton nun quälte, war, dass er gar nicht beschlossen hatte, diese Rolle zu spielen. Es war einfach so geschehen.

»Erinnerst du dich an die fünf Kategorien, von denen ich dir erzählt habe?«

»Du hast mir nur vier davon vorgestellt«, sagte Magnus und fuhr aus dem Kreisverkehr. »Verwirrung, Frustration, Angst, Kapitulation. Du meintest, ich würde begreifen, was die fünfte ist, wenn ich sie sähe. Was ist sie denn eigentlich?«

Irgendetwas war Anton an Didriks Verhalten in Noras altem Zimmer aufgefallen. Didrik hatte zwei der fünf Kategorien erfüllt, doch keine davon war Frustration gewesen – die er eigentlich zum Ausdruck hätte bringen sollen. Frustration über den Verlust einer Patientin. Frustration über die Unfähigkeit, ein siebzehnjähriges Mädchen unter Kontrolle zu halten. Frustration über das totale Versagen während der Arbeit. Stattdessen hatte er für einen Augenblick Angst erkennen lassen, als Anton ihn konfrontiert hatte. Das war so weit in Ordnung. Mit etwas gutem Willen konnte Anton das nachvollziehen. Aber dann war da noch die fünfte und letzte Kategorie, von der er Magnus nicht einmal erzählt hatte, weil sie so selten vorkam, dass sein junger Kollege wahrscheinlich seine ganze Polizeikarriere hinter sich bringen würde, ohne überhaupt jemals auf sie zu stoßen. Nach siebenundzwanzig Jahren bei der Polizei, siebzehn davon im Dienst der Kripo, hatte Anton es nur ein einziges Mal erlebt, dass diese Kategorie eine Rolle gespielt hatte. Bis zu diesem Abend. Denn Didrik hatte ihm weitaus mehr gezeigt, als er ihm erzählt hatte. Da waren das Summen beim Wechseln der Bettwäsche und die entspannten Schultern.

Sie waren bis zum Beschleunigungsstreifen an der E6 gekommen. Magnus drückte das Gaspedal hinunter. Der Motor brüllte.

»Die fünfte Kategorie«, sagte Anton, »ist *Freude.*«

*

Der Schornstein des Holzhauses am Anfang von Skjærviken stieß grauen Qualm aus. Magnus hielt an und parkte den Wagen in jungfräulichem Schnee vor der Garage.

Eine halbe Minute nachdem er angeklopft hatte, wurde der Schlüssel auf der Innenseite herumgedreht. Kurze Bartstoppeln bedeckten die Wangen unter den resignierten, geröteten Augen, die sich in der Türöffnung offenbarten. Die Haare waren struppig. Fredrik Olin würdigte ihn kaum eines Blickes. Er registrierte nur, wer da stand, ließ die Tür angelehnt und ging ins Haus zurück, ohne einen Ton zu sagen. Magnus trat einen Schritt vor und spähte in den Gang. Er konnte gerade noch sehen, wie Fredrik Olin hinter der Ecke verschwand. Magnus ging hinein und zog sich im Gang die Schuhe aus. Er kam an der Küche vorbei. Eine Bratpfanne mit eingetrocknetem Rührei stand auf dem Herd. Der Schrank unter dem Abflussbecken war geöffnet und enthüllte einen vollen Mülleimer. Der Staubsauger lag umgekippt und verlassen am Fuße der Treppe in den ersten Stock.

Fredrik Olin lag in dem verdunkelten Wohnzimmer vor dem offenen Kamin auf dem Fußboden. Der Widerschein der Flammen tanzte auf seinem Gesicht. Ein Laptop auf dem Wohnzimmertisch gab ein lautes Rauschen von sich.

»Tut mir leid, dass ich nicht aufgeräumt habe«, sagte Fredrik Olin nach einer Weile und streckte die Hand in Richtung des Feuers aus. Ein paar Funken stoben auf, als er ein Holzscheit richtete. »Cecilie hat sich immer darum gekümmert.«

»Gibt es niemanden, der herkommen und Ihnen etwas helfen kann?«

»Doch.« Er sprach leise. »Es wird zwar nicht offiziell angeboten, aber heute Nachmittag war ein Kumpel hier. Ich habe ihn weggeschickt. Ich kann hier niemanden ertragen. Gibt es was Neues?«

»Vor ein paar Tagen ist ein Name aufgetaucht.«

Fredrik Olin legte die Feuerzange weg und blickte auf.

»Bjørn Farsund.« Magnus nahm sich einen Hocker und setzte sich. »Können Sie sich erinnern, ob Cecilie einen Brief von ihm bekommen hat? Die Absenderadresse lautete Haftanstalt Halden.«

»Nein«, sagte Fredrik Olin, nachdem er einen Moment nachgedacht hatte. »Aber *Haftanstalt Halden*? Wieso … Ich meine, wer ist denn das? Und weshalb sollte er Cecilie einen Brief geschickt haben?«

Fredrik Olin starrte in die knisternden Flammen, während Magnus von Cecilies Ex-Freund erzählte. Von dem Abend, an dem Cecilie ihre Freundin Adele Ferking angerufen und verzweifelt um Hilfe gebeten hatte. Dass Adele sich ins Auto gesetzt und zeitgleich mit der Polizei bei ihr angekommen war und sie Cecilie leblos auf dem Badezimmerfußboden gefunden hatten. Von dem Besuch hinter den Gefängnismauern und von dem Briefwechsel.

»Adele?« Fredrik Olin verzog fragend das Gesicht. »Adele hat Cecilie im verprügelten Zustand aufgefunden?«

»Ja. Wir wissen auch, dass Cecilie nicht wollte, dass Sie davon erfahren. Es war ihr peinlich.«

»Aber ein Besuch im Gefängnis? Ein Brief? Ist das etwas, das er erzählt hat? Weil sich das ziemlich seltsam anhört, wie ich finde.

Und weshalb sollte sie überhaupt etwas mit ihm zu schaffen haben wollen?«

»Wir haben den Brief gesehen, den Cecilie ihm geschickt hat. Wir haben auch herausgefunden, dass sie ihn tatsächlich in Halden besucht hat.«

»Wann ist das gewesen?«

»Der Besuch hat Ende September stattgefunden, und der Brief wurde ein paar Tage danach abgeschickt.«

»Aber das ist ja kaum mehr als zwei Monate her.«

»Wie wir es verstanden haben, wollte Cecilie reinen Tisch machen, ehe er entlassen werden sollte. Jedenfalls haben wir ihre Zeilen so interpretiert.«

Fredrik Olin kam mühsam auf die Beine. Er trat an die Verandatür und legte das Gesicht an die Scheibe. Der Laptop wechselte in den Ruhemodus; der Lüfter setzte aus, während gleichzeitig der Bildschirm schwarz wurde.

»Und jetzt glauben Sie, dass er sie umgebracht hat?«

»Wir richten uns die ganze Zeit nach der Beweislage, jedenfalls versuchen wir es, und da, wo wir jetzt stehen, möchten wir Bjørn Farsund auf jeden Fall genauer unter die Lupe nehmen. Deswegen hatte ich gehofft, dass Sie vielleicht etwas wissen. Ob er Cecilie noch mehr Briefe geschickt hat, ob Cecilie in der letzten Woche vielleicht signalisiert hat, dass er versuchte, sie telefonisch zu kontaktieren, und so weiter.«

»Er hat sie auch angerufen?«

»Jeden Tag, aber Cecilie ist nicht rangegangen. Nicht vor Samstag.«

»Was meinen Sie mit *nicht vor Samstag*?«

Magnus erzählte, dass die beiden sich in der Stadt getroffen hätten.

»Was?« Fredrik Olin ging quer durchs Zimmer und blieb vor

dem Hocker, auf dem Magnus saß, stehen. Der stand auf. »Er hat Cecilie also am Telefon belästigt, hat ihr einen Brief geschrieben und war am Samstag mit ihr zusammen, und dennoch ist er ein freier Mann?«

»Nein, er sitzt in Untersuchungshaft. Erst mal für vierzehn Tage. Was die Juristen danach meinen, wenn diese Zeit vorbei ist, lässt sich nicht vorhersagen. Wir hätten gern etwas mehr, damit wir sichergehen können, dass er nicht eher freigelassen wird, bis die Ermittlungen abgeschlossen sind.«

»Was brauchen Sie denn noch?«, brüllte Fredrik Olin. »Was? Wo er sie früher schon einmal fast umgebracht hat?«

»Das sind Entscheidungen, die leider nicht mir obliegen.«

»Was können Sie denn überhaupt machen, verdammt? Was obliegt Ihnen?«

Fredrik Olins Speichel traf Magnus' Gesicht. Er sah zu Boden, wischte sich ein paar Tropfen vom Kinn und nickte kurz.

Magnus dachte, dass er das Gespräch beenden sollte.

»Bitte entschuldigen Sie die Störung.«

Er bewegte sich in Richtung Flur.

»Tut mir leid«, schluchzte der andere. »Ich weiß einfach nicht, was ich tun soll.«

Magnus blieb stehen. Er versuchte im Laufe der zwei Sekunden, die er brauchte, um sich zu Fredrik Olin umzudrehen, eine vernünftige Erwiderung darauf zu finden.

»Sie tun das, was Sie gerade tun können. Und das Letzte, was Sie tun sollten, ist, sich zu entschuldigen. Ich verstehe Ihre Frustration, und ich – wir – tun alles, was wir können.«

Fredrik Olin setzte sich auf den Hocker und barg das Gesicht in den Händen.

»Besteht irgendeine Chance, dass ich den Brief sehen kann, den sie ihm geschickt hat? Ich wüsste gern, ob sie ihm wirklich vergeben hat. Das ist die einzige Möglichkeit, wie ich es erfahren kann.«

»Wie ich schon sagte«, begann Magnus mit sanfter Stimme, »im Augenblick haben wir nichts, was Bjørn Farsund mit …«

»Das weiß ich«, fiel Fredrik Olin ihm ins Wort. »Ich rede von der Prügel, die er ihr verpasst hat, wie Sie gesagt haben.«

»Verstehe. Sie werden ihn zu sehen bekommen, ich kann aber nicht versprechen, wann. Aber Sie bekommen ihn.«

»Danke.«

Magnus zog sich im Gang die Schuhe an und ging hinaus. Er sah sich um. Anton saß auf dem Beifahrersitz und starrte auf sein Handy. Das Flackern eines Fernsehers im Haus gegenüber ließ die Umgebung in scharfen Kontrasten hervortreten. Die Klappe des Briefkastens, der am Zaun vor der Einfahrt zu Fredrik Olins Haus befestigt war, stand halb offen. Magnus ging die Treppe hinunter und trat auf ihn zu. Die Klappe lehnte an ein paar Zeitungen. Seit die Kriminaltechniker das Haus am Mittwoch untersucht hatten, hatte offenbar niemand mehr den Briefkasten geleert. Magnus nahm die Zeitungen sowie vier Fensterumschläge heraus, schob eine Hand in den Kasten und spürte, wie seine Fingerspitzen etwas Rundes und Kaltes berührten.

KAPITEL 52

Volda, 1999, Tag 73

Als Trine das Schnappschloss hinter sich zufallen hörte, wusste sie, dass sie in Sicherheit war. Dennoch rannte sie weiter, die Treppe hoch in den zweiten Stock, dann den Gang hinunter. Aus einer der Nachbarwohnungen drang Musik, aus einer anderen laute Stimmen. Sie schob den Schlüssel ins Schloss, riss die Tür auf und knallte sie hinter sich wieder zu. Dann drehte sie den Schlüssel herum, lehnte sich an den Rahmen und ließ die Luft aus der Lunge entweichen. Die Poren öffneten sich und entließen den Schweiß, als ob dem Körper klar wurde, dass die Hölle ein Ende gefunden hatte, dass sie an diesem Abend nicht sterben würde.

Sie zog ihre Jacke aus, ging ins Bad und nahm eine lange heiße Dusche. Langsam hörte sie auf zu zittern. Während ihr das Wasser ins Gesicht spritzte, ließ sie den Abend Revue passieren. Am letzten Mittwoch hatte sie keine Zweifel gehabt. Da war jemand gewesen. Heute Abend hatte sie nur etwas gespürt. Womöglich wurde sie verrückt. Vielleicht sollte sie doch besser tun, was die Eltern ihr vorgeschlagen hatten, nach Hause fahren und die Herbstferien bei ihnen in Mandal verbringen. Sie hatte gesagt, dass sie die Ferienzeit für das Studium opfern müsse, dass sie nach all den schrecklichen Geschehnissen eine Menge nachzuholen habe. Es lag durchaus ein Körnchen Wahrheit darin, doch der wirkliche Grund, aus dem sie nicht nach Mandal fahren wollte, waren Rebekkas Eltern, die zu treffen sie nicht über sich brachte. Weil es sich falsch anfühlte, dass Rebekka tot war, während sie selbst lebte.

Sie trocknete sich ab und schlüpfte in ihren Pyjama. Dann ging sie hinüber zu Rebekkas ehemaligem Zimmer und öffnete die Tür. Sie machte Licht, trat ein und setzte sich auf das Bett, auf dem nur noch eine nackte Matratze lag. Der Schreibtisch gehörte dem Studentenverband und stand noch da, war aber ausgeräumt. Rebekkas Eltern waren vorige Woche da gewesen und hatten ihre Habseligkeiten abgeholt. Die Mutter hatte Trine kaum angesehen, genau wie bei der Beerdigung. Trine hatte es verstanden, weil auch sie kaum jemandem in die Augen zu sehen vermochte. Nicht mal ihren eigenen Eltern.

Vor dem Wochenende hatte sich der Studentenverband gemeldet und gefragt, ob sie wollte, dass jemand anderes einzog. Trine hatte erwidert, dass sie lieber eine andere Wohnung wollte, eine mit nur einem Schlafzimmer. Sie blieb auf dem Bett sitzen, starrte an die Wand und dachte an den Abend zurück. Der war weit besser gelaufen als erwartet. Sie glaubte, es hatte damit zu tun, dass dieser junge Mann zu dem Treffen erschienen war, und obwohl ihr der egoistische Gedanke nicht gefiel, entsprach es doch der Wahrheit. Sie faltete die Hände, schloss die Augen und erzählte Gott und Rebekka, dass der muntere junge Mann sie sogar zum Lächeln gebracht hatte. Seit über einem Monat hatte sie nicht mehr gelächelt. Und als sie in Ørsta zum Bus gegangen waren, hatte er etwas Witziges gesagt. Sie kniff die Augen fest zusammen und erzählte, dass sie verabredet hatten, am nächsten Mittwoch zusammen an der Trauergruppe teilzunehmen. Dass sie für Rebekka weiterleben würde. Nicht nur jetzt, sondern immer. Sie stand auf, schaltete das Licht aus und verließ das Zimmer. Sie vergewisserte sich, dass die Wohnungstür verschlossen war, ehe sie in die Küche ging und sich einen Apfel aus dem Kühlschrank nahm. Dann stellte sie sich ans Wohnzimmerfenster. Allerdings sah sie nicht viel mehr als ihr Spiegelbild.

Da war irgendetwas an diesem Jungen aus der Trauergruppe, was Trine, die sich jetzt sicher verwahrt hinter einer verschlossenen Tür im zweiten Stock befand, in die Lage versetzte, an etwas anderes als *das* zu denken. An das Böse, das diese Hölle hervorgerufen hatte, in der sie womöglich für den Rest ihres Lebens ausharren musste. Denn jetzt dachte sie daran, dass sie sich zum ersten Mal seit über einem Monat auf etwas freute.

KAPITEL 53

Freitag, 22. November

Kristin lag auf der Seite und musterte Tony Isdahls nackten Körper. Seine Augen waren geschlossen, doch die Hand, mit der er ihren Oberschenkel streichelte, verriet, dass er nicht schlief.

Obwohl kein Risiko bestand, dass ihr Lebensgefährte jetzt nach Hause kam, stellte Kristin sich genau dies vor. Was würde er wohl sagen oder eventuell tun? Ein solcher Moment wäre vermutlich der beste, um das Ganze zu beenden. Das wäre sicher brutal und hässlich, aber sie wollte lieber das Pflaster mit einem Ruck abreißen, anstatt sich hinzusetzen und ein Gespräch zu führen, das vermutlich mehrere Tage dauern würde. Denn als sie am Morgen im Quality Hotel wach geworden war, hatte sie beschlossen, ihn zu verlassen. Nicht weil sie sich Hals über Kopf in den Mann verliebt hatte, der neben ihr lag, sondern weil es da draußen tatsächlich solche Männer wie ihn gab. Das war es, was sie brauchte. Was er ihr zweimal am Abend zuvor gegeben hatte, einmal am Morgen und dann eben hier in ihrem eigenen Bett noch ein weiteres Mal.

»Du bist so still«, sagte Tony, ohne die Augen zu öffnen. »War ich zu brutal?«

»Nein …« Sie fuhr mit einem Finger über seine muskulöse Brust. »Du warst gut.«

»Und woran denkst du?«

»An nichts Besonderes.«

»Schlechtes Gewissen?«

»Nein. Oder … Vielleicht habe ich ein etwas schlechtes Gewissen, weil ich kein schlechtes Gewissen habe … falls das jetzt irgendwie Sinn ergibt. Und außerdem muss ich genau überlegen, bevor ich etwas sage.«

»Wieso das?«

»Damit ich kein dummes Zeug von mir gebe.« Sie zwickte ihn leicht in die Brustwarze. »Ich will ja nicht, dass du gleich den Stecker ziehst.«

Er lachte trocken. Kristins Handy klingelte auf dem Fußboden. Sie streckte sich danach und hob es auf. Die Nummer war nicht gespeichert, und Kristin musste ein paar Sekunden nachdenken, bis ihr einfiel, zu wem sie gehörte. Sie griff nach dem Handy und stieg aus dem Bett.

»Ich muss da rangehen.«

Sie griff nach ihrem T-Shirt auf dem Boden.

»Nicht«, sagte er.

»Nicht was?«

»Wenn du mich schon verlässt, will ich, dass du nackt bist.«

Kristin lächelte verlegen, warf ihm das T-Shirt ins Gesicht und sagte: »Jetzt siehst du gar nichts mehr.«

Sie machte einen Quantensprung aus dem Zimmer, nahm den Anruf entgegen und trat ins Wohnzimmer. Sie konnte den Widerschein ihres Spiegelbilds im Fenster erahnen, während sie der bassähnlichen Stimme lauschte. Die Stadt unter ihr steuerte auf den Feierabend zu. Sie sah Autos und Lastwagen auf dem Weg in den weit geöffneten Schlund der Bastø-Fosen-Fähre unten am Kai. Das Licht aus unzähligen Fenstern und die Straßenbeleuchtung unten in der Stadt verschwammen hinter dem Fensterglas, während Kristin zuhörte und ihren Gedanken freien Lauf ließ. Eine halbe Minute nachdem Lars Weberg zu Ende geredet hatte, stand sie immer noch da und hielt sich das Handy ans Ohr.

»Wer war das?«

Kristin zuckte zusammen und drehte sich um. Tony stand nackt an der Tür zum Wohnzimmer und lehnte sich mit verschränkten Armen an die Wand. Das Licht aus dem Flur erhellte sein halbes Gesicht. Da war er wieder, dieser Mitten-beim-dritten-Schnaps-und-ich-will-dich-Blick, den er ihr schon über die Fischtheke hinweg zugeworfen hatte. Das war verflucht noch mal kaum mehr als sechzig Stunden her, dachte Kristin, und jetzt stand er da. In ihrer Wohnung. Der Wohnung, die sie mit ihrem Freund teilte. Sie musste vollkommen verrückt sein.

Die Bastø-Fosen-Fähre hatte vom Kai abgelegt und befand sich auf dem Weg in die Dunkelheit über dem Fjord.

»Was Vertrauliches, vielleicht?«

»Nein, das war ein Kollege.«

Er stellte sich hinter sie, legte das Kinn auf ihre Schulter, die Arme um den Leib und zog sie fest an sich. Sie spürte seinen schlaffen Schwanz an ihrem Hintern, während er ihren Hals küsste.

»Du wirkst so abwesend …« Er drehte sie herum, legte ihr die Hände auf die Wangen und starrte sie an, als ob er zu lesen versuchte, was in ihrem Kopf vorging. »Waren das schlechte Nachrichten?«

»Ich fürchte es, leider.«

»Aha?« Er legte den Kopf schräg. »Was denn für welche?«

»Ich kann nicht darüber reden, Tony.«

»Du …« Er blickte sie betörend an. »Aber wem sollte ich das schon weitererzählen?« Er nahm seine Hände von ihrem Körper.

»Möchtest du, dass ich gehe?«, fragte er nach einer Weile.

»Nein, ich will, dass du bleibst.« Sie zwang sich zu einem Lächeln und ergriff seine Hand. »Aber ich muss morgen früh um sieben in der Polizeistation Grålum sein.«

»Du weißt, dass morgen Samstag ist?«

»Ja«, erwiderte Kristin. »Aber das wird alles andere als ein normaler Samstag.«

KAPITEL 54

Samstag, 23. November

Das Ermittlerteam war im Laufe der Nacht auf achtzehn Männer und Frauen angewachsen. Für drei von ihnen hatte der Platz am Tisch nicht ausgereicht, weshalb sie an der Wand Aufstellung genommen hatten. Magnus stand neben dem Polizeichef an der Tür. Vor ziemlich genau zwei Minuten hatte Lars Weberg die Kollegen über den Ring informiert, den Magnus am Abend zuvor im Briefkasten von Cecilie Olins Mann gefunden hatte.

»Laut Kriminaltechnik ist der Briefkasten schon am Mittwochvormittag untersucht worden«, sagte Lars Weberg, der am Ende des Tisches stand, »und Fredrik Olin hat seitdem nicht mehr hineingesehen. Daher ist nicht ganz sicher, wann derjenige, der Cecilie entführt und ermordet hat, ihn dort hineingelegt haben kann. Dieser Fund allerdings lässt relativ sicher darauf schließen, dass auch Lisette Ness tot ist. Bis jetzt ist Kristin Mayer, unsere Kollegin aus Moss, die heute hier bei uns ist«, er deutete auf die Ermittlerin mit den knallroten Haaren, die auf der anderen Seite des Tisches saß, »von der These ausgegangen, dass sich Lisette Ness aufgrund von Eheproblemen freiwillig unauffindbar gemacht hat. Die Kollegen in Moss hatten beschlossen, bis nach dem Wochenende abzuwarten, ehe weitere Ermittlungen in Gang gesetzt würden. Ich habe gesehen, was von eurer Seite getan wurde, Mayer, aber darüber kannst du die Kollegen ja selbst informieren.«

Lars Weberg nahm Platz, und Kristin Mayer räusperte sich. Sie beugte den Oberkörper etwas vor und strich sich eine Haarsträhne aus dem Gesicht. Im Laufe der nächsten Minuten erläuterte sie dem Team den Handlungsverlauf. Sie berichtete von der Vermisstenmeldung, die Elias Ness am Mittwochmorgen in der Polizeistation Moss aufgegeben hatte, sowie darüber, was Lisettes Kollegin bei Moss Beauty über die kränkelnde Ehe, das verlorene Kind, die Arbeitssituation des Ehemanns und den Liebhaber – der übrigens als Verdächtiger ausgeschieden war – erzählt hatte.

»Er ist als Verdächtiger ausgeschieden?«, fragte Magnus aus der anderen Ecke des Raums. »Heißt das, er hat ein Alibi?«

»Dieser Seitensprung wurde schon vor mehreren Wochen beendet, und die beiden hatten danach keinen Kontakt mehr miteinander. Das hat der Liebhaber ausgesagt, und nach Abgleich seiner Informationen mit seinen Handydaten bei Telenor entspricht das den Tatsachen. Ich möchte hinzufügen, dass er glaubwürdig wirkt.«

»Was ist mit dem Ehemann?«

Ehe Kristin Mayer antworten konnte, sagte Lars Weberg: »Da ist weiter ja noch nichts nachgeprüft worden, oder?«

»Nein«, erwiderte sie.

»Dann rede heute noch mal mit ihm.«

»Gibt es da irgendeine Vorgeschichte?«, wollte Magnus wissen. »In deren Beziehung?«

»Vorgeschichte?« Kristin Mayer sah ihn an. »Meinst du, ob wir bei denen früher schon mal was von Streitereien und Ähnlichem gehört haben?«

»Zum Beispiel.«

»Nein. Bei mir sind auch keine Alarmglocken losgegangen, weder bei der ersten noch bei der zweiten Begegnung mit ihm. Allerdings … Wie schon gesagt, habe ich ja angenommen, die Antwort bereits zu kennen, und jetzt liegen die Dinge anders.«

»Gibt es überhaupt eine Verbindung zwischen Lisette Ness und

Cecilie Olin?«, fragte der Polizeichef, der seit Beginn des Treffens zum ersten Mal den Mund aufmachte.

»Nein«, erwiderte Lars Weberg, »allerdings konnten wir uns bis jetzt nur die sozialen Medien anschauen, und da gibt es nichts.« Er blickte auf die Papiere vor sich. »Torp, du wolltest noch was sagen.«

Magnus trat einen Schritt vor und stellte sich in die Mitte des Raums. Er berichtete von dem Anruf des Rechtsmediziners Mogens Poulsen am Donnerstagabend, dem Gespräch mit dem Lensmann von Volda og Ørsta und dass er den gestrigen Vormittag dort verbracht hatte.

»Ich kann mich gut an diesen Fall erinnern«, sagte einer der Ermittler und erntete auch von anderen ein Kopfnicken. »Aber *weißt* du, dass die Fälle zusammenhängen, oder ist das eine Theorie?«

»Es ist eine Theorie«, erwiderte Magnus. »Als ich das erste Mal mit Mogens Poulsen darüber gesprochen habe, fand ich das ziemlich dünn. Bis ich dann die Fotos von Rebekka Vehler gesehen habe. Die beiden Fälle ähneln einander so sehr, dass wir gezwungen sind, uns das näher anzuschauen.« Magnus stellte sich wieder neben den Polizeichef. »Bis ich Kristin Mayers Briefing gehört habe, wollte ich in erster Linie herausfinden, wo Fredrik Olin und Bjørn Farsund sich 1999 aufgehalten haben. Aber, Mayer …«, er warf einen Blick auf die Ermittlerin aus Moss. »Wie alt ist Elias Ness?«

»Vierundvierzig.«

Magnus nickte in sich hinein. Dann sagte er: »Journalismus ist eine der Studienrichtungen an der Hochschule in Volda.«

KAPITEL 55

Samstag, 23. November

Hewar blickte in den Himmel, der bald die Farbe wechseln würde. Er ließ das Taxifenster zwei Zentimeter herunter, spürte die kühle Morgenluft und lauschte der wahrscheinlich schweigsamsten Hauptstadt der Welt. Nichts anderes als die ferne Sirene eines Einsatzfahrzeugs war zu hören. Er schaltete das Radio ein. Werbung. Er reduzierte die Lautstärke und sah auf die Uhr am Armaturenbrett. 08:47. Noch dreizehn Minuten, dann war die Stunde zwischen acht und neun vorüber. An Wochentagen war dies die geschäftigste Stunde. An den Wochenenden: tote Hose. Die meisten Partys waren vorbei, und Herr und Frau Durchschnittsmensch waren kaum aus dem Bett gekommen. Weil Herr und Frau Durchschnittsmensch samstags nicht zur Arbeit gingen. So viel hatte er nach fast vierzig Jahren in diesem Land begriffen. Letzte Woche hatte er in einer Zeitung gelesen, dass Herr und Frau Durchschnittsmensch am liebsten auch freitags zu Hause bleiben würden.

Hewar spähte in den Seitenspiegel. Er konnte sehen, wie der Kollege hinter ihm aus seinem Taxi stieg und sich eine Zigarette anzündete. 08:48. In genau zwei Minuten würde er das kreischende Geräusch eines bremsenden Zuges von einem der Gleise am Osloer Hauptbahnhof hören. Er hoffte auf eine weite Fahrt. Eine weite Fahrt mit einer so netten Unterhaltung, dass der Fahrgast ihm ein ordentliches Trinkgeld geben würde. Vielleicht fände der Fahrgast die Unterhaltung sogar so angenehm, dass er Hewar bitten würde, einen kleinen Umweg zu machen, um sie fortsetzen zu können. Das hatte er schon erlebt. Nicht oft, aber es war vorgekommen. Hewar hatte so viel Spaß daran, sich zu unterhalten, dass manche seiner Fahrgäste meinten, er habe *zu viel* Spaß daran.

Von den Gleisen drüben heulte es. Er sah wieder in den Spiegel. Der Kollege trat die Kippe aus und setzte sich zurück in den Wagen. Hewar ließ das Fenster hochfahren. Es dauerte nicht lange, bis er eine Gestalt näher kommen sah. Er richtete sich in seinem Sitz auf und beobachtete die Person im Spiegel. Doch, ja. Der Mann bewegte sich auf das erste Taxi in der Warteschlange zu. Hewar drehte den Zündschlüssel um. Endlich. Die erste Fahrt seit einer Stunde.

Die hintere Tür wurde geöffnet. Hewar drehte sich um und sah den Fahrgast an. Die Augen wirkten glanzlos, aber nicht so, als käme er direkt aus dem Schlafwagen. Der ist auf Drogen, dachte Hewar. Er war nicht der erste. Der erste heute, aber der vierte in dieser Woche.

Sobald die hintere Tür geschlossen wurde, nahm Hewar einen prüfenden tiefen Atemzug durch die Nase. Solche Typen rochen in der Regel nicht gerade nach Mandeln und Honig, sondern eher nach dicken Schichten von altem Schweiß, die von einer neuen Schicht zum Leben erweckt wurden und somit einen Geruch freisetzten, der sich kaum mit etwas anderem vergleichen ließ. Aber davon merkte Hewar bei diesem Typen überhaupt nichts. Alles war ganz natürlich. Jedenfalls überdeckte *ganz natürlich* anscheinend das meiste, was seit einer Weile nicht mit Wasser und Seife in Berührung gekommen war. Dieser Typ roch nach nichts. Oder doch. Er roch wie frisch gewaschen, und jetzt sah Hewar, dass auch seine Sachen völlig sauber waren.

Kein Grund also, eine Vorauszahlung einzufordern oder ihn zu fragen, ob er für die Fahrt auch aufkommen könnte.

»Guten Morgen«, sagte Hewar in einem so flüssigen und guten Norwegisch, dass er, wenn nicht sein Name und die Hautfarbe gewesen wären, wie jemand gewirkt hätte, der in Norwegen gezeugt und geboren worden war.

»Wohin möchten Sie?«

»Vinderen.«

Die Stimme des Fahrgasts klang rau, als ob er heute zum ersten Mal den Mund aufmachte. Hewar legte einen Gang ein und gab Gas. Er wendete, fuhr vom Taxistand los und hielt auf die Operagate zu. Im Rückspiegel sah er, dass der Fahrgast den Kopf zurücklegte und den Autohimmel anstarrte, ehe er die Augen schloss.

»Alles in Ordnung?«, fragte Hewar.

Der Fahrgast nickte.

»Wohnen Sie da oben in Vinderen, oder …?«

»Nein.«

Okay, okay, dachte Hewar. Der Typ war anscheinend nicht besonders redselig. In Ordnung. Er würde die Worte nicht aus ihm herauszwingen. Wenn er nicht mit dem Zug gekommen wäre, hätte Hewar vermutet, dass er letzte Nacht zu lange Party gemacht und womöglich etwas getan hatte, was er nicht hätte tun sollen. Dass er deshalb mit zurückgelegtem Kopf und geschlossenen Augen auf der Rückbank saß und darüber nachgrübelte, was er, wenn er morgens um neun auf der Türschwelle stand, zu seiner Frau sagen sollte. Hewar hatte das schon viele Male erlebt. Männer und Frauen, die er nach Hause gefahren hatte. Und Ehefrauen oder Ehemänner, die ausrasteten, bis ihre einstmals bessere Hälfte endlich dazu kam, ihn zu bezahlen. Hewar sah wieder in den Rückspiegel. Nein, dachte er, wenn der Typ nach Hause zu seiner Frau wollte, dann würde er hier oben wohnen.

»Wenn wir näher kommen, sagen Sie mir Bescheid, wohin ich fahren soll?«

Im Radio wurde ein Stück gespielt, das er mochte, und eigentlich kannte er den Namen der Band und des Stücks, aber in seinem Kopf stand gerade alles still. Alles stand um diese Tageszeit still. Er drehte die Lautstärke höher, trommelte den Takt mit den Fingern auf seine Hose und vergewisserte sich, dass im Spiegel kein protestierender Blick auftauchte. Nichts, der Fahrgast schien die Musik überhaupt nicht mitzubekommen. Hewar wagte es, den Lautstärkeregler noch ein bisschen weiter nach rechts zu drehen. Er warf einen erneuten Blick in den Spiegel. Noch immer keine Reaktion. Aber weiter wollte er sein Glück nicht auf die Probe stellen.

Sie fuhren durchs Stadtzentrum. Das Taxi rollte am Bislett-Stadion vorbei, entlang der altehrwürdigen Mietshäuser in Fagerborg und weiter durch Marienlyst. Durch das Fenster konnte er die Wärme der Sonne spüren, die sich tief am Horizont über dem Hauptsitz des *NRK* erhob. Die Musik ging in Werbung über, und Hewar stellte den Ton ab.

»Jetzt kriecht sie langsam hoch«, sagte er. »Die Sonne. Das wird heute ein schöner Tag.«

Sie blickten gleichzeitig in den Rückspiegel. Erst in diesem Moment, als die Sonne den Mann direkt erfasste, fielen Hewar die dunklen Ringe um seine müden Augen auf. Und im Blick des Mannes lag die Antwort: Es würde kein schöner Tag werden.

KAPITEL 56

Volda, 1999, Tag 75

Als sie gemeinsam zur Heimvolkshochschule Møre gekommen waren, hatte er sich ganz selbstverständlich neben Trine an den Tisch gesetzt. Die Gruppenleiterin hatte das Treffen schon vor einer Weile eröffnet und gesagt, dass auch an diesem Tag alle wieder zu Wort kommen könnten, doch daran zweifelte er. Aud hatte nämlich schon vor fast einer halben Stunde das Wort ergriffen und redete über ihren Sohn Levi. Die anderen schienen es nicht zum ersten Mal zu hören. Sie lauschten zwar, wirkten aber nicht sonderlich interessiert.

Er hatte den Bus nach Ørsta gerade noch erwischt, hatte von seiner Arbeitsstelle sogar rennen müssen, nachdem er seinem Chef gesagt hatte, dass er sich nicht wohlfühle und fürchte, sich einen Magen-Darm-Virus eingefangen zu haben. Unmittelbar danach hatte man ihn nach Hause geschickt. Die Scheißeritis war ein aus der Not geborener Freund und die einfachste Weise, sich mit augenblicklicher Wirkung von der Arbeit abmelden zu können. Man hatte ihm sogar eingeschärft, erst dann zurückzukommen, wenn er mit Sicherheit wieder gesund war, denn einen größeren Krankheitsausbruch könnten sie nicht riskieren.

Diskret stupste er Trines Oberschenkel an. Sie drehte sich zu ihm. Er blickte auf den Teller mit dem Gebäck. Sie schob den Teller zu ihm hinüber und hörte Aud weiter zu. Während die Kekse zwischen seinen Zähnen knirschten, beobachtete er Trine aus dem Augenwinkel. Tja, anscheinend war sie nicht genauso wie

Rebekka, hübscher zwar, aber nicht *genauso*. Rebekka hätte nämlich, allein indem sie etwas sagte, einen verdunkelten Raum voller Menschen bezaubern können. Mit Trine mochte man vielleicht das Licht einschalten, aber was dann? Er war sicher gewesen, dass er ein Mädchen wie Rebekka haben wollte. Natürlich war er in sie verliebt gewesen, allerdings hatte er sich in eine Illusion verliebt. Was, wenn er ihr Flehen erhört und ihr vergeben hätte, als sie in Elvadalen auf dem Boden gelegen und Blut gespuckt hatte? Nicht eine einzige Sekunde hatte er das erwogen. Stattdessen hatte er ihre Haare gepackt, den Kopf vom Boden gehoben und ihr ins Ohr geflüstert: »Gott vergibt. Ich tue es nicht.« Vielleicht etwas theatralisch, aber in diesem Moment hatte es gut gepasst.

Er hatte Trine angesehen, ohne zu registrieren, dass sie sich zu ihm gedreht hatte. Mit einem schiefen Grinsen blickte er sie an. Dann wurde ihm plötzlich bewusst, dass nicht nur Trine ihn anstarrte, sondern alle.

»Hm?«, fragte er und legte den angebissenen Keks auf den Tisch.

»Ich habe bloß gefragt, wie es dir in der letzten Woche ergangen ist«, sagte die Gruppenleiterin.

»Gut, danke. Doch, es geht mir gut.«

»Möchtest du uns heute an irgendetwas teilhaben lassen?«

»Ich bin eigentlich nur froh, hier zu sein. Am Dienstag und auch gestern war es leichter aus dem Bett zu kommen als am Montag.«

»Das ist schön. Oft braucht man ja gar nicht viel mehr als die Möglichkeit, mit jemandem reden zu können, und dann darfst du uns gern auch mehr teilhaben lassen, wenn sich das für dich in Ordnung anfühlt.«

Sie blickte ihn abwartend an, als ob sie wünschte, er möge jetzt schon etwas mehr sagen, doch er begnügte sich mit einem zustimmenden Kopfnicken, ehe er wieder nach dem Keks griff.

»Was ist mit dir, Trine?«, fuhr die Gruppenleiterin fort. »Wie ist es in den letzten Tagen gelaufen?«

»Ich weiß nicht so recht. Aber wenigstens ist meine Wohnung sauber.«

»Letzte Woche hast du erzählt, dass dir der Studentenverband eine neue Wohnung besorgen wollte. Hat sich da was getan?«

»Nein, noch nicht. Aber da jetzt Ferien sind, wird vor nächster Woche auch nichts passieren. Ich dachte auch mehr daran, dass ich geputzt habe. Montag und gestern. Und heute Abend mache ich das bestimmt noch mal.«

»Hach«, seufzte eine Frau in den siebzigern. Ihre Haare waren lang und dunkel, mit kräftigen grauen Strähnen. »Ich kann mich total gut in dir wiedererkennen.«

»Weil es sich leichter anfühlt, wenn du putzt oder andere Dinge tust?«, hakte die Gruppenleiterin nach.

»Ja, in dem Moment, in dem ich das tue, ist das so«, erwiderte Trine. »Aber es reicht schon, wenn zum Beispiel ein Musikstück im Radio läuft, das Rebekka und ich uns öfter zusammen angehört haben … Da fange ich dann manchmal wieder an zu weinen, und es dauert dann lange, bis ich damit aufhören kann. Falls ich es überhaupt schaffe.«

Trine blickte auf ihren Schoß. Ihre Augen waren feucht geworden. Unter dem Tisch legte er eine Hand auf ihre, streichelte sie mit dem Daumen. Sie schenkte ihm ein trauriges Lächeln und sagte etwas so leise, dass es fast nicht zu hören war. Fast. Sie sagte *Danke.* Aud reichte ihr ein Kleenex.

»Und dann war ich heute Vormittag bei der Polizei.« Sie schniefte. »Die wollten, dass ich vorbeikomme.«

»Ach, du Ärmste«, ließ sich Aud vernehmen. »Bist du nicht schon zweimal da gewesen?«

»Doch, und ich habe deswegen auch mit Papa gesprochen, bevor ich dahingefahren bin, und er meinte, dass die Polizei eben so arbeitet. Sie bestellen die Leute mehrmals zur Befragung ein, um zu überprüfen, ob man jedes Mal das Gleiche sagt.«

Sie zog ihre Hand zurück, drückte sich das Papiertaschentuch an die Nase und schnäuzte sich vorsichtig. Dann blinzelte sie rasch zur Deckenlampe hinauf, zerknüllte das Papier und legte die Hand zurück auf ihren Oberschenkel. Er legte seine obenauf.

»Ich war gestern in Volda und habe eine Freundin besucht«, sagte die Gruppenleiterin. »Als ich spät abends wieder nach Hause gefahren bin, herrschte reger Betrieb im Büro des Lensmanns. Ich konnte Flutlicht und viele Autos draußen erkennen, und es war ganz deutlich, dass sie rund um die Uhr arbeiten.«

»Ist ja wohl das Mindeste.« Aud wieder.

Wie lange hatte sie jetzt den Mund gehalten? Zehn Sekunden? Fünfzehn? Er spähte zu ihr hinüber, aber sie war zu sehr damit beschäftigt, etwas Milch in ihre Kaffeetasse zu geben, als dass sie es mitbekommen hätte.

»Außerdem habe ich den Eindruck, dass die Zeitungen seit vierzehn Tagen immer dasselbe schreiben«, fuhr Aud fort. »Was hier bei uns in *Møre-Nytt* geschrieben wird, das kriegen ja nur wir mit, aber seht euch mal die überregionalen Zeitungen an. Da wird jeden Tag ihr Foto auf der Titelseite abgedruckt. Denken die gar nicht an die armen Eltern?«

»Aud …« Die Gruppenleiterin sah sie mit sanftem Blick an. »Aber, Trine, ist es denn gut gelaufen?« Sie versetzte ihre Tasse ein Stück. »Das Gespräch mit der Polizei?«

»Ja …«, erwiderte Trine mit heiserer Stimme. »Die wollten mich gar nicht weiter befragen, aber da in letzter Zeit nicht viel passiert ist, hatten sie das Gefühl, sie müssten mich auf den aktuellen Stand der Dinge bringen. Es gibt nämlich was Neues.«

Sein Daumen hörte auf zu streicheln.

KAPITEL 57

Samstag, 23. November

Die wenigen Schneereste, die nach dem nächtlichen Regen in den Villengärten von Vinderen noch übrig waren, kapitulierten gerade vor der Sonne.

Während das Taxi die Straße hinunter verschwand, öffnete er das schmiedeeiserne Tor. Durch das Fenster konnte er das nicht mehr ganz junge Ehepaar, das unter dieser Adresse wohnte, einander gegenüber am Küchentisch sitzen sehen. Beide blickten nach unten, als ob sie in ihre jeweilige Zeitung vertieft wären, und registrierten nicht die Gestalt, die draußen vorbeiging und auf die Außentreppe zusteuerte. Aus dem Hausinneren war eine Klingel zu hören, als sein Finger auf den Knopf drückte. Einen Augenblick später hörte er Schritte. Die Tür wurde geöffnet, und plötzlich wurde ihm bewusst, dass er den anderen zum ersten Mal ohne seine Brille sah.

»Anton?«, fragte Mogens Poulsen erstaunt.

»Tut mir leid, dass ich so früh vorbeikomme. Und noch dazu unangemeldet.«

»Das macht doch nichts, ich bin nur überrascht.« Er blickte über Antons Schulter und über die Einfahrt hinweg zur Straße, die unten am Zaun vorbeiführte. »Bist du mit der Bahn gekommen?«

»Hab mich von einem Araber fahren lassen, der ein ebenso großer Fan von a-ha ist wie du von deiner dänischen Rockband, wie hieß die noch, Gasolin'?«

Der Däne grinste.

»Du hast dir ja ’nen ganz schönen Bart wachsen lassen. Siehst jetzt aus, als wärst du in meinem Alter.«

Er trat einen Schritt zurück und winkte Anton herein. Anton zog seine Jacke aus, steckte den Kopf zur Küche hinein und begrüßte die Gattin, während Mogens Poulsen eine saubere Tasse aus dem Schrank nahm und Kaffee einschenkte. Dann nahm er seine eigene vom Küchentisch und deutete in Richtung Wohnzimmer. Anton folgte ihm und sank dem Dänen gegenüber auf das Sofa.

»Schön, dich wiederzusehen«, sagte der Rechtsmediziner. »Ich habe ein paarmal versucht anzurufen, aber dann habe ich im Sommer von Torp gehört, dass … Ja, dass du zeitweilig nicht so gut zu erreichen warst.«

»Auch das tut mir leid.«

»Wie geht es dir denn?«

»Es geht mir gut«, sagte Anton und erzählte, dass er den Umweg über einen Kindergarten gemacht hatte, bevor er in der psychiatrischen Notaufnahme des Krankenhauses Kalnes gelandet war.

»Du sagst, es geht dir gut«, sagte der Däne ruhig, ohne den Blick von Anton abzuwenden, »aber ich kann sehen, dass das nicht der Fall ist.« Er lehnte sich zurück und schloss die Hände um die Kaffeetasse. »Und natürlich habe ich mich gefragt, was eigentlich passiert ist. Torp schien nicht so viel sagen zu wollen, als ich ihn gefragt habe. Und dann bin ich vor ein paar Wochen seinem Vorgesetzten begegnet. Rein zufällig. Bin da draußen vor dem Ullevål direkt in ihn hineingelaufen.« Er deutete durch das Fenster in Richtung Stadion. »Er meinte, er sei nicht sicher, aber du würdest den Eindruck machen, als seist du alles leid. Als seist du bedient.«

Anton berichtete.

»Ich wünschte, du hättest das alles mit mir besprochen, ehe du es getan hast«, sagte der Däne. »Ich hätte dir nämlich erzählen können, wie so was endet.« Er tippte mit dem Mittelfinger gegen die Tasse. »Aber gut, mein lieber alter Freund, du bist natürlich nicht hergekommen, um einen Schluck Kaffee serviert zu bekommen. Also, was kann ich für dich tun?«

»Nora Meisler. Hast du den Namen schon mal gehört?«

»Ja«, sagte der Däne, führte seine Kaffeetasse zum Mund und nahm einen Schluck. »Das Mädchen unten in Fredrikstad.« Er stellte die Tasse auf den Tisch. »Kanntest du sie?«

»Ja.«

»Ach ja, natürlich. Sie war Patientin in Kalnes.«

»Hast du sie obduziert?«

»Nein, das war Tormod. Woran denkst du?«

»Ich … Ja, wie soll ich mich jetzt ausdrücken, damit du nicht denkst, ich bin irre geworden?«

»Kannst du nicht bitte das tun, was du immer getan hast?«

»Und das wäre?«

»Die Dinge direkt aussprechen.«

»Kann sie ermordet worden sein?«

»Falls Tormod in diese Richtung gedacht hätte, wäre das sicher in seinem vorläufigen Bericht aufgetaucht. Ich habe ihn zwar nicht gelesen, aber wenn auch nur der geringste Verdacht aufgekommen wäre, dann hätte er mit mir darüber gesprochen. Das kann ich dir garantieren, Anton. Du weißt es auch selbst, aber Mord durch Erhängen kommt *ungeheuer* selten vor.«

»Ja, es kommt aber auch vor, dass ein Mord vertuscht wird.«

»Wie gut kanntest du sie?«

»Gut kannte ich sie überhaupt nicht. Sie war eine Patientin, und wir haben auch gar nicht viele gemeinsame Stunden verbracht. Ich bekomme es bloß nicht in den Kopf. Es ergibt irgendwie keinen Sinn.«

»Nein, für dich und mich nicht. Aber für sie war es vielleicht das Einzige, das Sinn ergab. Weshalb ist sie eingewiesen worden?«

»Sie ist zu uns gekommen, nachdem sie am Dienstagvormittag versucht hatte, sich das Leben zu nehmen.«

»Und du vermutest also einen Mord …« Der Däne lächelte mitfühlend. »Anton.«

»Ich weiß …«, seufzte Anton. »Ich weiß … Ich höre mich verrückt an, aber meine Sensoren haben angeschlagen, als ich mit dem Kollegen in Kalnes gesprochen habe, der für sie verantwortlich war.«

»Und wieso haben die angeschlagen?«

»Ich glaube, das lag an der ganzen Situation, an der Art, wie er sich aufgeführt hat. Als wir uns getrennt haben, hat er mir so einen Blick zugeworfen, einen Blick, den ich schon hundertmal zuvor gesehen habe, Mogens. Bei Leuten, die zum ersten Mal vernommen werden, und die nicht so sehr daran gewöhnt sind, den Anschein der Unschuld zu wahren. Bei denen man einfach *weiß*, dass sie nicht die ganze Wahrheit sagen, und die so nervös sind, dass man es nicht übersehen kann.«

»Du meinst nicht, dass du da vielleicht etwas hineininterpretierst?«

»Nein, und wenn das eine Vernehmung gewesen wäre, hätte ich ihn niemals gehen lassen, ohne vorher alles zu erfahren.«

»Verstehe. Weißt du etwas über ihren Hintergrund?«

»Der absolute Klassiker. Sie ist bei der Mutter groß geworden, und als sie fünf Jahre alt war, begegnete ihre Mutter der Wurzel allen Übels.«

»Sexueller Übergriff?«

»Elf Jahre lang. Bis dieses Schwein, übrigens ein Aufzugmonteur, auf der Arbeit einen falschen Schritt tat. Der Sturz hat diesem Teufel zum Glück das Genick gebrochen.«

»Und die Mutter?«

»Mit der war auch ständig was. Pillen und Alkohol.«

»War? Sie lebt also nicht mehr?«

»Nein, nur Wochen nach dem Wunder im Aufzugsschacht hat sie sich einen etwas zu kräftigen Cocktail zusammengemischt. Erst da, Mogens, ist der leibliche Vater aufgetaucht und hat Verantwortung für das Kind übernommen. Zehn oder zwölf Jahre zu spät. Was sind das für Menschen, die nicht kapieren, was mit ihren Kindern geschieht? Noras Oberarme waren übersät von kleinen Schnittwunden. Warum, verdammt, wurde da kein Alarm geschlagen? Ist doch klar, dass die was gewusst haben müssen.«

»Nicht unbedingt. Es ist ziemlich einfach, Narben zu verdecken, indem man beispielsweise nur langärmelige T-Shirts trägt. Ich glaube, du weißt einfach nicht genug, um mit den Fingern auf die Eltern zu zeigen, besonders auf den Vater – es sei denn, du hast noch mehr Informationen.«

»Ich behaupte ja nicht, dass die Eltern etwas von dem Missbrauch wussten, aber sie müssen doch verdammt noch mal kapiert haben, dass es ihr nicht gut ging.«

»Und am Dienstag hat sie dann zum ersten Mal versucht, sich umzubringen?«

»Das zweite Mal, soweit ich weiß. Beim ersten Mal ist sie in der Jugendpsychiatrie gelandet.«

»Sie war jetzt also volljährig, da sie in die psychiatrische Notaufnahme kam?«

»Nein, in der Jugendpsychiatrie war alles voll. Sie war siebzehn.«

»Als ich in den Siebzigerjahren studierte, habe ich eine Zeit lang in der Psychiatrie des Rigshospital in Kopenhagen gearbeitet. Nicht als Arzt, aber ich habe in etwa das Gleiche getan, was du jetzt da machst. Eines Tages kam eine junge Frau zu uns. Gry.

Gleiche Vorgeschichte wie bei Nora. Sie war etwas älter, neunzehn oder zwanzig. In diesem Fall waren ihr Vater und ihre Onkel die Verursacher des Leids, zwischendurch auch mal ein paar von deren Kumpeln. Sie konnte sich nicht erinnern, jemals nicht missbraucht worden zu sein. Da versteht man dann, wie alt sie gewesen sein muss, als das Ganze anfing.«

»Ich glaube, ich ertrage es gar nicht, mehr darüber zu hören«, sagte Anton.

»Wie lange warst du eigentlich bei der Polizei?«, fragte ihn der Pathologe.

»Siebenundzwanzig Jahre.«

»Und bei der Kripo hast du angefangen … 2001?«

»2002.«

»Du hast also fast zwanzig Jahre mit Mordfällen zu tun gehabt, plus sieben Jahre … was war das noch mal? Streifendienst?«

»Ja, das und Drogenfahndung.«

»Eine Tragödie nach der anderen. Man könnte sagen, dass das auch für mich gilt, aber dennoch ist es bei mir etwas anderes. Ich schneide in totem Fleisch herum und erspare mir alles andere. Du hingegen wirst mit dem ganzen Ausmaß dieser Tragödien konfrontiert. Es ist ganz normal, dass die Angehörigen eines Menschen, der den Freitod wählt, gerne glauben möchten, dass jemand anderes die Schuld daran trägt – so wird die Bürde etwas leichter. Aber du warst ja keiner ihrer Angehörigen, Anton. Du hast eben gesagt, dass du nur ein paar Stunden mit ihr verbracht hast. Hat das Ganze etwas damit zu tun, dass du kein Polizist mehr bist? Drückt da der Schuh? Wünschst du dir deshalb, beweisen zu können, dass sie ermordet wurde, um das Gefühl zu haben, wieder der zu sein, der du eigentlich bist?«

»Damals hat auch niemand geglaubt, dass Harald Uteng ermordet wurde. Einschließlich deines Instituts. Und wenn ich mich nicht irre, hast du ihn obduziert. Und dann zeigte sich, dass es doch Mord war.«

Die Augen des Dänen wurden schmaler.

»Das soll keine Kritik sein«, sagte Anton. »Du hast getan, was du tun musstest, und du hattest alle Fakten auf deiner Seite. Ich ärgere mich mehr über diese tumben Amateure, die der Polizeidistrikt Øst zu seinen Hausjuristen zählt. Was ich sagen will, ist, dass Fehler eben begangen werden. Aber jetzt wollen wir nicht weiter an alten Wunden rühren. Hat denn die Geschichte von Gry ein glückliches Ende?«

Der Däne blickte auf seinen Kaffee.

»Gry und ich haben uns bestens verstanden. Sie war ungeheuer gut verdrahtet und scharfsinnig. Wach. Witzig. Auch hübsch, obwohl sie alle erdenklichen Drogen genommen hatte, seit sie zwölf oder dreizehn gewesen war. Ich weiß noch, damals dachte ich, dass sie sich jedes Ziel setzen könnte und es auch erreichen würde, wenn sie bloß in der Lage wäre, die Last der Vergangenheit abzustreifen. Sogar als Drogenabhängige hat sie in der Schule Leistung erbracht. Allein, dass sie überhaupt noch zur Schule *ging*, war schon bemerkenswert. Bestnoten in allen Fächern, und es hat sie nichts gekostet. Ich selbst bin zwar Arzt geworden, aber mich hat es verdammt viel gekostet. Die Dinge sind mir nicht leichtgefallen, Anton. Alle glauben das Gegenteil, weil ich in neunundneunzig von hundert Fällen eine Antwort auf die medizinischen Fragen habe, die man mir stellt, aber der Weg dahin war, und ist immer noch, lang und steil. Wo andere etwas ein- oder zweimal lesen mussten, brauchte ich sieben oder acht Versuche. Gry gehörte zu der Sorte, die am Tag vor dem Examen nur schnell einen Text zu überfliegen brauchte und dann mit Bravour bestanden hat. Meine Kollegen und ich haben versucht, sie dazu zu bringen, nach vorn zu sehen. Auf das, was noch auf sie wartete. Auf das Leben, das sie haben könnte, wenn sie nur die Vergangenheit auslöschte. Aber wer zum Teufel schafft das schon? Hättest du es gekonnt?«

»Vermutlich nicht.«

»Gry hat es auch nicht geschafft. Eines Morgens bin ich in ihr Zimmer gegangen, und sie lag da, mit der Decke bis zum Kinn hochgezogen. Kalt und steif.«

Anton seufzte.

»Wir konnten nie herausfinden, woher sie sie hatte«, fuhr der Däne fort, »aber sie hat so lange mit einer Nagelschere in der Leiste herumgeschnitten und herumgegraben, bis sie die Hauptschlagader fand. Die Matratze war von Blut durchtränkt. Vielleicht hat es mir so zugesetzt, weil ich sie in den drei Monaten bei uns relativ gut kennengelernt hatte. Denn die Gry, die zu uns gekommen war, war eine andere als die, die uns verlassen hat. Wir haben ihre Drogensucht besiegt, und manchmal konnte ich es sehen.« Er zeigte auf seine Augen. »Den Funken hier drinnen. Er war da, Anton. Schwach, aber er war da. Der war nicht erloschen.«

So war auch Nora gewesen, dachte Anton. Als er mit ihr unten im Eingangsbereich gesessen hatte. Als sie später aus ihm herausgeleiert hatte, wieso er kein Polizist mehr war.

»Sie hat also auch gelacht?«, fragte er.

»Und nicht nur einmal. Ich habe gesehen, dass es noch Hoffnung gab, aber Gry selbst hat es nicht gesehen. Ich war vier oder fünf Jahre älter als sie«, der Däne setzte ein schiefes Lächeln auf, »und ich weiß noch, dass ich dachte – das alles ist passiert, bevor ich meiner Frau begegnet bin – also ich dachte, dass, wenn ich sie irgendwo in der Stadt kennengelernt hätte … Ich hätte mich auf der Stelle in sie verliebt.« Er schnipste mit den Fingern. »Das Leben ist brutal, Anton. Das Leben ist hässlich. Und das Leben kann verdammt bösartig sein. Oder nein. Nicht das Leben kann bösartig sein, sondern wir Menschen können es sein. Und was Einzelne unserer beschissenen Art zu tun in der Lage sind … Wir beide haben genug davon gesehen …, aber dass Nora Meislers Selbstmord inszeniert gewesen ist?« Er schüttelte den Kopf. »Sorry, Anton.«

»Ausgeschlossen, dass dein Kollege Tormod vielleicht in Eile war? Es kann nicht vielleicht eine Rolle gespielt haben, dass sie aus einer geschlossenen psychiatrischen Station kam?«

»Es hätte auch keine Rolle gespielt, wenn sie schwer heroinabhängig gewesen wäre oder aus dem Königshaus gestammt hätte. Unsere Obduktionstische sind vielleicht der einzige Ort in Norwegen, wo kein Unterschied zwischen den Menschen gemacht wird. Niemals.«

»In Ordnung.« Anton nickte. »Aber ich gehe nach meinem Bauchgefühl. Das habe ich mein ganzes Leben lang getan. Völlig egal, ob ich an einem Pokertisch gesessen, mich an einem Tatort über eine Leiche gebeugt oder einem des Mordes Verdächtigen in einem Vernehmungsraum gegenübergesessen habe. Ein paarmal habe ich mich geirrt, aber ich finde nicht eher Ruhe, ehe ich *weiß*, dass ich mich geirrt habe.«

Der Däne ließ den Kopf Richtung Brust sinken, und sein magerer Hals legte sich in Falten.

»Könnest du dich von deiner Vorstellung verabschieden, wenn du sie sehen darfst?«

»Wie meinst du das?«

»Ich frage dich, ob du sie sehen willst. Nora. Und Tormods Bericht lesen. Wir können sofort zum Krankenhaus fahren, aber nur, wenn du mir dein Wort gibst, dass du es danach ruhen lässt. Wenn du noch bei der Kripo arbeiten würdest, wäre das der Fall, den du vermeiden würdest, weil er dich sonst nicht mehr loslässt. Der Fall, der dich langsam, aber sicher in den Wahnsinn treibt. Denn du jagst etwas nach, was nicht da ist, Anton. Du musst damit aufhören, ansonsten wird es dich umbringen – und wie es gerade aussieht, fehlt dafür nicht mehr viel.«

»Nein …« Anton schüttelte den Kopf. »Ich möchte keinesfalls, dass du dieses Risiko auf dich nimmst, Mogens. Aber danke.«

»Das ist kein Risiko.«

»Doch, das ist es. Sollte jemals herauskommen, dass du einen Zivilisten mitgenommen hast, um ihm eine Leiche und einen Obduktionsbericht zu zeigen, dann verschwindest du genauso schnell von der Bühne wie ich.«

Der Däne tat Antons Einwand mit einer Handbewegung ab und stand auf.

»Im schlimmsten Fall gibt es eine Strafpredigt. Die überstehe ich.« Er klopfte Anton auf die Schulter, während er an ihm vorbeiging. »Jetzt komm schon, wir klären das ein für alle Mal.«

KAPITEL 58

Volda, 1999, Tag 75

»Der Lensmann hat nicht erwähnt, ob das geheim ist oder so«, sagte Trine, »aber er hat es mir unter vier Augen erzählt, und jetzt bin ich unsicher, ob ich überhaupt was darüber sagen darf.«

»Hier drinnen müssen wir uns sowieso alle an die Schweigepflicht halten«, warf Aud ein. »Erzähl es einfach.«

»Das liegt in deinem Ermessen, Trine«, sagte die Gruppenleiterin. »Aber wie du weißt, bleibt alles, was hier geäußert wird, in der Gruppe. Wenn es wichtig für dich ist, oder wenn du glaubst, dass es dir helfen kann, etwas mit anderen zu teilen, dann erzählst du es. Niemand als du selbst entscheidet das.«

Trine überlegte und schüttelte schwach den Kopf.

»Alles in Ordnung.« Die Gruppenleiterin sah auf die Uhr. »Dann machen wir hier jetzt eine kleine Pause.«

Stuhlbeine schabten über den Fußboden. Zwei der ältesten Teilnehmerinnen blieben sitzen. Mit zitternden Händen griffen sie nach Obst und Gebäck. Die Gruppenleiterin schenkte ihnen Kaffee ein. Nach einer Weile stand Trine auf. Sein Blick folgte ihr, während sie den Raum verließ. Kurz danach war die Eingangstür zu hören.

Er fand Trine direkt vor dem Gebäude. Sie hatte die Arme vor der Brust verschränkt und lehnte an der Wand. Ihre Wangen sahen feucht aus. Er zog sie an sich, streichelte ihr den Rücken und flüsterte, wie mutig und stark sie sei. Er spürte wieder ihre Tränen kommen. Sie schob ihn von sich, blickte ihn an und brachte ein scheues Lächeln zustande.

»Entschuldige«, sagte sie.

»Das ist das Letzte, was du jetzt sagen solltest.« Er stellte sich neben sie und sah hinauf in den sternenklaren Himmel. »Ich verstehe gut, dass du dort drinnen nicht darüber sprechen wolltest, aber du sollst wissen, dass du jederzeit mit mir sprechen kannst.«

»Über das mit der Polizei?«

»Ja.«

»Da war eigentlich nichts Besonderes.«

»Nicht? Ich dachte, die hätten vielleicht einen Verdächtigen.«

»Nein.« Sie schüttelte den Kopf. »Die wollten wissen, ob mir sein Name eingefallen ist.«

»Wessen Name?«

»Das ist es ja.« Sie lächelte leicht resigniert. »Ich glaube nicht, dass sie einen Freund hatte, aber … Als ich eines Abends nach Hause kam, standen ein paar Blumen auf dem Tisch. Ich fragte, ob sie die gekauft hätte. Darauf hat sie nicht geantwortet, und da habe ich sie gefragt, ob sie die von einem heimlichen Verehrer bekommen hätte.«

»Von einem heimlichen Verehrer?«

»Ja, jedenfalls von einem, der mir unbekannt war. Rebekka und ich haben immer über alles gesprochen, auch über Jungs, aber … Nachdem wir zu Hause in Mandal auf dem Gymnasium angefangen hatten, da … Ich weiß, dass sie damals einen Freund hatte.«

Zwei, dachte er. Rebekka hatte zwei Liebhaber in Mandal gehabt. Und jetzt hätte es ihn auch nicht verwundert, wenn sie mit beiden gleichzeitig zusammen gewesen wäre.

»Hast du ihn mal kennengelernt?«

»Nein, ich glaube nicht, dass die überhaupt länger zusammen waren. Aber im letzten Schuljahr hat sie auf einem Fest im Gemeindehaus mit jemandem aus der Parallelklasse rumgeknutscht. Ich war so blöd und habe es meinen Eltern erzählt. Nicht weil ich tratschen wollte oder so, aber ich hatte mich mit meiner Mutter gestritten, und sie sagte so was wie *glaubst du etwa, dass Rebekka sich so benehmen würde?,* und da ist es mir einfach rausgerutscht. Dass Rebekka mit Jungs rummachte. Und dass ich jedenfalls *das* nicht täte.«

»Das ist doch wohl ganz natürlich?«

»Meine Eltern sind ja auch strenggläubige Christen, aber Rebekkas … Die sind, also, die sind extrem streng. Ich würde nicht so weit gehen, sie als Fanatiker zu bezeichnen, aber … Auf alle Fälle gab es Krach. Seit damals hat Rebekka mir nie wieder irgendwas erzählt, das mit Jungs zu tun hatte. Sie hat nie erwähnt, dass ich es zu Hause erzählt habe. Sie war auch nicht sauer oder so, aber ich weiß, dass sie mir deshalb nichts mehr erzählt hat.«

»Dann hatte sie also einen Freund? Hier in Volda?«

»Ich weiß nicht. Die Polizei weiß auch nichts. Niemand weiß was – das ist ja das Problem. Der Lensmann meinte, es wäre seltsam, dass sie so etwas ganz für sich behalten hat. Da habe ich gesagt *Sie haben Rebekka nicht gekannt,* denn sie war wirklich sehr geheimnisvoll. Aus Angst davor, dass ihre Eltern was erfahren könnten, hat sie niemandem irgendwas erzählt. Und da ich so schnell keinen Namen aus dem Hut zaubern konnte, hat der Lensmann mir erzählt, dass sie jetzt von einer anderen Theorie ausgingen.«

»Von welcher Theorie denn?«

»Dass der oder die Täter bloß auf der Durchfahrt in Volda waren. Weil es nämlich zwei Wochen nach Rebekkas Ermordung einen brutalen Überfall auf eine alte Frau außerhalb von Florø gegeben hat.«

»Das hab ich in den Nachrichten gehört.«

»Papa meinte, die hätten die beiden Fälle viel früher in Verbindung bringen müssen, weil nämlich Rebekkas Handtasche auch verschwunden ist.«

»Ja«, sagte er nachdenklich, »kann sein, dass da was dran ist. Außerdem kann es sein, dass die das schon intern erörtert haben, kurz bevor sie mit dir in Kontakt getreten sind. Die wissen ja immer mehr, als sie erzählen.« Er sah auf die Uhr. »Wollen wir wieder reingehen?«

»Gleich ... Ich würde dich erst noch gern etwas fragen.«

»Was denn?«

»Hast du Lust, an diesem Wochenende was zu unternehmen?«

»Was unternehmen?«, erwiderte er erstaunt. Denn das war er. »Du meinst also was unternehmen, wie in ›du und ich lassen uns was Gemeinsames einfallen‹?«

»Ja, wäre doch nett, mal was anderes zu tun, als bloß rumzusitzen.«

»Bloß rumzusitzen ...?«

»Ja. Entweder wir sitzen im Bus, oder wir sitzen da drinnen. Ich dachte, wir beide könnten vielleicht mehr davon haben, mal was anderes zu tun – gemeinsam.« Trine wandte verlegen den Blick ab, ehe sie ihn wieder ansah. »Findest du, das ist eine blöde Idee?«

»Ganz und gar nicht.« Er lächelte und fuhr mit der Hand über ihren Arm. »Und ich weiß auch schon genau, was wir tun werden.«

KAPITEL 59

Samstag, 23. November

Die Kühlfächer an der Wand im Keller des Rikshospital gaben ein brummendes Geräusch von sich. Mogens Poulsen blickte auf ein Blatt Papier, das an der Tür hing, durchquerte den Raum und zog die erste Schublade in der untersten Reihe auf. Wortlos entfernte der Däne das Laken von ihrem Gesicht und faltete es so zusammen, dass es gerade noch die Brüste bedeckte. Die Haut war grauweiß. Das blonde Haar umspielte ihr schmales Gesicht, ihre Augen waren geschlossen. Die Zunge war angeschwollen und ragte ein Stück zwischen ihren trockenen Lippen hervor. Die Gesichtshaut wies zahlreiche winzige Blutergüsse auf. Mogens Poulsen blickte auf die Tote, klopfte Anton zum zweiten Mal an diesem Tag auf die Schulter und bewegte sich auf die Tür zu.

»Ich besorge mal einen Ausdruck von Tormods Bericht. Bin gleich zurück.«

Anton sah den Rücken des Dänen im Obduktionssaal verschwinden. Irgendwo wurde eine Tür geöffnet. Anton trat einen Schritt näher, stellte sich vor sie. Das Seil hatte einen detaillierten, deutlichen Abdruck hinterlassen. Der Abdruck war rötlich, mit zwei goldbraunen Flecken. Er verlief zwischen Kehlkopf und Zungenbein und streckte sich wie ein umgekehrtes V an beiden Seiten zum Nacken hinauf. Anton fluchte leise, hob den Blick und starrte an die Wand, ehe er den Kopf wieder senkte. Mit der Hand fuhr er sich über das Gesicht und durch den Bart, inspizierte den Hals der Toten und konnte dabei die Kälte spüren, die ihr Körper abgab. Ganz unten gab es streifenförmige Hautabschürfungen, die parallel zu der vom Strang verursachten Furche verliefen, doch andere Abdrücke konnte er nicht erkennen. Unzweifelhaft hatte das Seil zum Tod geführt, und nicht etwa zwei Hände.

Er sah den Dänen an, der in den Raum zurückgekommen war. Mogens Poulsen reichte ihm ein paar beschriebene Blätter. Anton hob die Hand und sagte: »Nein. Mir reicht es völlig, wenn du übersetzt. Dann kann dir wenigstens niemand vorwerfen, dass du mir einen Obduktionsbericht gezeigt hast.«

»Okay«, sagte der Däne und fing an zu lesen. »Mhm … *Die Breite der Strangfurche stimmt mit dem Seil überein …*« Er nickte und murmelte dabei in sich hinein. »Mhm … Richtig.«

»Also …«, sagte Anton, als der Rechtsmediziner das Papier glatt strich. »Ist dein Urteil das Gleiche?«

»Nun, ich kann das Ergebnis ja kaum anzweifeln, wenn ich bei der Obduktion nicht dabei war. Aber das hier«, er wedelte mit den Papieren, »und was wir uns gerade ansehen, scheint nach meinem Ermessen und meiner Erfahrung richtig zu sein. Nichts in diesem Bericht gibt mir einen Anlass zu fragen, was denn nun *eigentlich* geschehen ist. Sie hat sich aufgehängt, Anton. Und vergiss jetzt nicht, was du mir versprochen hast.«

»Aber was ist mit den Hautabschürfungen?« Anton zeigte auf die Strangfurche. »Sieh mal hier ganz unten. Es könnte so aussehen, als ob das Seil noch bewegt worden wäre, nachdem es gestrafft wurde.«

»Das ist g…«

»Sieh es dir wenigstens an«, unterbrach Anton.

»Anton.« Die Stimme des Dänen war sanft. »Ich kann es auch von hier sehen. Das bedeutet, dass das Seil nach oben gerutscht ist, nachdem es sich gestrafft hat. Völlig normal.«

»Und das Seil? Ist das auch auf Kratzer untersucht worden?«

»Kratzer?«

»Wenn sie es in Panik abstreifen wollte, zum Beispiel?«

»Anton.« Das dritte Schulterklopfen folgte. »So funktioniert das nicht. Das schafft man gar nicht. Die Luftzufuhr wird unterbrochen, sobald das Seil durch das Körpergewicht gestrafft wird. Im besten Fall kann man gerade noch ein bisschen mit den Armen herumfuchteln und die Beine bewegen. Es tut mir wirklich leid, aber ich kann dir nicht die Antworten geben, die du hören willst.«

»Ich verstehe nur nicht, wie ihr so sicher sein könnt. Was, wenn ich dir jetzt eine Schlinge um den Hals legen und dich hochziehen würde?«

»Das wäre dann ein anderer Winkel.«

»Gesetzt den Fall, ich hätte Glück. Genau der gleiche Winkel, als hättest du dich an einem Baum aufgehängt. Gerade hinunter. Neunzig Grad.«

»Die Wahrscheinlichkeit ist unfassbar gering, Anton, a...«

»Wir tun jetzt mal so als ob.«

»Okay.« Der Däne schob eine Hand in die Hosentasche. »Vermutlich hätte ich das Seil kommen sehen, und ich würde niemals freiwillig zulassen, dass du es mir um den Hals legst. Ich würde kämpfen. Es hätte einen Kampf gegeben.«

»Deine Hände und Füße sind gefesselt.«

»Aber sie war nicht gefesselt, Anton. Und wenn sie es gewesen wäre, hätten wir das natürlich festgestellt.« Er hielt die Ausdrucke hoch und wedelte damit. »Aber es gibt nicht mal einen winzigen blauen Fleck. Die Einzige, mit der Nora Meisler an jenem Nachmittag gekämpft hat, war sie selbst.«

Anton blickte die Tote an und sagte: »Kannst du mal ihre Arme nehmen?«

»Wozu das? Da ist weiter nichts. Jetzt kennst du sie schon besser als ihr eigener Vater. Lass es gut sein, Anton.«

»Bitte, die Arme.«

Widerwillig fasste der Däne nach ihren Armen und ließ sie dann neben ihrem Körper auf dem Laken ruhen. Anton holte einen Plastikhandschuh aus einer an der Tür hängenden Schachtel, zog ihn über und drehte den rechten Unterarm der Toten um. Die Schnitte zogen sich vom Handgelenk bis fast hinauf zum Ellbogen.

»Kannst du den anderen Arm umdrehen?«

»Was suchst du denn?«, fragte der Däne, während er Antons Bitte nachkam.

»Blaue Flecken«, sagte Anton und blickte auf den anderen Arm. »Da ist auch nichts.«

»Weshalb suchst du danach?«

»Der Typ, der auf sie aufgepasst hat, als das passiert ist, hat angeblich ihre Unterarme gepackt und sie zu Boden gerissen. Er sagte, er hätte mit ihr kämpfen müssen.«

»Wieso um alles in der Welt musste er das tun?«

Anton berichtete, was Didrik Ryde erzählt hatte. Der Däne entfernte das Laken und legte es zu ihren Füßen zusammen. Der Körper wies zahlreiche winzige Narben auf, die von alten Schnittverletzungen herrührten. Der Däne inspizierte Beine, Knie und Oberschenkel, drehte sie einmal herum und untersuchte den Rücken, das Gesäß und die Rückseite der Schenkel. Es gab weder Schürfwunden noch blaue Flecken. Nicht den kleinsten Bluterguss.

»Ist das nicht ein wenig seltsam?«, fragte Anton.

»Jetzt weiß ich ja nicht, wie heftig dieser Ringkampf war, aber wenn er sie hier hart gepackt hat«, der Däne hielt die flache Hand über den Unterarm, »also ich meine so hart, wie man zupacken müsste, um jemanden mit aller Macht festzuhalten, dann wäre es vor allem natürlich, wenn mehrere dieser relativ frischen Schnittwunden aufgerissen wären.« Der Däne richtete seine Brille und untersuchte sorgfältig beide Arme, ehe er das Laken wieder über die Tote breitete. »Allerdings ändert das nichts an Tormods Konklusion, Anton. Dass sie keine Hämatome hat und dass keine der Schnittwunden aufgerissen ist, bestätigt letztlich Tormods Schlussfolgerung. Was du allerdings mehr als berechtigterweise hinterfragen musst, ist, was sich vor ihrem Tod zugetragen hat.« Er schob die Bahre zurück in die Wand und schloss sie. »Denn niemand hat dieses Mädchen hier hart angefasst.«

*

»Weshalb wollen Sie das wissen?«, fragte Elias Ness.

Er starrte Kristin Mayer über den Küchentisch hinweg an. Aus Erfahrung wusste sie, dass es manchmal klüger war, solch eine Frage nicht zu beantworten und besser darauf zu warten, dass die unangenehme Stille den Betreffenden dazu verleitete weiterzureden.

»Volda«, sagte er nach einer Weile. »Ich habe an der Hochschule Volda studiert.«

»Wann denn?«

»Von 1995 bis 1997. Was hat das mit der Sache zu tun?«

Kristin machte sich Notizen. Nicht, weil sie Probleme gehabt hätte, sich die beiden Jahreszahlen zu merken, sondern um den Eindruck zu vermitteln, diesen Punkt abschließen zu wollen.

»Hm?«, hakte er nach. »Weshalb wollen Sie das wissen?«

»Routine«, erwiderte sie kurz und zeichnete einen Punkt auf ihren Notizblock. »Es geht nur um ein paar Hintergrundinformationen.«

Sie legte Block und Stift beiseite.

»Nein …«, sagte Elias leise. »Das ist keine Routine. Es gibt etwas Neues, stimmt's? Irgendwas ist passiert, und das führt Sie heute wieder hierher. Schließlich haben Sie gesagt, wir sollten Lisette bis morgen Abend Zeit geben. Und dass Sie auf den großen Knopf drücken würden, wenn wir bis dahin nichts von ihr gehört hätten. Aber jetzt verrät mir meine über zwanzigjährige Erfahrung als Journalist, dass Sie gerade genau das getan haben.«

KAPITEL 60

Samstag, 23. November

Mit langen Schritten ging Anton die Gunnar Nilsens gate entlang. Der wolkenlose Himmel hatte ihn auf der Fahrt von Oslo nach Fredrikstad im Stich gelassen. Stattdessen waren graue Wolken von Süden her auf dem Weg, begleitet von heftigen Windstößen.

Im Einkaufszentrum Torvbyen wimmelte es von Menschen. Anton machte sich so dünn wie möglich und manövrierte sich vor dem Kassenbereich des Coop Mega Supermarkts an den schwatzenden und geschäftigen Kunden vorbei. Er nahm die Rolltreppe in die erste Etage und steuerte zielgerichtet auf La Baguette zu, wo er auf Didrik Ryde stieß, der mit einem Baguette und einem Becher Saft in der hintersten Ecke saß. Didrik Ryde kaute schnell und wischte sich den Mund mit einer Serviette ab, als Anton ihm gegenüber Platz nahm. Dann schluckte er und sagte: »Willst du gar nichts essen?«

»Nein.«

»Keinen Hunger?«

»Nein.«

»Dann lass mich dir einen Kaffee ausgeben, ja?« Didrik machte Anstalten, sich zu erheben, blieb aber sitzen, als Anton den Kopf schüttelte. »Okay. Dann nicht.« Er nahm sein Baguette. »Geht's dir heute besser?«

»Nein.« Anton rückte seinen Stuhl näher an den Tisch heran, verschränkte die Arme und beugte sich etwas vor. »Und was ist mit dir, Didrik?«

»Hm?« Das Baguette war auf halbem Weg in seinen Schlund. Er biss hinein und fragte schmatzend: »Was meinst du?«

»Du wirkst völlig unberührt.«

»Ich vermute, du spielst auf Nora an?«

»Ja.«

»Hab schon damit gerechnet, dass du mich deswegen treffen willst.« Er steckte sich den Strohhalm in den Mund und trank. »Ich weiß nicht recht, was ich sagen soll, damit du dich besser fühlst. Allenfalls, dass du darauf achten solltest, täglich nicht mehr als siebeneinhalb Stunden zu arbeiten. Ich habe das relativ schnell kapiert. Sonst wäre ich auch verrückt geworden. Immerhin habe ich fast mein halbes Leben mit schweren menschlichen Schicksalen zu tun gehabt.«

Antons Augen verengten sich. Er versuchte, die Stimmen und den Lärm drumherum auszublenden.

»Ich auch«, erwiderte Anton. »Mehr als ein halbes Leben. Körperverletzung. Mord. Vergewaltigung. Oft eine Kombination aus allem.«

Didrik blickte schräg nach unten und nickte.

»Du wusstest es?«, fragte Anton.

»Bis gestern Abend habe ich gedacht, das wäre Blödsinn. Weil …« Er nahm einen neuen Bissen, kaute und wischte sich den Mund ab. »Während ich mit Nora gekämpft habe, hat sie es mir zugebrüllt. Dass sie dir erzählen würde, ich hätte Gewalt angewendet, um sie festzuhalten. Dass du bei der Polizei wärst. Dass du dafür sorgen würdest, dass ich eingebuchtet werde.« Didrik ließ den Blick über den Servicebereich schweifen und schüttelte den Kopf. »Das hat sie mir zugebrüllt, Anton. Ich war sicher, dass sie völlig den Verstand verloren hatte. Aber, und jetzt bin ich ganz offen, also …«

»Ja?«

»Ich fand das gestern Abend ziemlich unangenehm. Ich hatte das Gefühl, an die Wand gestellt zu werden. Als ich dann zu Hause war, dachte ich … Jetzt darfst du aber nicht beleidigt sein, okay?«

»Nein.«

»Ich dachte, *für wen zum Teufel hält er sich*? Und dann habe ich deinen Namen gegoogelt. Und da wurde mir dann bestätigt, dass es nicht nur eine irre Fantasie war, was Nora gesagt hatte. Ich hatte eigentlich beschlossen, das, was gestern Abend zwischen uns beiden passiert ist, bei der Abteilungsleitung anzusprechen.« Er nahm noch einen Bissen von seinem Baguette. Seine Finger wischten über die Mundwinkel. »Und dann habe ich darüber nachgedacht. Ihr hattet ein gutes Verhältnis. Plötzlich stirbt sie. Ich verstehe gut, dass der Polizist in dir erwacht und eine Antwort haben will. Es ist ohnehin schmerzhaft, einen Patienten zu verlieren, aber besonders schmerzhaft ist es, wenn man sich gut mit ihm oder ihr verstanden hat. Ich hätte wohl das Gleiche wie du getan.« Didrik zeigte ein schiefes Lächeln. »Ich wäre vielleicht ein bisschen anders vorgegangen, aber ich nehm's dir nicht übel.«

»Gut«, sagte Anton lächelnd und lehnte sich zurück, ließ die Hände im Schoß ruhen und legte den Kopf schräg zur Seite. Er sah zu, während Didrik sein Baguette aß. »Gestern hast du gesagt, du musstest ziemlich heftig mit ihr kämpfen. Wie schlimm war das eigentlich?«

»Sie ist Amok gelaufen, Anton. Völlig durchgedreht.«

»Du musstest demnach also Gewalt anwenden? Obwohl sie meinte, sie würde es mir erzählen?«

Didrik wackelte mit dem Kopf.

»Was heißt schon Gewalt? Geschlagen habe ich sie jedenfalls nicht.«

»Und was hast du dann gemacht?«

»Wie ich gestern schon erzählt habe, ich habe ihre Unterarme gepackt – kann gut sein, dass sie das mit Gewalt gemeint hat. Es muss ziemlich wehgetan haben, und das tut mir leid. Danach habe ich sie dann zu Boden gebracht.«

»Wie hast du das gemacht?«

»Ich habe ihre Unterarme so festgehalten.« Er hielt die Hände vor seinem Bauch zusammen. »Und dann habe ich sie überwältigt, hab ihre Beine mit dem Fuß zur Seite gestoßen.«

»Weißt du noch, wie sie gelandet ist?«

»Ist das hier ein Verhör?«, fragte Didrik und grinste.

»Nein«, sagte Anton, ohne eine Miene zu verziehen. »Das ist eine Unterhaltung zwischen Kollegen, und ich weiß es sehr zu schätzen, dass du dir die Zeit dafür nimmst, aber wenn du nicht darüber sprechen möchtest, werde ich das respektieren.«

Ein weiterer Bissen. Didrik kaute und blickte auf sein Getränk.

»Sie ist auf dem Bauch gelandet«, sagte er mit halb vollem Mund, »und ich bin auf sie gefallen. Ich habe noch versucht, sie unter mir wegzustoßen, damit ich den größten Teil des Aufpralls abbekäme, aber sie hat gegen mich angekämpft, sich umgedreht und mich mit sich nach vorn gerissen, sodass ich auf ihr zu liegen kam. Okay?«

»Und dann?«

»Dann habe ich mich aufgesetzt und sie gebeten, sich zu beruhigen. Ich hab gesagt, dass sich schon alles regeln würde, dass wir zurückgehen sollten. Sie wollte aber nicht nachgeben und hat weiter versucht, sich loszureißen. Es gab keinerlei Anzeichen, dass sie sich beruhigen würde. Da ist mir dann klar geworden, dass ich sie nicht unter Kontrolle bringen würde, ohne *richtig* körperlich zu werden. Aber das wollte ich nicht. Und als ich den Alarm rausgekramt habe, hat sie sich befreit und mich dann mit voller Kraft getreten.«

»Du hast den Alarm nicht beim ersten Mal ausgelöst, als sie weggelaufen ist?«

»Nein. Und an der Stelle«, Didrik hob den Zeigefinger, »ist Selbstkritik durchaus angebracht, denn ich hätte das natürlich tun sollen, aber ich war vollauf damit beschäftigt, hinter ihr herzurennen.«

»Okay.«

»So weit alles klar?«

Didrik Ryde setzte ein breites Lächeln auf.

»Ja. Danke.« Anton sah zum Tresen hinüber. »Ich glaube, ich nehme dein Kaffeeangebot doch an.«

»Schön.«

Didrik stand auf, und Anton erhielt sein viertes Schulterklopfen an diesem Tag. Der Kollege warf einen schnellen Blick hinter sich, ehe er auf die Verkaufstheke zutrat. Genau das Gleiche hatte Anton am Abend zuvor im Gang beobachtet. Didrik sagte etwas zu dem jungen Mädchen hinter der Theke, während sie eine Tasse Kaffee einschenkte. Sie lachte laut. Didrik lachte ebenfalls. Bis er zum Tisch herüberblickte und Antons starren Blick registrierte. Und Didriks Gesichtszüge entgleisten. Als ob ihm klar geworden wäre, dass Anton nichts von dem, was er gerade erzählt hatte, für bare Münze nahm.

KAPITEL 61

Volda, 1999, Tag 77

Er sah den grün gekleideten Körper mit der orangenen Zipfelmütze, der sich die letzten Meter des gewundenen Wegs an der Felsseite des Rotsethorn hinaufkämpfte. Er sog den Duft von Seife und Parfüm ein, der ihr folgte. Ihre Haare ragten unter der Mütze hervor und fielen ihr auf die Schultern.

Seit sie sich am Fuß des Berges getroffen hatten, war er zwei Meter hinter ihr hergegangen, hatte ihr schweres Atmen und Keuchen an den steilsten Stellen gehört. Er war bereit gewesen, sie aufzufangen, als sie nach knapp über der Hälfte der Strecke das Gleichgewicht zu verlieren schien.

Er musste zugeben, dass er für einen Moment lang gehofft hatte, sie würde fallen. Nicht tief, und auch nicht so, dass sie sich verletzt hätte, aber dennoch so, dass sie aufgrund ihrer Ungeschicklichkeit in seinen Armen landen würde.

Sie blickte ihn über die Schulter hinweg an, als wollte sie sich davon überzeugen, dass er immer noch da war. Dann schenkte sie ihm ein breites Lächeln.

Er erreichte den Gipfel nur wenige Sekunden nach ihr.

Eine Steinpyramide markierte den höchsten Punkt. Der Berg auf der anderen Seite des Fjords war in Nebel gehüllt, und es wehte ein steifer Wind, aber nicht so scharf, wie er erwartet hatte. Über ihnen war der Himmel grau. Am Horizont im Norden konnte man schwach etwas Blaues erkennen. Sie gingen zu der Steinpyramide, wo er seinen Rucksack abnahm. Trine warf lange

Blicke auf die weißen Berggipfel, die in allen Richtungen aufragten, und trat dann an den Rand der Steinpyramide. Er folgte ihr. Volda entfaltete sich unter ihnen.

Er starrte auf den Fjord hinunter, auf die Fähre, die nach Folkestad unterwegs war. Plötzlich wurde ihm klar, dass er genau dort unten Rebekka den Ring gegeben hatte. 649 Meter unter ihnen. Auf der Ja-Bank. Er sollte auch mit Trine dort hingehen. Nicht, um ihr einen Ring zu geben, dafür war es viel zu früh, aber um dort den Augenblick mit ihr einzufangen.

»Sieh nur!«, sagte sie fröhlich und zeigte auf das Studentenwohnheim. »Da wohne ich! Und da liegt die Hochschule!«

Er stellte sich neben sie und sah zu, wie sie die Aussicht betrachtete. Es war das erste Mal, dass er sie lächeln sah, ohne dass er etwas Lustiges gesagt hatte. Er wollte es gern kommentieren, verzichtete dann aber darauf.

»Wo wohnst du?«, fragte sie.

»Siehst du das Krankenhaus?«

Er stellte sich hinter sie, beugte sich ein wenig nach vorn, sodass sein Kinn fast ihre Schulter berührte, und zeigte auf das Krankenhaus, das von dort oben nicht größer aussah als ein Stecknadelkopf. Langsam ließ er seine Hand zu ihrer herabsinken. Er erwartete, dass sie sie zurückzog, stattdessen ließ sie zu, dass er ihre Hand in seine legte. Mit zwei Fingern drückte er die Wurzel ihres Zeigefingers.

»Da ist das Krankenhaus«, sagte er und lenkte ihren Finger in die entsprechende Richtung. »Siehst du das graue Haus mit dem schwarzen Dach da drüben?«

»Ja.«

»Da wohne ich. Im Souterrain.«

Sie legte ihre Wange an seine. Ihre Haare kitzelten sein Gesicht.

»Danke«, sagte sie leise.

»Wofür?«

»Dass du aufgetaucht bist.«

»Hast du geglaubt, dass ich heute nicht kommen würde?«

»Ich rede nicht von heute.« Sie wich einen Schritt zurück, ließ seine Hand aber nicht los. Sie drehte der Klippe den Rücken zu. »Ich meinte eher ... Dass du plötzlich da warst. Also, in meinem Leben.«

Er lächelte sie zärtlich an und sagte: »Du bist so lieb.«

Der Nebel wurde dichter und schien aus dem Westen direkt auf sie zuzutreiben.

»Scheint hier rüberzukommen«, sagte sie.

»Ja, aber wollen wir nicht einen Schluck Kakao nehmen, ehe wir uns auf den Rückweg begeben?«

»Hast du Kakao dabei?«

»Hallo?« Er grinste. »Wir sind auf einer Klettertour. Natürlich habe ich Kakao dabei.«

Sie strahlte, ließ seine Hand los, strich sich ein paar Haare aus dem Gesicht und richtete ihre Mütze. Sie gingen zurück zu der Steinpyramide und setzten sich auf den Boden. Sie sah zu, wie er den Rucksack öffnete und eine Thermoskanne, zwei Becher, ein Päckchen Sahne und einen Löffel herausnahm.

Er warf ihr einen schnellen Blick zu und spürte sein eigenes Lächeln, das sich unkontrolliert auf seinem Gesicht ausbreitete. Da war nämlich etwas an der Art, wie sie ihn ansah. So hatte auch Rebekka ihn angesehen. Am Anfang, als alles gut gewesen war.

KAPITEL 62

Samstag, 23. November

»Im Herbst 1999 wohnte Fredrik Olin in Oslo«, sagte Lars Weberg. »Er war dort sein ganzes Leben lang gemeldet, bis er mit Cecilie nach Fredrikstad gezogen ist. Nach dem Gymnasium hatte er verschiedene Aushilfsjobs und hat dann angefangen Taxi zu fahren.«

Mit dem Handy am Ohr stand Magnus in Antons Küche.

Er konnte hören, dass im Badezimmer die Dusche abgestellt wurde. Das Quecksilber im Thermometer vor dem Fenster zeigte vier Grad plus. Regen lag in der Luft. Ein paar Männer in Anzügen standen mit Getränken in der Hand auf dem roten Teppich vor den Phønix Veranstaltungsräumen auf der anderen Straßenseite und unterhielten sich.

»Woher hast du die Information?«

»Ich habe eben mit ihm telefoniert.«

»Das Einwohnermeldeamt bestätigt seine Adresse in Oslo?«

»Ja. Bis vor anderthalb Jahren.«

Ein Taxi tauchte vor dem Phønix auf. Zwei weitere Anzüge stiegen aus und schlossen sich denen auf der Treppe an.

»Was ist mit Bjørn Farsund?«

»Feldlager Rena.«

»Er war beim Militär?«

»Ja. Also wenn unser Fall mit Volda zusammenhängt, dann sind wir vermutlich am völlig falschen Ort.«

»Klär das mal mit Rena, ob er nicht dennoch in Volda gewesen sein kann.«

»Ja, kann ich machen, aber wie sicher bist du eigentlich, dass da irgendwas dran ist? Hast du was aus den Fallunterlagen herausbekommen?«

Magnus starrte auf die Pappkartons hinter dem Sofa im Wohnzimmer.

»Ich bin überhaupt nicht sicher, aber ich muss mich auf jeden Fall durch die vorhandenen Akten arbeiten.«

»Geht das schneller, wenn wir das zu zweit machen?«

»Ich habe für morgen was mit Kristin Mayer ausgemacht«, sagte Magnus. »Sie meinte, sie hätte keine Kinder, auf die sie Rücksicht nehmen müsste. Daher schlage ich vor, dass du dir das Wochenende freinimmst.«

Das Gespräch wurde beendet. Magnus setzte sich auf den Fußboden und machte da weiter, wo der Anruf ihn unterbrochen hatte. Nach ein paar Minuten kam Anton in Jogginghose und T-Shirt aus dem Badezimmer.

»Du hast vergessen, deinen Bart zu stutzen«, sagte Magnus.

Anton gab ein Grunzen zur Antwort, schaltete den Fernseher ein und legte sich aufs Sofa.

»Wollen wir was zu essen bestellen?«, fragte Magnus nach einer Weile.

»Ich krieg nichts runter«, antwortete Anton.

»Aber du musst doch was essen. Hast du überhaupt irgendwas zu dir genommen, seit wir in Volda waren?«

Die Antwort blieb aus. Magnus seufzte resigniert und fuhr mit der Lektüre fort, während der Fernseher im Hintergrund schwach vor sich hin brummte. Er arbeitete sich durch Einzelseiten, Formulare und Aufzeichnungen aus dem Karton, der mit *Nulldokumente* gekennzeichnet war. Die nächste Stunde verging, ohne dass er von etwas anderem als lauten Stimmen von der Party auf der anderen Straßenseite gestört wurde. Magnus stand auf, streckte

Hals und Rücken und ging in die Küche. Dort warf er einen Blick in den fast leeren Kühlschrank, ehe er sich wieder hinter das Sofa setzte und in den Karton spähte. Er hatte gerade mal die Hälfte geschafft. Die Papiere, die er schon gelesen hatte, legte er zu einem geraden Stapel zusammen, schob ihn zur Seite und griff zu dem nächsten Karton, der, wie er wusste, schon x-mal zuvor durchgesehen worden war. Es war der Chaoskarton. Ein paar Minuten lang sah er nichts anderes als dicht beschriebene Seiten durch. Er griff nach der zusammengerollten Karte, die aus dem Karton herausragte, streifte das Gummiband ab und rollte sie auf dem Fußboden auseinander. Der Ausschnitt zeigte Volda. Der Fundort in Elvadalen war mit einem fetten roten Punkt markiert. Rebekka Vehlers Wohnung, der *Grüne Baum* und das Haus von Sverre Roer waren mit blauen Sternen gekennzeichnet. Unzählige kleine schwarze Kreuze standen für die Wohnungen rund um Elvadalen sowie für das Studentenwohnheim. Der Lensmann hatte erzählt, dass John-Einar Gjelsvik und die anderen Ermittler seinerzeit massenhaft Haus-zu-Haus-Befragungen vorgenommen hatten. Jedes Kreuz musste also bedeuten, dass die Polizei dort an die Tür geklopft hatte. Magnus rollte die Karte wieder zusammen, stopfte sie zurück in den Karton und nahm stattdessen eine Zeitleiste heraus. Diese zeigte punktgenau, welche geprüften Fakten die Ermittler über Rebekkas Aktivitäten am 22. September 1999 zusammengetragen hatten. Von dem Moment an, als sie kurz nach vier Uhr nachmittags ihre Wohnung verlassen hatte, dann den anderen im *Grünen Baum* begegnet war und sich den ganzen Abend dort aufgehalten hatte, bis das Quartett gemeinsam das Lokal verlassen und sich an der Ecke Holmen und Industrigate voneinander getrennt hatte.

»Ich habe in Göteborg in Führung gelegen«, sagte Anton unvermittelt. »Bei dem Pokerturnier. Alles hat gestimmt, Torp, der

Flow war wieder da. Fünfundzwanzig verdammte Jahre lang ist da nirgendwo ’n Flow gewesen, aber dann war er plötzlich da.« Er wechselte den Kanal.

»Klingt gut, echt …«

»Glaubst du, es ist so gewollt, dass es manchen Menschen niemals *richtig* gut geht?« Anton zappte so schnell durch die Kanäle, dass er unmöglich mitbekommen konnte, was die einzelnen Sender zeigten. »Dass da immer irgendwas sein muss, das einen in den Dreck zieht? Falls ich heute Abend zehn Millionen im Lotto gewinnen würde, kannst du davon ausgehen, dass mich nächste Woche mein Hausarzt anruft, um mir mitzuteilen, dass ich einen unheilbaren Gehirntumor habe.«

»Dann würde ich an deiner Stelle kein Lotto spielen.«

»Ach, jetzt hör doch mal«, seufzte Anton. »Du verstehst nicht, was ich meine.«

»Ich verstehe sehr gut, was du meinst, Anton, aber ich arbeite.«

»Hier rumzuhängen, hast du dir selbst ausgesucht.«

»Freust du dich nicht über etwas Gesellschaft?«

»Ehrliche Antwort?«

»Nee, weißt du was?«, fauchte Magnus und sah von seiner Zeitleiste auf. »Sei ausnahmsweise mal unehrlich.«

»Okay. Dann also: Ich freue mich über die Gesellschaft.« Anton stellte den Ton leiser. »Kann ich dich um einen Gefallen bitten?«

»Was denn?«

»Noras Selbstmord. Ich f…«

»Nein«, fiel ihm Magnus ins Wort. »Hör bloß auf. Sei so gut und hör sofort damit auf.«

»Das habe ich ja versucht, aber ich bin nun mal nicht sicher, ob die Erklärung richtig ist, die Didrik Ryde gegenüber der Polizei abgegeben hat. Da stimmt einfach was nicht.«

»Dann rede mit dem Krankenhaus.«

»Das Krankenhaus weiß nichts davon. Die Polizei aber schon. Diese Ermittlerin in Sarpsborg, Gro oder Guro … Falls du weißt, wer das ist, dachte ich, du könntest dich mal etwas umhören.«

Magnus ignorierte ihn.

»Du kannst dich einloggen und nachsehen, was in dem Fall unternommen wurde«, fuhr Anton fort. »Didrik Rydes Aussage ist bestimmt im System hinterlegt.«

»Das kann ich nicht. Das hinterlässt Spuren, und das weißt du ganz genau. Wenn ich das mache, werde ich am Montagmorgen einbestellt und muss mich rechtfertigen, wieso ich in einem Fall herumschnüffele, mit dem ich nichts zu schaffen habe. Und wenn ich dann kein gutes Argument habe, dann … tja.«

»Du ermittelst in einem Mordfall. Sogar in zweien, wenn diese Frau aus Moss nicht lebend wieder auftaucht. Das verschafft dir das Recht, in der Datenbank des Polizeidistrikt Øst nach allem zu suchen, wonach dir der Sinn steht. Sag einfach, du hättest einen anonymen Hinweis bekommen.«

»Ich soll also diesen Didrik Ryde in den Fall Cecilie Olin reinmischen, weil er als Letzter mit Nora zusammen war, kurz bevor sie sich umgebracht hat?« Magnus beugte sich über den Karton und spähte hinein. Er nahm einen Stapel Zeitungen heraus und legte ihn zur Seite. Ganz unten lag ein rosa Post-it-Zettel mit der Klebeseite nach oben. »Hättest du mir diese Schwachsinnsgeschichte abgekauft?«

»Ist ja gar nicht sicher, dass es eine Schwachsinnsgeschichte ist.«

»Herrgott, Anton. Hörst du dir eigentlich selbst zu?«

»Schon gut! Vergiss, dass ich gefragt habe.«

»Ist bereits vergessen.«

Magnus nahm den Klebezettel aus dem Karton und drehte ihn um. *Wer ist der Elefantenmann?* stand darauf. Jemand hatte mit Kugelschreiber einen Kreis um die Frage gezogen.

Magnus hielt den Zettel in der Hand und dachte angestrengt nach. Er glaubte nicht, dass der Lensmann oder Sverre Roer etwas Derartiges erwähnt hatten. Er sah auf die Uhr, es war kurz vor acht. Dann erhob er sich vom Fußboden. Anton sah sich beleidigt eine Waschmittelreklame auf *TV2* an. Magnus suchte die Nummer des Lensmanns in Volda heraus und rief ihn an. Schon nach dem dritten Klingeln meldete der Kollege sich. Es dauerte ein paar Sekunden, bis die obligatorischen Höflichkeitsphrasen ausgetauscht waren, dann fragte Magnus nach dem Klebezettel.

»Das ist wohl bloß so eine Notiz, die während einer Besprechung nach Trine Vehlers Vernehmung gemacht wurde.«

Der Name war neu für Magnus.

»Wer ist Trine Vehler?«

»Rebekkas Cousine und Mitbewohnerin.«

»Okay. Aber was ist das mit diesem Elefantenmann?«

»In einem der Kartons liegt ein Aktenordner mit der Überschrift *Vernehmung – drei.* Da findest du die Aussage, in der Trine Vehler ihn erwähnt.«

Magnus schaltete den Handy-Lautsprecher ein, legte das Telefon auf den Sofarücken und begann nach dem Ordner zu suchen, während er dem Lensmann gleichzeitig zuhörte: »Wie schon erwähnt, war John-Einar sehr daran interessiert, herauszufinden, mit wem Rebekka sich umgab. Und die ganze Zeit meinte er, dass irgendwas fehlt.«

»Ich erinnere mich, dass du das gesagt hast.«

»Trine Vehler hat ausgesagt, dass Rebekka an mehreren Abenden nicht zu Hause war. Und da war sie auch nicht mit Leuten zusammen, die sie von der Hochschule her kannte. Als Trine ihre Cousine gefragt hat, wo sie gewesen sei, hat Rebekka ausweichend geantwortet. So ausweichend, dass klar war, sie wollte nicht antworten.«

»Also hat sie jemanden getroffen.«

»Alles deutet darauf hin.«

»Besonders die Tatsache, dass sie ihrer Cousine nichts erzählen wollte, findest du nicht?«

»Ja, aber so war sie anscheinend.«

Der Aktenordner lag nicht in dem ersten Karton. Magnus schob ihn weg und machte sich über den zweiten her.

»Die Cousine hat erzählt, dass eines Abends bei ihrer Rückkehr Rosen auf dem Tisch gestanden hätten«, fuhr der Lensmann fort, »und dass sie neugierig war, zu erfahren, woher die kamen. Sie ist davon ausgegangen, dass Rebekka sie nicht selbst gekauft hatte, und fragte daher, ob die von einem heimlichen Verehrer stammten. Rebekka hat nur schelmisch gegrinst, was die Cousine natürlich noch neugieriger machte. Und da hat Rebekka schließlich gesagt, sie hätte sie von dem Elefantenmann bekommen. Mehr als das hat sie aber nicht verraten wollen.«

Magnus fand den Ordner fast ganz unten und nahm ihn heraus. Er war so dünn, dass der Inhalt auch in eine einfache Dokumentenmappe gepasst hätte. Er setzte sich aufs Sofa und legte sich den Ordner auf den Schoß. Ganz oben lag die erste Aussage von Sverre Roer.

»Aber«, führte der Lensmann weiter aus, »laut Aussage der Cousine hätte Rebekka auch genauso gut sagen können, dass sie die Rosen vom Weihnachtsmann bekommen hätte. Sie hat Trine nämlich nur allzu gern neugierig gemacht.«

»Elefantenmann ist ja schon ein besonderer Spitzname, eben nicht der Osterhase, oder wie du selbst sagst: der Weihnachtsmann.«

»Nein, wir haben viele Stunden darüber nachgegrübelt. Das war ja sozusagen der Anlass dafür, dass John-Einar meinte, sie würde ein Doppelleben führen. Ein Leben, in dem die Cousine und die Freundinnen vorkamen, und ein anderes nebenher. Bedauerlicherweise sind wir mit diesem *Elefantenmann* nie weiter als bis zu den Blumen gekommen.«

Magnus hatte die Aussage von Trine Vehler gefunden. Er überflog sie. Da stand nur das, was der Lensmann ihm gerade erzählt hatte.

»Jetzt sind zwar schon zwanzig Jahre vergangen, aber es wäre sicher interessant, sich mal mit dieser Cousine zu unterhalten. Weißt du, wo die zu finden ist?«

KAPITEL 63

Volda, 1999, Tag 77

Er öffnete das Sahnepäckchen und kippte die Hälfte auf den Boden.

»Was machst du da?«, fragte sie.

»Ich dachte, du hättest vielleicht gern Schlagsahne im Kakao?«

»Ja schon, aber …« Sie grinste. »Hä?«

Er schloss die Verpackung und begann sie zu schütteln. Ein glucksendes Geräusch war zu hören.

»Wenn man Sahne schlägt«, sagte er, »dann nimmt das Volumen zu, nicht? Wenn der Karton hier«, er wechselte die Hand und schüttelte weiter, »voll wäre, dann gäbe es nicht genug Platz, und die Sahne könnte nicht steif werden.«

»Darüber habe ich nie zuvor nachgedacht«, sagte sie und nickte anerkennend. »Ganz schön clever! Da habe ich heute wohl etwas dazugelernt.«

»Ja«, sagte er und wechselte erneut die Hand. »Alte Bergsteiger-Tricks.«

Das Glucksen nahm nach und nach ab. Er schüttelte das Päckchen neben ihrem Ohr und sagte: »Hörst du?«

»Nein. Was denn?«

»Es hat aufgehört zu glucksen. Das bedeutet was?«

»Dass die Sahne steif geworden ist«, sagte sie lächelnd.

Er gab Kakao in die Becher und riss das Sahnepäckchen ganz auf. Dann schob er den Löffel hinein und krönte die Kakaobecher mit Schlagsahne. Sie tranken und spähten dabei zu den Berggipfeln im Norden und Osten hinüber sowie zu dem Fjordarm, der die Landschaft etwa fünfhundert Meter weiter unten in zwei Teile teilte. Nebel zog herein. Schon bald würde der Fjord nicht mehr zu sehen sein. Er ließ sie von ihrer Jugend in Mandal berichten, ohne sie auch nur ein einziges Mal zu unterbrechen. Sowohl sie als auch Rebekka waren Einzelkinder. Daher waren sie fast wie Schwestern. Sie hatten alles gemeinsam gemacht, und der Plan für die Zeit nach dem Studium lautete, nach Oslo zu ziehen, sich einen Job an einer Schule beziehungsweise in der Jugendfürsorge zu suchen und dann eine Familie zu gründen.

»Ich werde unseren Traum trotz allem weiterverfolgen«, sagte sie. »Ohne sie wird es in Mandal ziemlich seltsam sein.«

Er sah, dass ihr Becher leer war.

»Mehr?«

»Ein bisschen, vielleicht.«

Er füllte den Becher zur Hälfte wieder auf und gab einen ordentlichen Klecks Schlagsahne hinzu. Sie krümmte die Finger um den Becher und trank. Dabei rückte sie ein Stück näher an ihn heran. Sie stellte den Becher auf den Boden, und er sah, dass ihre Hand die seine suchte, sie jedoch verfehlte. Er wollte abwarten, ob sie ganz allein die Initiative ergriff, so wie Rebekka es bei ihrem zweiten Rendezvous getan hatte.

Sie tat es, ließ den Kopf an seiner Schulter ruhen.

»Danke. Noch mal.«

»Du sollst mir nicht danken«, sagte er.

»Letzte Nacht habe ich zum ersten Mal, seit es passiert ist, in einem Stück durchgeschlafen. Ich möchte, dass du weißt, wie viel du mir schon nach diesen paar Tagen bedeutest.«

»Du mir auch.«

Sie strich mit dem Daumen über seine Finger.

»Ist das dein Ernst?«

»Ja«, sagte er. »Ich werde Silje niemals vergessen, und das

möchte ich auch gar nicht, aber ich *weiß* es einfach. Sie hätte sich gewünscht, dass ich weitergehe, mein Leben weiterlebe, dass ich mal eine Familie gründe, wie wir es uns erträumt haben. Aber ohne sie weiterzugehen, kam mir immer unmöglich vor. Bis jetzt.«

Er spürte, wie sie seine Hand drückte.

»War sie die einzige Freundin, die du hattest?«

»Ja. Und bei dir?«

»Einer. Pelle aus der grünen Zone.«

»Grüne Zone?«

»Ja.« Sie blickte ihn an und lächelte. »Das war im Kindergarten.«

Er gluckste. »Wer von euch hat Schluss gemacht?«

»Er. Hat mich ganz brutal für Elise fallen gelassen. Ich habe geweint, bis meine Nase zu bluten anfing.«

»Oje«, sagte er. »Böse Elise. Aber ist das wahr? Hattest du niemals einen richtigen Freund?«

»Nein …« Sie schüttelte den Kopf. »Nie.«

Sie lehnte den Kopf dicht an seinen, und dieses Mal kam er ihr entgegen. Sie schloss die Augen. Er tat es ihr nach, spürte, wie ihre Lippen auf seine trafen. Sie drückte seine Hand ganz fest.

Er wollte sie noch einmal küssen, den Augenblick ausdehnen. Nachher, dachte er, bevor sie hinuntergehen würden. Und bevor sie sich später trennen würden.

Die Nebelwand war ein Stück weitergezogen. Sie hatte die Westseite des Rotsethorn schon zum Teil verschlungen und trieb jetzt hinüber zur Nordseite. Volda war nicht mehr zu erkennen. Aus dem Osten näherten sich dunkle, kriegerische Wolken. Bald würden auch die nicht mehr zu sehen sein, aber er hatte es schon bemerkt und musste lächeln, als er die Erregung und die Freude in seiner Brust spürte. Denn was er da sah, konnte nichts anderes als ein Zeichen dafür sein, dass es sich um sie handelte. *Sie.* Die eine, nach der er auf der Suche war, schon seit er angefangen hatte, sich für das andere Geschlecht zu interessieren. Sie, die jetzt dicht neben ihm saß und seine Hand so fest umklammerte, dass es sich anfühlte, als würde sie nie wieder loslassen. Natürlich war er in Rebekka verliebt gewesen, aber das hier war etwas anderes. Das hier war Magie und gleichzeitig etwas Echtes.

»Guck mal«, sagte er und zeigte auf die Wolken im Osten. »Siehst du, wie die aussieht?«

»Nein?«

»Guck genau hin«, sagte er. Es war eine hellgraue Wolke, die an einen Kopf erinnerte. An der Vorderseite konnte man drei Felder in einer dunkleren Farbnuance erkennen. Zwei kleine Punkte für die Augen, und dazwischen ein längerer Streifen, der wie eine lange Nase aussah. Auf jeder Seite des wattigen Kopfes schwebte eine größere Wolke, die zwei riesigen Ohren ähnlich sahen. »Findest du nicht, dass die einem Elefanten ähnelt?«

Er merkte, wie der Griff ihrer Hand unmittelbar nachließ. Sie sah ihn mit seltsamem Blick an, als hätte er etwas gesagt, das überhaupt nichts mit der Realität zu tun hatte. Er blickte erneut nach oben. War die Ähnlichkeit wirklich so schwer zu erkennen? Nein. Fast hätte er gefragt, ob sie schlechte Augen hätte, war aber nicht sicher, ob sie den Scherz verstehen würde.

»Wusstest du übrigens, dass Elefanten aus zwanzig Kilometer Entfernung eine Wasserquelle riechen können?« Das eine Ohr am Himmel löste sich ab, und der Elefant war verschwunden. »Und da behaupten die Menschen immer, dass Hunde so einen guten Geruchssinn haben?«

Er grinste. Ihr Körper war völlig erstarrt, die Augen offen und wie gelähmt vor Angst. Sie erinnerte wieder an ihre Cousine. Genau so hatte Rebekka ihn nämlich angesehen. Nicht am Anfang, als alles gut gewesen war, sondern unten in Elvadalen. In dem Augenblick, als ihr klar geworden war, dass sie sterben würde.

KAPITEL 64

Samstag, 23. November

»Die Eltern konnten sie an jenem Wochenende nicht erreichen«, sagte der Lensmann. »Und als sie am Montag nicht in der Hochschule erschien, hat man sie als vermisst gemeldet. Eineinhalb Tage später wurde sie am Rotsethorn von einem Hubschrauber gefunden.«

»Wie waren die Umstände?«

»Die Sache wurde eingestellt. Es lag keine strafbare Handlung vor.«

»Keine strafbare Handlung … Davon scheinst du aber nicht überzeugt zu sein?«

»Doch, aber John-Einar hatte auch erwogen, dass es Selbstmord gewesen sein kann. Trine war furchtbar niedergeschlagen, nachdem sie ihre Cousine verloren hatte. Da es aber nie mehr als eine Theorie war, beschloss John-Einar es als Unfall einzustufen. Ohne zitiert werden zu wollen: Es kann aber gut sein, dass er das wegen der Angehörigen gemacht hat. Es ist einfacher, mit dem Gedanken zu leben, dass ein Kind an den Folgen eines Unfalls gestorben ist, als sich einzugestehen, dass es sich das Leben genommen hat.«

»Es gab nie einen Mordverdacht?«

»Nein.«

»Aber es wurde als verdächtiger Todesfall untersucht?«

»Natürlich.«

»Und ihre Cousine wurde ein paar Wochen zuvor ermordet …«

»Nichts im Zusammenhang mit Trine Vehlers Tod deutete

darauf hin, dass es sich um Mord handelte. Ein Bauer hatte gesehen, dass eine junge Frau früh morgens am letzten Hof vor dem Rotsethorn vorbeikam. Die Beschreibung, die er abgab, passte zu ihr: Grüne Allwetterjacke, orange Zipfelmütze. Das Gleiche, was Trine Vehler trug, als sie gefunden wurde. Der Mann hatte an diesem Freitag niemand anderen auf den Berg zugehen sehen. Was daran liegen könnte, dass für den Vormittag etwas Regen gemeldet worden war.«

»Trotzdem hat sie sich für die Tour entschieden.«

»Ja, und das ist der Grund, warum John-Einar unsicher war, ob es sich um Selbstmord oder einen Unfall gehandelt hat. Den Rotsethorn zu besteigen, stellt kein großes Risiko dar. Es gibt gute Sicherheitsvorkehrungen mit Stahltreppen an den steilsten Stellen. Was man nur beachten muss, ist der Nebel, der manchmal ganz plötzlich aufzieht. Wenn das passiert, muss man wissen, wo man entlanggehen kann, um nicht vom Weg abzukommen, sonst kann es nämlich tödlich enden. Und genau das ist Trine passiert. Sie wurde zweihundert Meter unterhalb des markierten Wegs gefunden.«

»Ist es möglich, dass der Sache vielleicht geringere Priorität eingeräumt wurde, weil die Untersuchung des Mordes an Rebekka noch immer in vollem Gange war?«

»Wenn John-Einar gedacht hätte, dass Trine Vehler getötet worden sein könnte, dann hätte er natürlich um Unterstützung durch weitere Ermittler gebeten, aber es gab keinen Anhaltspunkt in diese Richtung. Gar nichts.«

Magnus bedankte sich für die Information und beendete das Gespräch.

»Hast du das mitbekommen?«, fragte er an Anton gewandt und sah auf Trine Vehlers Aussage. »Diese Sache mit den Blumen und diesem Elefantenmenschen …?«

»Ja.«

»Hast du dir mal Gedanken darüber gemacht?«

»Ja.«

Anton ließ den Fernseher nicht aus dem Blick. Seine Lider hingen herab und hatten die Augen zu schmalen Schlitzen verengt.

»Und möchtest du die vielleicht teilen?«

»Nein.«

»Könntest du jetzt bitte mal aufhören, dich wie ein Dreijähriger zu benehmen?«

Anton drehte den Kopf zur Seite, blickte schläfrig zu Magnus hinüber und sagte: »Nein.«

»Du bist ein tragischer Fall.« Magnus schob den Ordner zur Seite, stand vom Sofa auf und ging in Richtung Küche. »Wirklich ein verdammt tragischer Fall.«

Er drehte den Wasserhahn auf, nahm ein Glas aus dem Schrank, hielt zwei Finger unter den Strahl und spürte, wie das Wasser allmählich kälter wurde. Er füllte das Glas und kippte den Inhalt in sich hinein. Dann hielt er es noch einmal unter den Wasserhahn, stellte es auf die Arbeitsplatte und starrte auf das Wasser, das im Abfluss verschwand, während er darüber nachdachte, ob er sich mit Volda genauso irrte wie mit dem Auto, das Cecilie Olin nach Hause gefahren hatte. Im Zusammenhang mit dem Schwarztaxi, das sie benutzt hatte, war sogleich ein Automatismus angesprungen: Sie mussten das Auto und den Fahrer identifizieren. Das war immer noch nicht erledigt, doch inzwischen genoss diese Frage auch keine Priorität mehr. Was hingegen Volda anging, war es ein Bauchgefühl. Das gleiche Bauchgefühl, das Ermittler zu Legenden gemacht hatte. Ermittler wie Harald Uteng und sogar wie der, der im Wohnzimmer auf dem Sofa lag.

Magnus drehte den Wasserhahn zu und trank.

»Ich verstehe, dass du es nicht tun kannst.«

Es war Anton. Er hatte am Küchentisch Platz genommen und starrte aus dem Fenster hinüber zu den Phønix Veranstaltungsräumen.

»Wovon redest du?«

Magnus setzte sich Anton gegenüber.

»Im Fall Nora rumschnüffeln. Ich hätte dich nicht fragen sollen. Tut mir leid.«

»Ist schon gut, Anton.«

»Gibt's da drüben 'ne Hochzeit?«

»Ich glaub schon. Sollen wir uns ein paar Bier reinzischen und da vorbeischauen?« Magnus glaubte, ein kleines Lächeln hinter dem Bart sehen zu können.

»Ich hab nichts zu trinken da.« Anton schaute auf die Uhr des Handys. »Und der Laden ist schon geschlossen.«

»Ich habe was zu Hause, ich kann losfahren und es holen. Die Braut hat garantiert ein paar Single-Freundinnen«, grinste Magnus. »Vielleicht haben wir heute Abend beide Glück.«

»Und du meinst, wir sollen da einfach reingehen?«

»Wenn wir noch zwei Stunden warten, ist die ganze Truppe sternhagelvoll. Ich bringe auch noch eine Flasche Wein von zu Hause mit, wir wickeln 'ne Schleife drum, und dann reden wir nur noch Nordland-Dialekt. Niemand verweigert zwei fröhlichen Nordländern den Zutritt.«

»Hast du nicht einen Fall zu lösen?«

»Doch, aber ich würde dich heute Abend lieber etwas ausführen, falls du Lust dazu hast. Soll ich nach Hause fahren und die Getränke holen?«

»Nein«, flüsterte Anton und blickte auf den Tisch. »Ich habe doch diesen Didrik Ryde erwähnt.«

»Oh, mein Gott«, seufzte Magnus. »Ja?«

»Er hat an mehreren Orten gearbeitet. Anscheinend sogar an

vielen. Aus irgendeinem Grund hält er sich nie längere Zeit an ein und demselben Ort auf. Wie lange er schon in Kalnes arbeitet, ist eigentlich nicht so interessant. Das finde ich sowieso selbst heraus. Ich weiß, dass er im St. Olavs in Trondheim und im Krankenhaus in Tromsø gearbeitet hat. Was ich wissen möchte, und wobei du mir hoffentlich weiterhelfen kannst, ist, herauszufinden, ob etwas an diesen Orten passiert ist, das ihn veranlasst hat, dort aufzuhören.«

»Wenn es da Probleme gegeben hätte, wäre er gefeuert worden«, sagte Magnus. »Dann wäre es wahrscheinlich schwierig für ihn gewesen, einen neuen Job im Gesundheitswesen zu finden, meinst du nicht?«

»Nicht, wenn er es so wie ich gemacht hat: Kündigen, bevor ihn irgendjemand feuern konnte. Wie auch immer: Ich kann nicht anrufen und Fragen stellen. Oder ich kann es schon, aber dann müsste ich so tun, als wäre ich bei der Polizei, und dazu habe ich keine Lust. Sollte nämlich herauskommen, dass ich so etwas getan habe, ist da mit Sicherheit jemand, der meint, ich sei nicht geeignet, in der psychiatrischen Notaufnahme zu arbeiten.«

»Du willst also, dass ich das mache.«

»Du riskierst nichts, und das ist nicht nur etwas, das ich leichtfertig behaupte. Du steckst mitten in einer Mordermittlung – das gibt dir das Recht, *fast* alles zu tun, was du willst. Und ein bisschen herumzutelefonieren und nach einem ehemaligen Angestellten zu fragen, sollte wohl möglich sein. Denn egal, wie man es dreht und wendet, Tatsache ist, dass er den gleichen Arbeitgeber hat wie Cecilie Olin. Und wenn du ihn treffen würdest, ihn reden hören und ihn reden *sehen* würdest, dann wäre es dir auch klar.«

»Was wäre mir klar, Anton?« Magnus sah Anton unverwandt an. »Hm? Was würde mir auffallen?«

»Dass etwas mit ihm nicht stimmt. Du brauchst mir jetzt gar

keine Antwort zu geben. Ich möchte dich nur wissen lassen, dass es diese Information ist, die ich brauche. Falls weder Trondheim noch Tromsø etwas an ihm auszusetzen haben …«, Anton hielt Magnus die Handflächen entgegen. »… dann ist ja alles gut. Dann lasse ich auch die Finger davon.« Er blickte erneut aus dem Fenster. Im Licht der Straßenlaternen ähnelte der Regen Essstäbchen. »Du hast mich vorhin gefragt, ob ich mir ein paar Gedanken gemacht habe, nachdem du mit dem Lensmann in Volda gesprochen hattest.«

»Ja?«

»Willst du die immer noch hören?«

»Ja.«

»Was den Mord an Rebekka Vehler betrifft, wirst du wahrscheinlich nichts Neues finden können.«

»Warum glaubst du das?«

»John-Einar Gjelsvik, der ehemalige Lensmann da oben, das war einer von der alten Schule, Torp. Polizisten wie er werden heute nicht mehr gemacht. Er war damals einer der Giganten in der Abteilung, in der du jetzt bist und die früher *Mordkommission* genannt wurde.«

»Ich weiß, aber er war auch nur ein Mensch, und somit kann er auch etwas übersehen haben.«

»Grundsätzlich: Natürlich kann er etwas übersehen haben. Aber vergiss nicht, dass der neue Lensmann sich den Fall auch angesehen hat. In den meisten Mordfällen sind es oft mehrere Dinge, die auf einen Täter hinweisen. Deshalb werden die meisten Morde in Norwegen aufgeklärt. Fakten und Logik, oder? Darüber haben wir beide schon oft gesprochen. Dann gibt es natürlich einige Fälle, bei denen die Polizei nicht weiterkommt. Das kommt zwar immer seltener vor, aber es passiert. In den Neunzigerjahren trat das noch in größerem Umfang auf als heute. Die Technologie entwickelt sich immer weiter. DNA-Analysen und die Auswertung elektronischer Spuren haben in den letzten fünfzehn bis zwanzig Jahren mehr Morde aufgeklärt als Ermittler in den letzten zweihundert. Im Fall Rebekka Vehler gibt es wohl keine unbekannte DNA?«

»Nein. Kennst du den Fall von früher?«

»Ich habe 1999 bei der Drogenfahndung gearbeitet, deshalb weiß ich nicht mehr als das, was in der Presse stand. Mein Punkt ist, dass du nicht an dem zweifeln darfst, was Gjelsvik und sein Team seinerzeit unternommen haben. Verschwende nicht deine Zeit damit. Du kannst völlig sicher sein, dass das wenige, das sie hatten, hundertmal hinterfragt wurde – allein von Gjelsvik. Und dann gibt es noch das, was der jetzige Lensmann getan hat. Dass er an derselben Stelle wie Gjelsvik steht und nicht weiterkommt, liegt nicht daran, dass sie schlechte Ermittler sind, sondern daran, dass es nichts mehr gibt, mit dem man arbeiten kann.«

»Mein Bauchgefühl sagt, dass ich Volda nicht ignorieren sollte. Auch wenn mir der gesunde Menschenverstand sagt, dass es sich um einen Fehlschuss handelt. Hast du so etwas auch manchmal erlebt?«

»Oft. Wenn Fakten und Logik versagen, musst du deinem Bauchgefühl folgen.« Anton sah ihn mit trüben Augen an. »Das nennt man ›einen Riecher haben‹, und das ist es, was die guten Ermittler von den gewöhnlichen unterscheidet. Darf ich dir einen kleinen Schubs in die richtige Richtung geben?«

»Gerne.«

»Die Cousine.«

»Trine Vehler? Basierend auf dem Telefongespräch, das du eben mitgehört hast, glaubst du nicht, dass es ein Unfall war?«

»Was, wenn da oben auf dem Rotsethorn noch ein anderer gewesen wäre, Torp? Einer, der nicht an diesem Bauern vorbeigelaufen war, der behauptete, sie allein gesehen zu haben. Einer, der eine andere Route gewählt hat. Denn es gibt doch sicherlich nicht nur einen Weg dort hinauf. Möglicherweise hat sie sich auch mit jemandem am Fuß des Berges verabredet. Einer, der vielleicht an dem Hof vorbeigegangen ist, als der Bauer in der Scheune saß und sich um seine Kühe kümmerte. Es gibt unzählige Möglichkeiten.«

»Du meinst also, wer Rebekka Vehler getötet hat, steckt auch hinter dem Tod der Cousine?«

»Ich sage nur, dass du einer Lösung wahrscheinlich nicht näher kommen wirst, indem du weiter im Fall Rebekka Vehler herumgräbst. Was den Tod der Cousine betrifft, kann es hingegen einiges geben, was nicht gut genug untersucht wurde – gerade weil es ein Fall ist, der nie als Mordfall untersucht worden ist.«

»Dann hätten wir es mit einem Serienmörder zu tun«, sagte Magnus. »Ein Serienmörder, der ein Experte darin ist, Mord wie Selbstmord aussehen zu lassen, und der zufällig Didrik Ryde heißt. Deshalb meinst du also, ich sollte mir die Cousine genauer anschauen, nicht wahr? Weil du denkst, dass ihr Tod ebenfalls ein als Selbstmord getarnter Mord gewesen sein könnte?«

Anton gab keine Antwort.

»Genau«, sagte Magnus. »Jetzt habe ich dich endlich durchschaut. Hat zwar zehn Jahre gedauert, aber immerhin.«

Magnus stand auf und steuerte auf das Wohnzimmer zu. Anton drehte sich auf seinem Stuhl zu ihm um.

»Also, was wirst du tun?«

»Ich werde weitersuchen.« Magnus sank zu Boden und zog den Karton zu sich heran, den er erst zur Hälfte durchforstet hatte. »Bis ich die Verbindung finde, die bestätigt, was mein Bauchgefühl sagt.«

»Und was genau sagt dein Bauchgefühl, Torp?«

»Dass wir den Elefantenmann finden müssen.«

TEIL III

ANTON

KAPITEL 65

Sonntag, 24. November

Es war Viertel nach sieben, als Magnus mit kräftig pochendem Herz erwachte. Als hätte ihn jemand aus einem Albtraum gerissen. Er setzte sich auf, legte eine Hand auf seine nackte Brust und spürte sein Herz schlagen, während er in das verdunkelte Zimmer starrte.

Etwas hatte ihn geweckt und seinen Körper in Alarmbereitschaft versetzt.

Beinahe lautlos stellte er die Füße auf den Boden. Ein leises Knirschen war vom Parkett zu hören, als er sich erhob. Er versuchte, andere Geräusche als den Regen wahrzunehmen, der gegen die dünnen Fensterscheiben trommelte, und trat in den Flur. Er überprüfte die Haustür. Versperrt. Er bewegte sich auf Antons Schlafzimmer zu. Die Tür war geschlossen. Er öffnete sie ein Stück weit und spähte in die Dunkelheit.

»Anton?«

Keine Antwort. Kein schweres Atmen. Kein Grunzen. Nicht die kleinste Regung. Er stieß die Tür ganz auf. Dann merkte er, wie das Blut in seinen Schläfen zu hämmern begann.

Das Bett war leer.

Magnus drehte sich in der Türöffnung um und rief Anton abermals, doch nur der Regen antwortete ihm. Dann sah er einen Streifen Licht zwischen Türschwelle und Badezimmertür. Er klopfte an den Türrahmen.

»Anton …?«

Nichts. Nicht mal das Geräusch fließenden Wassers. Magnus war sicher gewesen, dass sein Maximalpuls bereits erreicht war, aber jetzt nahm der hämmernde Muskel in seiner Brust noch mehr Fahrt auf, und er spürte, wie das warme Blut durch seine Halsschlagader schoss und sich in seinen Wangen verteilte. Ihm stand nicht der Sinn danach, die Tür zu öffnen. Er wollte nicht ins Bad hineinsehen. Schließlich drückte er doch die Türklinke hinunter, hoffte auf eine protestierende Stimme aus dem Inneren, aber nicht ein Ton war zu hören. Langsam öffnete er die Tür.

Er wusste nicht, was er zu finden erwartet hatte, denn während er in den kleinen gefliesten Raum blickte, begriff er, wieso sein Körper ihm vor einer knappen Minute signalisiert hatte, dass etwas nicht stimmte. Er ließ die Türklinke los, eilte mit Siebenmeilenschritten zurück ins Wohnzimmer und drückte im Vorbeigehen auf den Lichtschalter. Dann ging er weiter zum Fenster, schob zwei Finger zwischen die Jalousien und sah zu der Stelle hinüber, wo er tags zuvor geparkt hatte. Der Wagen war verschwunden. Magnus entdeckte das Chaos hinter dem Sofa und fluchte laut. Mappen, Ordner und lose Blätter waren in einem Halbkreis über den Fußboden verstreut. Anton hatte drei der vier Kartons durchwühlt. Der Einzige, der friedlich hatte stehen bleiben dürfen, war der, durch den Magnus sich fast durchgearbeitet hatte, ehe er auf dem Sofa eingeschlafen war: die Nulldokumente.

»Verfluchter Scheißidiot«, flüsterte Magnus und streckte sich über den Sofarücken hinweg nach seinem Handy, das auf dem Tisch lag. Er rief Antons Nummer auf und ließ es klingeln.

»Ja?«

»Ja?«, rief Magnus. Im Hintergrund hörte er eine Stimme, die über Lautsprecher etwas verkündete. »Wo verdammt bist du?«

»Gardermoen.«

»Und mein Wagen?«

»Gardermoen.«

»Was hast du vor?«

»Ich folge einer Spur«, erwiderte Anton.

»Einer Spur? In welchem Fall?«

»Das weißt du.«

»Du arbeitest nicht mehr bei der Polizei, Anton.«

»Danke, dass du mich daran erinnerst.«

Magnus stöhnte.

»Und wie soll ich jetzt zur Arbeit kommen? Kannst du mir das verraten?«

»Nimm dir ein Taxi. Ich überweise dir fünfhundert.«

»Im Ernst jetzt, was hast du vor? Willst du zurück nach Volda?«

»Das geht dich nichts an.«

Magnus legte sich das Handy auf die Brust, schloss die Augen und atmete zweimal tief durch die Nase ein, ehe er sich das Handy wieder ans Ohr hielt.

»Komm hierher zurück. Jetzt.«

»Nein. Ich bin heute Nachmittag wieder da. Spätestens heute Abend. Einen Tag wirst du wohl ohne Auto auskommen.«

»Du meinst, dass es mir darum geht?«, rief Magnus. »Dass du den Wagen genommen hast?« Er ließ Anton erst gar nicht zu Wort kommen und fuhr fort: »Gestern hast du gesagt, du wolltest dich nicht als Polizist ausgeben, um Antworten auf ein paar Fragen zu bekommen, aber dich auf die Falldokumente zu stürzen und zu verschwinden, um einer Quasispur in deiner verschrobenen Ermittlung nachzugehen, damit hast du anscheinend keine Probleme? Du hast sie doch nicht mehr alle.«

»Gestern Abend habe ich dir gesagt, in welche Richtung du dich bewegen solltest, aber das hat dich überhaupt nicht interessiert. Du hast da weitergemacht, wo du aufgehört hast – bei den *Nulldokumenten.* Wo hast du bloß deinen Kopf?«

»Ist das tatsächlich so verdammt seltsam? Denn alles andere ist, und das hast du selbst gesagt, hundertmal und von allen Seiten begutachtet worden!«

»Du glaubst also allen Ernstes, dass in den *Nulldokumenten* etwas Entscheidendes zur Lösung des Mordfalls Rebekka Vehler wartet? Die Dokumente in dem Karton sind da gelandet, eben weil sie *keinerlei* Bedeutung für den Fall hatten. Und John-Einar Gjelsvik soll jedes Mal etwas übersehen haben, als er sich die angeschaut hat? Ich weiß ja, dass du nicht blöd bist, Torp, aber so langsam kommen mir Zweifel.«

»Das kannst du doch gar nicht wissen.«

»Doch.« Anton redete ruhig und leise. »Kann ich wohl. Wenn es das erste, zweite oder dritte Mal gewesen wäre, dass jemand einen neuen Blick auf den Fall geworfen hätte, dann würde ich es ja verstehen. Dann hätte es durchaus sein können, dass irgendwas versehentlich in dem Karton gelandet ist – und ich hätte sogar selbst nachgesehen. Aber es ist nicht das erste, zweite oder dritte Mal. Vermutlich ist es das fünfzigste Mal.«

»Wohin fliegst du?«

Anton antwortete nicht, und Magnus wiederholte die Frage.

»Hast du dir noch mal überlegt, ob du Didrik Ryde für mich überprüfen willst?«

Magnus schnaubte.

»Du schleichst dich raus. Klaust mein A…«

»Ich hab nicht einen Scheiß geklaut. Die Schlüssel lagen auf der Kommode. Jetzt mach mal nicht so'n Drama.«

»Von wegen Drama. Und per definitionem hast du den Wagen geklaut!«

»Sollte ich etwas guten Willen aufbringen, wäre ich geneigt, dahingehend zuzustimmen, dass ich ihn – im schlimmsten Fall – ohne dein Wissen ausgeliehen habe.«

»Was verdammt noch mal ist der Unterschied?«, brüllte Magnus. »Du haust einfach mit meinem Wagen ab und bist nicht mal bereit, mir zu sagen, wo du hinwillst. Bist du wirklich schon so abgedreht, dass du glaubst, ich würde *jemals wieder* irgendetwas für dich tun?«

»In Ordnung«, sagte Anton. »Dann kannst du ja ausziehen.«

»Anton«, sagte Magnus ernst. Er blickte auf die Papiere zu seinen Füßen und trat auf die Küche zu. »Hallo …?«

Magnus sah auf das Display. Anton hatte aufgelegt.

KAPITEL 66

Sonntag, 24. November

Die Adolph Tidemands gate lag nur ein paar Minuten vom Zentrum Mandals entfernt. Anton bewegte sich zwischen alten weißen Holzhäusern, die dicht gedrängt auf beiden Seiten der schmalen Straße standen, und hielt Ausschau nach der Hausnummer, die ihm am Telefon genannt worden war.

Das Haus lag fast am Ende der Straße. Ein E-Auto glitt lautlos vorbei, als er die steinernen Stufen zur Tür hinaufstieg. Noch ehe Anton klingeln konnte, hörte er das Schloss klicken, und die Tür wurde geöffnet. Der Duft von frisch gebrühtem Kaffee schlug ihm entgegen. Trine Vehlers Mutter war eine zierliche Frau Mitte sechzig. Sie bedachte Anton mit einem Lächeln, ehe sie seine Hand ergriff und sich vorstellte.

»Leif ist gleich zurück«, sagte Unni Vehler, nachdem sie Anton ins Wohnzimmer geführt hatte. »Ich habe ihn zu Edgars geschickt.«

»Edgars?«

»Die Bäckerei.« Sie ging in die Küche. Porzellan klapperte. »Sie sind ja schon viele Stunden unterwegs, und es ist noch nicht einmal zehn.« Sie brachte eine Kanne Kaffee, ging zurück in die Küche und erschien mit drei Tassen und Tellern wieder im Wohnzimmer. »Wir dachten, dass Sie bestimmt hungrig sind.«

Anton hatte nichts mehr gegessen, seit er und Magnus vor ziemlich genau achtundvierzig Stunden in dem Café in Volda gewesen waren. Er hatte keinen Hunger, wusste aber, dass es besser wäre, etwas zu sich zu nehmen.

»Das wäre doch nicht nötig gewesen«, sagte er und richtete den Blick auf ein gerahmtes Foto auf dem Fernsehtisch. Es zeigte eine Jugendliche im Trachtenkleid vor einer hölzernen Kirche. »Sie hatte Ähnlichkeit mit ihrer Cousine.«

»Die beiden sind ständig für Schwestern gehalten worden.«

Die Haustür wurde geöffnet. Ein groß gewachsener, robuster Mann mit einer Einkaufstüte kam herein. Sein Bart war lang und grau, ein Haarkranz in derselben Farbe zierte seinen Kopf. Er zog Jacke und Schuhe aus, trat ins Wohnzimmer, reichte Anton die Hand und sagte: »Leif Vehler. Sie müssen der Polizist sein?«

»Nun ... jedenfalls früher einmal. Anton Brekke.«

»Hm.« Leif Vehler musterte Anton, nickte dann zustimmend in sich hinein und setzte sich etwa einen halben Meter von seiner Frau entfernt auf das Sofa. »Ich habe nicht ganz verstanden, was Unni gesagt hat.«

»Nein?« Anton sank auf den Sessel gegenüber dem Ehepaar.

»Sind neue Erkenntnisse bezüglich Rebekka aufgetaucht?«

»Leif.« Unni tätschelte mit ihrer kleinen Hand die kräftige Pranke ihres Ehemanns. »Lass uns erst mal was essen. Holst du uns einen großen Teller?«

Leif warf einen Blick auf den Tisch, um sich davon zu überzeugen, dass darauf kein großer Teller stand, und erhob sich dann vom Sofa. Unni blickte ihm nach, bis er in der Küche verschwunden war.

»Haben Sie irgendwas mit Henriette und Petter ausgemacht?«, fragte sie.

Henriette und Petter. Rebekkas Eltern. Anton erinnerte sich, ihre Namen in der Nacht gelesen zu haben.

»Nein.«

Leif Vehler kam zurück. Seine Frau schenkte Kaffee ein.

»Wieso nicht?«, fragte der Ehemann, während er die frischen Backwaren auf dem großen Teller anrichtete.

Anton nahm einen Zimtkringel und legte ihn auf seinen Teller. Er blies vorsichtig auf seinen Kaffee und trank etwas, während er das Ehepaar betrachtete, das ihn fragend ansah. Ein Viereck aus Sonnenlicht hatte sich über ein Kreuz gelegt, das an der Wand zwischen den beiden hing. Jesus starrte auf ihn herunter. Anton war schwindelig. Er hätte früher etwas essen sollen. Genauso wie er hätte schlafen sollen; in der Stunde, die er in Gardermoen gewartet hatte, in der Dreiviertelstunde auf dem Flug nach Kristiansand sowie während der Busfahrt nach Mandal.

»Ich …«

Die Worte versiegten, und er holte tief Luft.

»Alles in Ordnung mit Ihnen?«, fragte Unni.

»Ja …«, erwiderte er mit geschlossenen Augen. »Kein Problem.«

Anton brach ein Stück von dem Zimtkringel ab und steckte es in den Mund. Er spürte, wie sein Kopf unmittelbar auf den Zucker reagierte, nahm noch ein Stück, kaute und schluckte. Er trank mehr Kaffee und räusperte sich dann. »Sie fragen, warum ich nicht geplant habe, mit Rebekkas Eltern zu sprechen, und d…«

»Verzeihung, dass ich Sie unterbreche«, sagte Leif, »aber welche Rolle spielen Sie in dem Ganzen? Also, weil Sie sagen, dass Sie gar nicht mehr bei der Polizei sind. Sind Sie Privatdetektiv?«

»Das könnte man sagen.«

»Und wer hat Sie angeheuert?«

»Ich mich selbst. Ich habe siebzehn Jahre als Mordermittler hinter mir, und es gibt da ein paar Dinge bei der Untersuchung des Mordes an Rebekka, die meiner Meinung nach noch einmal genauer angeschaut werden sollten.«

»Wie etwa?«

»Die Kripo und der Polizeidistrikt Øst vermuten, dass es einen Zusammenhang mit der Ermordung von Cecilie Olin gibt.« Er ließ den Blick zwischen den beiden hin- und herfahren. »Die Krankenschwester, die am letzten Wochenende in Fredrikstad als vermisst gemeldet wurde.«

Unni riss die Augen auf.

»Wir haben in den Nachrichten davon gehört.«

»Sollten Sie da nicht erst recht mit Henriette und Petter reden?«, fragte Leif.

»Nein …«, sagte Anton mit gedämpfter Stimme und schüttelte den Kopf, während er auf den Gebäckteller blickte. »Der Fall ist so oft und so genau untersucht worden, dass meiner Ansicht nach nichts Neues dabei herauskommen könnte. Meine ehemaligen Kollegen und ich sind in dieser Hinsicht etwas uneinig, aber sei's drum. Was mich interessiert, ist Trine. Sie ist ja nicht viel später umgekommen. In der Zeit zwischen Rebekkas Tod und dem Dahinscheiden Ihrer Tochter, hatten Sie da viel Kontakt mit ihr?«

»Fast jeden Tag«, sagte die Mutter. »Wir wollten, dass sie eine Weile hier bei uns bleibt. Wir sind an dem Donnerstag, als der Lensmann anrief und von den Geschehnissen berichtete, zusammen mit Rebekkas Eltern nach Volda gefahren. Leif und ich sind am nächsten Vormittag wieder abgereist. Trine ist mit uns gekommen und nach der Beerdigung ein paar Tage geblieben, ehe sie dann zurück nach Volda fuhr.«

»Das hätte sie nicht tun sollen«, murmelte der Vater. »Wir haben ja gesehen, dass es ihr nicht gut ging, aber sie hat darauf bestanden. Sie wollte zurück und sich mit etwas anderem beschäftigen.«

»Ja«, sagte Unni, »hier zu Hause gab es ja nichts anderes zu tun, als sich mit Rebekka zu beschäftigen, und das hat wirklich an ihr gezehrt. Die beiden waren *so*, wissen Sie?« Sie kreuzte Zeige- und Mittelfinger. »Unzertrennlich. Wir haben auch nicht wirklich verstanden, was dabei herauskommen sollte, wieder da oben zu sein, in dieser Wohnung, die sie sich geteilt haben, aber sie war schon damit beschäftigt, sich eine andere Bleibe zu suchen.«

Leif griff nach seiner Tasse, stellte sie auf seinen Oberschenkel und blickte sie nachdenklich an.

»Wie ich es verstanden habe, war eine Zeit lang etwas unklar, ob es ein Unglück oder S…«

»Es war ein Unglück«, unterbrach die Mutter. »Kein Selbstmord. Sie ist gestürzt.«

»Wissen Sie, was sie so gemacht hat? Also, womit sie sich zwischen den Unterrichtsstunden beschäftigt hat?«

»Nach Rebekkas Tod war sie im Großen und Ganzen für sich, aber das hat sie so gewollt. Sie wollte in Frieden gelassen werden. Die letzte Woche vor ihrem Tod waren da oben Herbstferien. Die meisten Studenten sind nach Hause gefahren, und wir haben sie gebeten, das auch zu tun, aber sie meinte, sie müsste noch so viel Lernstoff nachholen.«

»Was die Untersuchung des Mordes an Rebekka betrifft, hatte ich den Eindruck, dass der Lensmann seinerzeit Informationen über ihr Privatleben vermisst hat. Und da oben gab es wohl kaum jemanden, der etwas darüber sagen konnte. Einschließlich Trine.«

»Wir wissen jedenfalls auch nicht mehr.«

»Das verstehe ich natürlich, aber … Wie schon gesagt, ich interessiere mich sehr für Trine. Womit hat sie sich beschäftigt?«

Die Eltern blickten einander an.

»Meinen Sie vor oder nach dem Mord?«, fragte die Mutter.

»Sowohl als auch«, antwortete Anton.

»Na ja …«, sagte die Mutter und atmete aus. »Es ging überwiegend um die Hochschule. Sie hat viel zusammen mit den anderen Mädchen gelernt, mit denen sie dort war. Rebekka und Trine absolvierten verschiedene Studiengänge, da waren sie meistens nur abends zusammen.« Sie sah ihren Ehemann an. »Die haben da oben doch zwei verschiedene Leben geführt, meinst du nicht?«

Er nickte still und spähte weiter in seine Kaffeetasse.

»Und nach Rebekkas Tod«, fuhr die Mutter fort, »ist Trine in ein Loch gefallen. Ich glaube, sie hat im Großen und Ganzen nur noch mit uns gesprochen.«

»Sie hat in der Zeit nicht vielleicht irgendeinen Namen erwähnt?«

»Nein …«, erwiderte die Mutter nachdenklich und schüttelte den Kopf. »Nein. Nichts dergleichen. Sie war die ganze Zeit für sich, wollte allein sein.«

»Die Trauergruppe.« Der Vater befeuchtete die Lippen und sah seine Frau an. »Sie ist zu dieser Trauergruppe gegangen, aber nach dem, was mit Rebekka passiert ist, war das vermutlich der einzige soziale Kontakt.«

»Ach ja?«, sagte Anton. »Ist sie dort regelmäßig hingegangen?«

»Ja, sofort als sie nach Volda zurückkam, hat sie sich dieser Gruppe angeschlossen«, erwiderte die Mutter. »Und es hat ihr geholfen. Ich weiß noch, dass ich das in der Woche vor ihrem Tod deutlich gemerkt habe. Diese Treffen haben ihr gutgetan.« Unni sah erneut ihren Ehemann an. »Findest du nicht, Leif? Hm?«

Er nickte.

»Ich weiß ja nicht, wie genau Trines Tod seinerzeit untersucht worden ist, gehe aber davon aus, dass der Lensmann in Volda über ihren sozialen Umgang in den letzten Wochen informiert worden ist?«

»Ja, wir haben ihm erzählt, dass sie zu dieser Trauergruppe ging«, sagte der Vater, »aber das hatte keine Bedeutung. Trines Tod war ja ein Unglück.«

Anton schob zwei Finger in den Henkel der Kaffeetasse.

»Wissen Sie noch, wer diese Trauergruppe geleitet hat?«

»Nein«, sagte die Mutter nach kurzem Nachdenken. »Daran erinnere ich mich nicht, aber die Treffen waren in Ørsta, sie ist zweimal pro Woche dahin gefahren.«

»Haben Sie Trine jemals von einem *Didrik* sprechen hören?«

»Didrik …«, wiederholte die Mutter leise. »Ich glaube nicht. Leif?«

»Nein«, sagte der Vater verdrossen.

»Wieso?«, fragte die Mutter. »Wer ist denn dieser Didrik?«

»Nur ein Name, den ich einzuordnen versuche.« Anton lächelte sie beruhigend an. »Die Mädchen haben ja eng zusammengelebt.«

»Wird dieser Didrik von der Polizei verdächtigt, etwas mit dem Mord an Rebekka zu tun zu haben?«

»Momentan gibt es gar nichts, was diesen Didrik mit Volda verbindet. Auch nicht mit dem Mord an Cecilie Olin.«

»Aber was hat er dann mit der Sache zu tun? Warum fragen Sie nach ihm?«, wollte Unni wissen.

Sie betrachtete Anton mit der gleichen Skepsis, die ihr Mann beim Hereinkommen gezeigt hatte.

»Es ist lediglich ein Name, der aufgetaucht ist«, sagte Anton. »Es tauchen ständig irgendwelche Namen auf. Dutzende. Manchmal auch Hunderte. Und am Ende geht es darum, mit nur *einem* Namen dazustehen. Sie können sich nicht vielleicht noch an andere erinnern, die Trine in der letzten Zeit am Telefon erwähnt hat? Niemand, den sie vielleicht treffen wollte oder der zu Besuch gekommen ist?«

»Aud«, sagte der Vater. »Sie hat ständig von einer Aud gesprochen.«

»Aud?«

»Aud war eine von den anderen, die an den Treffen teilgenommen haben«, fuhr Unni fort. »Sie hat Trine so leidgetan. Kurz nach der Geburt ihres Sohnes ist ihr Mann bei einem Unfall ums

Leben gekommen, und das Kind ist dann als Teenager an Krebs gestorben. Trine hat viel Unterstützung von ihr bekommen, soviel ich weiß.«

»Wissen Sie, wie diese Aud mit Nachnamen heißt?«

»Irgendwas mit V«, sagte die Mutter. »Viker?«

»Vikene«, korrigierte der Vater.

»Sind Sie ihr begegnet?«

»Ja, sie und drei andere aus der Trauergruppe waren hier und haben an Trines Beerdigung teilgenommen.«

»Ähm …« der Vater blickte auf und sah Anton zum ersten Mal seit Langem an. »Ich verstehe das nicht. Weswegen sind Sie so neugierig auf Trine, wenn es doch um Rebekka gehen soll?«

Anton erwiderte den Blick des Vaters, ehe er antwortete: »Ich möchte Sie mit Theorien und Spekulationen verschonen, aber … Verzeihen Sie mir, wenn das jetzt so hart und brutal rüberkommt.«

Unni ließ sich von ihrem Mann die Hand drücken, die gänzlich in seiner großen Pranke verschwand.

»Rebekka wurde ermordet«, fuhr Anton fort, »und dann stirbt Trine etwa einen Monat später. Die Polizei vermutet Selbstmord. Unmöglich, sagen Sie, es muss ein Unfall gewesen sein. Und d…«

»Sie hat sich nicht das Leben genommen«, unterbrach ihn die Mutter mit feuchten Augen. »Wir haben unsere Tochter gut gekannt. Das ist absolut unmöglich.«

»Ich glaube auch nicht, dass sie sich das Leben genommen hat«, entgegnete Anton. »Tatsächlich glaube ich, dass die Untersuchung von Trines Tod wegen des Mordfalls nicht so hohe Priorität genossen hat. Bei Rebekka handelte es sich ganz offenbar um einen Mord, der von einem unbekannten Täter begangen wurde. Die absolut schwierigste Aufgabe, der die Polizei gegenüberstehen kann. Nichts deutete darauf hin, dass Trines Tod etwas anderes als ein Unfall war. Und die Ermittler standen bei der Untersuchung des Mordes an Rebekka vermutlich so unter Druck, dass sie keine Zeit und keine Ressourcen auf weitere Ermittlungen zu Trines Tod verwenden wollten.«

»Es war ein Unfall«, schluchzte die Mutter. »Der Nebel hat sie urplötzlich überrascht, das hat man uns berichtet. Sie ist vom Weg abgekommen.«

»Ja, es kann ein Unfall gewesen sein. Aber meine ganze Erfahrung sagt mir, dass jemand untersuchen muss, ob womöglich nicht die dritte Möglichkeit zum Tod Ihrer Tochter geführt hat. Und momentan bin allein ich es, der daran interessiert ist, das zu tun. Und deshalb bin ich auch hier bei Ihnen, und nicht bei Rebekkas Eltern.«

»Die dritte Möglichkeit?«, fragte die Mutter.

Der Vater ließ ihre Hand los, erhob sich vom Sofa und bewegte sich in Richtung Flur.

»Verstehst du das nicht, Unni?« Mit dem Rücken zu ihnen blieb er stehen. »Was er sagen will, ist, dass Trine vielleicht ebenfalls ermordet worden ist.«

*

»Ja, natürlich erinnere ich mich an Trine«, sagte Aud Vikene. »Ein reizendes Mädchen.« Sie seufzte. »Was für eine Tragödie das war. Die Ärmste. Ich denke noch oft an sie. Kannten Sie sie? Wie war noch mal Ihr Name, bitte?«

Anton saß ganz hinten in dem Bus, der ihn zurück zum Flughafen Kristiansand bringen sollte. Über die Sitzlehnen hinweg konnte er vier Passagiere ausmachen. Der Sonntagsverkehr auf der E39 floss leicht dahin. Er stützte den Arm am Fensterrahmen ab und hielt sich das Handy ans Ohr.

»Anton Brekke. Ich sehe mir gerade die Umstände ihres Todes genauer an.«

»Umstände?«

»Obwohl das schon lange her ist, hatte ich gehofft, dass Sie mir bei ein paar Fragen weiterhelfen können.«

»Wenn Sie meinen. Fragen Sie nur. Ich antworte, so gut ich kann.«

»Können Sie sich erinnern, ob Trine irgendwann mal einen *Didrik* erwähnt hat.«

»Didrik, Didrik, Didrik ...«, sagte Aud Vikene. »Hat er tatsächlich so geheißen?«

»Wer?«

»Bei zwei der Treffen war auch ein netter junger Mann dabei. Er war in Trines Alter. Vielleicht ein oder zwei Jahre älter. Die haben sich ein bisschen unterhalten, weiß ich noch. Jedenfalls hat er Kontakt zu ihr gesucht.«

»Und dieser Mann kann Didrik geheißen haben?«

»Ja«, erwiderte sie nachdenklich. »Kann gut sein.«

»Haben Sie eine E-Mail-Adresse?«

»Natürlich habe ich E-Mail.«

Nachdem er die Adresse notiert hatte, bat Anton sie, am Apparat zu bleiben. Er loggte sich bei Facebook ein und rief Didrik Rydes Profil auf. Auf seiner Seite gab es nur ein Foto: Er saß dick angezogen neben einem Lagerfeuer. Anton speicherte das Foto ab, hängte es seiner E-Mail an Aud Vikene an und tippte auf *Senden*. Anscheinend saß sie gleich neben ihrem Computer, denn nur einen Augenblick später konnte Anton ein *Pling* hören.

»Jetzt ist was angekommen«, sagte sie. »Einen Augenblick.«

Ein scharfes Geräusch ertönte in seinem Ohr, als ob Aud Vikene das Telefon auf den Tisch gelegt hätte. Wenige Sekunden später war sie wieder dran.

»Ich sehe mir gerade das Foto an.«

»Kann er dieser nette junge Mann gewesen sein?«, fragte Anton.

»Ja, das wäre durchaus möglich, auch wenn er jetzt natürlich viel älter ist. Worum geht es hier eigentlich? Untersucht die Polizei jetzt wieder Trines Unfall, nach so langer Zeit?«

»Ich engagiere mich privat und versuche herauszubekommen, was an diesem Tag auf dem Rotsethorn geschehen ist. Ich glaube nicht, dass die Polizei seinerzeit genug getan hat.«

»Oh ... nein, also ... Ich möchte jetzt wirklich nicht zu dem ganzen Klatsch und den Gerüchten beitragen, aber es hieß ja, dass Trine sich vielleicht das Leben genommen hat. Daran habe ich nie geglaubt – nur, damit es gesagt ist –, aber dass sie da oben im Nebel vom Weg abgekommen ist? Absolut möglich. Obwohl es seit dem letzten Mal schon lange her ist, bin ich aber doch öfter selbst da oben gewesen. Und wenn der Nebel kommt, sollte man in aller Ruhe abwarten, bis er sich wieder verzogen hat. Es sei denn, man kennt das Terrain gut.«

»Aber können Sie mir etwas über ihn erzählen? Wie war er denn so?«

»Weshalb interessieren Sie sich eigentlich so sehr für ihn?«

»Weil er nie vernommen worden ist. Und da Trine Kontakt mit ihm hatte, kann es vielleicht sein, dass sie ihm Dinge erzählt hat, die sie niemand anderem anvertrauen wollte. Irgendetwas, das die verschiedenen Theorien über die Ereignisse dort oben entweder untermauern oder eben schwächen könnte. Deshalb versuche ich herauszufinden, wo er sich aufhält.« Anton hielt die Luft an; seine Argumentation war ziemlich dünn.

»Ach so ... Ich verstehe ... Nein, nichts Besonderes, da saß bloß plötzlich ein Kerl mit uns zusammen. Höflich. Verständnisvoll. Vernünftig. Redegewandt. Ja, kurz und gut, ein angenehmer junger Mann. Beim nächsten Treffen ist er mit ihr zusammen aufgetaucht und danach auch wieder mit ihr gefahren. Wir anderen fanden das nett. Dass die beiden einander vielleicht Trost und Unterstützung bieten konnten. Der Ärmste hatte seine Freundin verloren. Das Mädchen ist auch nicht alt geworden. Nach Trines Tod haben wir viel über ihn gesprochen, er ist dann nämlich nicht wiedergekommen.«

»Er ist gar nicht mehr aufgetaucht?«

»Ich weiß nicht, wo er abgeblieben ist, aber er war danach nur noch bei einem Treffen. Da war er furchtbar niedergeschlagen, aber wir fanden es seltsam, dass er dann verschwunden ist. Wir hatten damit gerechnet, ihn wiederzusehen – deswegen waren wir ja da. Alle aus der Trauergruppe. Es ist ihm vermutlich zu kompliziert geworden. Aber wissen Sie was, je mehr ich darüber nachdenke, desto sicherer bin ich mir, dass er Didrik hieß.«

»Gibt es da noch jemand anderen von den damaligen Gruppentreffen, den Sie fragen könnten?«

»Ich kann mal Laila fragen. Sie weiß ganz genau, wer alles an der Gruppe teilgenommen hat.«

»Laila?«

»Sie hat die Gruppe damals geleitet. Sie lebt jetzt in einem Pflegeheim, aber ich wollte sie heute Nachmittag ohnehin besuchen. Ich könnte Sie später anrufen?«

»Vielen Dank«, sagte Anton.

Er konnte ruhig eine Weile auf die Bestätigung warten. Denn jetzt war er sicher.

KAPITEL 67

Sonntag, 24. November

»Hier ist eine Randi Kristoffersen, die meint, sie hätte an dem besagten Abend eine junge Frau in Richtung Elvadalen gehen sehen«, sagte Kristin. »Die Beschreibung passt auf Rebekka Vehler.«

Sie saß hinter dem Sofa auf dem Fußboden. Magnus Torp hatte einen Pappkarton mit in die Küche genommen. Er blätterte und las abwechselnd im Stehen oder am Tisch sitzend in den Unterlagen.

»Ich habe gerade die zweite Vernehmung von Randi Kristoffersen gelesen«, entgegnete Magnus, ohne von den Papieren aufzublicken. »Da steht, dass sie die Tage verwechselt hat und dass die Angaben, die sie bei der ersten Vernehmung gemacht hat, demnach nicht stimmen. Das kannst du also ignorieren.«

Kristin sah wieder auf das Protokoll. Magnus Torp hatte recht; es handelte sich um die erste Vernehmung. Sie legte es auf den Stapel aus Papieren, Dokumenten und Vernehmungsprotokollen, die sie bereits durchgesehen hatte. Er war etwa fünf bis sechs Zentimeter dick. Der Stapel auf dem Küchentisch maß mindestens zwanzig.

»Hast du die ganze Nacht über gelesen?«, fragte sie und drehte den Kopf hin und her. Irgendwo in ihrem Nacken knackte es. »Und seit du heute Morgen aufgestanden bist?«

Magnus gab keine Antwort.

»Wollen wir in einer Stunde mal eine Kaffeepause machen? Und etwas frische Luft schnappen?«

»Mhm«, erwiderte er gleichgültig.

Gesprächiger Typ, dachte Kristin, stand auf und bewegte den Rücken von einer Seite zur anderen. Das Handy klingelte. Sie fischte es aus der Tasche. *Tony I.* leuchtete ihr auf dem Display entgegen. Sie ging hinaus in den Flur und nahm den Anruf an.

»Hallo«, ließ sich Tony Isdahl vernehmen. »Du, ein Kumpel und ich haben da ein paar Hummerreusen, die wir heute Abend aus dem Wasser ziehen wollen. Hast du Lust mitzukommen?«

»Klar hab ich das, aber ich weiß noch gar nicht, wie lange wir heute hier noch arbeiten werden.«

»Meinst du nicht, ihr seid zum Abend hin fertig?«

»Also«, Kristin dämpfte ihre Stimme, »das hoffe ich.« Sie sah auf die Uhr. »Wir sitzen hier schon seit vier Stunden, und der andere sagt keinen Ton.« Sie ging zu einem Flüstern über: »Kein Scheiß. Da kommt bloß *ja, nein* oder *mhm.*«

»Klingt jedenfalls nicht so, als hätte ich Grund zur Eifersucht.«

»Nicht wirklich.« Kristin streckte den Hals, spähte zur Küche hinüber und konnte gerade noch Magnus Torps Schulter sehen. »Ich glaube auch nicht, dass das irgendwas bringt, aber ...«

»Was macht ihr denn eigentlich?«

Kristin überlegte, was sie sagen könnte.

»Wir ...« Sie blickte abermals in Richtung Küche. Magnus Torp hatte sich nicht gerührt. »Wir gucken uns einen alten Fall an, der nach Ansicht dieses Kripotypen mit unserem hier zusammenhängen kann. *Also*, frag bitte nicht weiter.«

»Du meinst, dass Lisettes Verschwinden mit einem alten Fall zusammenhängen kann? Wie das denn?«

»Tony ...«

»Okay, okay. Ich werde dich nicht weiter quälen, aber kannst du ihn nicht fragen, wie lange ihr da noch rumhocken müsst?«

»Nein, kann ich nicht.« Sie merkte, dass ihr Ton nach Zurechtweisung klang. »Ich habe mich selbst für diesen Job angeboten.«

»Oh, excusez-moi«, sagte Tony und kicherte. »Vikerhavn um neunzehn Uhr. Ich erwarte, dich dort zu sehen. Und wenn du kein braves Mädchen bist, dann kommt der Hummer und kneift dich.«

»Aber d…«

Die Verbindung wurde unterbrochen. Tony hatte aufgelegt. Kristin blickte auf das Handy in ihrer Hand und grinste.

Sie ging wieder zurück, griff nach dem Karton, der nur eine Zeitleiste, eine Landkarte und ein paar alte Zeitungen zu enthalten schien. Sie nahm ihn mit in die Küche, stellte ihn auf den Tisch und setzte sich Magnus Torp gegenüber. Kristin nahm das Blatt mit der Zeitleiste heraus, hielt es zwischen ausgestreckten Armen und betrachtete es ein paar Sekunden lang, ehe sie es in den Karton zurücklegte.

»Schöne Wohnung, übrigens. Groß.«

»Nicht meine«, erwiderte Magnus in Richtung Tischplatte. »Ein Kumpel von mir wohnt hier. Er ist zurzeit ein wenig einsam, deshalb bin ich ein paar Nächte hier gewesen.« Er sah auf. Kristin glaubte, ein schwaches Lächeln zu erkennen. »Aber stimmt, die Wohnung ist schön.«

Er ließ den Blick wieder sinken, legte die Papiere in seiner Hand zur Seite und fischte neue Unterlagen aus dem Karton auf dem Fußboden. Kristin nahm den Zeitungsstapel aus dem anderen Karton. Es waren sechs Ausgaben. Vier stammten von *Sunnmørsposten*. Zwei von *Møre-Nytt*. Alle berichteten von dem Mord an Rebekka. Kristin nahm das oberste Exemplar, die *Møre-Nytt* von Freitag, dem 24. September 1999 – der Tag nach dem Leichenfund. ***Junge Frau in Elvadalen ermordet***, stand da in großen Buchstaben. Darunter war ein von der Hauptstraße aus aufgenommenes Foto vom Tatort. Man sah einen zugedeckten Körper, darum herum Kriminaltechniker in weißen Overalls. Kristin öffnete die Zeitung und blätterte bis zu dem entsprechenden Artikel vor. In der rechten oberen Ecke war ein Foto des Lensmanns mit Namen John-Einar Gjelsvik. Er bat um mögliche Hinweise aus der Bevölkerung. Kristin las den Artikel ganz durch.

»Ist das nicht seltsam«, begann sie, »dass bestimmte Fälle nie vergessen werden und sogar nach zwanzig oder dreißig Jahren so viel Aufmerksamkeit bekommen, während andere …« Sie legte die Zeitung weg. »Tja … vergessen werden.«

»Mir ist heute genau das Gleiche durch den Kopf gegangen.«

»Ist das nicht schrecklich?«

»Ja, aber wenn da nicht mehr rauszuholen ist, dann ist das eben so.« Magnus zuckte mit den Schultern. »Aber vielleicht haben wir ja Glück und finden jetzt eine Lösung für das hier.«

»Du bist ja mit allen Wassern gewaschen«, sagte Kristin. »Ich hatte noch nie einen Fall wie diesen.«

»Dein erster Mord?«

»Noch wissen wir ja nicht mit Sicherheit, dass Lisette Ness tot ist, aber ja. Wie lange bist du eigentlich schon bei der Kripo?«

»Drei Jahre.«

»Ah.«

»Du wirkst überrascht. Anscheinend bist du nicht sehr beeindruckt.«

Kristin grinste.

»So war das nicht gemeint. Ich dachte mehr, dass du in meinem Alter zu sein scheinst, und dann leitest du die Ermittlungen.«

»Weberg ist der Leiter der Ermittlungen. Ich habe nur beratende Funktion.«

»Ja, ja, aber du verstehst doch, was ich meine. Du vertrittst die Kripo.«

Er sah sie kurz an. Lächelte. Jedenfalls beinahe.

»Ich hatte einen guten Mentor.«

Magnus Torp war aufgetaut. Wie lang hatte das gedauert? Viereinhalb Stunden? In einer Dreiviertelstunde würde sie erneut die Kaffeepause vorschlagen. Sie nahm die nächste Zeitung aus dem Stapel. *Sunnmørsposten.* Die Ausgabe war vier Tage nach Auffinden der Leiche erschienen. ***Glaubt an Lösung***, stand über dem Foto von Lensmann Gjelsvik auf der Titelseite. Darunter, nur getrennt durch eine schmale Anzeige, war ein Foto des legendären Eisschnellläufers Johann Olav Koss abgebildet. Kristin inspizierte es, ließ die Zeitung sinken, sah Magnus Torp an und blickte dann wieder auf die Zeitung. Sie blätterte zu den Sportseiten vor. ***Olympiaheld von 94 besucht lokalen Eislaufclub***, stand über zwei ganze Seiten geschrieben. Darunter war der ehemalige Weltmeister mit einer Gruppe von Teenagern abgebildet, die Eislaufkleidung trugen und die Hände in die Luft reckten. Kristin drehte die Zeitung um und sagte: »Siehst du, wem er ähnelt?«

Magnus Torp blickte kaum auf.

»Nein.«

»Dir.«

»Johann Olav Koss?«

»Ja. Ihr habt fast die gleichen Gesichtszüge.«

»Schade, dass wir nicht die gleichen Beine haben.«

Kristin lachte, nahm die Zeitung herunter und überflog die Einleitung. Plötzlich spürte sie, wie ihr der Schweiß ausbrach. Er lief an ihr herunter wie während der Minuten, wenn sie in der Polizeistation Moss aus dem Fitnessraum im Keller kam. Wenn dem Körper klar wurde, dass die Qual vorüber war und er die Feuchtigkeit nicht länger festhielt, sondern die Schleusen öffnete.

»Torp«, sagte sie. »Sieh mal hier.«

Er musste ihrem Ton entnommen haben, dass es etwas Ernstes gab, denn nicht einmal anderthalb Sekunden später stand er neben ihr und blickte auf die Verfasserzeile oberhalb von Kristins Zeigefinger: *Elias Ness – Sportjournalist.*

KAPITEL 68

Sonntag, 24. November

Der Nachmittag war schon fortgeschritten, als Anton den Porsche über die E6 nach Süden lenkte. Das aufgerissene Maul des Nøstvettunnels in der Ferne war bereit, ihn zu verschlingen. In der Jackentasche klingelte das Handy. Anton warf einen schnellen Blick auf das Display und nahm den Anruf an: »Ich bin in einer Stunde zu Hause.«

»Alles gut, Anton, mach dir keinen Stress«, sagte Magnus. Der Tonfall war ganz anders als beim letzten Gespräch. »Ich wollte nur Bescheid sagen, dass ich getan habe, worum du mich gebeten hast.«

»Du hast Didrik Ryde überprüft?«

»Ja. Wie du gesagt hast, hat er im St. Olavs in Trondheim und im Krankenhaus Tromsø gearbeitet. An beiden Orten nicht länger als zwei Jahre. Nach Tromsø hat er dann in Kalnes angefangen.«

»Und das hast du rausgefunden?« Anton sah in den Außenspiegel und überprüfte den toten Winkel. Dann zog er auf die linke Spur und fuhr in den Nøstvettunnel hinein. »Das ist doch das Gleiche, was ich dir erzählt habe, Torp.« Er seufzte. »Das hättest du dir sparen können.«

»Ich habe schon damit gerechnet, dass du damit nicht zufrieden bist, also habe ich noch ein paar Anrufe getätigt …« Magnus' Ton änderte sich, als wollte er eine bestimmte Erwartung wecken. Anton merkte, wie sich seine Herzfrequenz erhöhte.

»Ja …?«

»Didrik Ryde hat während der letzten zehn Jahre in sechs verschiedenen psychiatrischen Einrichtungen gearbeitet. Weder Trondheim noch Tromsø hatten etwas an ihm auszusetzen. Ich bin dann noch etwas weiter zurückgegangen, bis ins Jahr 2015. Da hat er im Psychiatrischen Zentrum des Distrikts Lillehammer gearbeitet. Ich habe mit jemandem gesprochen, der sich gut an ihn erinnerte. Er hat mir erzählt, dass Didrik Ryde dort schon nach kurzer Zeit wieder aufhörte, also nach drei oder vier Monaten. Die Probezeit war noch nicht mal vorbei, als er schon wieder gekündigt hat.«

»Und der Grund dafür?«

»Offiziell? Dass er ein besseres Stellenangebot in der Jugendfürsorge in Halden bekommen hatte.«

»Und inoffiziell?«

»Die Gerüchte besagen, dass er ein Verhältnis mit einer sechzehnjährigen Patientin eingegangen ist. Als sich das unter den Angestellten herumgesprochen hat, beschloss er, zu kündigen. Ich habe seinen alten Kollegen gefragt, ob das überprüft wurde. Und ja, das wurde es.«

»Und?«

»Didrik Ryde hat alles abgestritten.«

»Und die Patientin?«

»Da haben die Gerüchte ja ihren Anfang genommen … Es stand Aussage gegen Aussage, und die Vorgeschichte der Patientin hat nicht eben für sie gesprochen. Da gab's so einiges, darunter Mythomanie – obwohl der ehemalige Kollege betont hat, dass das an sich keine Diagnose sei.«

»Ihr wurde also nicht geglaubt.«

»Nein. Didrik hat das längere Streichholz gezogen, aber der Kollege hatte keine Zweifel, ich zitiere: *Warum sollte er seine Arbeit für ein besseres Angebot aufgeben, nur um dann mehrere Monate arbeitslos zu sein?*«

»Was war mit dieser Einrichtung in Halden?«

»Der Kollege glaubt nicht, dass es dort überhaupt ein Stellenangebot gegeben hat. *Und!*« Magnus hob die Stimme. »2012 hat er im Krankenhaus Vestfold gearbeitet. Da konnte ich mit einer netten Frau sprechen, die anderthalb Jahre mit ihm zusammengearbeitet hat. Und jetzt rate, was da passiert ist.«

»Exakt das Gleiche«, sagte Anton.

»Schlimmer. Da ist eine der Patientinnen schwanger geworden. Laut ihrer Aussage hat Didrik Ryde sie zur Abtreibung gezwungen. Das Ganze ist erst ein paar Jahre später ans Licht gekommen. Er wurde dann zu einer Unterredung einbestellt, hat aber natürlich alles abgestritten. Er hätte nichts damit zu tun gehabt. Er hat zwar zugegeben, sie an einem Wochenende, an dem sie Ausgang hatte, mit dem Wagen zu einer Abtreibungsklinik in Schweden gebracht zu haben – und hat deswegen auch Selbstkritik geübt und gemeint, er hätte sich privat nicht einmischen dürfen, aber dass er ein Verhältnis mit ihr gehabt haben soll, das hat er kategorisch abgestritten.«

»Und danach durfte er weiter in dem Bereich arbeiten?«

»Die konnten nichts beweisen.«

»Die Patientin in Vestfold. Gibt's da einen Namen?«

»Ja, Renate Iversen, aber die ist 2017 gestorben. Drogen.«

»Wo ist er 1999 gewesen?«

»So weit zurück bin ich nicht gegangen.«

»Und wieso nicht?«

»Weil wir die Verknüpfung mit Volda gefunden haben.«

KAPITEL 69

Sonntag, 24. November

Magnus saß mit der Analystin Cathrine Mathisen sowie mit Kristin Mayer, Helge P. und vier weiteren Ermittlern im Besprechungsraum im dritten Stock der Polizeistation Grålum. Die Ausgabe der in Ålesund erscheinenden *Sunnmørsposten* war mehrmals um den Tisch gegangen. Lars Weberg stand abseits in der Ecke und telefonierte. Magnus konnte seiner Stimme anhören, dass er in wenigen Sekunden schlechte Nachrichten verkünden würde.

Es dauerte vier Sekunden.

»Verflucht«, sagte Lars Weberg und schlug die Hand mit dem Handy gegen den Fensterrahmen. »Das war die Polizei in Oslo. Elias Ness ist auch nicht an seinem Arbeitsplatz.«

»Er hat wohl kapiert, in welche Richtung es sich entwickelt, als er gestern nach Volda gefragt wurde«, sagte Helge P. und zog die Ausgabe von *Sunnmørsposten* zu sich heran.

Lars Weberg riss den Stuhl am Ende des Tisches heraus, setzte sich betont entnervt hin und spähte zu Kristin Mayer hinüber.

»Wieso hast du das nicht gleich gestern überprüft, Mayer? Ohne es zu wissen, waren wir ihm zwei Schritte voraus. Und jetzt hinken wir einen Kilometer hinter ihm her!«

Kleine Speichelperlen landeten auf dem Tisch vor ihm. »Vermutlich sogar mehrere Kilometer – wörtlich genommen!«

Kristin Mayer senkte den Blick.

»Du hast die Verantwortung für Moss übernommen!«, fauchte er. »Wir reden hier nicht von einem Fahrraddiebstahl, sondern von Mord – und vermutlich nicht nur von einem! Da holt man alle erdenklichen Informationen ein und überprüft sie zwei- oder dreimal!«

»Ich habe die Informationen überprüft, die ich vorliegen hatte«, erwiderte sie. »Und es stimmte, dass er 1997 mit seinem Studium in Volda fertig war.«

»Ganz richtig, Mayer! Er hat seinen Studienplatz in Volda gegen einen Arbeitsplatz in Ålesund eingetauscht! Das liegt nicht allzu weit entfernt.«

»Weberg.« Magnus blickte ihn über den Tisch hinweg streng an. »Sie hat einen Fehler begangen, aber das haben wir alle getan. Wenn hier jemand Kritik verdient, dann bist du das, weil du sie mit der Verantwortung ganz allein gelassen hast.«

Lars Weberg holte tief Luft. Seine Wangen bliesen sich auf, er formte die Lippen zu einem kleinen Ventil und ließ die Luft wie Dampf entweichen.

»Die Nachbarn haben ihn den ganzen Tag noch nicht gesehen«, fuhr er dann ruhiger fort. »Vermutlich hat er sich gestern nach Mayers Besuch abgesetzt.«

»Aber ist es denn nicht ein ganzes Stück von Ålesund nach Volda?«, fragte Helge P. und sah von der Zeitung auf. »Da muss man doch eine gute Stunde fahren, oder?«

»Fast zwei«, sagte Cathrine Mathisen und blickte auf ihren Laptop. »Laut Google eine Stunde und vierzig Minuten.«

»Und er war 1999 weder in Volda noch in Ålesund gemeldet?«, fragte einer der anderen Ermittler.

»Er hatte von 95 bis 97 eine Adresse in Volda, und danach in Moss, die ist bis heute dieselbe. Wie es aussieht, hatte er nur einen kurzen Vertretungsjob bei *Sunnmørsposten*. Es ist unklar, ob er sich in der Zeit um eine Ummeldung gekümmert hat.«

»Egal ob Elias Ness dieser Elefantenmann ist oder nicht«, sagte

Helge P., »er kann in jedem Fall ein Verhältnis mit Rebekka Vehler gehabt haben.«

Er sah Magnus an, als stünde ein Fragezeichen hinter seiner Bemerkung.

»Ja«, erwiderte Magnus, »aber wir dürfen nicht vergessen, dass damals andere Zeiten herrschten. Jedenfalls was die Zeitungen angeht. Es ist nicht ausgeschlossen, dass *Sunnmørsposten* einen Journalisten mit Wohnsitz in Volda beschäftigt hat.«

»Aber es wurde ja über den Besuch des Eisschnellläufers Koss in Ålesund berichtet.« Helge P. blickte auf die Zeitung hinunter. »Ich finde es außerdem etwas seltsam, dass Elias Ness eine heimliche Affäre mit einer Studentin in Volda gehabt haben soll.«

»Die können sich ja begegnet sein, als er wegen einer Story dort war«, sagte Lars Weberg. »Oder er hatte inoffiziell eine Bleibe in Volda. Und dass er über den Besuch von Koss in Ålesund berichtet hat, kann einfach nur bedeuten, dass er dafür engagiert wurde.«

»Ich untersuche das.« Cathrine Mathisen machte sich Notizen. »Ich kontaktiere *Sunnmørsposten* und prüfe, ob jemand von denen, die dort immer noch arbeiten, sich an ihn erinnern kann – und daran, wo er gewohnt hat.«

»Ich bin wirklich froh, dass wir diese Verknüpfung mit Volda gefunden haben«, sagte Helge P. und legte die Zeitung mitten auf den Tisch, »also bitte versteht mich jetzt nicht falsch, aber wieso hat Elias Ness sich Cecilie Olin ausgesucht? Was ist hier die Verbindung?«

»Ein Ablenkungsmanöver«, sagte Lars Weberg. »Elias Ness fand heraus, dass seine Frau ihn betrogen hat, und beschloss, sie umzubringen. Aber um den Verdacht von sich selbst abzulenken, musste noch jemand anderes sterben. Wenn wir Lisette Ness finden, kannst du sicher sein, dass sie auf dieselbe Weise getötet wurde wie Cecilie Olin.«

»Und Rebekka«, sagte Magnus. »Aber ich verstehe, was Helge meint. Ich glaube nicht, dass sich Elias Ness rein zufällig Cecilie ausgesucht hat. Weshalb also sie?«

Die Ermittler am Tisch wechselten Blicke.

»Wie gründlich sind wir hier eigentlich gewesen?« Magnus hatte die Frage an Cathrine Mathisen gerichtet.

»Es gibt absolut keine Verbindung zwischen Lisette und Cecilie«, erwiderte sie. »Jedenfalls nicht, soweit wir wissen.«

»Was ist mit Elias Ness und Cecilie?«

»Nichts, gar nichts. Es gab lediglich einen Artikel in *Aftenposten* über die Eröffnung des Krankenhauses Kalnes 2015, w…«

»Hat Cecilie Olin zu dem Zeitpunkt dort gearbeitet?«, unterbrach Magnus sie.

»Ja, aber Elias Ness hatte nichts mit diesem Artikel zu tun.«

»Hm.« Magnus stand auf, stellte sich hinter seinen Stuhl und ließ die Hände auf der Rückenlehne ruhen. »Cecilie Olin wurde Dienstagabend gefunden. Die Presse, und somit auch Elias Ness, hat unmittelbar davon erfahren. Der perfekte Zeitpunkt, um sich seiner Frau zu entledigen, die er dann Mittwochmorgen als vermisst gemeldet hat.«

»Er hat Lisette ermordet, sobald er bestätigt bekam, dass Cecilie gefunden wurde«, sagte Kristin Mayer, die zum ersten Mal nach Lars Webergs Schelte den Mund aufmachte. »Und dann legte er noch am selben Abend die Ringe in den jeweiligen Briefkasten.«

»Das Schlimmste ist, dass es vermutlich funktioniert hätte, wenn das hier nicht aufgetaucht wäre«, sagte Helge P. und klopfte mit der Hand auf *Sunnmørsposten*.

»Ich möchte, dass ihr alles im Zusammenhang mit Cecilie Olin noch einmal prüft.« Magnus sah Cathrine Mathisen und Helge P. an. »Soziale Medien sowie Anruf- und Nachrichtenprotokolle. Überprüft die Freunde von Freunden und die Bekannten von den Freunden der Freunde. *Absolut alles.* Es muss auch gar keine direkte Verbindung zwischen Elias Ness und Cecilie geben – indirekte Verbindungen sind genauso wichtig. Es kann durchaus etwas so Harmloses sein wie dass er über irgendeinen Bekannten von ihr erfahren hat. Dass vielleicht jemand, den er kennt, mit ihr zusammengearbeitet hat.«

»Jau«, sagte Helge P., »aber wieso bringt er sie dann deswegen um?«

»Den Grund erfahren wir, wenn wir die Verbindung finden. Cecilie wurde nicht zufällig zum Opfer. Elias Ness war der Ansicht, dass sie es verdient hatte, zu sterben.«

*

Die Gleise führten fast direkt durch Didrik Rydes Garten, und Anton spürte den Boden unter dem Wagen vibrieren, als der Güterzug vorbeidonnerte. Er blickte durch die Frontscheibe. Der Himmel über Rolvsøy war orangerosa. Die Uhr am Armaturenbrett zeigte 17:32. Er faltete die Hände im Schoß und drehte Däumchen.

Zehn Minuten später knirschte es im Kies. Im Rückspiegel sah er einen Wagen, der neben ihm in der Einfahrt zum Stehen kam. Didrik Ryde sah erst überrascht aus, grüßte aber dann und lächelte ihm durch das Fenster zu.

Sie stiegen gleichzeitig aus.

»Im ersten Moment hab ich's nicht kapiert«, sagte Didrik Ryde und beugte sich vor, um eine 7-Eleven-Plastiktüte aus dem Auto zu nehmen. »Ich hab bloß das Hinterteil von dem Wagen gesehen und dachte: *Okay – hier hat sich wohl jemand verfahren.*« Didrik lachte kurz auf. »Aber dann warst du es.« Er warf einen bewundernden Blick auf Magnus' Porsche. »Die Kiste hat bestimmt mehr gekostet als mein ganzes Haus.«

Anton blickte auf das schlichte Einfamilienhaus. Die Farbe blätterte an verschiedenen Stellen ab, der Garten war ungepflegt, und vor einem Schuppen lagen Schrottteile herum.

»Ja, das kann schon sein«, entgegnete Anton.

Didrik grinste und trat auf die Haustür zu. Er stellte die Tüte ab, schloss auf und ging hinein. Anton folgte ihm.

»Ich habe deine Adresse vom Krankenhaus bekommen«, sagte Anton, als sie in der Küche waren.

»Ah, ja.« Didrik begann, seine Einkäufe in den Kühlschrank zu räumen. »Ist was passiert?«

Anton sah sich um. Im Gegensatz zu draußen sah es im Hausinneren erstaunlich gut aus. Sauber und aufgeräumt. Die Arbeitsplatten waren porentief rein, nur ein Handyladekabel lag bereit. Mit dem Fuß zog Anton einen der Stühle hervor und setzte sich. Didrik Ryde knüllte die Tüte zusammen und legte sie in einen schmalen Eckschrank.

»Oder quält dich das mit Nora immer noch?«

»Das tut es«, erwiderte Anton. »Sie mochte dich nicht, weißt du? Warst du dir darüber im Klaren?«

»Hä? Machst du jetzt Witze?«

»Nein. Sie hat es mir an dem Mittwoch gesagt, bevor ich gefahren bin. Sie meinte, du seist unerträglich. Ich weiß ja nicht, was du getan hast, dass sie so etwas sagen musste, aber ich habe dich verteidigt. Ich habe gesagt, sie würde sich irren und dass du ein netter Kerl seist.«

»Danke. Ich wollte dich gestern Abend schon anrufen, um zu hören, wie es dir geht, aber ich wollte auch nicht so aufdringlich sein. Du bist ja nicht gerade schüchtern, und wenn du Lust auf Gesellschaft gehabt hättest, dann hättest du dich schon gemeldet, dachte ich. Ein Bier?«

Anton zeigte auf den Wagen draußen.

»Ach, ich Blödmann. Jetzt hab ich nicht nachgedacht.«

»Ja«, sagte Anton, »jetzt hast du nicht nachgedacht.«

»Aber ich nehme mir eins.«

»Tu das.«

Didrik öffnete eine Dose Budweiser und schloss die Kühlschranktür wieder. Er nahm einen Schluck im Stehen, wischte sich den Mund ab und ließ sich auf den Stuhl gegenüber von Anton sinken. Er nahm noch einen Schluck, seufzte zufrieden und unterdrückte einen Rülpser.

»Schmeckt's?«

»Ja.«

»Gut.« Anton starrte Didrik an und nickte. »Gut.«

Didrik Ryde sah ihn verwundert an. Erst jetzt schien er den Ernst zu spüren, den Anton ausstrahlte. Vielleicht hatte er bis zu diesem Moment auch einfach nur gehofft, dass er sich verflüchtigen würde. Er schob die Bierdose zur Seite.

»Nein.« Anton nahm die Dose und stellte sie wieder vor Didrik. »Genieß dein Bier, Didrik. Kann nämlich gut sein, dass es das letzte ist, das du je trinken wirst.«

Didrik Rydes Blick verhärtete sich. Sein Mund war halb geöffnet.

»Ich werde jetzt ganz offen mit dir reden«, fuhr Anton ruhig fort. »Und so kristallklar, dass es unmöglich misszuverstehen ist.« Er zeigte auf die Bierdose. »Gönn dir einen ordentlichen Schluck, Didrik.«

Didrik Ryde schüttelte den Kopf.

»Gönn dir einen ordentlichen Schluck!«, brüllte Anton. *»Didrik!«*

Didrik Ryde zuckte zusammen, griff nach der Bierdose und trank.

»Mehr«, sagte Anton. »Schön austrinken!«

Schließlich war die Dose leer. Dieses Mal konnte Didrik den

Rülpser nicht unterdrücken. Anton erhob sich und trat an den Kühlschrank. Er zog den Ärmel seiner Jacke über die Hand und öffnete die Tür, nahm ein weiteres Bier heraus und stellte es vor Didrik auf den Tisch.

»Trink.«

»Anton. Das ist sehr unangenehm.«

»Gut.«

»Worum ge…«

»Trink«, unterbrach Anton.

Didrik öffnete die Dose und nahm erneut einen Schluck.

»Wie schon gesagt: Ich werde ganz direkt sein. Ich h…«

»A-a-anton, hör zu.«

»Nein. Jetzt wirst du mir zuhören. Ich habe geglaubt, dass du Nora umgebracht hast.«

»Was?«

»Ja – das habe ich geglaubt. Aber wie du gestern selbst gesagt hast, hast du verstanden, dass der Polizist in mir wach geworden war und Antworten haben wollte. Jetzt habe ich die Antwort. Ich weiß, dass du sie nicht aufgeknüpft hast. Das hat Nora ganz allein getan.«

»Ja, natürlich!« Didrik streckte abwehrend eine Hand aus. »Du meine Güte, Anton … Du musst dringend mit jemandem reden. Wenn du möchtest, kann ich dich mit jemandem in Kontakt bringen. Jemand, der nichts mit Kalnes zu tun hat. Ich kenne viele gute Leute in dem Bereich.«

»Ich weiß Bescheid über das Krankenhaus in Lillehammer. Ich weiß von Renate Iversen, die du geschwängert hast, als sie im Krankenhaus Vestfold lag. Und ich würde sehr gern wissen, ob die Abtreibung wirklich *freiwillig* war.« Anton zeichnete Anführungszeichen in die Luft.

Didrik Ryde wich alle Farbe aus dem Gesicht.

»Und ich weiß Bescheid über Nora Meisler. Und ehe du jetzt was sagst, werde ich dir erzählen, was an dem späten Donnerstagnachmittag im Wald passiert ist. Du hast irgendwas getan. Du hast sie angefasst. Du hast es bei ihr probiert. Du hattest es auf das siebzehnjährige Mädchen abgesehen, denn genau das tust du. Du suchst dir die Verwundbarsten heraus und nimmst dir das, worauf du Lust hast. Weil du weißt, dass sie daran gewöhnt sind, beherrscht zu werden. Sie protestieren nicht. Sie glauben in ihren leicht überspannten Köpfen, dass die Welt genau so sein soll. Nora wusste allerdings, dass die Welt nicht so sein sollte. Nora wollte lieber sterben, als in so einer beschissenen Welt zu leben. Und wie du weißt, war sie genau aus diesem Grund bei uns. Und indem du deine widerliche Hand an sie gelegt hast, oder was immer dir eingefallen ist, hast du ihr nicht nur alle Hoffnung darauf geraubt, dass nicht alle Männer Arschlöcher sind, sondern ihr gezeigt, dass sogar die, bei denen sie sich sicher fühlen sollte, dazugehören. Daraufhin hat sie dich getreten – und das glaube ich dir sogar. Denn da ich jetzt die Fakten kenne – die da lauten, dass niemand sonst das Seil am Baum befestigt hat –, ist plötzlich alles ganz logisch. Am Dienstag und Mittwoch war ich ein paar Stunden mit ihr zusammen. Das Leben war wieder lebenswert geworden. Jedenfalls in diesem Augenblick. Es gab einen Anfang, Didrik. Und alles, was du brauchtest, war eine halbe Minute, in der ihr beiden allein wart. Was du getan hast, hat ausgereicht, um alle Hoffnung und alle Freude in ihr sterben zu lassen.«

»Kann ich mal etwas dazu sagen?«

»Nein. Dazu gibt es nichts zu sagen.« Anton blickte auf die Bierdose. »Ist die leer?«

»Nein.«

»Trink.«

Didrik breitete die Arme aus.

»Anton … Was h…«

»*Trink!*«

Didrik trank. Er goss das Bier in sich hinein. Es floss an seinen Mundwinkeln herab. Anton holte noch eine Dose und setzte sich wieder.

»Weißt du, woran ich gedacht habe, als ich hierher fuhr?«

»Nein …«

Didrik hielt den Blick auf den Tisch gerichtet und schüttelte den Kopf.

»Daran, wie ich dich umbringen und dann unbemerkt davonkommen könnte. Glaubst du, ich habe die Antwort gefunden?«

Didrik sagte etwas, aber Anton konnte nicht hören, was.

»Sprich lauter.«

»Ich …« Didrik schluckte. »Ich weiß nicht.«

»Doch, du weißt. Denk ein bisschen nach, Didrik. Ich ermittle seit zwanzig Jahren in Mordfällen. Ich habe mein halbes Leben solchen Drecksäcken wie dir gegenübergesessen. Und wenn du das berücksichtigst: Meinst du nicht, dass es mir gelingen würde, den perfekten Mord zu begehen?«

»Ganz sicher.«

»Ja.« Anton beugte sich vor. »Ganz sicher, du hast recht.« Mit zwei Fingern zeigte er auf die Bierdose. »Trink.«

Anton sah zu, wie Didrik das Bier in sich hineinkippte. Nachdem die vierte Dose geleert war, sagte Anton: »Wo hast du Papier und Stift?«

»Da.« Mit zitternder Hand deutete Didrik auf die Anrichte. »Unterste Schublade.«

Anton zog wieder den Ärmel über die Hand, öffnete die Schublade, nahm Notizblock und Kugelschreiber heraus und legte sie auf den Tisch. Dann holte er eine Plastiktüte aus dem Schrank und warf die vier leeren Dosen hinein.

»Was … Was hast du vor?« Didrik sah Anton an. »Mhm? Soll ich jetzt einen Abschiedsbrief schreiben, und dann bringst du mich um und lässt es wie Selbstmord aussehen?«

»Nein. Ich will, dass du aufschreibst, was du getan hast. Und ich werde mich nicht mit Lillehammer und Vestfold zufriedengeben. Ich will alles wissen.«

»Und wieso tust du so, als ob du keine Fingerabdrücke am Kühlschrank hinterlassen willst?« Didriks Augen glänzten. »Und die Dosen willst du mitnehmen, weil du sie angefasst hast?«

»Wenn ich zufrieden bin, mit dem, was du schreibst, brauchst du dir keine Sorgen zu machen, dass ich das Leergut mitnehme.« Anton legte die Tüte auf die Türschwelle und setzte sich. »Fang an.«

KAPITEL 70

Sonntag, 24. November

Es war halb sieben geworden. Die letzten drei Stunden hatten sie damit zugebracht, den Aufenthaltsort von Elias Ness zu eruieren. Helge P. und Cathrine Mathisen hatten sich mit den Ermittlern, die am Vortag zum Team dazugestoßen waren, ins Nebenzimmer gesetzt. Lars Weberg telefonierte in regelmäßigen Abständen mit der Einsatzzentrale. Die Grenzposten waren alarmiert worden, ebenso Europol. Magnus stand am Fenster und behielt Bjørn Farsund im Auge, der mit seinem Anwalt den beleuchteten Parkplatz vor dem Polizeigebäude überquerte. Der Anwalt setzte sich ans Steuer. Bjørn Farsund blieb ruhig in der geöffneten Beifahrertür stehen. Dann drehte er sich langsam um und blickte hinauf zu Magnus. Als ob er es ahnte, beobachtet zu werden.

»Weberg«, sagte Magnus.

Ein paar Stuhlbeine schabten über das Linoleum. Lars Weberg stand auf, stellte sich neben Magnus und sagte: »Man kann es ja von hier aus sehen, dass er wütend ist.«

»Ja, aber dieses Mal ist es absolut verständlich.«

Sie setzten sich an den Tisch. Kristin Mayer sah auf die Uhr.

»Du kannst gehen, Mayer.«

»Aber nein«, erwiderte sie. »Ich bleibe so lange wie ihr.«

»Ich habe selbst schon daran gedacht, Feierabend zu machen. Viel mehr lässt sich eh nicht mehr erledigen. Oder, Torp?«

»Nein«, sagte Magnus. »Falls wir ihn im Laufe des Abends oder der Nacht nicht ausfindig machen, geben wir der Presse grünes

Licht, ein Foto von ihm zu veröffentlichen. Dann sollte es eigentlich schnell gehen.«

»Und du, Mayer. Mein Wutausbruch vorhin tut mir leid.«

»Da muss dir nichts leidtun«, erwiderte sie. »Das war ein Riesenfehler, und die Standpauke habe ich verdient, aber ich war so fokussiert auf diese Journalistenausbildung, dass ich nicht daran gedacht habe, wohin er nach der Ausbildung gezogen ist. Dass er angefangen hat, in Ålesund zu arbeiten, ist … das ist mir gar nicht in den Sinn gekommen.«

»Mir ebenfalls nicht.«

Lars Weberg erhob sich. Kristin Mayer folgte seinem Beispiel.

»Bleibst du noch, Torp?«, fragte Lars Weberg und stopfte sein Handy in die Tasche.

»Nein«, erwiderte Magnus leise und schüttelte den Kopf. »Ich überlege gerade, noch etwas Fitness zu machen.«

»Das sollte ich auch tun«, sagte Kristin Mayer. »Aber wenn wir jetzt Schluss machen, fahre ich los und hole Hummerreusen aus dem Wasser.«

»Jetzt?«, fragte Lars Weberg.

»Ja, um sieben.«

Lars Weberg schaute aus dem Fenster. Die Novemberdunkelheit hatte Grålum schon längst eingehüllt.

»Ist das erlaubt um diese Jahreszeit?«

»Aber ist die Hummersaison nicht doch jetzt?«

Kristin Mayer sah ihre beiden Kollegen fragend an.

»Ja«, sagte Lars Weberg, »das stimmt, aber früher musste man die Reusen hochziehen, bevor es dunkel wurde. Weißt du, ob das immer noch so ist, Torp?«

»Ich weiß kaum, wo bei ’ner Hummerreuse oben und unten ist«, erwiderte dieser grinsend.

»Ich glaube, der Typ, mit dem ich dorthin fahre, weiß schon, was er da treibt.« Kristin Mayer ging zur Tür. »Wir sehen uns morgen.«

»Ich finde, das war eine gute Idee«, sagte Magnus, sobald die Tür ins Schloss gefallen war.

»Um Entschuldigung zu bitten?«

»Ja.«

»Ich habe vorhin einfach den Kopf verloren. Tut mir leid.«

»Denk nicht weiter daran.« Magnus machte eine wegwerfende Handbewegung. Er blickte auf den Tisch, auf dem Papiere und Ordner in heillosem Durcheinander lagen. Er nahm *Sunnmørsposten* in die Hand, starrte auf den Artikel und die Verfasserzeile. Er überflog zum neunten Mal an diesem Tag die Einleitung und hörte gleichzeitig, wie der Kollege auf die Tür zutrat.

»Weberg?«

»Ja.«

Magnus hielt ihm die geöffnete Zeitung entgegen.

»Findest du, dass ich Ähnlichkeit mit dem habe?«

»Hm.« Lars Weberg streckte den Kopf vor, spähte auf das Zeitungsfoto und grinste. »Ein bisschen, vielleicht.« Er drehte sich um und ging weiter. »Wir telefonieren, falls was sein sollte. Fahr nach Hause und ruh dich etwas aus.«

Magnus war allein. Er legte die Zeitung zurück auf den Tisch und griff nach ein paar Seiten, die zusammengeheftet waren. Es war die Transkription der Vernehmung, die Lars Weberg mit Adele Ferking, Cecilie Olins Freundin, durchgeführt hatte. Er las die ersten Zeilen und legte die Seiten wieder weg, lehnte sich zurück und seufzte. Dann streckte er die Füße aus, holte sein Handy hervor und wählte die zuletzt verwendete Nummer.

»Ja«, meldete Anton sich.

Magnus hörte, dass im Hintergrund der Fernseher lief.

»Wie geht's dir?«

»Jetzt besser.«

»Dann waren meine Informationen also nützlich für dich?«

»Ja, ich erzähle es dir später genau, aber kurzgefasst: Didrik Ryde wird nicht länger im Gesundheitswesen arbeiten. Besten Dank, übrigens. Darf ich dir heute Abend eine Pizza spendieren?«

Magnus richtete sich auf. Wo zuvor die Transkription gelegen hatte, sah er den durchsichtigen Verschlussbeutel, der Cecilie Olins Brief an Bjørn Farsund enthielt. Plötzlich fiel ihm ein, dass er Fredrik Olin versprochen hatte, sich den Brief ansehen zu dürfen. Magnus nahm den Beutel, blickte lächelnd auf das Handy und sagte: »Wir wissen doch beide, dass ich derjenige bin, der für die Pizza bezahlen wird.«

»Halt die Klappe. Ich hab die Taschen voller Zaster.«

»Stimmt«, sagte Magnus und kicherte. »Das hatte ich vergessen. Ich muss nur noch kurz bei Fredrik Olin in Skjærviken vorbei.«

»Ist das so wichtig, dass das nicht bis morgen warten kann? Ich habe nämlich schon ein großes Loch im Bauch.«

»Eigentlich schon.« Magnus erzählte von dem Brief. »Und angesichts der Tatsache, dass Bjørn Farsund gerade freigelassen wurde, schätze ich, dass der Brief morgen zurückgegeben werden muss.«

»Nicht ganz nach Vorschrift, ihn den Ehemann des Opfers lesen zu lassen.«

»Ich weiß«, entgegnete Magnus, »aber ich hab's ihm versprochen.«

»Gut zu wissen, dass du doch ein Mensch bist. Und vergiss nicht die Extraportion Fleisch.«

KAPITEL 71

Sonntag, 24. November

Kristin parkte ihren Wagen neben dem einzigen anderen Fahrzeug weit und breit. Als sie ausstieg, wurde sie von einer scharfen Windböe erfasst. Eine einzelne Lampe brannte dort, wo der Pier anfing. Suchend ließ sie den Blick über die wenigen Boote gleiten, die nach Ende der Saison von ihren Besitzern nicht an Land geholt worden waren. Sie konnte ihn nicht sehen, konnte niemanden sehen. Sie blickte auf die Uhr und stellte fest, dass sie weder zu früh noch zu spät war, sondern pünktlich. Sie ging weiter und stellte sich unter die Lampe, die vermutlich schon bald den Geist aufgeben würde.

»Kristin?«

Das war Tony. Kristin trat aus dem Licht heraus und versuchte, die Richtung, aus der die Stimme kam, zu lokalisieren. Da. Fast ganz unten sah sie eine Gestalt, die in einem offenen Boot stand und ihr zuwinkte.

»Hallo!«, rief sie und eilte den Pier hinunter.

Er stellte sich dicht an die Reling, streckte galant die Hand aus, und Kristin ergriff sie. Sie kletterte an Bord. Zwei Fischkästen mit etwas Tang und eine Box mit dicken Gummibändern standen ganz hinten. Daneben lagen ein paar Wolldecken.

Tony öffnete einen hinter dem Fahrersitz angebrachten Kasten und nahm zwei Rettungswesten heraus.

»Die musst du anziehen«, sagte er und reichte ihr eine davon.

»Ich wusste gar nicht, dass du so versessen auf Vorschriften bist«, sagte Kristin scherzend. »Oder machst du das nur, weil ich bei der Polizei bin?«

»Apropos Polizei: Habt ihr den Schurken heute geschnappt?«

»Er wurde identifiziert, aber noch nicht festgenommen.«

Kristin zog die Weste an. Er strich ihr eine Haarsträhne aus dem Gesicht und hinter das Ohr.

»Du bist gut.«

»Tatsächlich habe ich die Verbindung gefunden, das ist wirklich nicht schlecht.«

»Aha?« Tony legte den Kopf schräg. »Was für eine Verbindung war das denn?«

»Tony …« Sie ließ das Kinn zur Brust sinken und blickte ihn quasistreng an. »Schwei-ge-pflicht.«

»Schon gut.« Er lachte. »Aber du verstehst, dass ich ein bisschen neugierig bin? Vergiss nicht, dass mein Leben nicht ganz so spannend ist.«

»Ha-ha. Dein Leben ist spannender als das der meisten, würde ich sagen. Ich bin auch bestimmt nicht die erste Frau, der du hier an Bord hilfst, oder?«

»Glaubst du mir, wenn ich sage, dass du tatsächlich die erste bist?«

»Keine Chance.«

Tony fing an, die Vertäuungen zu lösen.

»Glaubst du mir denn, wenn ich sage, dass du die letzte bist?«

»Es ist nicht nett, einer Frau falsche Hoffnungen zu machen.« Kristin biss sich in die Unterlippe und grinste. »Da möchte ich mir doch das Recht vorbehalten, auf diese Frage nicht zu antworten.«

Tony zog sie an sich und gab ihr einen langen Kuss.

»Wir sollten mal Räuber und Gendarm spielen«, flüsterte er ihr ins Ohr. »Ich liebe es nämlich, wenn du etwas streng bist.«

»Und wenn ich der Räuber sein möchte?«

»Das würde ich nicht erlauben.«

»Vermutlich ist es am sichersten, wenn ich Ordnung und Gesetz verkörpere. Ich glaube nämlich nicht, dass du dich in der Hinsicht sehr verdient machen würdest.«

Tony lachte erneut und nahm auf dem Fahrersitz Platz. Er ließ den Motor an, und sie entfernten sich langsam von der Marina. Die Wellen schlugen rhythmisch gegen den Bauch des Bootes, und Kristin sah, wie der Pier hinter ihnen von der Dunkelheit verschluckt wurde.

»Holen wir deinen Kumpel jetzt irgendwo ab?«, fragte Kristin.

»Dem ist wohl was dazwischengekommen.« Er sah sie über seine Schulter hinweg an. »Wir bleiben also unter uns.«

*

»Unfassbar, erst vor einer Woche habe ich hier gesessen und auf sie gewartet.« Fredrik Olin sah von seinem Laptop auf. »Hab gehofft, dass sie nach Hause kommen würde. Ich war sogar ganz sicher, dass sie auftauchen würde. Und jetzt sitze ich hier und versuche, ein Foto für die Beerdigung am Donnerstag auszuwählen.«

In Fredrik Olins Wohnzimmer brannte keinerlei Lampe. Nur das scharfe Licht des Bildschirms erhellte sein Gesicht. Magnus blickte auf die Straße hinaus, die durch Skjærviken führte. Das Licht der nächsten Straßenlaterne erinnerte an einen Glorienschein. Er setzte sich auf das Sofa neben Fredrik Olin. Der Bildschirm zeigte einen Foto-Ordner mit Dutzenden von Aufnahmen. Eine nach der anderen füllte den Bildschirm, als Fredrik Olin sie anklickte. Cecilie war auf fast allen vertreten.

»Aber es ist so schwierig. Die sind alle so schön.« Ein neues Foto öffnete sich. Cecilie saß auf dem Fensterplatz eines Flugzeugs und schnitt eine Grimasse. Fredrik Olin blickte lächelnd auf den Bildschirm, als stünde er wieder im Mittelgang und hielte die Kamera. »Hätte sie selbst wählen können, dann hätte sie sich für dieses entschieden. Da bin ich mir ganz sicher.« Er blickte Magnus an. »So war sie. Hat gern Unsinn gemacht, wenn sie ernst sein sollte. Und sie *liebte* Unsinn, wenn sie ernst sein *musste*. Vermutlich war sie deshalb auch so beliebt auf der Kinderstation in Kalnes. Das hier wurde kurz vor unserer Landung in Thailand geschossen. Wir haben im Sommer in Phuket geheiratet.« Er klickte das nächste Foto an. Cecilie saß im Bikini auf dem Hotelbett. Ein breites Lächeln. Strahlend. »Sehen Sie nur, wie schön sie war.« Er fuhr sich mit der Hand über den Mund. »Meine Güte, wie schön sie war.«

Magnus nickte wortlos. Weitere Aufnahmen folgten. Am Strand. In verschiedenen Bars. In einem Tuk-Tuk zusammen mit dem Ehemann. Vor ein paar Foodtrucks inmitten einer Menschenmenge.

»Sie hat sich nicht getraut, irgendwas davon zu essen, hat aber gern zugeschaut, wie die Speisen zubereitet wurden«, sagte er und zeigte auf die Stände. »Sie hatte Angst vor einer Lebensmittelvergiftung. Hat eigentlich nur im Hotel gegessen. So gesehen war sie schon etwas feige.«

Ein Foto von Cecilie am Strand erschien auf dem Bildschirm. Sie trug ein helles Sommerkleid mit schmalen Trägern. Die Sonne stand hoch über dem grünen Wasser. Etwas weiter draußen dümpelte ein Fischerboot vor sich hin.

»Das gefällt mir gut«, sagte er. »Was meinen Sie?«

»Es ist sehr schön.«

Fredrik Olin markierte die Bilddatei und überführte sie in einen anderen Ordner, ehe er sich wieder zurückklickte. Magnus' Handy signalisierte den Eingang einer neuen SMS. Er fischte das Handy aus der Innentasche. Die Meldung kam von Lars Weberg: »Eine Streife hat draußen in Saltnes den Wagen von Elias Ness gefunden. Wir überprüfen, ob er über Freunde oder Bekannte Zugang zu einer Hütte oder einem Haus dort hat.«

Magnus antwortete mit einem erhobenen Daumen und steckte das Handy zurück.

»Ich habe Ihnen ja versprochen, dass Sie den Brief sehen dürfen, den Cecilie Bjørn Farsund geschickt hat.«

Magnus schob die Hand in die Jackentasche und zog den durchsichtigen Plastikbeutel heraus. Er legte ihn auf das Sofa zwischen sich und Fredrik Olin, der den Beutel lange anstarrte, ehe er die Hand danach ausstreckte. Er drehte ihn hin und her und blickte von beiden Seiten auf den Umschlag, ehe er ihn herausnahm. Dann schob er den Laptop ein Stück zu Magnus hinüber und legte den Umschlag auf den Tisch.

»Wenn Sie möchten, kann ich gern hinausgehen, während Sie den Brief lesen, kein Problem«, sagte Magnus. »Aber ich muss ihn danach wieder mitnehmen.«

»Das ist nicht nötig«, sagte Fredrik Olin und zog den Brief heraus. »Bleiben Sie ruhig sitzen.«

Der Lüfter des Laptops wurde schneller und fing an zu rauschen.

*

»Eine Sternschnuppe«, sagte Tony. »Hast du sie gesehen?«

Sie standen am Heck des Bootes und spähten in den Nachthimmel. Irgendwo in der Ferne schrien Möwen.

»Klar doch.« Kristin grinste. »Das erzählst du bestimmt jedes Mal, wenn du eine Frau mit hierher bringst.«

Tony gab keine Antwort.

»Hast du sie auch mit hierhin genommen?«, fragte Kristin nach einer Weile. »Lisette.«

»Wieso willst du das wissen?«

»Ich weiß nicht. Blöde Frage. Ich ziehe sie zurück.«

»Du ziehst sie zurück?« Er setzte ein schiefes Lächeln auf. »Manchmal bist du ganz schön kindisch, weißt du das?«

»Vergiss, dass ich gefragt habe. Okay?« Kristin griff nach der Schachtel mit den Gummibändern. »Die sind für die Scheren, stimmt's?«

Er nickte und nahm ihr die Schachtel aus der Hand, legte sie auf den Boden, stellte sich hinter Kristin und umarmte sie.

»Nein«, sagte er. »Ich habe Lisette an viele Orte mitgenommen, aber hierher niemals.«

Kristin legte den Hinterkopf an seinen Brustkasten und fragte: »Das ist also nicht dein geheimer Ort?«

»Doch, in gewisser Weise schon. Aber willst du mich nicht fragen, was ich mir wünsche?«

»Wovon redest du?«

»Weil ich eine Sternschnuppe gesehen habe.«

»Ich glaube nicht, dass du eine Sternschnuppe gesehen hast, aber okay, was wünschst du dir?«

»Dass du keinen Lebensgefährten hättest.«

»Ist das dein Ernst?«

Sie konnte seine Bartstoppeln an ihrer Wange fühlen, als er nickte.

»Wenn wir beide zusammen sind, so wie jetzt«, fragte er, »denkst du dann, dass du ihn betrügst, oder ficht dich das nicht weiter an?«

»Habe ich auf diese Frage nicht schon geantwortet, Tony?«

»Ja …«, flüsterte er. »Das hast du. Du hast gesagt, du hättest vielleicht ein kleines bisschen ein schlechtes Gewissen, weil du kein schlechtes Gewissen hast.«

Kristin schloss die Augen und nahm seinen Geruch in sich auf. Er löste die Hände von ihrer Taille und strich langsam ihren Körper hinauf.

*

Anton zuckte zusammen, als das Handy klingelte. Er hatte nicht mehr als ein paar Minuten vor sich hin gedöst, und trotzdem kam es ihm vor, als wäre er nach einer allzu langen Party endlich wach geworden. Die Nummer, die ihm vom Display entgegenleuchtete, war zwar nicht gespeichert, aber dennoch hatte er sie etwas früher am Tag schon einmal gesehen. Der Anruf kam von Aud Vikene. Anton meldete sich. Sie entschuldigte sich, dass es so lange gedauert hatte, erklärte es aber damit, dass Laila sich nicht erinnern konnte.

»Sie wird langsam ein wenig wirr«, sagte Aud Vikene. »Sie erinnert sich natürlich an Trine, aber das hat wohl mit den ganzen Umständen zu tun, die sie betroffen haben. Sie kann sich auch an den jungen Mann erinnern, aber der Name fällt ihr nicht mehr ein. Im Laufe der Jahre waren ja so viele bei der Trauergruppe. Laila hat Ende der Achtziger damit angefangen, wissen Sie, und hat sie geleitet bis …«

»Aber jetzt haben Sie den Namen?«, unterbrach Anton sie.

»Jaja, aber das war ein ziemlicher Aufwand, das kann ich Ihnen sagen. Ich musste Lailas Enkel anrufen und ihn bitten, die alten Teilnehmerlisten herauszusuchen. Und das war ja auch nicht mal eben so zu bewerkstelligen, aber s…«

»Aud.«

»Ja?«

»Wie lautet der Name?«

*

Magnus blickte auf den Bildschirm. Eines der Miniaturbilder hatte seine Aufmerksamkeit erregt. Er konnte drei Körper erkennen. Fredrik starrte auf den Brief hinunter. In dem spärlichen Licht glitten seine Augen von einer Zeile zur anderen. Er presste Daumen und Zeigefinger auf die Nasenwurzel und richtete dann den Blick zur Zimmerdecke hinauf.

»Ah«, sagte er, »ich bin ganz gerührt. Sie hat mich wirklich geliebt.«

»Hatten Sie Zweifel daran?«

»Nein … Es ist nur etwas seltsam und schmerzhaft und schön, das hier so zu lesen. Einander so etwas zu sagen, ist eine Sache, nicht wahr? Aber das hier …« Er kniff kurz die Augen zusammen und seufzte. »Verflucht!«

Er legte den Brief weg, rieb mit beiden Händen über sein Gesicht und räusperte sich. Magnus spähte auf das Foto, das auf dem Bildschirm kaum größer als eine Fingerspitze war. Abgesehen von den drei Körpern konnte er einen weißen Schleier ausmachen.

»Ist das ein Hochzeitsbild?« Magnus berührte den Bildschirm. »Das da?«

»Ja«, erwiderte Fredrik mit heiserer Stimme und beugte sich zur Tastatur hinüber. Er führte den Mauszeiger zu dem Foto und klickte es an. »Ist das nicht schön?«

Cecilie saß in einem Sessel auf dem Rücken eines riesigen Tieres. Der lange weiße Brautschleier hing seitlich an dem runzligen grauen Körper herab. Sie lehnte sich an die Schulter ihres Mannes. Fredrik saß gerade aufgerichtet auf dem Rücken des Tieres und lächelte stolz mit einem triumphierend erhobenen Arm. Als ob er gerade nicht nur die schöne Frau hinter sich erobert hätte, sondern auch den Strand, an dem sie sich befanden.

»Ich weiß noch, auf diesen Ritt hatte sie nicht so große Lust.« Fredrik kicherte, wischte sich die Nase ab und schniefte. »Aber schließlich konnte ich sie doch überreden.« Er sah Magnus an. Der Bildschirm erhellte die eine Seite seines Gesichts. »Wussten Sie, dass Elefanten die einzigen Säugetiere auf der Welt sind, die nicht springen können?«

KAPITEL 72

Sonntag, 24. November

Nicht allein der Umstand, dass er zu viel Zeit für die Antwort brauchte, hatte den Polizisten verraten. Dazu kam, dass er das Handy nicht zu hören schien, das in der Seitentasche seines Jacketts klingelte. Sein Blick hatte sich in den Bildschirm hineingebohrt. Der Mund war leicht geöffnet, als sei ihm gerade eine Art Offenbarung widerfahren. Es war der gleiche Ausdruck, den Fredrik Olin auf dem Gipfel des Rotsethorn bei Trine gesehen hatte, ehe sie aufgestanden und um ihr Leben gerannt war. Ihre etwas zu kurzen Beine hatten ihr eine reelle Chance verwehrt; Fredrik hatte sie eingeholt, ehe sie die Felskante erreichte. Dann hatte er sie einfach von den Füßen gerissen. Hatte kein Wort gesagt. Hatte sie nur gepackt und mit voller Kraft hinuntergestoßen. Das war idiotisch und gedankenlos gewesen, und er hatte es auf seine aufkeimende Panik geschoben. Er hatte nicht gesehen, wohin er sie gestoßen hatte; der zarte Körper war nur wenige Meter weiter unten auf dem Abhang gelandet. Mit ihrem gebrochenen Bein hatte sie etwa eine Minute lang geschrien, die Zeit, die er brauchte, um zu ihr hinunterzuklettern. Als er schließlich über ihr stand, verwandelte sich das Schreien in ein heiseres Wimmern, als ob ihre Stimmbänder gerissen wären. Er fragte, was Rebekka ihr erzählt hatte, denn offenbar hatte Trine im Bruchteil einer Sekunde etwas begriffen, aber nichts gesagt. Das heißt: Sie konnte nichts sagen. Vor lauter Angst und Schmerz zitterte sie bloß. Sogar nach dem missglückten ersten Versuch, ihr das

Leben zu nehmen, hatte er an einen Ausweg gedacht. Dass es sich vielleicht lösen ließe. Aber das war unmöglich. Er war enttarnt. Nichts könnte daran etwas ändern. Wenn es ihm gelungen wäre, die Ruhe zu bewahren, als er hinter ihr hergerannt war, hätte er es vielleicht geschafft, sich irgendwie aus der Affäre zu ziehen, aber selbst das war zu riskant und zu unsicher. Nachdem er sie den Abhang hinuntergestoßen hatte, war er jedenfalls chancenlos. Während sie einen stummen Schrei ausstieß und ihre tränenfeuchten Augen vor lauter Hass und Hoffnung aufglühten, hatte er sie an den Haaren über die kleine grasbewachsene Felsstufe bis zum Rand geschleift, wo es fast gerade hinunterging. Dann hatte er sie über die Kante geschickt, hatte zugesehen, wie ihr Körper gleich einer Puppe den Abhang hinunterrollte. Dann war er wieder hinaufgeklettert, hatte den Rucksack gepackt und sich an den Abstieg gemacht, während er dachte, dass dieser verfluchte Elefant am Himmel Trines Offenbarung gewesen war. Genauso wie der Elefant auf dem Bildschirm gerade eben die Offenbarung des Polizisten gewesen war.

»Ich würde das erste nehmen, das Sie mir gezeigt haben, das am Strand«, sagte der Polizist, während er die Hand in Richtung der Seitentasche seines Jacketts führte, wo das Handy noch immer läutete. »Das war wirklich sehr schön.«

Fredrik Olin blickte den Polizisten an. »Ich denke, Sie sollten nicht ans Telefon gehen.«

*

Er hörte den Klingelton und das Heulen des Motors. Jede der 350 Pferdestärken gab ihr Bestes, derweil Anton über die Fredrikstadbrücke raste. Er ließ das Fernlicht aufblinken, überholte einen Sattelzug, dessen Fahrer protestierend auf die Hupe drückte, und schaltete die Warnblinkanlage ein, als er sich dem Kreisverkehr in Østsiden näherte. Der Anruf wurde an die Mailbox weitergeleitet. Anton fluchte laut, bremste ab und fuhr falsch herum in den Kreisverkehr. Er drückte das Gaspedal hinunter und wich einem entgegenkommenden Fahrzeug aus. Dabei blickte er abwechselnd geradeaus und auf den Bildschirm des Handys, während er die Notrufnummer der Polizei eingab. Das Heck des Wagens brach aus, als er in einem gefährlichen Manöver aus dem Kreisel herausfuhr. Die Reifen drehten kurz durch, ehe sie sich wieder an den Asphalt klebten.

*

Das Handy vibrierte im Takt mit Magnus' hämmerndem Herzen.

»Wir haben nach dem Ehemann von Lisette Ness gefahndet«, sagte er. »Wir dachten, dass er Cecilie umgebracht hat. Dass Elias Ness den Ring in Ihren Briefkasten gelegt hat – und den anderen in seinen eigenen. Dass das alles passiert ist, um den Verdacht auf jemand anderen zu lenken. Dabei war es genau umgekehrt.«

Das Klingeln in der Jackentasche erstarb, und das Geräusch des Laptopgebläses übernahm. Magnus musterte Fredrik Olins Profil.

»Wo ist Lisette Ness?«

Die Antwort blieb aus.

»Wo … ist … sie?«

»Lisette Ness.« Fredrik Olins Zunge schoss hervor und befeuchtete schnell seine Lippen. Wie bei einem Reptil. Die Oberlippe wich ein Stück zurück und gab den Blick auf die Zähne frei. »Ihr Ehemann war es nicht, aber ich habe ihm einen Dienst erwiesen. Die Schlampe hatte es verdient, zu sterben. Ich habe es zum Teil auch für ihn getan, weil er vermutlich nicht wusste, dass seine Frau vor ein paar Wochen hinten in meinem Taxi saß und den Schwanz eines anderen Mannes gelutscht hat. Und als ob das nicht ausgereicht hätte, hat sie sich auch noch über ihren Mann lustig gemacht. Sie und dieser Pavian, mit dem sie zusammen war. Sie hat ihren Ehemann *lächerlich gemacht.* Wie wenig *Schwung* doch in ihm stecke, wie wenig *Mann* er sei, im Vergleich zu dem Schwein, das neben ihr saß. Und er hat herzlich dazu gelacht, dieser verdammte Arsch. Können Sie sich was Schlimmeres vorstellen?«

Magnus' Handy fing wieder an zu klingeln. Fredrik Olin sah ihn an und fuhr fort: »Pah, sie hat sich noch nicht einmal den Mund abgewischt, ehe ich sie draußen auf Jeløy rausgelassen habe. Sie ist die Einfahrt hochgelaufen, als ob nichts Schlimmes passiert wäre. Als ob es ganz normal wäre, was sie da gerade getan hatte. Glauben Sie, dass sie ihren Mann mit ihrer Ekelfresse geküsst hat, als sie zur Tür hereinkam, oder hatte sie genügend Anstand, um sich zunächst die Zähne zu putzen?«

»Wann haben Sie beschlossen, sie umzubringen?«

»Wenn Cecilie mit ihrem Leben bezahlen sollte, dann war klar, dass ich auch Lisette Ness umbringen musste. Mir sind die Statistiken vertraut, und ich wusste, wenn ich es nicht wie eine große Sache aussehen lassen könnte, dann würde die Polizei niemals aufhören, um mich herumzuschleichen. Es war nicht besonders schwer zu verstehen, woran Sie dachten, als Sie mich am Mittwoch vernommen haben, also habe ich die Ringe an jenem Abend in die Briefkästen gelegt. Eigentlich wollte ich noch ein paar Tage abwarten, aber ich habe mich nicht getraut, es noch länger hinauszuzögern.«

»Wo ist sie?«

»Auf dem Grund des Meeres.«

»Es war nie beabsichtigt, dass wir sie finden sollten, oder?«

Fredrik Olin schüttelte langsam den Kopf. Das Handy hörte auf zu klingeln. Das Laptopgebläse schien kurz vor der Kapitulation zu stehen. Magnus schob die Hand in den Rücken. Er löste die Handschellen aus seinem Gürtel und nahm sie in die linke Hand.

»Sie müssen mit mir kommen, Fredrik.«

Fredrik Olin ließ auf der Innenseite seiner Unterlippe die Zunge hin- und herfahren.

»Sind wir schon fertig?«

»Jetzt fahren wir zur Polizeistation, danach besorge ich Ihnen einen Verteidiger, und dann sehen wir weiter. Und da Sie jetzt festgenommen sind, müssen Sie sich mir gegenüber nicht weiter äußern.«

»Das will ich aber«, sagte Fredrik Olin und flocht die Finger ineinander. Er lehnte sich auf dem Sofa zurück. »Sie sind doch sicher auch etwas neugierig, nicht wahr?«

Magnus sagte nichts.

»*Ich liebe dich*, steht da«, sagte Fredrik Olin nach einer Weile. *»Ich hoffe, dass wir uns bald wiedersehen.«* Er ließ den Kopf sinken und blickte auf seine Hände. *»Es war so schön, deinen Duft wahrzunehmen, doch die Umarmung, die du mir vor dem Abschied gegeben hast, war viel zu kurz. Wir beide, so wird es sein, Cecilie.«* Die Pulsader an seinem Hals trat deutlich hervor. »Das habe ich am Sonntagabend unter Cecilies Sachen gefunden. Ich habe ein Päckchen Batterien gesucht, das sie gekauft hatte. *Ein Päckchen Batterien.* Und dann habe ich *diesen Brief* gefunden, ganz hinten in ihrem Schrank. Ich sehe, dass Sie nicht verheiratet sind, aber vielleicht haben Sie eine Freundin oder eine Lebensgefährtin? Was hätten Sie gedacht, wenn Sie so etwas gefunden hätten?«

»Sie haben geglaubt, dass Cecilie Sie mit Bjørn Farsund betrogen hat, genauso wie Sie geglaubt haben, dass Rebekka Sie mit Sverre Roer betrogen hatte. Weil Sie den beiden an jenem Abend gefolgt sind. Sie haben gesehen, dass sie zu Roer hineingegangen ist, und Sie haben beschlossen, in Elvadalen auf sie zu warten.«

»Danach habe ich nicht gefragt. Was hätten *Sie* gedacht?«

»Vermutlich hätte ich das Gleiche gedacht wie Sie, und dann hätte ich sie damit konfrontiert.«

»Genau das tat ich.«

»War Ihnen bewusst, dass Lisettes Ehemann 1999 als Journalist in Ålesund gearbeitet hat? Haben Sie sie deshalb ausgewählt?«

»Hat er das?« Fredrik Olin sah überrascht aus. »Das wusste ich nicht.«

»Was haben Sie in Volda gemacht? Sie haben nämlich nie Ihre Adresse geändert. Laut Einwohnermeldeamt waren Sie nie woanders als in Oslo und hier in Fredrikstad gemeldet.«

»Ich war da oben nur fünf Monate«, erwiderte er. »Ich habe auf einem Trawler gearbeitet. Von August bis Dezember. Bloß um ein paar schnelle Kronen zu machen.«

»Was ist in der Nacht zum letzten Sonntag passiert?«

»Ich habe auf Cecilie gewartet, als sie anrief, denn da hatte ich mich entschieden.«

»Entschieden wofür, Fredrik?«

»Dass sie die Möglichkeit bekommen sollte, die Wahrheit zu sagen«, erwiderte er leise. »Und wenn sie das nicht tun würde, dann sollte sie sterben – denn dann verdiente sie es, zu sterben.« Er warf einen Blick auf seinen Laptop. »Ich bin losgefahren und hab sie getroffen. Sie versuchte, mir einen Kuss zu geben, als sie sich in den Wagen setzte. Aber das wollte ich nicht. Sie fragte, ob etwas nicht in Ordnung sei, und ... Nun, ich sagte, darauf kannst du Gift nehmen. Und dann habe ich sie direkt gefragt. *Wer ist Bjørn Fursund?* Aber glauben Sie, dass sie ehrlich war?« Fredrik Olin stieß ein kurzes Lachen aus. »Die dumme Kuh meinte erst, sie wüsste es nicht. Dann habe ich sie gebeten, mir ihr Handy zu geben. Und da war ein Anruf von ihm. Sie sagte, dass sei ein Ex-Liebhaber. Einer, den sie versucht hätte, hinter sich zu lassen. *Komischer Ver-*

such, jemanden hinter sich zu lassen«, erwiderte ich. »*Du triffst ihn doch noch.* Wissen Sie, was sie da gesagt hat?«

Das war alles zu einfach, dachte Magnus. Fredrik Olin redete nicht so viel, weil er ein Geständnis oder weil er Rechenschaft für seine Taten ablegen wollte. Fredrik Olin redete so viel, weil er Zeit schinden und versuchen wollte, einen Ausweg zu finden. Was er in den letzten paar Minuten von sich gegeben hatte, war eine Bankrotterklärung, doch seine Augen sagten etwas anderes. Die Pupillen füllten fast die ganze Iris. Magnus bereitete sich auf den Angriff vor.

»Hm? Wissen Sie es?«

Magnus schüttelte den Kopf und ballte die Hand auf dem Sofa zur Faust.

»*Was redest du da, Fredrik?* In dem Moment ist mir ganz schwarz vor den Augen geworden … Und dann ist auch ihr ganz plötzlich schwarz vor den Augen geworden.«

»Sie haben sie bewusstlos geschlagen?«

»Ja.«

»Danach sind Sie direkt zum Hansemakerkil gefahren?«

»Ja.«

»War sie da schon wieder zu sich gekommen?«

»Nein, sie ist wach geworden, als ich sie aus dem Wagen gezerrt habe. Und was soll ich sagen, da war die Kleine plötzlich ganz redselig! Hat mir alles über Bjørn Farsund erzählt. Dass er ein verrückter Ex sei, der immer noch glaubte, sie könnten wieder zusammenkommen. Sie meinte, sie könnte ihn sogar anrufen und bitten, mir den Brief zu zeigen, den sie ihm zurückgeschrieben hätte, und dass ich es dann verstehen würde. Und dann kam das Gefasel, wie sehr sie mich liebte und so weiter. Sie hat nicht eher die Fresse gehalten, bis ich ihr meine Stiefelsohle reingerammt habe.«

»Weil Sie ihr nicht geglaubt haben?«

»Nein. Ich hatte, wie schon gesagt, beschlossen, dass sie eine Möglichkeit bekommen sollte, die Wahrheit zu sagen … Aber die hat sie nicht ergriffen. Und als sie es dann endlich tat, habe ich ihr nicht geglaubt.«

»Sie wollte Ihnen nur ihre etwas chaotische Vergangenheit ersparen.«

Am Laptop klickte etwas. Magnus warf einen Blick darauf. Der Lüfter hatte aufgegeben, und das Gerät wechselte in den Ruhemodus. Der Schirm wurde schwarz, und die beiden Männer saßen im Dunkeln. Magnus war nur für einen kleinen Augenblick unaufmerksam gewesen, aber das war genau der Moment, auf den Fredrik Olin gewartet hatte. Es knackte, als sein Ellbogen in Magnus' Kiefer krachte. Ein eisiger Schmerz schoss von der Seite seines Gesichts bis zur Schädeldecke hinauf. Magnus fiel nach vorn. Er wollte sich am Tisch abstützen, konnte aber die Arme nicht schnell genug vorstrecken, ehe Fredrik Olin sich auf ihn warf. Der Tisch rutschte weg, und Magnus landete mit dem Arm auf der Seite. Er versuchte, ihn zu sich heranzuziehen, aber der Arm ließ sich nicht bewegen; Fredrik Olin hatte sich auf Magnus gesetzt. Der erste Schlag traf ihn am Hals. Der zweite im Gesicht. Der dritte seitlich am Kopf. Magnus fuchtelte mit dem anderen Arm herum und versuchte, sein Gesicht zu schützen. Fredrik Olin schloss seine Finger um Magnus' Handgelenk und fing an zu knurren, während er den Arm seines Gegners auf den Fußboden hinunterpresste und gleichzeitig mit der freien Hand zuschlug. Magnus spürte, dass seine Zähne Fredrik Olins Knöchel aufrissen, als seine Faust ihn mitten ins Gesicht traf. Ein Geschmack nach Eisen breitete sich in seinem Mund aus. Er konnte hören, wie seine Nase brach, spürte das Blut an Mund und Kinn heruntertropfen, ehe der Schmerz in seinen Wangen explodierte.

Dann kamen die Schläge so schnell hintereinander, dass er sie nicht mehr zählen konnte. Sein Arm leistete keinen Widerstand mehr. In Magnus' Ohren rauschte es. Er rang krampfhaft nach Atem. Plötzlich wurde ihm klar, dass Fredrik Olin nicht mehr zuschlug, sondern beide Hände um seinen Hals gelegt hatte und zudrückte.

*

Draußen bremste ein Wagen scharf ab. Er hörte Schritte auf der Treppe vor der Haustür, lockerte den Griff um den Hals des Polizisten. Dann sprang er auf, trat erst auf den Flur zu, erstarrte aber, als die Tür geöffnet wurde. Ein kalter Luftzug schlug in die Dunkelheit hinein. Mit zwei langen Schritten war er in der Küche und griff nach einem Messer, das an einem Magnetstreifen an der Wand hing. Er machte riesige Schritte wieder hinaus und zurück ins Wohnzimmer. Er stellte sich an die Wand, die das Zimmer zum Flur hin abgrenzte. Er hörte das Geräusch von schabendem Metall, als ob eine Pistole geladen würde. Er hielt die Luft an. Sein Hasenherz war kurz davor, sich aus der Brust herauszuwinden.

Er konnte keine Schritte hören, wusste aber dennoch, dass der andere sich näherte.

Das Messer zitterte in der flatternden Hand. Der andere blieb stehen. Jetzt konnte er den Atem des Gegners erahnen. Für einen Augenblick glaubte er, sogar sein Herz schlagen zu hören, doch das Klopfen kam von seinen eigenen pulsierenden Schläfen.

Mit erhobener Pistole schlich der andere an ihm vorbei, ließ die Waffe etwas sinken und durchquerte das Zimmer. Er trat auf den reglosen Körper des Polizisten zu, der zwischen Tisch und Sofa lag. Der andere ging in die Hocke.

»Torp?« Er rüttelte an seinem Arm. »Scheißescheißescheiße.«

Er legte die Pistole auf den Tisch und packte den Polizisten mit beiden Händen. »Magnus?«

Der andere half dem Polizisten hoch, tätschelte seinen Arm und sagte: »Hör zu, das wird schon wieder.«

Der Polizist grunzte etwas Unverständliches.

»Magnus. *Magnus.* Hilfe ist unterwegs, hörst du? Wo ist er hin?«

Hier bin ich, dachte Fredrik Olin und stürmte mit über den Kopf erhobenem Messer durch das Zimmer.

KAPITEL 73

Sonntag, 24. November

Anton verspürte einen Stoß in den Rücken. Dann noch einen. Wie zwei dicht aufeinanderfolgende Faustschläge. Er stürzte, fiel auf die Seite und kroch weiter. Er bekam ein Bein auf den Boden gestemmt und wollte aufstehen, als er einen Tritt in den Brustkorb bekam und nach hinten fiel. Er konnte eine dunkle, breitbeinige Gestalt sehen, die näher kam. Anton rang mit aller Kraft um Atem. Die Lunge schien zu versagen, als ob jemand in seinem Inneren säße und sie zusammenpresste. Plötzlich fiel sein Blick auf das Messer, und ihm wurde klar, dass es nicht zwei Faustschläge gewesen waren, die ihn vor ein paar Sekunden in den Rücken getroffen hatten. Abermals versuchte er hochzukommen, aber nun konnte er nicht einmal einen Fuß auf den Boden setzen, ehe ein weiterer Tritt in seinem Gesicht landete.

Kaum hatte er den Kopf gehoben, da registrierte er, dass die dunkle Gestalt sich auf ihn setzte und ihn mit den Knien in die Zange nahm. Mit einem hässlichen Knurren hob Fredrik Olin das Messer. Anton riss den Arm hoch, um seinen Hals und seine Brust zu schützen. Er spürte die Klinge durch seinen Unterarm gleiten, doch der Schmerz blieb aus. Anton verspürte nichts anderes als Wut. Er brüllte, schlug mit den Fäusten, aber Fredrik Olin wich ihm aus. Mit voller Kraft stemmte Anton sich gegen ihn. Fredrik Olins Beine umklammerten ihn. Anton versuchte, ihn mit den Händen wegzustoßen, aber sein Angreifer rührte sich nicht.

Sie kamen schnell hintereinander. Die beiden Faustschläge, die Antons Brust trafen. Jedenfalls war es das, was Anton sich einzubilden versuchte, obwohl er das Messer zum dritten Mal auf seinen Brustkasten zuschnellen sah. Noch ein Stoß. Instinktiv hielt er sich die Arme vor die Brust. Die Lunge brannte. Sein Rücken und seine Brust fühlten sich an, als stünden sie in Flammen.

Fredrik Olin hob das Messer zum fünften Mal. Anton versuchte, seine Hände hochzuhalten, aber sie waren zu langsam. Dann kam der Schrei. Er schloss die Augen.

»Fredrik!«

*

Magnus war desorientiert. Eines seiner Augen fühlte sich verklebt an.

Anton. Er war hier gewesen. Doch, er hatte mit ihm gesprochen, hatte gesagt, dass alles wieder in Ordnung kommen würde. Oder nicht?

Ein Schrei ertönte. Anton *ist* hier, dachte Magnus und fasste nach dem Tisch, um sich daran abzustützen. Er spürte, dass seine Finger etwas Hartes, Kaltes und Schweres berührten. Mühsam kam er auf die Beine. Er schwankte, als ob er bei kräftigem Seegang auf einem Bootsdeck stünde. Als er eine Hand auf sein Gesicht legte, spürte er, dass es vor lauter Blut ganz glitschig war. Er drehte sich um, erahnte zwei Gestalten in der Dunkelheit, drüben an der Wand. Der eine saß auf dem anderen.

Und stach zu.

Magnus erkannte, dass das Harte und Schwere, das er auf dem Tisch ertastet hatte, eine Pistole war. Er schnappte sie sich und hob sie an, bekam den Rücken des oberen Körpers ins Visier, konnte aber nicht sehen, um wen es sich handelte. Die Gestalt hob das Messer über den Kopf, hielt es mit beiden Händen. Ein neuer Schrei ertönte.

»Fredrik!«, brüllte Magnus.

Mit steifen Armen drehte die obere Gestalt langsam den Kopf. Als hätte sie alle Zeit der Welt.

Fredrik Olin blickte Magnus unverwandt an.

*

Der Mann, der Anton schon fast umgebracht hatte, fiel im selben Moment wie die drei Schüsse. Er landete auf Anton. Sein Gewicht machte es ihm fast unmöglich, weiter zu atmen. Anton versuchte, ihn wegzustoßen, aber seine Arme waren eingeklemmt zwischen seinem eigenen Körper und dem des Toten. Er spürte, wie ihm das Blut am Bauch und an den Seiten herabfloss.

»Anton?«

»Ich hab's geschafft.«

Der Körper über ihm wurde weggezerrt. Plötzlich konnte Anton wieder atmen. Magnus sank neben ihm zu Boden und nahm Antons Hände. Er half ihm auf, so gut es ging, schälte sich aus seinem Jackett, nahm das Handy aus der Seitentasche und legte es auf den Boden. Dann rollte er die Jacke zusammen und drückte sie auf Antons Brust.

»Kannst du die halten?« Magnus legte Antons Hände auf die Jacke. »Drück sie drauf, so fest es geht.«

Er nahm das Handy. Mit einer schwachen Bewegung stieß Anton ihm das Handy aus der Hand.

»Alle sind schon alarmiert, leiste mir lieber Gesellschaft. Alles wird gut.« Anton hob den Blick und sah ihn an. »Das wird schon wieder.« Er versuchte, das verängstigte Gesicht über ihm mit einem Lächeln zu beruhigen. »Ich hab's geschafft.«

Magnus drehte das Gesicht zur Schulter und wischte sich die Wange ab, sog mit der zerschmetterten Nase röchelnd die Luft ein.

»Wovon redest du?«, fragte er weinend.

Magnus' Stimme klang jetzt anders. Fern. Tief. Gedämpft. Als ob Anton unter Wasser wäre. Anton holte Luft. Es brannte in der Lunge. Erst jetzt schienen ihm die Schmerzen bewusst zu werden.

»Und was für ein verdammt guter Polizist aus dir geworden ist.« Anton konnte etwas hören. Ein lärmendes Geräusch. Von mehreren Seiten. »Sind das Sirenen?«

Magnus nickte, beugte sich vor und verstärkte den Druck auf Antons Brust. Abermals wischte er sich das Gesicht mit der Schulter ab.

»Du …« Anton versuchte, ihn mit der Hand anzustupsen. Aber nur zwei Finger rührten sich. »Verzeih mir.«

»Es gibt nichts, wofür du dich entschuldigen müsstest.«

Antons Brust gab ein kreischendes Geräusch von sich, als er erneut einatmete. Er spürte einen flammenden Schmerz in der Lunge.

»Du hattest recht da oben in Otta.« Anton registrierte Blutgeschmack im Mund, ließ ihn auf sich wirken, schmatzte, spuckte aus. »Ich bin ein schlechter Kumpel gewesen.«

»Nein.« Magnus schüttelte den Kopf. »Scheiß auf die Sache in Otta. Jetzt sind sie bald hier, hörst du?«

Anton tauchte aus dem Wasser auf. Magnus' Stimme war wieder klar, erklang aber zusammen mit dem Echo der Sirenen. Als stünde er am anderen Ende eines Tals und riefe ihm etwas zu. Anton hörte die Antwort mehrmals. Sein Blick vernebelte sich.

»Das war, weil ich keinen Kumpel haben wollte …« Anton versuchte einzuatmen. Er stöhnte. »Was ich wollte …« Er richtete den Blick auf Magnus, konnte aber niemanden sehen. Er konnte *nichts* sehen.

»Nein, nein, nein!«, rief Magnus. »Bleib wach!«

Seine Wange brannte; Magnus hatte ihn geohrfeigt.

»Da, ja!«, rief Magnus. »Sieh mich an, Anton! *Sieh mich an!*«

Anton sah ihn an. »Alles, was ich wollte ...« Anton knurrte, als ob Fredrik Olin wieder über ihm wäre. Stoßweise schnappte er nach Luft. »... ich wollte dich zum besten Polizisten machen, der du werden konntest.«

»Hörst du?«, fragte Magnus. »Sie sind jetzt hier.«

»Magnus ...«

»Nicht reden.« Draußen vor dem Haus verstummten die Polizeisirenen. Türen knallten. Schwere Stiefel stürmten in schnellem Tempo auf die Treppe zu. »Hörst du, Anton, jetzt kommen sie.«

Der Schmerz verschwand. Das Feuer im Rücken und in der Brust war gelöscht. Es war mit einem Mal nicht mehr da.

»Magnus.«

»Hier, Anton. Ich bin hier.«

Anton sagte etwas, kam aber nicht weiter. Jetzt waren Stimmen im Haus. Viele. Magnus beugte sich vor. Sein Ohr berührte beinahe Antons Mund.

»Was hast du gesagt?«

»Ich hab's geschafft.«

NACHWORT

Hauptkommissarin Sølvi M. Harjo von der Kripo, Kommissar Martin Fjeld und Hauptkommissar Anders Strømsæther vom Polizeidistrikt Øst: Danke, dass wir trotz zehn Jahren mit meinem unermüdlichen Gequengel zu allen Tageszeiten noch immer Freunde sind. Das weiß ich sehr zu schätzen.

Mein Dank geht außerdem an Sigmund Løvåsen, Johann Roppen, Mariann Kløverød Foss, Marius Mathisen, die Ärztin Helene Lyngstad, Didrik Dahl, Marius Engebretsen, Ole Martin Gurandsrud, Sindre Dahlstrøm, Heidi Rødseth Helgesen, Torstein Gamst, Martin Riseng, Toril Gjelsvik Bergstrøm, Ingrid Johanne Tangvik, Karen Vinje Besteland, Trude Furuly, Lars William Edvardsen, Elise Holme, Kim André Vang-Johansen, Iselin Øverbø, Jørn Lier Horst, Anne Fløtaker, Nina Juul und an den Rest der Gang bei Strawberry Publishing.

Jan-Erik Fjell

Autor

Jan-Erik Fjell wurde 1982 geboren und wuchs bei Fredrikstad im Osten des Oslofjords auf. Er studierte Informatik, heute ist er als Radiomoderator tätig und widmet sich dem Schreiben von Kriminalromanen. Er zählt zu den erfolgreichsten Krimiautoren Norwegens und wurde mit dem renommierten Preis des norwegischen Buchhandels und dem Frederik-Preis ausgezeichnet. Seine Thriller um den Kommissar Anton Brekke stürmen in Norwegen regelmäßig die Buchcharts und sind auch hierzulande Bestseller.

Mehr zum Autor unter: www.jefjell.no

Jan-Erik Fjell im Goldmann Verlag:

Nebelstille. Thriller (als E-Book erhältlich)
Kälteeinbruch. Thriller (als E-Book erhältlich)
Nachtjagd. Thriller (auch als E-Book erhältlich)
Dunkelhaus. Thriller (auch als E-Book erhältlich)
Schattenwald. Thriller (auch als E-Book erhältlich)